KB247723

을유세계문학전집 · 143

에드거 앨런 포 단편선

옮긴이 조애리

서울대학교 영문학과를 졸업하고 같은 학교 대학원에서 석사 및 박사 학위를 받았다. 카이스트(KAIST) 인문사회과학부 교수로 재직했다. 옮긴 책으로는 헨리 데이비드 소로의 『달빛 속을 걷다』, 샬럿 브론테의 『제인 에어』, 『빌레뜨』, 헨리 제임스의 『밝은 모퉁이 집』, 마크 트웨인의 『왕자와 거지』, 레이 브래드버리의 『민들레 와인』, 제인 오스틴의 『설득』 등 다수가 있으며, 저서로는 『성·역사·소설』, 『역사 속의 영미 소설』, 『19세기 영미 소설과 젠더』, 『되기와 향유의 문학』이 있다.

을유세계문학전집 143
에드거 앨런 포 단편선

발행일·2025년 9월 15일 초판 1쇄
지은이·에드거 앨런 포 | 옮긴이·조애리
펴낸이·정무영, 정상준 | 펴낸곳·(주)을유문화사
창립일·1945년 12월 1일 | 주소·서울시 마포구 서교동 469-48
전화·02-733-8153 | FAX·02-732-9154 | 홈페이지·www.eulyoo.co.kr
ISBN 978-89-324-7573-8 04840   978-89-324-0330-4(세트)

에드거 앨런 포 단편선

THE BEST SHORT STORIES OF EDGAR ALLAN POE

에드거 앨런 포 지음 · 조애리 옮김

❖ 을유문화사

차례

도둑맞은 편지

지나친 예리함만큼 지혜에 해로운 것은 없다.

— 세네카*

　18--년 가을 돌풍이 불던 어느 날 해가 진 직후 파리였다. 나는 포부르생제르맹*의 뒤노가 33번지 3층에 있는 친구 C. 오귀스트 뒤팽의 작은 뒷방, 아니 서재에서 그와 함께 두 가지 사치를 즐기고 있었다. 명상과 해포석 파이프로 피는 담배였다. 적어도 한 시간 동안 우리는 아주 깊은 침묵에 빠졌다. 지나가는 사람이 보았다면 우리 둘이 방에서 각자 연기 자욱하게 담배만 피우는지 알았을 것이다. 그러나 내 경우에는 그날 저녁 일찍 우리가 화제로 삼았던 일, 즉 모르그가 사건과 마리 로제 살인 사건*의 수수께끼에 대해 곰곰이 생각하고 있었다. 그래서 아파트 문이 열리고 오랜 지인인 파리 경찰청장 G 씨가 들어왔을 때 이를 우연의 일치라고 생각했다.

우리는 그를 아주 반갑게 맞이했다. 몇 년 만에 만난 데다가, 경멸할 구석은 있지만 반 정도는 재미있기도 한 사람이어서였다. 우리는 어둠 속에 앉아 있었는데, 그때 뒤팽이 램프를 켜려고 일어났다. 하지만 G가 골치 아픈 공식 업무로, 아니 오히려 내 친구의 의견을 묻고 싶어서 방문했다고 하자 뒤팽은 램프를 켜지 않고 곧 다시 자리에 앉았다.

"만약 깊이 생각해야 할 일이라면 어둠 속에서 검토하는 게 더 낫겠군요." 뒤팽이 심지에 불을 붙이지 않고 말했다.

"그것도 자네의 특이한 생각 중 하나지." 경찰청장은 자신의 이해를 넘어서는 것은 모두 "특이한 것"이라고 부르는 습관이 있었다. 그래서 그는 아주 많은 "특이한 것"에 둘러싸여 살고 있었다.

"맞아요." 뒤팽이 방문객에게 파이프를 건네며 말했다. 그리고 그에게 편안한 의자를 권했다.

"그럼, 자, 어려운 문제가 뭔가요?" 내가 물었다. "살인 같은 건 아니죠?"

"아니, 그런 건 아니오. 사실은 아주 단순한 일이오. 우리끼리도 충분히 해결할 수 있는 일이지만 너무 특이한 일이라서 뒤팽 자네가 상세하게 듣고 싶어 할 것 같아서 왔소."

"단순한데 특이하다는 말씀이시죠." 뒤팽이 말했다.

"말하자면, 그렇소. 그런데 정확히 그렇지는 않소. 사실 이 사건이 아주 단순하면서도 너무 당혹스러워서 우리 모두 어쩔 줄 모르고 있소."

"어쩌면 바로 단순하기 때문에 잘못 처리된 것 같은데요"라고 내 친구가 말했다.

"말도 안 되는 소리!" 경찰청장이 껄껄 웃으면서 대답했다.

"어쩌면 **너무** 쉬운 수수께끼 같은데요." 뒤팽이 말했다.

"오, 세상에! 왜 그렇게 생각하오?"

"**너무** 뻔한 수수께끼인 걸요."

"하! 하! 하! — 하! 하! 하! 하! — 호! 호! 호! — 오, 뒤팽, 우스워 죽겠소!" 방문객은 아주 재미있다는 듯이 낄낄댔다.

"그런데 당장 뭐가 문제인데요?" 내가 물었다.

경찰청장이 생각에 잠겨 담배 연기를 길게 내뿜다가 마침내 의자에 앉으면서 대답했다. "자, 말하겠소. 간단히 말하겠소. 하지만 말하기 전에 이 일을 극도로 비밀에 부쳐야 한다는 걸 명심해야 하오. 만약 내가 다른 사람에게 누설한 사실이 알려지는 날에는 어쩌면 내 지위를 잃게 될 수도 있으니 아주 조심해야 하오."

"계속 말씀하시죠." 내가 말했다.

"아니면 그만두셔도 되고요." 뒤팽이 말했다.

"음, 그럼 말하겠소. 아주 신분이 높으신 분이 은밀히 신고하셨소. 궁전에서 아주 중요한 특정 문서를 도둑맞았다는 거요. 그 문서를 훔친 자가 누구인지도 알고 있소. 그자가 가져간 게 틀림없고 궁전에서 가져가는 걸 보기도 했소. 게다가 그자가 아직도 그 문서를 가지고 있다고 하오."

"어떻게 그 사실을 아셨죠?" 뒤팽이 물었다.

"문서의 성격상 그렇소. 그리고 도둑이 소유하지 않게 되면 즉시 나타날 결과가 나타나지 않았소. 다시 말해 도둑이 마지막에 사용하려고 계획한 대로 사용하지는 않아서 명백히 추론할 수 있소." 경찰청장이 대답했다.

"좀 더 분명히 말씀해 주세요." 내가 말했다.

"글쎄, 지금 그자가 그 문서를 갖게 되어 어떤 영역에서 큰 권력, 아주 엄청난 권력을 갖게 된다고 감히 말할 수 있소." 경찰청장은 외교적인 말투를 좋아했다.

"아직도 무슨 말인지 잘 모르겠군요." 뒤팽이 말했다.

"모르겠소? 음, 그 문서가 이름을 밝힐 수 없는 제3자에게 공개되면 아주 신분이 높은 분의 명예가 훼손되오. 그런 이유로 지금 그 문서를 가진 그자가 명예와 평화를 잃게 될 그 저명한 분보다 우위를 점하고 있소."

"하지만 도둑맞은 사람이 도둑이 누구인지 알고 있다는 걸 도둑 자신이 알아야 우위를 점할 수 있을 텐데요. 누가 감히……." 내가 말했다.

"도둑, 그놈은 무슨 짓이라도 하는 놈이오. 인간다운 일만 하는 게 아니라 인간답지 못한 일까지 마구 하는 D 장관이요." G가 말했다. "그놈의 도둑질 방법은 교묘하기보다 대담하오. 도둑맞은 사람은 문제의 문서, 솔직히 말하자면 그 편지를 혼자 있을 때 궁전 내실에서 받았소. 그녀가 편지를 읽고 있는 도중 절대로 이 편지를 봐서는 안 되는 또 다른 지체 높은 분이 갑자기 들어왔소. 그녀는 편지를 황급히 서랍에 넣으려고 했는데 그러지 못하고 편지를 편 상태로 탁자 위에 올려놓을 수밖에 없었소. 하지만 편지가 눈에 잘 띄지는 않았소. 주소가 맨 위에 있고 내용은 다 보이지 않았소. 바로 이때 D 장관이 들어왔소. 살쾡이 같은 눈으로 그는 곧 그 편지를 보았고 주소의 필체를 알아보았소. 그리고 수취인의 당황한 모습을 보고 그녀의 비밀을 눈치챘소. 늘 그러하듯이 그는 서둘러 몇 가지 일을 처리한 후 문제의 편지와 다소 유사한 편지를 꺼내 펼쳐서 읽는 척하더니 문제의 편지 근처에 놓았소. 그는 다시 약 15분 동안 공적 업무를 이야기하다가, 마침내 작별 인사를 하더니 탁자에서 자기 편지가 아닌 문제의 편지를 가지고 갔소. 정당한 주인인 그녀는 그 행동을 봤지만 바로 옆에 있던 제3자가 눈치챌까 봐 아무 말도 하지 못했소. D 장관은 자리를 떴소. 탁자 위에 그 편지 대신 중요하지 않은 자기 편지를 두고 갔소."

"자, 그러면 도둑이 완벽하게 우위를 점하게 되었군. 도둑맞은 사람이 도둑이 누구인지 알고 있다는 사실을 도둑 자신도 알고 있으니까." 뒤팽이 내게 말했다.

"그렇소. 그는 지난 몇 달 동안 그렇게 얻은 힘을 아주 위험할 정도로 자신의 정치적 목적을 위해 휘둘러 왔소. 도둑맞은 사람은 매일매일 편지를 되찾아야 할 필요성을 뼈저리게 느끼고 있소. 하지만 물론 이 일을 공개수사할 수는 없소. 절망에 빠진 그녀가 내게 이 일을 맡긴 거요." 경찰청장이 대답했다.

"당신이 가장 현명한 수사관이라서 그랬겠죠." 자욱한 연기 속에서 뒤팽이 말했다.

"과찬이오. 그런 의견이 있을 수는 있겠지만." 경찰청장이 대답했다.

"말씀대로, 아직도 장관이 그 편지를 가지고 있는 게 분명하군요. 그 편지는 사용하지 않고 소유하는 데서 힘이 나오니 말이에요. 그 편지를 사용한 순간 권력도 함께 사라지니까요." 내가 말했다

"맞는 말이오. 그렇게 믿고 수사를 진행했소. 우선 장관 공관을 철저히 수색하는 데 신경을 썼소. 여기서 가장 큰 난관은 장관 몰래 수색해야 한다는 점이었소. 무엇보다 그가 조금이라도 의심하면 큰 위험에 빠질 것이라는 경고를 받았소." G가 말했다.

"하지만 당신은 이런 수사에 아주 능하시잖아요. 파리 경찰은 전에도 이런 일을 자주 했잖아요." 내가 말했다.

"오, 그렇소. 그래서 절망하지 않았소. 장관은 밤새 집을 자주 비우곤 하는데 그 습관도 내게 아주 유리하게 작용했소. 하인도 결코 많은 편이 아니었소. 하인들은 주인 방에서 뚝 떨어진 침실에서 자는 데다 대다수가 나폴리인이라 거나하게 취해서 자오. 알다시피 내게는 파리의 어떤 방 금고라도 열 수 있는 열쇠가 있소. 3개월 동안 하루도 빼지 않고 공관의 방이란 방은 모조리 다 뒤졌소. D 장관 공관을 내가 직접 뒤지지는 않았소. 내 명예에 흠이 갈까 봐 남에게 맡겼고 게다가 비밀 수사라 엄청난 보상금이 걸려 있소. 그래서 포기하지 않고 수색했지만 마침내 도둑이 나보다 더 영리한 놈임을 완전히 인정하게 되었소. 그 건물에서 편지를 숨길 만한 곳은 구석구석 샅샅이 조사

했다고 생각하오."

"하지만 장관이 편지를 가지고 있는 게 분명해도 공관 아닌 다른 곳에 숨겼을 수도 있지 않나요?" 하고 나는 내 의견을 제시했다.

"그건 거의 불가능하지. 현재 특수한 궁정 상황, 특히 D가 연루된 음모에서는 편지를 가지고 있는 것 못지않게 즉시 사용할 수 있어야 하거든. 즉 필요할 때 즉시 편지를 제시할 수 있어야 하거든." 뒤팽이 말했다.

"편지를 제시할 수 있어야 해?" 내가 물었다.

"말하자면, 편지를 즉시 **없애 버릴 수** 있어야 해." 뒤팽이 말했다.

"맞는 말이군. 편지는 틀림없이 장관 방 안에 있겠군. 장관이 지니고 다니는 것은 논외로 해야겠군." 내가 말했다.

"정말 맞는 말이오. 내 부하들이 노상강도인 척하면서 두 번이나 장관을 급습했고 내가 보는 앞에서 장관의 몸을 샅샅이 수색했소." 경찰청장이 말했다.

"쓸데없이 고생하셨군요. D는 아주 바보가 아니고, 그렇다면 당연히 이런 식의 수색을 예상했을 거예요." 뒤팽이 말했다.

"**아주** 바보는 아니오. 하지만 그는 시인이오. 내 생각으로는 바보와 시인은 종이 한 장 차이오." G가 말했다.

"맞는 말이에요. 나도 그런 어설픈 짓을 한 적이 있지만." 뒤팽이 해포석 파이프로 길게 연기를 뿜으며 생각에 잠겨 말했다.

"수색 결과를 자세히 설명해 주시겠어요?" 내가 말했다.

"사실 우리는 오랫동안 **모든 장소**를 샅샅이 수색했소. 이런 일에는 경험이 풍부하오. 건물 전체, 방 하나하나를 수색했고 방마다 일주일을 매일 밤 조사했소. 먼저 가구부터 시작했소. 열 수 있는 서랍이란 서랍은 다 열어 봤소. 제대로 훈련받은 경찰에게 **비밀 서랍** 같은 것은 있을 수 없다는 건 알 거요. 이런 종류의 수색에서 '비밀' 서랍을 놓치는 건 바보요. **아주** 간단한 일이오. 모든 금고에는 일정한 공간이 있소. 우리는 정확한 자를 가지고 있어서 길이가 50분의 1만 줄어도 우리 눈에 금방 띌 거요. 금고 다음에는 의자를 수색했소. 두 분도 보셨던 가늘고 긴 바늘로 찔러 가며 쿠션을 조사했소. 탁자는 상판을 제거했소."

"왜 그랬어요?"

"물건을 숨기려는 사람은 탁자나 그 비슷한 것의 상판을 제거한 다음 다리를 파내고 그 안에 물건을 넣고 다시 상판을 올려놓는 경우가 많소. 침대 기둥의 아랫부분을 비슷한 방식으로 이용하기도 하오."

"하지만 다리에 구멍이 있는지 소리로 감지할 수는 없어요?" 내가 물었다.

"물건을 넣을 때 솜으로 충분히 감싸면 소리가 나지 않소. 게다가 이번 경우에는 소리 없이 수색을 진행해야 했소."

"당신이 말한 방식으로 편지를 숨겨 놓을 만한 가구를 모두 뜯어낼 수는 없었을 텐데요. 편지를 돌돌 말면 모양이나 부피가 기껏해야 뜨개질바늘 정도일 거고, 예를 들어 그런 모양으로 의자 등받이에 넣을 수도 있잖아요. 의자를 다 뜯지는 않았죠?"

"물론 다 뜯지는 않았소. 하지만 더 나은 방법을 썼소. 가장 성능 좋은 확대경으로 실제로 공관의 의자 등받이와 가구의 접합 부분을 모두 조사했소. 최근에 손댄 흔적이 있었으면 곧 발견했을 거요. 예를 들어 티끌이 있었어도 사과 한 알만큼이나 잘 보였을 거요. 접착제가 갈라졌거나 접합부에 비정상적인 틈이 있었으면 틀림없이 찾아냈을 거요."

"거울의 유리와 판자 사이를 자세히 들여다봤겠죠. 커튼과 카펫뿐 아니라 침대와 침구도 살펴봤겠죠."

"물론 그랬소. 이런 식으로 가구의 모든 부분을 완벽하게 수색한 다음 공관 건물을 조사했소. 하나도 놓치지 않기 위해 집 전체를 여러 구획으로 나누고 번호를 매겼소. 바로 옆 건물 두 채를 포함해 건물 전체를 제곱인치*로 나누어 각 구역을 다 마찬가지로 확대경을 가져다 대고 꼼꼼하게 조사했소."

"바로 옆에 있는 두 건물까지요! 정말 고생이 많았겠어요." 내가 외쳤다.

"아주 힘들었소. 하지만 보상금이 엄청나오."

"건물 주위 땅도 수색했나요?"

"땅은 벽돌로 포장되어 있어, 비교적 수색이 쉬웠소. 벽돌 사이의 이끼를 조사해 보니 전혀 손댄 흔적이 없었소."

"물론 D의 서류와 서재의 책들도 살펴봤죠?"

"물론이오. 우리는 모든 서류 꾸러미를 펼쳐 보았소. 책도 모두 펼쳐 보았을 뿐 아니라 일부 경찰관들이 하듯이 한꺼번에 책을 넘기는 정도로 한 게 아니었소. 책을 한 쪽씩 넘겨 가며 보앉소. 또 모든 책 표지의 두께를 가장 정확하게 측정하고 자세히 확대경으로 조사했소. 만약 최근에 제본된 책이 있었으면 우리 눈을 피할 수 없었을 거요. 제본한 지 얼마 안 되는 대여섯 권은 바늘로 옆 부분을 찔러 가며 꼼꼼하게 조사했소."

"카펫 아래 마루도 조사했나요?"

"물론 그렇게 했소. 카펫을 모두 걷어 내고 확대경으로 마루판자도 조사했소."

"벽지는요?"

"조사했소."

"지하실은 살펴보셨어요?"

"살펴봤소."

"그렇다면 추리를 잘못하신 것 같은데요. 추측과 달리 편지는 그 건물 안에 없군요." 내가 말했다.

"그런 것 같소. 그럼 이제, 뒤팽, 내가 뭘 해야 하오?" 경찰청장이 말했다.

"공관 내부를 다시 철저히 수색해 보십시오."

"전혀 그럴 필요가 없소. 편지가 공관에 없다는 건 내가 지금 숨 쉬고 있는 것보다 더 분명한 사실이오." G가 대답했다.

"더 이상 조언해 드릴 게 없군요. 편지에 대해서는 물론 정확하게 설명할 수 있으시죠?" 뒤팽이 말했다.

"오 물론이오!" 경찰청장은 수첩을 꺼내더니 큰 소리로 사라진 편지의 내용과 특히 겉모양에 대한 상세한 설명을 읽기 시작했다. 이 설명을 다 읽자마자, 그는 어느 때보다 더 우울한 표정을 짓고 떠났다.

그로부터 약 한 달 후 다시 그가 우리를 방문했다. 우리는 거의 그전과 똑같이 담배를 피우고 있었다. 그는 파이프를 들고 의자에 앉은 다음 일상적인 이야기를 했다. 마침내 내가 말했다.

"음, 그런데 G, 도둑맞은 편지는 어떻게 됐나요? 결국 D 장관 수사는 그만두기로 결정하신 것 같은데요."

"빌어먹을 장관. 뒤팽의 제안대로 재수색을 했지만, 모두 헛수고였소. 내 이럴 줄 알았소."

"보상금이 얼마라고 했죠?" 뒤팽이 물었다.

"음, 아주 **많소**. 아주 후하오. 정확히 얼마라고 밝히고 싶지는 않소. 하지만 이 말만 하겠소. 누구든 그 편지를 가져오면 5만 프랑의 개인 수표를 끊어 줄 용의가 있소. 사실 날마다 그 편지가 점점 더 중요해지고 있고 최근에 보상금이 두 배로 올랐소. 하지만 보상금이 세 배로 늘어도 이상할 게 없소."

"왜, 할 일이 더 있을 텐데요. 내 생각엔, G, 이 일에 최선을 다하지 않은 것 같은데요. 좀 더 노력할 수 있을 것 같은데요, 음?" 뒤팽이 해포석 파이프로 연기를 내뿜으며 느릿느릿 말했다.

"어떻게? 어떤 방식으로 말이오?"

"왜, 푸푸, 당신은, 돈을 내고 이 문제에 대해 자문받을 수도 있잖아요. 의사 애버네시* 이야기 기억나세요?"

"기억나지 않소, 빌어먹을 애버네시!"

"그렇죠! 자, 내 이야기를 들어 보세요. 옛날 옛적에, 어떤 부자 구두쇠가 애버네시에게 공짜로 처방을 얻을 계획을 세웠죠. 그러기 위해 이 구두쇠는 개인적인 일상 이야기를 나누다가 자기 병을 가상 인물의 병인 것처럼 의사에게 넌지시 말했죠.

'그의 증상이 이러저러하다고 해 봅시다. 자, 의사 선생님, **당신**이라면 그에게 무엇을 복용하라고 하시겠습니까?'

이 말을 들은 애버네시는 '복용이라! 왜, 정확한 **진단**을 받으시죠'라고 말했죠."

"하지만 **난** 조언을 듣고 **기꺼이** 대가를 지불할 용의가 있소. 이 문제를 도와주는 사람이 있다면 누구든 정말 5만 프랑을 줄 용의가 있소." 약간 당황하며 경찰청장이 말했다.

뒤팽이 서랍을 열고 수표책을 꺼내며 말했다. "그렇다면 말씀하신 그 액수의 수표를 끊어 주시죠. 서명하시면 편지를 건네 드릴게요."

나는 깜짝 놀랐다. 경찰청장은 완전히 충격을 받은 것 같았다. 그는 몇 분 동안 꼼짝도 않았고 아무 말도 하지 못 했다. 입을 벌린 채로 믿을 수 없다는 듯이 내 친구를 바라보았다. 눈알이 튀어나온 것처럼 보였다. 그 후, 어찌어찌해 펜을 쥐더니 몇 번을 멈추고 멍하니 바라보다가 마침내 5만 프랑이라고 수표에 쓰고 서명한 다음 탁자 맞은편에 앉아 있는 뒤팽에게 건넸다. 뒤팽은 수표를 꼼꼼하게 검토한 후 수첩 속에 넣은 다음, 뚜껑 달린 책상을 열쇠로 열고 거기서 편지를 꺼내더니 경찰청장에게 주었다. 경찰청장은 기뻐 날뛰며 그 편지를 움켜쥐고 떨리는 손으로 펼치더니 그 내용을 잽싸게 훑어본 다음 거의 기다시피 해 겨우 문까지 갔다. 마침내 인사 한마디 없이 경찰청장은 방 밖으로, 이어 집 밖으로 마구 뛰어나갔다. 뒤팽이 수표를 써 달라고 요청한 후 그는 단 한마디도 하지 않았다.

그가 떠나자 내 친구는 몇 가지 설명을 했다.

"파리 경찰은 정말 유능하지. 인내심이 강하고, 독창적이며, 교활하고, 임무를 수행하는 데 필요한 지식에 능통하지. 따라서 G가 D의 공관 수색 방법을 자세히 설명해 주었을 때, 그로서는 철저하게 수색을 마쳤다고 확신했지."

"그로서는 철저하게?" 내가 물었다.

"그의 조치는 최고였을 뿐 아니라 완벽에 가깝기도 했어. 만약 편지가 그들의 수색 범위 안에 있었다면, 틀림없이 경찰이 편지를 찾았을 거야." 뒤팽이 말했다.

나는 그냥 웃어넘겼지만, 그는 처음부터 끝까지 아주 진지하게 말했다.

"그 수색 방법은 나름대로 좋았고 잘 실행되었지만, 맹점은 이 사건과 인물에게 적용될 수 없는 방법이라는 데 있어. 아주 독창적인 경찰청장의 수색 방법이란 게 프로크루스테스의 침대 같은 거야. 억지로 침대에 맞춰서 수색한 거야. 하지만 문제를 너무 깊이 파고들었거나 아니면 너무 얕게 건드려서 계속 문제를 못 푼 거야. 추리에 있어 그는 어린 학생만도 못했어.

여덟 살쯤 된 아이를 아는데, 그 아이는 '홀짝' 게임을 하면 늘 이겨. 그래서 모두 감탄하지. 이 게임은 공깃돌로 하는 간단한 게임이야. 한 사람이 손에 공깃돌을 여러 개 들고 그 숫자가 짝수인지 홀수인지 상대방에게 묻는 거야. 추측이 맞으면 공 깃돌을 하나 얻고 틀리면 하나를 잃는 게임이야. 내가 말한 그 아이는 학교 안 구슬을 모조리 휩쓸어 갔어. 물론 그 아이에게 는 몇 가지 추측 원칙이 있었지. 관찰을 통해 상대방이 얼마나 영리한지 가늠했던 거야. 예를 들어 멍청한 바보랑 홀짝 게임 을 할 때, 주먹 쥔 손을 들고 '짝, 홀' 하고 물으면 그 아이는 '홀' 이라고 대답해서 지지. 하지만 두 번째 게임에서는 이기게 돼. '첫 번째 게임에서 바보가 멍청하게 짝수를 가졌으니, 두 번째 는 머리를 써 홀수를 쥐겠지, 홀이라고 해야지.' 이런 식으로 추 측해 그 아이는 이기는 거야. 이제 첫 번째 바보보다 한 단계 더 똑똑한 바보하고 게임을 할 때는 이렇게 추측하지. '이 친구는 첫 번째 게임에서 내가 홀이라고 했으니까, 두 번째 게임에서 는 아까 멍청한 아이가 그랬던 것처럼 처음에는 충동적으로 짝 수에서 홀수로 바꿀 거야. 하지만 다시 한번 생각해 보고 너무 단순한 변화 같으니까 결국 전처럼 짝을 쥐기로 결정할 거야. 그러니까 나는 짝이라고 해 이겨야지.' 친구들이 '운 좋다'고 했 던 이 아이의 이런 추측 방식, 이 방식을 궁극적으로 분석해 보 면 무엇일까?"

"추측하는 사람이 자기 지성을 상대방의 지성에 일치시키는 거지." 내가 말했다.

"그렇지. **어떻게** 철저하게 상대방과 동일시해서 이기냐고 아 이에게 물었는데, 이렇게 대답했어. '저는 어떤 사람이 얼마나 현명한지, 얼마나 어리석은지, 얼마나 선한지, 얼마나 사악한지, 또는 현재 무슨 생각을 하는지 알고 싶을 때, 가능한 한 정확하게 그 사람의 표정대로 표정을 지은 다음, 내 마음속에 그 표정과 어울리는 혹은 일치하는 생각이나 감정이 생겨나기를 기다려요.' 이 아이처럼 대응하는 방식이 라로슈푸코,˚ 라부아지브,˚ 마키아벨리,˚ 캄파넬라˚의 그럴싸한 심오한 사상의 기저에 있어"라고 뒤팽이 말했다.

"내가 제대로 이해한 것이라면, 추론하는 사람이 상대방의 지성과 눈높이를 맞추어야만 상대방의 지성을 정확하게 가늠할 수 있다는 말이지." 내가 말했다.

"그래야지 실제로 쓸 수 있겠지." 뒤팽이 대답했다. "첫째, 경찰청장과 그의 부하들은 이렇게 동일시하지 않아서 실패했고, 둘째, 그들이 수사하는 사람의 지성을 잘못 가늠해서, 아니 오히려 가늠하지 않아서 실패한 거야. 자신들 방식으로만 생각한 거야. 숨겨진 것을 찾을 때 **자신들이** 숨겼을 만한 방식만 생각한 거지. 자신들의 독창성이 **대중**의 독창성의 표본이라고 본 것까지는 그들이 옳아. 보통 사람을 대할 때는 그들의 방식이 옳지만, 개별 범죄자가 그들과 다른 방식으로 교활할 때는 당연히 범죄자에게 속게 되지. 범죄자가 그들보다 교활하거나, 아주 흔한 일이지만, 그들보다 어리석을 때 늘 이런 일이 발생해. 경찰은 수사할 때 그때그때 원칙을 바꾸지 않아. 특별한 긴급 상황이 생겨 엄청난 보상금을 줄 때도 원칙은 건드리지 않고 기껏해야 기존의 **수사 방식**을 확대하거나 강화할 뿐이야. 예를 들어 이 D의 사건을 보면 수사에서 행동의 원칙이 바뀐 게 있어? 이렇게 지루하게 조사하고, 소리를 듣고, 확대경으로 꼼꼼하게 살피고, 건물을 일정한 제곱인치로 나누어 봐야 그게 무슨 소용이 있어? 하나 또는 일련의 수색 원칙을 지나치게 **적용한** 것일 뿐인데. 그 원칙이라는 것마저 경찰청장이 오랫동안 일상적 임무를 하면서 익숙해진 인간의 독창성에 대한 고정관념에 기반한 것이야. 그는 모든 사람이 편지를 숨기려고 할 것이라고 생각한 거야, 알겠지? 정확히 의자 다리에 송곳 구멍을 뚫어 숨기지 않아도 편지를 그런 곳에 숨기고 싶어 한다고 생각한 거야. 그런 식으로 교묘하게 구멍이나 구석에 숨기는 게 평범한 상황에서 보통 사람이 하는 일인 걸 알겠지? 물건을 숨길 때, 처음부터 추정 가능하고 추정될 만한 곳에 물건을 감추거나, 교묘하게 감추기 때문이지. 그런 걸 찾기 위해서는 기민함이 필요한 것이 아니라 단순한 주의력, 인내, 단호한 의지만 있으면 돼. 그리고 중요한 사건의 경우, 즉 경찰에게는 마찬가지 이야기겠지만, 어마어마한 보상금이 걸려 있을 경우에 그동안 그런 자질을 발휘해 **한 번도** 실패한 적이 없거든. 만약 도둑맞은 편지가 경찰청장의 수색 범위 안에 숨겨져 있었다면, 다시 말해 경찰청장의 원칙으로 찾을 수 있게 숨겨져 있었다면, 틀림없이 발견되었을 거야. 내 말이 무슨 말인지 알겠지? 그러나 경찰청장은 완전히 잘못 짚었어. 그의 패배의 근원은 장관이 시인으로 명성을 얻었으니 바보라고 가정한 데 있어. 경찰청장은 바보는 다 시인이라고 **생각하고** 시인은 다 바보라고 추론했지. 그 추론에서 그는 중개념 불충족 오류'를 범했어."

내가 물었다. "하지만 장관이 정말 시인이야? 내가 알기로는 형제가 둘인데 둘 다 뛰어난 학자지. 장관이 미분적분학에 관한 논문을 많이 쓴 것은 알아. 그는 수학자지 시인은 아닌데."

"네가 착각하고 있어. 장관을 잘 아는데 둘 다야. 그는 시인이자 동시에 수학자이기 때문에 추론을 잘하는 거야. 단순히 수학자였다면 제대로 된 추론을 못해서 경찰청장에게 들켰을 거야."

"그런 의견을 갖고 있었다니, 정말 놀랍군. 세상 사람 말과 정반대군. 수 세기에 걸친 사람들의 생각을 무위로 돌리려는 건 아니겠지. 수학적 추론은 오랫동안 **탁월한** 추론으로 간주되어 왔는데." 나는 말했다.

뒤팽은 샹포르'의 말을 인용하는 것으로 대답을 대신했다. "'관습은 바보짓이다. 왜냐하면 그것은 대중에게 적합했기 때문이다.' 수학자들은 네 말대로 대중적 오류를 퍼트리기 위해 최선을 다해 왔어. 진리로 퍼트려졌어도 오류는 여전히 오류야. 예를 들어 그들은 더 나은 대의에 합당한 기교를 사용해 '분석'이라는 용어를 대수학에 교묘하게 끼워 넣어 적용했어. 프랑스인들이 이런 속임수의 창시자야. 그러나 만일 용어가 어떤 중요성을 갖는다면, 만약 단어들이 적용 가능성에서 어떤 가치를 얻는다면, 분석이 대수학에서 의미하는 정도는, 라틴어 'ambitus(사회적 행위)'가 영어로 'ambition(야심)'을, 라틴어 'religio(미신)'가 영어로 'religion(종교)'을, 라틴어 'homines honesti(저명인사)'가 영어로 'honorable man(명예로운 사람)"을 의미하는 것과 같아."

"곧 파리의 대수학자들과 다투게 될 것 같은데,' 하지만 계속 해 봐." 내가 말했다.

"나는 추상적 논리가 아니라 특수한 형식으로 발전된 이성의 유용성이나 가치에 반대해. 특히 수학 연구에서 연역된 추론에 반대해. 수학은 형식과 양에 관한 과학이고, 수학적 추론은 형식과 양에 관한 관찰에 적용되는 논리에 불과해. 가장 큰 오류는 순수 대수라고 불리는 진리를 추상적인 혹은 일반적인 진리로 가정하는 거야. 그리고 이런 오류는 너무나 심각하기도 해. 황당하게 사람들은 보편적으로 이 오류를 받아들이고 있어. 수학적 공리는 보편적 진리의 공리가 **아니야**. 예를 들어 형식과 양의 **관계**에서 참인 것을 도덕에 적용하면 심하게 거짓인 경우가 종종 있어. 도덕의 경우 보통 부분의 합이 전체와 같지 **않아**. 이런 원리는 화학에서도 통하지 않아. 동기를 고려해도, 이런 원리는 통하지 않아. 왜냐하면 각각 어떤 가치를 지닌 두 가지 동기를 합한다고 해서 반드시 각각의 가치의 합과 같아지지는 않거든. 이 밖에도 **관계**의 한계 안에서만 진리인 수학적 진리는 무수히 많아. 그러나 수학자는 **유한한** 진리에서 나온 것을 습관적으로 마치 절대적으로 적용되는 보편성을 지닌다고 주장하고, 세상 사람들도 실제로 그렇다고 상상하지. 브라이언트'는 그의 저서 『신화』에서 '우리는 이교도 우화를 믿지 않으면서도 끊임없이 깜박 잊고 그것을 현실이라고 추론한다'라고 말하면서 이와 유사한 잘못의 원인을 말하지. 그러나 이교도인 대수학자들은 '이교도 우화'를 믿어. 추론을 하는 것은 기억나지 않아서가 아니야. 오히려 설명할 수 없는 두뇌의 혼란 때문이지. 요컨대 내가 만난 순수한 수학자는 모두 동근*을 벗어난 것을 믿지 않았어. 즉 수학자들은 은밀하게 $x^2 + px = q$를 무조건 절대 진리로 믿어. 네가 이 신사 수학자들 중 한 명에게 실험적으로 $x^2 + px = q$가 아닌 경우가 발생할 수 있다고 믿는다고 말하려면, 그 이유를 이해할 수 있게 설명한 후 가능한 한 재빨리 도망쳐야 해. 그는 틀림없이 너를 때려눕히려고 할 테니까."

뒤팽의 마지막 말에 내가 웃는데도, 뒤팽은 말을 이어 갔다. "만약 D 장관이 수학자이기만 했으면 경찰청장은 내게 이 수표를 줄 필요가 없었을 거야. 하지만 나는 그가 수학자이자 시인인 걸 알고 있었지. 나는 그의 주변 상황을 고려해 가며 그의 능력에 눈높이를 맞추는 방식을 선택했어. 그가 궁정 대신이자 대담한 **계략가**인 것도 알고 있었어. 그런 사람이라면 일반 경찰의 행동 양식을 모를 리가 없다고 생각했어. 자신이 당할 일을 예상하지 못했을 리가 없지. D는 수색당할 것을 예상했고 실제로 일어난 일을 보면 그의 예상이 옳다는 게 증명되었지. 그는 경찰이 은밀하게 수색하리라고 예상했어. 밤에 그가 자주 집을 비우자 경찰청장은 성공 예감에 만세를 불렀지만, 나는 이 모두를 단지 장관의 **계략**이라고 생각했어. 경찰에게 철저한 수색의 기회를 제공해서, G가 실제로 도달한 확신, 즉 편지가 장관 공관 내부에 없다는 확신을 더 빨리 주려는 계략 같았어. 또 방금 자세히 설명했듯이 경찰은 관성적으로 자신들의 원칙을 적용했고, 장관은 경찰의 이런 사고의 흐름을 알고 따라갔을 거야. 그래서 장관은 보통 사람들이 하듯이 **구석**에 숨기는 걸 꺼릴 수밖에 없었어. 나는 **그가** 공관의 가장 복잡하고 외진 구석도 경찰청장의 눈이나, 수색이나, 송곳이나, 확대경에 가장 흔한 벽장처럼 훤히 보인다는 걸 모를 정도로 아둔하지는 않을 것 같았어. 그가 의도적으로 선택하지 않더라도 결국 당연히 **단순한** 방법에 끌리리라는 걸 알았어. 아마 기억나겠지만 경찰청장과 우리가 처음 만나서 이야기할 때 내가 이 수수께끼가 너무 분명해서 힘들 수도 있다고 하자 그가 폭소를 터트렸잖아."

"맞아, 즐겁게 그가 막 웃던 기억이 생생해. 정말이지 저러다가 경련이라도 일으키겠구나 했어." 내가 말했다.

"물질세계와 정신세계는 아주 정확하게 유사해. 그래서 수사학적 원리는 진리의 색채를 갖게 되는 거야. 어떤 주장을 할 때 비유나 직유를 쓰면 장식적 효과뿐 아니라 주장을 강화하는 효과를 얻게 돼. 예를 들어 관성의 법칙은 물리학이나 형이상학이나 똑같이 적용돼. 물리학의 경우, 큰 물체가 작은 물체보다 움직이기는 더 어렵지만 일단 움직이면 어려움에 비례해 **추진력**이 더 커져. 물리학 못지않게 형이상학에서도 거대한 지성은 저급한 지성보다 더 강력하고, 더 지속적이고, 더 획기적이지만, 첫 단계에서는 쉽게 움직이지 않아. 움직이기가 더 곤란하고 움직이다 말다 하는 일이 더 자주 있어. 다시 물어볼게. 상점 문 위에 걸려 있는 간판 중 어떤 것이 가장 시선을 끄는지 알아?" 뒤팽이 물었다.

"생각해 본 적 없는데." 내가 대답했다.

그가 다시 말을 이어 갔다. "지도 위에서 하는 수수께끼 게임이 있어. 게임을 할 때 한쪽이 어떤 단어를 말하면 상대방은, 어지럽고 복잡한 지도에서 도시, 강, 주, 제국 이름을, 간단히 말해 그 단어를 찾아내야 해. 게임 초보자는 보통 가장 작은 글씨로 쓴 이름을 제시해 상대방을 당황하게 만들려고 하지만, 숙련자는 단어를 지도 끝에서 끝까지 큰 글씨로 늘어놓은 걸 선택해. 그런 단어는 거리에 있는 지나치게 큰 글자 간판이나 지나치게 뚜렷한 플래카드처럼 눈에 띄지 않거든. 정신적 이해도 정확하게 이런 시각적 간과와 유사해. 지력을 발휘할 때도 너무 눈에 띄고 너무 뚜렷한 사항은 못 보고 그냥 지나쳐 이해가 안 되는 거야. 하지만 바로 이런 지점이 경찰청장에게 너무 어렵거나 너무 쉽게 보이는 지점이지. 경찰청장은 장관이 아무도 편지를 알아볼 수 없게 하는 최선의 방법으로서 바로 세상 사람들 코 밑에 편지를 두었을 개연성이나 가능성에 대해서는 전혀 생각하지 못했거든.

하지만 나는 D의 대담하고 저돌적이고 합리적인 독창성에 대해 곰곰이 생각하면 할수록, 또 그가 그 편지를 효과적으로 이용하기 위해 항상 **손이 닿는 곳에** 두어야 했고, 경찰청장의 결정적인 증거인 그 편지가 경찰청장의 일상적인 수색 범위 안에 숨겨져 있지 않을 거라고 생각하면 할수록, 장관이 전혀 숨기지 않는 포괄적이고 현명한 방편을 선택해 숨겼으리라고 더욱

더 확신하게 되었어.

머릿속으로 이런 생각을 하면서 나는 초록색 안경을 준비한 다음, 어느 화창한 날 아침 우연인 것처럼 장관 공관을 방문했어. 집에서 D는 평소처럼 게으름을 피우며 하품을 하면서 너무 **지겨워서** 견딜 수 없는 척하고 있었어. 그는 아마 그 누구보다 활기찬 사람일 거야. 하지만 아무도 보지 않을 때만 활기찬 모습을 보이지.

나는 그와 눈높이를 맞추기 위해 눈이 잘 안 보여 안경을 쓸 수밖에 없다고 불평하면서 신세 한탄을 했지. 주인과의 대화에만 집중하는 척하면서 조심스럽게 그의 방을 샅샅이 살펴봤어.

그가 앉아 있는 특별히 큰 책상에 주목했어. 책상 위에는 악기가 한두 개, 책이 몇 권, 그와 더불어 잡다한 편지와 서류가 흩어져 있었어. 오랫동안 하나하나 살펴봤는데 특별히 의심 가는 것은 전혀 없었어.

방을 한 바퀴 둘러보다가 마침내 가는 줄 장식이 달린 싸구려 판지 명함꽂이를 발견했어. 그 명함꽂이는 더러운 파란색 리본으로 벽난로 한가운데 설치된 작은 놋쇠 고리에 매달려 있었어. 명함꽂이에는 서너 개의 칸이 있었는데, 방문자의 명함 대여섯 장과 편지 한 통이 꽂혀 있었어. 이 마지막 편지는 아주 더러운 데다가 구겨져 있었어. 가운데가 거의 둘로 찢겨 있다시피 했어. 마치 처음엔 쓸모없어서 완전히 찢으려다가 다시 마음을 바꿔 그대로 둔 것처럼 보였어. **아주** 눈에 띄게 D의 이니셜이 새겨진 커다란 검은색 인장이 찍혀 있고, 여성스러운 작은 필체로 수취인을 D 장관으로 써 놓았어. 그 편지는 위 칸에 아무렇게나, 심지어 필요 없는 물건처럼 쑤셔 박혀 있었어.

그 편지를 보자마자 내가 찾고 있던 편지라고 단정했어. 겉모습은 경찰청장이 자세히 설명한 것과 완전히 달랐어. 여기 이 편지는 D의 커다란 검은색 인장으로 봉인되어 있었어.˙ 우리가 찾는 편지는 작은 붉은색 S 가문 공국의 인장이 있어. 여기 이 편지는 여성스러운 작은 필체로 장관에게 보낸 것이었지만. 우리가 찾는 편지는 눈에 띄게 대담하고 단호한 필체로 수취인인 왕실 인물의 이름을 쓴 편지였어. 두 편지는 크기는 같았지만 **근본적으로** 차이가 났어. 먼지투성이인 데다 더럽고 찢어진 종이 상태는 **아주** 꼼꼼한 D의 습관과 전혀 어울리지 않았어. 그래서 그걸 보는 사람에게 아무런 가치 없는 문서라고 속이려는 의도가 있는 것처럼 보였어. 누구나 뻔히 볼 수 있게 지나치게 눈에 띄게 배치해 놓은 점이 이전에 내가 내린 결론과 정확히 일치했어. 의심하려고 드는 사람에게는 이런 것들이 확실하고 강력한 증거가 되지.

나는 가능한 한 오래 머물기 위해 틀림없이 장관이 관심을 갖고 흥분할 만한 주제에 대해 아주 활발하게 토론하면서, 동시에 실제로는 편지에 집중했어. 이렇게 살펴보면서 그 편지의 외형과 선반에 놓인 배열을 열심히 기억했어. 마침내 아주 티끌만 한 의심까지 잠재울 수 있는 사실을 발견했어. 유심히 편지 모서리를 보니까 종이가 필요 이상으로 많이 **닳아 있었어.** 뻣뻣한 종이를 접어 접지기로 누른 다음, 주름이나 가장자리를 원래와 반대 방향으로 다시 **접은** 모양이었어. 이 발견으로 충분했어. 편지를 장갑처럼 뒤집어 반대 방향으로 다시 접은 후, 다시 봉인한 게 분명했어. 나는 탁자 위에 금장 코담뱃갑을 두고 장관에게 작별 인사를 건넨 다음 곧 공관을 떠났어.

다음 날 아침 나는 코담뱃갑을 찾으러 왔다는 구실로 장관을 방문했고, 우리는 다시 전날 나누던 대화를 시작해 아주 격렬한 토론을 벌였어. 그러나 이렇게 대화하는 도중 공관 창문 바로 아래서 권총 소리 같은 큰 소리가 들리고 겁에 질린 군중의 비명과 고함 소리가 이어졌어. D는 창문으로 달려가 창문을 열고 밖을 내다보았지. 그사이에 나는 명함꽂이로 다가가 편지를 꺼내 내 주머니에 넣고 숙소에서 면밀하게 준비해 온 (외형상) 아주 비슷한 **모조품**을 그 자리에 넣었어. D 인장의 이니셜은 빵으로 아주 쉽게 모방할 수 있었어.

어떤 남자가 소총을 들고 미쳐 날뛰는 바람에 소동이 벌어졌던 거야. 그는 수많은 여성과 어린이들 사이로 총을 쏘려고 했어. 그러나 총알이 없는 것으로 판명되었고 미치광이거나 술주정뱅이인 그 남자는 석방되었어. 그가 떠나자 D도 창문을 떠났어. 나는 목표물을 확보하자마자 그를 따라 창문가에 가 있었지. 조금 있다가 그에게 작별 인사를 하고 떠났어. 그 미친 척한 사람은 내가 고용한 사람이었어."

"하지만 어떤 목적으로 편지를 **모조품**으로 대체한 거야? 처음 방문했을 때 내놓고 그 편지를 집어서 떠나는 게 더 낫지 않았을까?" 내가 물었다.

"그는 대담하고 뻔뻔한 사람이야"라고 뒤팽이 대답했다. "그의 공관에는 경호원도 있었어. 만약 자네 제안 같은 그런 무리한 시도를 했다면, 나는 장관 공관에서 살아 돌아오지 못했을 거야. 파리의 선량한 시민들은 더 이상 내 이야기를 듣지 못했을 거야. 하지만 이런 고려 외에도 목표가 있었어. 자네도 내 정치적 성향을 잘 알잖아. 이 문제에서 나는 그 귀부인 편이야. 18개월 동안 장관이 그녀를 장악했어. 이제 그녀가 그를 장악하게 되겠지. 편지가 없어진 걸 모르는 그는 마치 편지가 있는 것처럼 무리한 요구를 할 거야. 그는 필연적으로 정치적 파멸을 맞게 되어 있어. 어쭙잖게 몰락하는 게 아니라 갑자기 몰락할 거야. **지옥에 떨어지기는 쉽다**'고들 해. 하지만 노래에 대한 카탈라니'의 말처럼, 내려가는 것보다 올라가는 게 훨씬 더 쉽지. 지금 같은 경우에 나는 내려가는 사람을 전혀 동정하지 않아, 전혀 연민을 느끼지 않아. 그는 무원칙의 천재, 끔찍한 괴물이야. 하지만 경찰청장이 '어떤 인물'이라고 칭한 그녀가 장관에게 도전하면, 그는 명함꽂이에 내가 남겨 둔 편지를 열어 볼 수밖에 없을걸. 자기 편지가 없어진 걸 알고 정확히 그가 어떤 생각을 할지 궁금하군."

"어째서? 특별한 걸 넣었어?"

"음, 봉투 안에 아무것도 넣지 않는 게 부적절해 보였어. 그랬으면 그가 모욕감을 느꼈을 거야. 한번은 빈에서 D가 내게 나쁜 짓을 한 적이 있었어. 그때 나는 태연히 그 사실을 기억하겠다고 말했었어. 그는 자신을 속인 사람의 정체에 대해 호기심을 가질 건데, 단서를 주어야만 할 것 같았어. 그는 내 필체를 잘 알고 있지. 나는 백지 가운데 이렇게 썼어.

　　이런 참혹한 계획은,
　　아트레우스*에게는 어울리지 않아도, 티에스테스에게는 잘 어울린다.

크레비용*의 『아트레우스』에 나오는 구절이야.”

군중 속의 남자

홀로 있을 수 없다는, 위대한 불운.

— 라브뤼예르'

어떤 독일 책에 대해 "읽는 게 금지되어 있다"고들 하는데 적절한 표현이다. 말하는 게 금지된 비밀들도 있다. 매일 밤 사람들은 침대에서 유령 같은 고해 신부의 손을 꽉 움켜쥐고 애처롭게 그의 눈을 바라보며 죽어 간다. 이들은 말하지 못한 비밀 때문에 심장이 터지고 목이 경련을 일으키는 가운데 죽어 간다. 아아, 가끔 인간은 공포 때문에 중죄의 짐을 그대로 지고 가다가 무덤에 이르러서야 그 짐을 내려놓을 수 있다. 따라서 모든 범죄의 본질이 밝혀지지 않고 있다.

얼마 전 가을 저녁 무렵, 나는 런던의 D 커피숍 커다란 창가에 앉아 있었다. 몇 달 동안 건강이 좋지 않았는데 그때는 회복 중이었다. 다시 기운이 나면서 권태와 정반대 감정인 행복감에 찼다. 즉 정신적 시야를 가리던 뿌연 막이 사라지자 αχλυξ η πριυ επῆευ(이제 그들 위에 있던 안개가 사라지자),* 의욕이 솟아올랐다. 전기가 통한 것처럼 보통 때보다 훨씬 더 활발하게 지성이 작동했다. 라이프니츠가 말한 생기에 찬 거리낌 없는 이성이 고르기아스*의 광적이고 어설픈 수사학을 능가하는 그런 기분이었다. 숨만 쉬어도 즐거웠고, 고통스러워해야 마땅한 여러 일에 대해서도 긍정적인 기쁨을 느꼈다. 차분한 호기심으로 모든 일에 관심을 가졌다. 오후 내내 시가를 입에 물고 무릎에 신문을 얹은 채 광고를 훑어보기도 하고, 커피숍 안 연인들을 관찰하기도 하고, 연기 자욱한 유리창 너머 거리를 보기도 하면서 기분이 좋았다.

그 거리는 도시의 주요 도로 중 하나로 하루 종일 사람이 붐볐다. 그러나 어두워지기 시작하자 순식간에 인파가 불어났고, 가로등이 켜질 무렵에는 사람들이 두 줄로 **빽빽**하게 서서 끊임없이 문 앞을 휩쓸고 지나갔다. 이런 특별한 저녁 시간에 이와 비슷한 상황에 처한 적이 없었다. 그래서 사람들의 머리가 파도처럼 밀려오는 바다를 보자 아주 흥미로운 감정이 새롭게 일었다. 마침내 나는 호텔 안에서 벌어지는 모든 일에 관심을 끊고 이제 바깥 장면을 관찰하는 데 몰두했다.

처음에 나는 바깥 장면을 전반적으로 멍하니 훑어보았다. 지나가는 수많은 사람을 보았고 그들을 하나의 집단으로 생각했다. 하지만 곧 사람들을 자세히 살펴보게 되었다. 수없이 다양한 인물, 옷, 분위기, 걸음걸이, 얼굴, 표정 하나하나에 관심을 쏜으며 바라보았다.

스치고 지나가는 사람들 중 다수가 만족스러운 듯이 사무적인 태도를 보였다. 그들은 밀려오는 군중을 헤치고 나가는 것에만 집중한 채 눈썹을 찡그리고 재빨리 눈동자를 굴렸다. 옆사람이 밀쳐도 전혀 짜증을 내지 않고 옷매무새를 바로잡은 다음 서둘러 자기 갈 길을 갔다. 역시 다수인 다른 집단의 사람들은 마치 밀집된 주변 사람들 때문에 오히려 더 외로운 듯이 불안한 동작을 했다. 이들은 홍조를 띤 채 혼잣말에 손짓까지 했다. 길이 막히면 이들은 갑자기 말을 멈추고 두 배로 크게 손짓했다. 입가에 멍한 가식적인 미소를 띤 채 길을 막은 사람들이 지나가기를 기다렸다. 만약 다른 사람이 밀면, 상대에게 지나치게 고개를 숙였고 혼란에 압도된 것처럼 보였다. 다수인 이 두 집단은 이미 지적한 것 외에 별다른 특징이 없었다. 그들은 적절하게 점잖은 계층에 속하는 옷을 입고 있었다. 의심의 여지 없이 그들은 귀족, 상인, 변호사, 무역상, 주식 중개인이었다. 최고위층 귀족과 평범한 사람들, 즉 유한 계층과 스스로 책임지고 적극적으로 자기 사업을 운영하는 자영업자들이었다. 나는 그런 사람들에게는 크게 관심이 없었다.

회사원은 가장 쉽게 알아볼 수 있는 무리였다. 이들은 눈에 띄는 두 집단으로 나뉘어 있었다. 직급이 낮은 회사원인 젊은 신사들은 꼭 끼는 코트와 밝은색 구두, 기름 바른 머리, 거만한 입매를 하고 있었다. 뭐랄까 **사무적인** 아주 단정한 차림을 한 신사들이었다. 이들은 약 1년이나 1년 반 전 상류층의 옷차림을 그대로 모방했다. 이 집단의 신사들은 상류층 신사들이 더 이상 입지 않는 우아한 옷을 걸치고 있었는데 이것이 이 계급을 최고로 잘 정의할 수 있는 것이다. 또 한 집단은 탄탄한 회사에 다니는, 즉 '꾸준한 늙은이들'로 이루어진 직급이 높은 회사원 집단인데 쉽게 알아볼 수 있었다. 앉을 때 편한 검은색 혹은 갈색 코트와 바지, 하얀 넥타이와 양복 조끼, 튼튼해 보이는 넓적한 신발, 두꺼운 양말이나 각반을 보고 상급 회사원인지 아닌지 알 수 있었다. 그들은 모두 약간 대머리였고 오랫동안 펜을 오른쪽 귀에 꽂아 특이하게 귀 끝부분이 튀어나와 있었다. 그들은 항상 양손으로 모자를 벗어 내려놓고, 짧은 금 사슬이 달린 무거운 구식 시계를 차고 있었다. 그들은 정말 그런 가식이 명예로운 양, 점잖은 척했다.

멋지게 차려입은 사람도 많았는데, 그들이 대도시마다 득실대는 소매치기임을 쉽게 알아볼 수 있었다. 나는 호기심에 차 소매치기 신사들을 지켜보았다. 지나치게 솔직한 분위기와 함께 지나치게 큰 시계를 차 금방 정체가 드러나는데, 어떻게 이런 소매치기들을 신사로 오인하는지 상상조차 할 수 없었다.

도박꾼들도 꽤 눈에 띄었고 그들은 더 쉽게 알아볼 수 있었다. 그들은 온갖 종류의 복장을 하고 있었다. 벨벳 조끼, 화려한 넥타이, 도금된 사슬, 도금 단추 등 노골적인 사기꾼 복장에서부터 전혀 의심을 사지 않을 만큼 세심하게 차려입은 지극히 소박한 성직자의 복장에 이르기까지 다양했다. 그럼에도 불구하고 모두 안색이 거무튀튀하고 눈에는 막이 끼고 흐리멍덩한 데다가 창백한 입술을 꼭 다문 게 특징이라 쉽게 구분할 수 있었다. 도박꾼인지 항상 구분할 수 있는 특징이 두 가지 더 있었다. 하나는 조심스럽게 조용히 말하는 것이고 또 하나는 엄지손가락을 다른 손가락과 직각으로 해 지나치게 뻗는 것이다. 이런 사기꾼들과 아주 흔히 함께 다니는 사람들을 관찰했다. 지식을 팔아 먹고사는 신사로 정의될 수 있는 사람들이었다. 그들은 댄디와 군인, 두 부류로 나뉘었다. 둘 다 대중을 수탈하는 사람들이었다. 댄디의 특징은 긴 머리와 미소이며, 군인의 특징은 장식 단추가 달린 코트와 찡그린 표정이었다.

점잖은 층에서 한 단계 내려가자 나는 더 심오하고 어두운 주제를 발견했다. 비굴하게 겸손한 표정을 지으며 눈만 매처럼 번득이는 유대인 행상인들을 보았다. 신분이 더 높지만 자포자기해 밤 구걸에 나선 걸인이 있었고 이들을 보고 눈살을 찌푸리는 거리의 건장한 직업 거지들이 있었다. 곧 죽을 게 확실해 보이는 약하고 핼쑥한 병자들도 있었다. 이들은 비틀거리며 군중 사이를 다니면서 애원하듯이 모든 사람의 얼굴을 바라보았다. 마치 혹시 위로의 말을 듣고 잃어버린 희망을 찾으려는 것처럼 보였다. 늦게까지 이어진 장시간 노동을 마치고 암울한 집으로 돌아오는 얌전한 소녀들도 있었다. 이 소녀들은 어쩔 수 없이 부딪치게 되는 불량배들의 시선에 화를 내지도 못하고 울먹이며 움츠러들었다. 전 연령대에 걸친 모든 부류의 이 도시 여성들이 지나갔다. 외모는 파로스섬* 대리석으로 만들었지만 내면은 오물로 가득 찬, 루키아노스*의 작품에 나오는 조각상을 연상시키는 여성미의 절정에 달한 아름다운 여성, 누더기를 걸친 구제 불능의 혐오스러운 나병 환자, 젊어 보이려고 보석과 두꺼운 화장으로 최후의 노력을 한 주름투성이 노파, 그 업계에서 오래 일해서 끔찍한 교태에 능숙하고 연장자들 못지않게 악행의 야망에 불타는 아직도 어려 보이는 아이들이 있었다. 형언할 수 없는 술주정뱅이들도 수없이 많았다. 어떤 주정뱅이들은 얼굴에 멍이 들고 눈동자는 흐릿한 상태로 갈기갈기 찢어진 누더기를 입고 알 수 없는 말을 중얼거리고 있었다. 어떤 주정뱅이들은 두껍고 관능적인 입술과 홍조 띤 건강한 얼굴을 하고 있었다. 이들은 더러운 옷을 걸치고 있지만 약간 불안정하게 허풍을 떨었다. 다른 주정뱅이들은 한때는 멋졌던 옷을 지금도 꼼꼼하게 잘 솔질해 입고 있었다. 이들은 아주 경쾌하고 건실하게 걸었지만, 얼굴은 무서울 정도로 창백했고 눈은 섬뜩하게 벌겋고 사나웠다. 이런 사람들은 군중 사이를 헤치고 걸어가면서 떨리는 손가락으로 손에 닿는 물건이란 물건은 모조리 움켜쥐었다. 이들 옆에는 파이를 파는 사람, 짐꾼, 석탄 나르는 인부, 청소부, 오르간 연주자, 원숭이 곡예사와 발라드 장사꾼, 노래하는 가수와 그 옆에서 물건 파는 사람, 남루한 옷을 걸친 장인과 온갖 부류의 지친 노동자들도 있었다. 불협화음이 귀에 거슬리고 눈이 아플 지경인 광경이었는데 모두 시끄럽고 과도한 활기로 가득 차 있었다

밤이 깊어질수록 바깥 장면은 점점 더 흥미진진해졌다. 군중 전반의 성격이 실질적으로 변했을 뿐(아니라 질서 정연한 부류

의 사람들이 서서히 물러나면서 군중의 점잖은 특징이 사라지고, 온갖 수치스러운 자질들이 소굴에서 기어 나와 군중의 더 거친 특징이 두드러졌다) 처음에는 사라져 가는 낮과 싸우느라 희미하게 비치던 가스등이 이제 마침내 낮을 이기고 만물에 발작적으로 화려한 빛을 내뿜었다. 흑단에 비유되는 테르툴리아누스*의 문체처럼 사방이 어둡지만 찬란했다.

가로등 빛이 눈부시게 비치자 개인들의 얼굴을 살펴보고 싶은 생각이 강해졌다. 창문 앞으로 빛의 세계가 너무 빨리 지나가 개개인의 얼굴을 잠깐씩밖에 볼 수 없었지만 당시 내 정신이 기이한 상태여서 순간적으로 힐끗 본 얼굴에서도 긴 세월의 역사를 읽을 수 있었다.

이마를 창문 유리에 대고 이렇게 유심히 군중을 바라보는 데 몰두하던 중, 갑자기 한 사람의 얼굴(예순다섯이나 일흔쯤 되어 보이는 쇠약한 노인의 얼굴)이 눈에 들어왔다. 표정이 아주 특이해서 그를 보자마자 집중적으로 그의 표정을 살폈다. 조금이라도 이 비슷한 표정을 본 적이 없었다. 처음 그 표정을 보았을 때 레치*가 봤다면 자신이 그린 악마의 형상보다 이 노인의 표정을 훨씬 더 좋아했으리라는 생각이 떠올랐다. 지금도 그런 생각을 한 게 생생하게 기억난다. 처음 본 짧은 순간 동안 어떤 의미가 전달되었는지 분석하려고 애썼다. 그러자 혼란스럽고 모순된 생각이 동시에 떠올랐다. 다시 말해 조심성, 음탕함, 탐욕, 냉정, 악의, 피에 대한 갈망, 승리, 즐거움, 지나친 공포, 강렬한 절망, 극도의 절망이 떠올랐다. 나는 기이한 흥분에 사로잡혀 놀라고 매료되었다. "저 사람의 가슴속에는 얼마나 거친 역사가 쓰여 있을까!"라고 혼잣말을 했다. 그리고 그를 계속 바라보고 싶은, 더 자세히 알고 싶은 갈망이 생겨났다. 나는 급히 외투를 입고 모자와 지팡이를 들고 거리로 나갔다. 군중을 뚫고 그가 간 방향으로 걸어갔지만 그는 이미 사라져 버렸다. 그러다 약간 어려움을 겪기는 했지만 결국 그를 찾았다. 그에게 다가간 다음 눈에 띄지 않게 조심스럽게 그를 뒤따라갔다.

나는 이제 그를 직접 살펴볼 좋은 기회를 잡았다. 그는 키가 작고 아주 여위었으며 몸이 아주 약해 보였다. 옷은 전체적으로 더러워 보이는 누더기였다. 하지만 가끔 램프 빛이 환하게 비칠 때 그 옷이 더럽혀졌지만 아름다운 리넨 옷임을 알게 되었다. 그리고 내가 잘못 본 것인지 모르겠지만 단추를 꼭 채운 그의 중고 로클로르*의 해진 틈새로 언뜻 다이아몬드가 박힌 단검이 보였다. 이 검을 보자 호기심이 더 커졌고, 이 낯선 사람이 어디를 가든 따라가기로 결심했다.*

이제 완전히 밤이 되었다. 도시에는 습한 안개가 자욱이 깔렸고, 곧 폭우가 쏟아지기 시작했다. 이런 날씨 변화는 군중에게 기묘한 영향을 미쳤다. 군중 전체가 곧 새로운 소동에 휩싸였고 온통 우산에 가려졌다. 밀리고 부딪치고 와글대는 소리는 열 배로 커졌다. 나는 비는 개의치 않았다. 내 몸에 오랫동안 숨어 있던 열병 때문인지 다소 위험할 정도로 비가 쾌적했다. 나는 손수건으로 입을 가리고 계속 갔다. 노인은 30분 동안 대로를 따라 힘겹게 걸어갔다. 노인을 놓칠까 봐 나는 바짝 붙어 걸었다. 그는 한 번도 고개를 뒤로 돌리지 않아 나를 보지 못했다. 그가 교차로로 들어섰는데, 거기도 사람들로 빽빽했다. 그래도 그가 출발한 중앙로만큼 붐비지는 않았다. 여기서 그의 태도가 뚜렷이 변했다. 그는 전보다 더 목적 없이 천천히, 주저하며 걸었다. 그는 뚜렷한 목적 없이 길을 건너고 건너기를 반복했다. 아직도 너무 붐벼서 그가 움직일 때마다 바싹 붙어 뒤따라가야 했다. 거리는 좁고 길었는데, 그는 거의 한 시간 동안 그 거리를 걸어 다녔다. 그동안 지나가는 사람들은 차츰 줄어 공원* 근처 브로드웨이에서 흔히 정오에 보이는 수준으로 줄어들었다. 런던 대중은 가장 붐비는 미국 도시의 대중과는 이렇게 큰 차이가 났다. 두 번째로 꺾자 불이 환하게 켜진 활기찬 광장으로 들어섰다. 광장은 생명이 넘쳐흘렀고 그 낯선 남자는 다시 이전의 태도를 취했다. 그는 턱을 가슴에 묻고, 이마를 찡그리고, 눈을 마구 사방으로 굴리며 주위 사람들을 바라보았다. 그는 끈질기게 계속 걸음을 재촉했다. 하지만 놀랍게도 광장을 한 바퀴 돌자마자 다시 온 길을 되돌아갔다. 더 놀라운 것은 그가 같은 길을 여러 번 걸었고, 갑자기 돌아서는 바람에 거의 나를 볼 뻔했다는 것이다.

그는 한 시간 동안 이렇게 움직였고, 마침내 처음에 비해 지나가는 사람들의 방해가 훨씬 덜한 곳에서 나와 마주쳤다. 소나기가 내려 공기는 시원해졌고 사람들은 집으로 돌아가고 있었다. 헤매던 그는 조급한 몸짓으로 비교적 사람이 없는 뒷골목으로 들어섰다. 그가 4분의 1마일*을 이렇게 나이 든 사람은 꿈도 못 꿀 빠른 속도로 질주하는 바람에 내가 쫓아가는 게 힘들었다. 몇 분 후 우리는 사람들의 왕래가 많은 큰 시장에 도착했다. 이 낯선 사람은 이 구역을 잘 알고 있는 것 같았다. 그는 다시 원래 태도를 취했다. 그는 목적 없이 수많은 구매자와 판매자 사이를 이리저리 밀치고 다녔다. 시장에서 보낸 한 시간 반가량 그의 시선을 끌지 않으면서도 놓치지 않으려면 극도로 신경을 써야 했다. 다행히 나는 고무 덧신을 신고 있어서 완벽하게 소리를 내지 않고 움직일 수 있었다. 그는 내가 자신을 지켜보고 있는 걸 전혀 눈치채지 못했다. 그는 가게마다 들어갔고 모든 물건을 가격도 묻지 않고 아무 말 없이 넋 놓고 멍한 시선으로 바라보았다. 그의 행동에 완전히 놀란 나는 이제 그에 대해 어느 정도 충분히 알 때까지 그를 떠나지 않기로 굳게 결심했다.

시계가 시끄럽게 11시를 쳤고, 사람들은 잽싸게 시장을 떠나고 있었다. 가게 주인이 셔터를 내리면서 노인을 밀쳤고, 그 순간 그의 몸이 심하게 떨리는 게 보였다. 그는 황급히 거리로 나와 잠시 불안해하며 주위를 둘러보더니 놀라울 정도로 빠른 속도로 인적 드문 구불구불한 거리를 달려 처음 출발한 대로, 즉 D 호텔 거리에 이르렀다. 하지만 그 호텔은 더 이상 이전 같지 않았다. 여전히 가스등 불빛이 비쳐 환하기는 했지만 폭우가 쏟아져 사람들이 거의 없었다. 그 낯선 사람은 창백해졌다. 그는 한때 붐비던 길에서 우울하게 몇 걸음 가다가 한숨을 푹 쉬더니 강 쪽으로 돌아섰고 그 후 구불구불한 길을 여럿 지나 마침내 주요 극장이 보이는 곳으로 나왔다. 극장이 막 문을 닫으려는 시간이라 관객들이 문밖으로 몰려나오고 있었다. 그 노인은 군중 속으로 들어갔다. 마치 숨이 찬 것처럼 그가 헐떡이는 게 보였다. 그러나 격렬한 고통은 어느 정도 가라앉은 것 같은 표정이었다. 그는 다시 머리를 가슴에 파묻었다. 그를 처음 봤을 때의 모습으로 돌아가 있었다. 이제 그가 더 많은 군중을 따라가는 모습을 보았지만, 전체적으로 변덕스러운 그의 행동을 이해할 수 없었다.

그는 계속 걸어갔고 군중은 점점 더 흩어졌다. 그는 다시 전처럼 불안해하며 왔다 갔다 하기 시작했다. 한동안 그는 열 명이나 열두어 명 되는 술주정뱅이 일행을 바싹 뒤쫓아 갔지만, 한 명씩 한 명씩 떨어져 나가 마침내 어두운 외딴 골목에 세 명밖에 남지 않았다. 그 낯선 사람은 잠시 멈춰 서서 생각에 잠겼다. 확연히 동요하는 기색을 보이더니 우리가 지금까지 지나온 구역과는 매우 다른 구역을 지나 도시 변두리까지 갔다. 그곳은 런던에서 가장 시끄러운 구역으로, 모든 면에서 최악인 가장 비참한 가난과 가장 절망적인 범죄의 흔적이 있는 구역이었다. 어쩌다가 희미한 램프 불빛에 비치는, 벌레 먹은 낡고 높은 목조 공동 주택은 거의 허물어져 가고 있었다. 이 주택은 너무 아무렇게나 사방으로 지어져 있어서 주택들 사이로 길 비슷한 것도 찾기 어려웠다. 풀이 무성하게 자라 있었고 포석도 제자리에서 밀려난 채 아무렇게나 깔려 있었다. 물이 고인 시궁창에는 끔찍한 오물이 떠다녔다. 전체적으로 황량한 분위기였다. 그러나 우리가 계속 걸어가자 다시 조금씩 사람 사는 소리가 들렸고, 마침내 가장 버림받은 런던 사람들 한 무리가 이리저리 돌아다니는 모습이 보였다. 마치 꺼져 가는 램프가 깜박이듯이 노인이 다시 기운을 냈다. 갑자기 모퉁이를 돌자 눈앞이 환해졌다. 우리는 거대한 교외의 무절제의 신전, 진(gin)이라는 악마의 궁전 앞에 섰다.

이제 거의 동틀 무렵이었는데도, 여전히 수없이 많은 술주정뱅이가 눈부신 입구를 드나들고 있었다. 노인은 기쁨에 차 비명을 지르다시피 하며 사람들을 비집고 술집 안으로 들어가더니, 곧바로 다시 원래 걸음걸이로, 즉 뚜렷한 목적 없이 앞뒤로 사람들 사이를 헤치고 다녔다. 그러나 그가 들어온 지 얼마 지나지 않아 사람들이 문으로 몰려갔다. 곧 문을 닫을 표시였다. 내가 집요하게 지켜본 그의 독특한 얼굴은 어느 때보다 더 심한 절망으로 가득 찼다. 하지만 그는 곧 전혀 주저하지 않고 미친 듯이 거대한 런던 중심가로 발길을 돌렸다. 그는 성큼성큼 걸어 잽싸게 도망쳤다. 나는 깜짝 놀랐다. 하지만 현재 몰두한 이 조사를 포기할 수 없다는 결의에 차 나는 그를 뒤쫓아 갔다. 우리가 계속 걸어가는 사이에 해가 떴고, 붐비는 도시 안에서도 가장 사람이 붐비는 중심가인 D 호텔이 있는 거리에 도착했을 때, 전날 저녁 못지않게 오가는 사람이 많아 혼잡했다. 그리고 여기서, 점점 더 혼잡해지는 가운데, 나는 오랫동안 계속 이 낯선 남자를 뒤쫓아 갔다. 그러나 그는 평소처럼 이리저리 걸어 다녔고 낮에는 혼잡한 거리를 벗어나지 않았다. 둘째 날 저녁이 저물었고 나는 죽을 정도로 지쳐서, 헤매는 그 사람 바로 앞에 멈춰서 그의 얼굴을 똑바로 보았다. 그는 나를 알아보지 못하고 다시 엄숙하게 걷기 시작했다. 나는 이제 뒤쫓기를 그만두고 생각에 잠겼다. "이 노인은 엄중한 범죄를 저지를 유형의 천재야. 그는 혼자 있으려고 하지 않아. 그는 **군중 속의 남자**야. 그를 뒤쫓아 가 봐야 소용없어. 더 이상 그나 그의 행동에 대해 알아낼 수 없어. 결국 최악의 사람은 『영혼의 작은 정원』보다 더 끔찍한 책이야. 그리고 '읽는 게 금지되어 있다'는 것은 가장 큰 신의 자비 중 하나일 거야."

어셔가의 몰락

그의 심장은 매달린 류트와 같아
살짝만 건드려도 울린다네.
— 드 베랑제*

그해 가을 그날은 하루 종일 어둡고 흐리고 고요했다. 답답할 정도로 구름이 나지막이 떠 있었는데 나는 말을 타고 혼자 독특하게 황량한 시골길을 지나쳤다. 석양이 질 무렵이 되어서야 음울한 어셔가가 보이는 곳에 도착했다. 어째서인지는 알 수 없었지만 그 집을 처음 본 순간 나 자신도 견딜 수 없이 우울해졌다. 극히 황량한 무시무시한 이미지라도 시적 감성을 발휘하면 반쯤 즐겁기도 해 정신적으로 견딜 만한데, 아무리 시적 감성을 발휘해도 똑같이 우울했다. 이것이 견딜 수 없다는 표현을 쓴 이유다. 나는 눈앞의 광경을 바라보았다. 집 건물 자체와 대지의 특이하고 소박한 풍경이 눈에 들어왔다. 황량한 벽과 눈처럼 보이는 공허한 창문들과 무성한 사초와 죽은 나무의 하얀 그루터기 몇 개가 있었다. 이 광경을 보자 내 영혼은, 말하자면 완벽하게 우울해졌다. 지상의 감각 중 이와 가장 흡사한 것은 아편으로 몽롱해져 있다가 환각에서 깨어날 때의 느낌이었다. 씁쓸하게 일상생활로 돌아오는 느낌, 끔찍하게 베일이 떨어지는 느낌, 꽁꽁 언 심장이 철렁하고 메스꺼운 느낌, 아무리 상상력을 부추기고 괴롭혀도 결코 숭고함으로 승화되지 않는 우울이었다. 이게 뭐지? 나는 잠시 멈춰 생각했다. 어셔가를 보고 있는데 왜 무서울까? 도저히 풀 수 없는 수수께끼였다. 곰곰이 생각에 잠겨 있는데 물리칠 수 없는 온갖 암울한 환상이 몰려왔다. 나는 어쩔 수 없이 불만족스러운 결론을 내릴 수밖에 없었다. 의심의 여지 없이, 매우 단순한 자연물의 결합이 이런 영향을 끼치지만, 그 영향력의 분석은 우리의 이해 너머에 있다. 단지 장면의 세부적 요소나 그림의 세부 사항을 조금만 다르게 배열해도 그것이 주는 슬픈 인상을 변화시키거나, 어쩌면 완전히 없앨 수 있을지도 모르겠다는 생각이 들었다. 이런 생각에 잠겨 가파른 호숫가에 말을 세우고 호수를 내려다보았다. 집 옆의 무시무시한 검은 호수는 잔물결도 일지 않고 빛을 받아 환하게 빛났다. 호수에 거꾸로 비친 회색 사초, 소름 끼치는 나무줄기, 공허한 눈처럼 보이는 창문의 이미지를 보자 전보다 훨씬 더 오싹해져 온몸이 부들부들 떨렸다.

그래도 나는 이 우울한 집에서, 몇 주를 지낼 예정이었다. 집주인인 로더릭 어셔는 어린 시절 친구였다. 하지만 마지막으로 본 지 몇 년이나 지난 시점에, 먼 시골에 있던 내게 그의 편지 한 통이 도착했다. 그는 꼭 자기를 보러 와 달라고 지나치게 절박하게 부탁했다. 몸도 아프고, 정신적으로도 우울증이 너무 심해서, 가장 친한 친구이자 사실 유일한 친구인 내가 몹시 보고 싶다고 썼다. 나와 어울려 지내다 보면 자신의 병이 좀 나을 것 같다고 했다. 나는 무엇보다 이 사연을 쓴 방식, 그 속에 담긴 진심 때문에 망설일 여지가 없었다. 참 이상한 초대라고 생각하면서도 그의 부탁을 들어주기로 했다.

우리가 함께 소년 시절을 보내기는 했지만 사실 나는 내 친구에 대해 아는 게 거의 없었다. 그는 늘 유난히 말이 없었다. 그러나 유서 깊은 그의 가문이 옛날부터 특이한 감수성을 지닌 것으로 유명하다는 것은 잘 알고 있었다. 오랜 세월에 걸쳐 그 가문 사람들은 그 감성을 탁월한 예술 작품으로 구현했다. 최근 들어 어셔가 사람들은 유명한 정통 음악보다 복잡한 음악에 열정적으로 헌신했다. 그뿐 아니라 그들은 드러내지 않고 가난한 사람들에게 자선을 베풀었다. 또 어셔가가 유서 깊은 가문이기는 하지만 자식이 많은 가문이 아니고 대대로 항상 아버지에서 독자인 아들로 이어져 온 특이한 사실도 이미 알고 있었다. 일시적으로 그렇지 않을 때도 있었지만, 항상 그런 식으로 가계가 이어져 왔다. 이 집과 이 집에 사는 사람들의 성격이 일치하는 점에 대해 곰곰이 생각해 보니, 오랜 세월 이 집에 살아서 집의 성격이 사람들 성격에 큰 영향을 미쳤을 수도 있을 것 같았다. '어셔가'라고 부를 때 그 가문과 가문의 집 양자를 가리키게 된 것은 방계 가족 없이 아버지에서 아들로 이름과 집이 동시에 상속되었기 때문일 것이다. 소작농들은 이 이름을 들으면 어셔가와 그 가문의 집을 모두 떠올리는 것 같았다.

다소 유치하게 호수 속을 들여다보는 실험을 해 본 결과 독특한 그 집의 첫인상이 더 강해졌다고 말한 바 있다. 미신적인 생각, 미신적이라고 부르지 않을 이유가 없는 생각이 더 커지는 것을 의식하자 그 생각이 더 커졌다. 내가 오랫동안 알고 있던 것처럼 이것은 공포에 기반한 모든 감정의 역설적 법칙이다. 바로 이런 이유로 호수에 비친 이미지에서 눈을 들어 다시 집을 보자 마음속 이상한 환상이 더 커졌다. 정말 너무 황당한 환상이지만 언급하는 이유는 단지 나를 짓누른 강력하고 생생한 감각을 전달하기 위해서다. 실제로 이 인근에만 있는 독특한 공기가 그 집 건물과 대지 주위를 감싸고 있음을 믿게 되었다. 천상의 공기가 아니라 죽은 나무와 회색 벽과 고요한 호수에서 솟아나는 증기, 전염병을 일으킬 것 같고, 거의 보이지 않게 느릿느릿 움직이는, 납빛을 띤 알 수 없는 무거운 증기였다.

분명히 망상인 이런 생각을 떨쳐 낸 다음, 나는 집 자체를 더 꼼꼼하게 살펴봤다. 가장 눈에 띄는 특징은 아주 오래된 집이라는 것이었다. 여러 세대를 거치면서 집은 아주 심하게 퇴색되어 있었다. 건물 전체를 뒤덮고 있는 작은 곰팡이가 가는 거미줄처럼 처마에 매달려 있었다. 그렇다고 집이 허물어질 것 같은 느낌은 전혀 들지 않았다. 실제로 벽에는 무너진 곳이 한 군데도 없었다. 전체 구조는 아직 완벽한데 벽돌 하나하나는 허물어져 있어 둘 사이의 괴리가 아주 심했다. 이 집에는 겉보기에만 멀쩡한 지하실 목공품, 썩은 채 오래 지하실에 방치되어 있었지만 외부 공기가 들어오지 않아 멀쩡해 보이는 목공품을 연상시키는 뭔가가 있었다. 하지만 전체 구조는 광범위하게 낡았을 뿐 무너질 기미는 거의 보이지 않았다. 나보다 꼼꼼한 사람이 관찰했다면, 아마 거의 눈에 띄지 않는 금이 건물 전면 지붕에서 시작되어 지그재그로 벽을 타고 내려와 음울한 호수 속으로 사라지는 것을 발견할 수 있었을 것이다.

이런 것들에 주목하면서, 말을 타고 집 앞 짧은 포장도로를 달렸다. 기다리고 있던 하인이 내 말을 받아서 데려갔고 나는 고딕식 아치형 홀 입구로 들어갔다. 또 다른 하인이 조심스럽게 걸어오더니 말 한마디 건네지 않고 어두운 모퉁이를 여러 번 돌아 주인 **방**으로 안내했다. 이유를 설명하기는 어렵지만, 가는 도중에 많은 것을 보면서 이미 언급한 모호한 환상이 더욱더 커졌다. 주위의 물건들, 천장 조각의 무늬, 음울한 벽걸이, 아주 새까만 바닥, 걸을 때마다 딸각대는 환상적인 전쟁 전리품은 어린 시절부터 익히 알던 물건이었거나 그 비슷한 종류였다. 이 모든 물건이 익숙한 물건임을 망설임 없이 인정했지만, 놀랍게도 이런 보통 물건들이 여전히 낯선 환상을 불러일으켰다. 계단에서 이 집안 주치의를 만났다. 그는 천박한 교활함과 당혹감이 뒤섞인 표정을 짓고 있었다. 그는 불안해하며 내게 인사를 하고 지나쳐 갔다. 이제 하인이 문을 활짝 열더니 주인에게 안내했다.

내가 들어간 방은 매우 넓고 천장은 높았다. 위가 뾰족한 줄고 긴 창문은 검은 참나무 마루에서부터 손이 닿지 않을 정도로 높이 솟아 있었다. 격자창을 통해 희미한 붉은 햇살이 비치면 근처의 큰 물체가 똑똑히 보였다. 하지만 먼 구석이나 둥근 우물천장은 일부러 봐도 보이지 않았다. 가구는 많았지만 전체적으로 오래되고 낡은 가구라 안락하지는 않았다. 여기저기 책과 악기가 흩어져 있었지만, 그 광경에 생기를 더해 주지는 못했다. 슬픔의 공기를 마시는 느낌이었다. 피할 수 없는 깊은 우울이 이 모든 것을 감싸고 스며 있었다.

내가 방에 들어서자 어셔는 누워 있던 소파에서 일어나 다정하고 활기차게 나를 맞이했다. 처음에는 지나치게 다정하게 군다는 생각이 들었다. 아주 권태로운 사람이 억지로 애쓰는 것 같았다. 하지만 그의 얼굴을 본 순간 나는 그의 말이 모두 진심임을 확신했다.

우리는 자리에 앉았다. 한동안 그는 아무 말도 하지 않았다. 그동안 나는 반은 놀라움, 반은 동정심에 차 그를 바라보았다. 보지 못한 지 얼마 되지 않았는데도, 로더릭 어셔는 전혀 다른 사람이 되어 있었다! 내 앞의 이 사람이 정말 어린 시절 내 친구라고 인정하기가 힘들었다. 그의 얼굴이 늘 특이하기는 했다. 그는 시체처럼 창백한 안색, 비할 데 없이 빛나는 촉촉하고 큰 눈, 얇고 창백하지만 뛰어나게 아름다운 둥근 입술, 콧구멍 크기는 다르지만 전형적인 유대인의 섬세한 코, 약간은 부도덕해 보이는 매끈하고 멋진 턱, 거미줄처럼 부드럽고 가느다란 머리카락을 가지고 있었다. 이런 이목구비를 가진 데다 관자놀이 위 이마가 넓어서 그의 얼굴은 한번 보면 잊을 수 없는 얼굴이었다. 지금은 이런 이목구비의 두드러진 특징과 표정이 더 강해졌을 뿐인데, 너무 변해서 지금 나와 대화를 나누고 있는 이 사람이 과연 어셔인지 의심스러웠다. 나는 끔찍하게 창백한 그의 얼굴과 이상하게 번쩍이는 눈빛을 보고 깜짝 놀랐고 경악스럽기까지 했다. 마구 자라 헝클어진 머리카락은 거미줄처럼 너무 가늘어 얼굴 주위에 늘어지지 않고 공중에 휘날리고 있었다. 아무리 노력해도 아라베스크적인 무늬의 머리카락을 단순히 인간의 머리카락이라고 생각할 수 없었다.

　나는 내 친구의 태도에서 즉시 어떤 비일관성, 모순을 발견했다. 그리고 곧 그것이 평소의 경련, 과도한 신경 발작을 극복하려는 일련의 헛된 미약한 투쟁에서 비롯된 것임을 알게 되었다. 사실 나는 어렴풋이 이런 종류의 일에 대비하고 있었다. 그의 편지를 읽어서이기도 했지만 소년 시절 그의 특징을 잘 기억하고 있기 때문이기도 했다. 또 그의 특이한 체형이나 기질에서 끌어낸 결론이기도 했다. 그는 명랑했다가 우울해지기를 반복했다. 그의 목소리는 (활기가 전혀 없어 보일 때는) 두려움에 떨며 망설이는 목소리였다가 곧 정확하고 힘찬 목소리로 변했다. 갑작스럽고, 묵직하고, 느긋하고, 공허하게 울리는 발성이었다. 만취한 사람이나 불치의 아편 중독자가 가장 강렬한 흥분 상태에 있을 때 보이는, 묵직하고 균형 잡힌, 완벽하게 절제된 그런 목소리였다.

이런 식으로 그는 왜 방문해 달라고 했는지, 얼마나 나를 보고 싶었는지 말했다. 내가 와 주어 큰 위안이 된다고 했다. 이야기 끝에 그는 자기 병을 무엇으로 짐작하는지 말해 주었다. 가족 유전병으로 나을 희망이 없다고 했다. 그러더니 곧 신경증에 지나지 않는 곧 사라질 병이라고 덧붙였다. 그 병으로 온갖 부자연스러운 감각이 나타난다고 했지만 그가 자세히 설명한 몇 가지 증상은 내게 흥미로우면서도 곤혹스러웠다. 아마도 그의 표현이나 이야기하는 방식에 영향을 받았는지도 모르겠다. 그의 말에 따르면 오감이 병적으로 예민해져 고통스럽다고 했다. 그는 가장 싱거운 음식밖에 못 먹고, 꽃향기는 모두 너무 숨이 막히고, 특정한 천으로 된 옷만 입을 수 있고, 아주 희미한 빛만 비쳐도 눈이 몹시 아프다고 했다. 특정한 소리, 즉 현악기 소리 외에는 어떤 소리도 무섭다고 했다.

나는 그가 어떤 병적인 공포에 사로잡혀 있는 것을 알게 되었다. "나는 죽을 거야. 죽을 거야. **분명히** 바보 같은 병으로 불쌍하게 죽을 거야. 이런 식으로, 바로 이런 식으로 죽을 거야. 앞으로 일어날 일이 무서워. 일 자체가 아니라 일의 결과가 무서워. 어떤, 아주 사소한 사건만 일어나도 견딜 수 없이 내 영혼이 흔들릴 걸 생각하면 소름이 끼쳐. 사실 위험 자체가 싫은 건 전혀 아니야. 단지 그것의 절대적인 결과인 공포가 두려운 거야. 이런 무기력한, 이런 비참한 상황에서, 무자비한 환영과 싸우다가 목숨과 이성을 모두 잃게 될 순간이 조만간 올 것 같은 느낌이 들어!"라고 그가 말했다.

더욱이 나는 띄엄띄엄 내뱉는, 뜻을 알 수 없는 그의 말에서 힌트를 얻어 아주 서서히 어셔의 정신 상태의 또 다른 독특한 특징을 알게 되었다. 그는 수년 동안 밖으로 나가지 않았고 살고 있는 자기 집에 대해 미신적 생각에 사로잡혀 있었다. 여기 다시 옮기기에 너무 모호한 말로 가상의 힘의 영향력, 그 집의 아주 특이한 형태와 재료가 자신의 영혼에 미친 영향력에 대해 말했다. 마찬가지로 회색 벽과 작은 탑 그리고 그것들이 내려다보는 어두운 호수가 결국 자기 삶의 **의욕**에 영향을 끼쳤다고도 했다.

약간 망설이기는 했지만, 그는 이렇게 자신을 짓누르는 엄청난 우울이 대부분 더 자연스럽고 더 명백한 이유 때문이라고 했다. 오랜 세월 그의 유일한 친구, 자신의 마지막 유일한 혈육인 사랑하는 여동생이 오랫동안 앓고 있는 심한 병, 분명히 곧 닥칠 그녀의 죽음 때문이라고 인정했다. 결코 잊을 수 없는 슬픈 목소리로 그가 말했다, "그녀가 죽으면 (절망적이고 병약한) 내가 유서 깊은 어셔가의 마지막 인물이 될 거야." 그가 말하는 동안, 매들린(그녀의 이름이었다)이 방 멀리에서부터 천천히 가로질러 다가왔고 내가 거기 있는데도 나를 보지 못하고 사라졌다. 나는 그녀를 바라보고 완전히 경악했다. 약간 무섭기도 했지만, 그 감정을 말로 다 설명할 수 없었다. 멀어져 가는 그녀의 발걸음을 눈으로 따라가면서 나는 완전히 넋이 나갔다. 그녀가 문 앞으로 가 문을 닫고 나가자, 본능적으로 그녀 오빠의 표정을 열심히 살폈다. 하지만 그는 손으로 얼굴을 감싸고 있었다. 눈물이 마구 떨어지는 그의 여윈 손가락이 보통 사람 손가락보다 훨씬 더 창백하다는 것만 알 수 있었다.

오랜 기간 여러 의사가 레이디 매들린의 병을 진단했지만 난 감해할 뿐이었다. 그녀의 병은 희귀병으로 진단명은 고질적인 무감각, 점진적인 신체 쇠약, 일시적이지만 빈번하게 일어나는 부분적 강직증이었다. 그때까지 그녀는 병에 억눌리지 않고 꿋꿋이 버텼고 끝까지 몸져눕지 않았다. 하지만 내가 그 집에 도착한 날 저녁 무렵 그녀가 파괴자의 힘에 항복하고 말았다(밤에 그녀 오빠가 이루 말할 수 없이 흥분하며 한 말에 따르면). 내가 언뜻 본 모습이 살아생전 그녀의 마지막 모습이었다.

그 후 며칠 동안 어셔도, 나도 그녀 이름을 언급하지 않았다. 이 기간 동안 나는 친구의 슬픔과 우울을 덜어 주려고 아주 열심히 노력했다. 둘이 같이 그림도 그리고 책도 읽었다. 때로는 그가 마치 꿈꾸듯이 자신의 사연을 담아 환상적인 기타 연주를 즉흥적으로 들려주었다. 이처럼 더 가까워지고 친밀해져 그의 내면을 깊숙이 더욱 거리낌 없이 들여다볼수록, 그의 마음을 위로하려는 모든 시도가 얼마나 헛된 일인지 더욱더 씁쓸하게 깨닫게 되었다. 마치 타고난 자질처럼 어둠이 그에게서 뿜어져 나와 도덕적·물리적 우주의 만물을 뒤덮고 끊임없이 사방으로 퍼져 나갔다.

나는 어셔가의 주인과 단둘이 보낸 엄숙한 시간을 영원히 기억할 것이다. 하지만 우리가 함께했던, 아니 그가 이끌어 주었던 공부와 일의 성격을 정확하게 전달할 방법이 없다. 흥분하고 고양된 관념으로 인해 모든 것이 유황색으로 빛났다. 그가 즉흥적으로 들려준 긴 장송곡 연주는 영원히 내 귀에 울려 퍼질 것이다. 여러 곡 중에서 특이하게 비틀어 풍성하게 연주한 열광적인 폰 베버*의 마지막 왈츠가 가슴 아프게 내 마음속에 남아 있다. 그의 그림들에는 정교한 상상력이 깃들어 있었고 붓으로 칠할 때마다 점점 더 모호해지고 왠지 모르지만 더 소름 끼쳤다. 이 그림들로부터 문자의 한계를 넘어선 더 큰 의미를 끌어내려고 애썼지만(그 이미지는 지금도 눈앞에 생생하다), 허사였다. 어떤 관념을 그림으로 그릴 수 있는 사람이 있다면 그 사람이 바로 로더릭 어셔였다. 그의 그림은 극도의 단순함과 노골적인 표현으로 사람들의 시선을 사로잡고 압도했다. 적어도 당시 상황에서, 우울증 환자인 그가 캔버스에 그린 순수한 추상화를 보자 참을 수 없을 정도로 강렬한 경외심이 일었다. 푸셀리*의 강렬하고 지나치게 환상적인 그림을 봤을 때도 이 비슷한 감정이 전혀 들지 않았다.

그 환상적인 그림 중 하나는 아주 엄격하게 추상적이지 않아서 비록 미약하긴 하지만 말로 표현할 수 있다. 작은 그림이었는데, 아주 긴 직사각형 모양의 지하실 아니면 터널의 내부를 그린 것이었다. 그곳에는 나지막한 하얀 벽이 아무런 방해물이나 시설 없이 끝없이 이어져 있었다. 부수적인 디자인으로 미루어 아주 깊은 곳에 판 지하 공간임을 쉽게 알 수 있었다. 넓은 지하 어디에도 출구는 없었고 횃불이나 다른 인공적인 불빛도 보이지 않았다. 하지만 강렬한 불빛이 사방으로 흘러넘쳐 전체가 부적절한 섬뜩한 빛 속에 잠겨 있었다.

어셔는 청각 신경이 병적이어서 특정 현악기 소리를 제외하고는 어떤 음악도 견딜 수 없다고 말한 적이 있다. 어쩌면 환상적인 연주를 할 수 있었던 큰 이유가 기타 연주만 할 수 있었기 때문이었을 것이다. 하지만 그의 유려하고 열정적인 **즉흥 연주**는 그 이유만으로는 설명될 수 없었다. 내가 언급한 대로 그 연주들은 인위적으로 강렬하게 정신을 집중한 결과로, 최고도로 흥분한 특정 순간에만 가능했다. 열광적인 환상으로 가득 찬 가사뿐 아니라(그는 자주 즉흥적으로 운을 맞춘 가사를 붙여 노래했기 때문이다), 곡조도 그런 집중의 결과물이었다. 그런 랩소디의 가사 중 하나가 자연스레 떠오른다. 그가 가사를 읊을 때 나는 아주 큰 감명을 받았다. 그 이유는 아마 가사의 숨겨진 혹은 신비한 의미로 미루어, 어셔 자신이 그의 이성이라는 고결한 왕이 왕좌에서 비틀거린다는 것을 완벽하게 의식하고 있음을 내가 알아채서였을 것이다. 「유령의 궁전」이라는 제목의 가사는 정확하지는 않지만 대체로 이런 내용이었다.

1.
옛날 옛적 아주 녹음 짙은 계곡에
착한 천사들이 살고 있었네.
거기에 아름답고 장엄한 궁전
찬란한 궁전이 우뚝 솟아 있었네.
사유 왕이 지배하는 궁전이

거기 있었네!
천사가 날개를 펼치는 어떤 곳도
이 궁전의 반만큼도 아름답지 않았네!

2.
그 지붕 위에는 장엄한 황금빛,
노란색 깃발이 펄럭였네.
(이것, 이 모두는,
옛날 옛적 일이라네)
그 달콤한 시절
잡초 우거진 창백한 성벽을 따라
장난치던 산들바람도
향기로운 날갯짓도 사라져 버렸네.

3.
이 행복한 계곡을 헤매던 사람들은
환하게 불 켜진 두 창문에서 요정들,
왕으로 태어난
그가 앉은 왕좌 주위를
전통적인 류트 음악에 맞추어,
움직이는 요정들을 보았네!
영광스러운 지위에 어울리는
그 지방 왕을 보았다네.

4.

아름다운 궁전 문에는
온통 빛나는 진주나 루비가 박혀 있었고
그 문으로 반짝이는 메아리 요정
한 무리가 흘러나오고, 또 흘러나오고, 또 흘러나왔네.
메아리 요정의 즐거운 의무는
가장 아름다운 목소리로
왕의 재치와 지혜를
노래하는 것뿐이었네.

5.

하지만 슬픔을 걸친 사악한 요정들이,
지체 높은 왕을 공격했다네.
(아, 우리 모두 애도하자! 버림받은 왕에게는
내일이 없을 테니!)
궁전 주위에 붉게 피어나
왕의 영광을 찬양하던 꽃은
옛 무덤에 묻혀 있는
희미한 기억 속 이야기일 뿐.

6.

이제, 그 계곡에 들어선 여행자는
붉은 불빛이 새어 나오는 창문에서,

거대한 형체들이 불협화음의 곡조에 맞추어
기괴하게 움직이는 모습을 보네.
창백한 문을 통해
무서운 강의 급류처럼
흉측한 무리가 영원히 쏟아져 나오는데,
그들은 웃지만, 더 이상 미소 짓지 않네.

　이 발라드의 암시를 따라가다 어셔의 의견이 분명히 드러나
는 일련의 생각에 도달했던 게 기억난다. 이 생각을 언급하는
것은 새로워서라기보다는(다른 사람들도 그렇게 생각하기 때
문이다) 그가 계속 끈질기게 그 생각에만 집착해서다. 전체적
으로 말해 그는 모든 식물이 지각을 한다고 생각했다. 하지만
환상이 마구 뻗어 나갈 때는 그 생각이 더 대담해져 특정 상황
에서는 무기물 왕국으로까지 뻗어 나갔다. 그가 어느 정도까
지, 얼마나 열심히 날 설득하려 했는지 이루 말로 다 표현할 수
없다. 하지만 그 믿음은 (앞에서 암시했듯이) 그의 선조 저택의
회색 벽돌과 관련이 있었다. 그는 벽돌의 배치가 지각 가능한
조건을 충분히 갖추었다고 상상했다. 벽돌을 뒤덮고 있는 무
성한 이끼나 그 주위의 썩은 나무의 배열 순서뿐 아니라 벽돌
의 배열 순서, 그 무엇보다 오랫동안 흐트러지지 않고 유지된
이런 배열과 고요한 호숫물에 비친 동일한 모습이 지각 가능
한 조건을 갖추었다고 말했다. 그의 말로는 그 증거, 지각의 증
거가 호수와 벽 주위에서 서서히 단단하게 응축되고 있는 공기

에서 보인다고 했다(그가 이 부분을 말했을 때 나는 깜짝 놀랐다). 덧붙이길, 그 결과 그 조용하지만 끈질기고 끔찍한 영향력이 수 세기 동안 자신의 가문의 운명 그리고 지금 내 눈앞에 있는 어셔 자신을 형성해 왔다는 것이다. 그런 의견에 대해서는 평을 달 필요도 없고 아무 평도 하지 않겠다.

추측할 수 있듯이 우리 책,˙ 수년에 걸쳐 병약한 어셔의 정신세계의 큰 부분을 형성해 온 책들은 이런 독특한 환상에 꼭 들어맞았다. 우리가 함께 열심히 읽었던 책으로는 그레세˙의 『베르-베르』와 『카르투시오회 수도원』, 마키아벨리의 『벨페고르』,˙ 스웨덴보리˙의 『천국과 지옥』, 홀베르˙의 『닐스크림의 지하 세계 여행』, 로버트 플러드,˙ 장 딘다지네,˙ 드 라 샹브르˙의 『수상학』, 티크˙의 『먼 푸른 곳으로의 여행』, 캄파넬라의 『태양의 도시』였다. 우리가 가장 좋아했던 책은 도미니크 수도회 수사인 지로나의 에이메릭˙이 쓴 8절판의 작은 책인 『종교 재판 지침서』였다. 그리고 폼포니우스 멜라˙의 책에 고대 아프리카의 사티로스와 에기판˙에 대한 구절이 있었는데, 어셔는 그 구절을 읽고 몇 시간이고 몽상에 빠진 채 앉아 있곤 했다. 하지만 그의 가장 큰 기쁨은 고딕체로 쓰인 독특한 4절판 희귀본인, 잊힌 예배서 『마인츠 성당의 전례에 따른 죽은 자를 위한 기도서』를 정독하는 것이었다.

어느 날 저녁 갑자기 그는 레이디 매들린이 죽었고 시체를 (최종 매장 전에) 중심 건물 지하실 방들 중 하나에 2주 동안 보관할 예정이라고 했다. 그 말을 들었을 때 이 기도서에 나오는 기이한 의식과 기도서가 우울증 환자인 어셔에게 끼친 영향을 생각하지 않을 수 없었다. 이런 독특한 조처에 대해 그는 세속적인 이유를 댔는데 그에 대해서는 나도 가타부타할 수 없었다. 오빠인 그가 이런 결론에 이른 것은(그가 그렇게 말했다) 그녀의 병의 성격 때문이기도 하고 주치의의 주제넘은 참견을 피하기 위해서라고 했다. 또 하나의 이유는 가족 묘지가 멀리 떨어져 있어서라고 했다. 이 집에 처음 도착했을 때 계단에서 만났던 주치의의 음침한 표정이 떠오르면서 그의 조치가 기껏해야 무해할 뿐이고 자연스러운 경계심 탓으로 여겨져 반대하고 싶지 않았음을 부인하지 않겠다.

어셔가 부탁하자 나는 나서서 임시 매장 준비를 도왔다. 우리 둘은 그녀의 시체를 관에 넣은 다음 임시 무덤으로 옮겼다. 관을 내려놓은 지하실은 좁고 습하고 빛 하나 새어 들지 않았다(오랫동안 문을 연 적이 없어 공기가 답답했고 횃불이 반쯤 꺼져 그곳을 살펴볼 기회가 없었다). 그곳은 내가 자는 방 바로 아래의 깊은 지하였다. 바닥 일부와 우리가 지나온 긴 아치형 천장 아래 실내 전체가 빈틈없이 동판으로 외장 처리된 것으로 보아 옛날 봉건 시대에는 지하 감옥이라는 최악의 목적으로, 그 후에는 화약이나 연소성이 높은 물질의 보관 창고로 사용되었던 것 같다.

묵직한 철문 또한 유사하게 동판으로 외장 처리되어 있었다. 돌쩌귀가 움직여 엄청나게 무거운 문이 열릴 때마다 몹시 삐걱대는 날카로운 소리가 났다. 이 공포의 지하실에 있는 가대 위에 음울한 관을 내려놓고 아직 못을 박지 않은 관을 옆으로 약간 밀어 관 속 인물의 얼굴을 바라보았다. 처음으로 남매가 쏙 빼닮은 점이 눈길을 끌었다. 어셔는 아마 내 생각을 추측했는지 몇 마디 했다. 그 말을 듣고 죽은 여동생과 그가 쌍둥이였다는 것, 두 사람 사이에는 늘 남들이 이해할 수 없는 공감이 존재해 왔다는 것을 알게 되었다. 우리는 오랫동안 그녀를 내려다보지 않았다. 그녀 얼굴을 보자 공포가 밀려왔기 때문이다. 강직증 환자가 흔히 그렇듯이, 이렇게 젊음의 절정에 매장된 그녀의 가슴과 얼굴에 아직도 약간 불그스레한 가짜 홍조가 있었고, 입술에는 죽은 사람이라 그런지 끔찍하고 수상쩍게 느껴지는 미소가 은은하게 남아 있었다. 우리는 관 뚜껑을 제자리에 두고 못을 박은 다음, 철문을 꼭 닫고 힘겹게 거의 지하실이나 다름없이 음울한 위층의 우리 방으로 돌아왔다.

비통한 슬픔에 잠겨 며칠을 보내자, 이제 내 친구의 정신적 혼란이 눈에 띄게 다른 양상으로 나타났다. 평소 그의 태도가 사라졌다. 그는 평소에 하던 일을 소홀히 하거나 완전히 잊었고 뚜렷한 목적 없이 불안한 걸음으로 황급하게 이 방 저 방을 헤맸다. 그의 창백한 얼굴은, 그런 일이 가능하다면, 더 창백해져 시체처럼 보였다. 하지만 빛나던 눈에서는 빛이 완전히 사라졌다. 가끔 목쉰 소리를 내던 예전의 음성마저 더 이상 들리지 않았다. 그는 극도의 공포에 사로잡힌 것처럼 늘 떨면서 말했다. 가끔 그는 마치 내게 들리지 않는 소리를 듣는 것처럼 보였다. 사실 끝없이 불안한 그의 정신이 어떤 견디기 힘든 비밀 때문에 괴로워하고 있는데, 그 비밀을 폭로할 용기를 내려고 애쓰는 것 같았다. 때때로 나는 다시 이 모두를 설명 불가능한 기이한 광기로 결론지을 수밖에 없었다. 오랫동안 아주 집중해 허공을 보고 있는 그의 모습을 보았기 때문이다. 그는 마치 환청에 사로잡힌 것처럼 보였다. 그의 상태가 무서운 것도, 내가 그 영향을 받은 것도 당연했다. 허황되지만 인상적인 어셔만의 광기 어린 미신의 영향력이 오싹할 정도로 서서히 그러나 분명히 내게도 스며들었다.

특히 레이디 매들린을 지하 감옥에 둔 지 7, 8일이 지난 날 밤늦게 잠자리에 들었을 때 나는 완벽하게 이런 느낌에 사로잡혔다. 시간은 계속 흘러가는데 잠이 오지 않았다. 나를 사로잡고 있는 신경과민을 이성적으로 떨쳐 내려고 했다. 내 느낌의 전부는 아니더라도 상당 부분이 방에 있는 음울한 가구나, 짙은 색 커튼, 폭풍이 더 심해지자 벽에서 휩쓸리며 발작적으로 흔들리는 커튼, 침대 장식 주위에서 불안하게 바스락대는 침대 커튼 등의 영향으로 심란한 탓이라고 믿으려 애썼다. 하지만 아무리 애써도 소용없었다. 점차 견딜 수 없이 온몸이 떨렸고 전혀 이유를 알 길 없는 공포가 내 심장을 짓눌렀다. 공포를 떨쳐 내려고 헐떡이며 몸부림치다가 일어나서, 베개에 몸을 기대고 앉아 방의 어둠을 꿰뚫어 보며 무언지 모를 작은 소리를 유심히 들었다. 본능적으로 그랬다는 것 말고는 왜 그랬는지 몰랐다. 어디서 나는 소리인지 몰랐지만 폭풍이 잠잠해지면 한참 만에 한 번씩 그 소리가 들렸다. 나는 설명 불가능하지만 견딜 수 없는 공포에 짓눌려 서둘러 옷을 입고(그날 밤에는 더 이상 잠을 잘 수 없으리라고 느꼈다), 빠르게 방 안을 왔다 갔다 했다. 이렇게 하며 나의 이 비참한 상황에서 벗어나려고 애썼다.

그렇게 걸어 다닌 지 얼마 되지 않아 근처 계단에서 문 쪽으로 다가오는 가벼운 발소리를 들었다. 나는 즉시 어셔의 발소리임을 알아챘다. 그는 곧 가볍게 문을 두드리더니 손에 램프를 들고 방 안으로 들어왔다. 그의 얼굴은 평소처럼 창백했다. 하지만 눈에는 광기 어린 환희가 서려 있었다. 확실히 전반적으로 **히스테리**를 억누른 표정이었다. 그의 분위기를 보자 오싹해졌다. 하지만 어떤 것이든 오랫동안 내가 견뎌 온 고독보다는 더 나을 것 같았다. 그가 오자 안심이 되어 그를 환영하기까지 했다.

말없이 주위를 둘러보더니 그가 불쑥 말을 꺼냈다 "그걸 못 봤어? 그럼 그걸 본 적이 없단 말이야? 하지만 가만히 있어 봐! 보게 될 거야." 이렇게 말하고 조심스럽게 램프를 가리더니, 서둘러 창문으로 가 폭풍을 향해 창문을 활짝 열었다.

으르렁대며 돌풍이 격렬하게 불어와서 우리는 거의 쓰러질 뻔했다. 폭풍이 몰아치는데도 엄숙하게 아름다운 밤이었다. 아주 특이하게 공포와 아름다움이 공존하는 밤이었다. 집 근처 회오리바람이 거세지는 것 같았다. 바람이 자주 급격하게 방향을 바꾸었기 때문이다. (이 집의 탑을 짓누르는 것처럼 나지막이) 잔뜩 끼어 있는 구름이 생명이 있는 것처럼 아주 빠른 속도로 사방에서 질주해 와 서로 부딪치기만 하고 멀리 흩어지지 않는 것을 알 수 있었다. 하지만 달빛이나 별빛도 전혀 비치지 않았고, 번개도 전혀 번쩍이지 않았다. 그러나 바로 우리 곁에 있는 지상의 물체뿐 아니라 마구 흔들리는 엄청난 수증기 덩어리의 아랫부분까지 환하게 드러났다. 저택 주위를 감싸고 떠도는 흐릿하지만 똑똑히 보이는 독가스에서 발산되는 부자연스러운 빛 때문이었다.

어셔를 억지로 부드럽게 창문에서 소파로 끌고 오면서 나는 몸을 떨며 "절대로 보면 안 돼, 이걸 보면 안 돼"라고 했다. "네가 놀란 이런 광경은 흔히 있는 거야. 단지 전기 현상일 뿐이고, 어쩌면 호수가 썩어서 독가스가 올라와 이런 끔찍한 현상이 생긴 걸 거야. 공기가 차가워. 몸에 해로우니 창문을 닫도록 하자. 네가 가장 좋아하는 로맨스가 여기 있군. 내가 읽어 줄 테니 들어 봐. 이렇게 우리 둘이 함께 이 무서운 밤을 보내자."

내가 집어 든 오래된 책은 론슬롯 캐닝 경이 쓴 『광기의 슬픔』*이었다. 어셔가 좋아하는 책이라고 한 것은 진심이 아니었고 차라리 애처로운 농담이었다. 사실 조야하고 장광설로 가득 찬, 상상력이 결핍된 이 책은 정신적으로 고고한 이상을 추구하는 어셔가 관심을 가질 만한 내용이 거의 없었다. 하지만 손이 닿는 책이 그 책밖에 없었다. 막연히 극단적으로 어리석은 이야기를 읽어 주면 그 이야기를 듣고 이 우울증 환자의 현재 흥분이 좀 가라앉을지 모른다는 희망이 생겼다(미친 사람 이야기도 비슷하게 비정상적인 감정으로 차 있을 테니까). 그는 조용히 듣는 것처럼 보였다. 그는 활기에 차 지나치게 긴장했고 그 이야기 속 말 한마디 한마디를 집중해서 들었다. 아니 어쩌면 그런 척한 것일 수도 있었다. 그의 이런 태도만 보고 판단했다면 내 계획이 성공했다고 자축할 수 있었다.

　나는 이 이야기의 유명한 장면에 이르렀다. 『광기의 슬픔』의 주인공인 애설레드'가 은자의 집에 평화롭게 들어가려고 했으나 실패하고 억지로 문을 열고 들어가는 장면이었다. 이야기 내용은 이렇게 전개되었던 것으로 기억난다.

　"원래 용맹한 데다 와인에 취해 기운이 더 왕성해진 애설레드는 더 이상 정말 완고하고 심술궂기까지 한 은자와의 협상을 기다리지 않았다. 어깨에 빗방울이 떨어진 걸 느끼고 곧 닥칠 폭풍이 걱정된 그는 바로 철퇴를 들어 올려 내리쳤다. 곧 판자문에 장갑 낀 그의 손이 들어갈 만한 구멍이 생겼다. 그는 그 구멍에 손을 넣어 문을 힘껏 당긴 다음, 문을 부수고 산산조각 냈다. 그러자 마른 판자의 공허한 소리가 오싹하게 숲 전체에 울려 퍼졌다."

　이 문장이 끝나는 데서 나는 깜짝 놀라 잠시 멈췄다. 이 집 아주 멀리서 론슬롯 경이 아주 구체적으로 묘사한 바로 그 소리, 부수고 쪼개는 소리의 메아리(하지만 분명히 더 억눌리고 둔한 메아리)가 희미하게 들리는 것 같았기 때문이다. 그 소리를 주목하게 된 것은 우연의 일치였을 뿐인 게 분명했다. 폭풍이 거세어져 창틀은 덜커덕대고 흔히 그렇듯이 여러 소리가 섞여서 들려 왔는데, 그 자체로는 전혀 흥미롭지도 거슬리지도 않는 바로 그 소리에 주목했던 것이다. 나는 이야기를 계속 읽었다.

"용사 애설레드는 이제 문 안으로 들어왔다. 심술궂은 은자가 흔적도 없이 사라진 것을 알고 깜짝 놀랐고 아주 분개했다. 그 대신 그는 어마어마하게 큰 비늘로 덮인 용이 혀를 날름대며 불을 뿜고 있는 광경을 보았다. 이 용은 은으로 된 바닥에 전체가 황금인 성을 지키고 있었다. 벽에는 빛나는 청동 방패가 걸려 있었고, 방패에는 이런 글귀가 새겨져 있었다.

이곳에 들어오는 자, 정복자고
용을 죽이는 자, 방패를 얻으리라.

애설레드는 철퇴를 들어 용의 머리를 쳤다. 용은 쓰러지며 거친 독으로 가득 찬 숨을 내뿜으며 아주 귀에 거슬리는 끔찍한 비명을 질렀다. 귀가 먹먹해지는 그 비명 소리에 애설레드는 그 무시무시한 소리를 듣지 않으려고 손으로 귀를 틀어막아야 했다. 결코 그 비슷한 소리조차 들어 본 적이 없는 소리였다."

여기서 나는 너무나 깜짝 놀라 갑자기 멈췄다. 이번에는 실제로 그 소리가 들려서였다(어느 방향에서 나는 소리인지 말할 수 없었지만). 의심의 여지가 없었다. 그 소리는 멀리서 나는 것 같은 작은 소리였지만 귀에 거슬리게 오랫동안 지속되었다. 아주 이상한 비명이나 삐걱대는 소리였다. 내가 머릿속으로 상상했던, 로맨스 작가가 쓴 용의 부자연스러운 비명과 정확하게 일치했다.

아주 기이한 우연의 일치가 두 번 겹치자 여러 모순된 감정,

특히 경이감과 극단적인 공포가 모두 나를 짓눌렀다. 하지만 아직 나는 내 친구의 예민한 신경을 자극할 말을 자제할 만큼 침착했다. 지난 몇 분간 그의 태도가 이상하게 변한 건 사실이었지만 그 소리를 그도 들었는지는 확실치 않았다. 그는 원래 나를 마주 보고 앉아 있었는데 의자를 조금씩 돌려 마침내 방문을 마주 보았다. 그래서 마치 들리지 않게 중얼거리는 것처럼 떨리는 그의 입술과 이목구비의 일부만 보였다. 그는 가슴에 머리를 파묻고 있었다. 하지만 힐끗 옆모습을 보았을 때 그가 눈을 크게 뜨고 깜박이지도 않아 잠들지 않은 것은 알았다. 그의 동작 또한 잠든 사람의 동작과는 달랐다. 그는 계속 부드럽게 좌우로 몸을 흔들며 같은 동작을 반복하고 있었다. 재빨리 이 모든 상황을 눈치챈 나는 다시 론슬롯 경 이야기를 읽기 시작했다. 이야기는 이렇게 진행되었다.

"이제, 그 전사는 용의 무시무시한 분노에서 벗어났으므로 용감하게 청동 방패와 방패에 걸린 마법을 풀 생각으로 앞에 있는 용의 사체를 치우고 은으로 포장된 통로를 지나 방패가 걸려 있는 벽으로 다가갔다. 사실 방패는 그가 완전히 다가올 때까지 기다리지 않았다. 방패가 은으로 된 바닥 위 그의 발치에 떨어졌고 아주 무시무시하고 큰 소리가 사방으로 퍼졌다."

이런 음절들이 내 입에서 나오자마자, 마치 그 순간 청동 방패가 쿵 하고 은으로 된 바닥에 떨어진 것처럼, 또렷하고 공허한 금속성 소리, 쨍그랑대면서도 무언가로 감싼 듯한 소리가 났다. 대경실색해 나는 벌떡 일어났다. 하지만 어셔는 전혀 동요하지 않고 박자에 맞춰 좌우로 몸을 흔들고 있었다. 나는 어셔의 의자 쪽으로 달려갔다. 그는 앞만 뚫어지게 보았고 얼굴 전체가 돌처럼 딱딱하게 굳어 있었다. 내가 어깨에 손을 얹자, 그의 온몸은 부들부들 떨리고 있었다. 병약한 미소를 띤 입술도 떨리고 있었다. 그는 마치 내가 거기 있는 것을 모르는 것처럼 알아들을 수 없이 빠른 속도로 조그맣게 속삭였다. 몸을 구부려 그에게 바싹 붙자 그때서야 마침내 그 끔찍한 말의 의미를 알아들었다.

"이 소리가 안 들려? 그래, 내게는 들리는데. **쭉** 이 소리를 들었어. 오래, 오래, 오래, 몇 분, 몇 시간, 며칠 동안 쭉 들었어. 하지만 **감히** 용기가 나지 않았어. 오, 나를 불쌍하게 여겨 줘, 비참한 나를! 용기가 나지 않았어. **감히** 말을 꺼낼 용기가 나지 않았어! **우리는 그녀를 생매장했어**! 내 감각이 너무 예민하다고 했잖아? 이제야 말하지만 며칠 전 처음으로 그녀가 관 안에서 움직이는 소리를 들었어. 그 소리를 들었어. 며칠 전, 며칠 전에. 하지만 **용기가 나지 않았어**. 나는 감히, 감히 말을 꺼낼 용기가 나지 않았어. 하지만 **이제**, 이야기할게. 그 소리는 그녀 목소리였어! 그런데 지금, 오늘 밤, 애설레드가, 하! 하! 은자의 문을 부수고, 용은 죽어 가며 비명을 지르고, 방패가 쨍그랑 소리를 낸다고! 차라리 그녀의 관이 부서지고, 지하 감옥의 쇠 경첩이 삐걱대고, 그녀가 동판으로 외장 처리된 지하 통로를 빠져나오려고 애쓴다고 말하지! 오 어디로 도망쳐야 하지? 그녀가 곧 여기로 오지 않을까? 왜 자신을 서둘러 생매장했냐고 비난하려고 황급히 달려오고 있는 건 아닐까? 계단을 올라오는 그녀 발소리가 안 들리냐고? 그녀의 심장이 쿵쿵 뛰는 끔찍한 소리인걸 내가 모르냐고? 미친놈아!" 그는 여기서 펄쩍 뛰더니, 마치 영혼을 내던지는 것처럼, 이렇게 날카롭게 내뱉었다. "**미친놈아! 지금 문 앞에 매들린이 있다니까!**"

초인간적 힘이 넘치는 그의 말속에 마치 강력한 마법이 있었던 것 같다. 그 순간 그가 가리킨 고풍스러운 커다란 문, 육중한 검은 문이 천천히 젖혀졌다. 돌풍에 열린 것이었다. 하지만 문이 열리자 거기 수의를 입은 어셔가의 레이디 매들린이 고고하게 서 있었다. 그녀의 하얀 수의에는 피가 묻어 있었고, 도망쳐 나오려고 사투를 벌인 흔적이 가냘픈 그녀의 몸 곳곳에 있었다. 그녀는 잠시 문지방에서 떨더니 앞뒤로 휘청댔다. 그리고 작은 신음 소리를 내며 오빠의 몸을 덮치더니, 이어서 마지막 단말마의 고통에 몸부림치며 오빠를 바닥으로 쓰러트렸다. 어셔는 죽었다. 자신의 예상대로 그는 공포의 희생자가 되었다.

나는 소스라치게 놀라 그 방, 이어 그 집에서 도망쳤다. 낡은 포장도로를 지나는 동안 여전히 폭풍이 몰아치고 있었다. 갑자기 길을 따라 눈부신 빛이 마구 쏟아졌다. 그런 이상한 빛이 어디서 오는지 보려고 고개를 돌렸다. 내 뒤에는 저택과 그 그림자만 있었기 때문이다. 그것은 저무는 보름달, 핏빛 달에서 나온 빛이었다. 그 빛이 전에는 거의 보이지 않던 금, 앞서 말했던 집 건물 지붕에서 바닥까지 지그재그로 뻗은 금을 비추고 있었다. 내가 바라보고 있는 동안, 그 금이 급속도로 커다란 틈이 되었고 회오리바람이 사납게 몰아치더니 곧 눈앞에 달 전체가 드러났다. 거대한 벽들은 산산조각 났고 그 모습에 정신이 아찔했다. 수많은 강이 흐르는 것 같은 콸콸대는 거친 소리가 오랫동안 들렸다. 내 발치에 있는 깊고 축축한 호수가 조용히 음울하게 어셔가의 잔해를 집어삼켰다.

검은 고양이

내가 지금 하려는 이야기는 아주 폭력적이기는 하지만 흔한 이야기이기도 하다. 믿어 주기를 기대하지도 않고 믿어 달라고 부탁하지도 않겠다. 내 두 눈으로 봐도 믿을 수 없는 이야기인데다 믿어 달라고 하면 내가 정말로 미치광이일 것이다. 그런데 나는 분명히 미친 사람도 아니고, 꿈을 꾼 것도 아니다. 하지만 내일이면 나는 죽을 것이고, 오늘 내 영혼의 짐을 덜고자 한다. 내 당면한 목적은 집 안에서 일어난 일련의 일을 평이하고 간결하게, 어떤 평도 덧붙이지 않고 세상에 알리는 것이다. 이 사건으로 나는 공포에 질렸고, 심한 고통에 시달렸고, 결국 파멸했다. 하지만 그것들을 설명하려 하지 않을 것이다. 나는 이렇게 공포심을 느꼈지만, 끔찍하기보다는 기이하게 여길 사람도 많을 것이다. 어쩌면 후세에 지성이 뛰어난 어떤 사람이 나타나 환상적인 내 이야기가 흔한 이야기임을 증명할 것이다. 즉 나보다 더 차분하고 논리적이며 훨씬 덜 예민한 지적인 사람에게는 내가 경외에 차 자세히 설명한 정황이 매우 자연스럽고 흔한 원인과 결과의 연속일 수도 있다.

어렸을 때부터 나는 유순하고 인정 많기로 유명했다. 지나치게 다정해서 친구들이 놀릴 정도였다. 특히 동물을 좋아했고 부모님은 내가 원하는 다양한 애완동물을 모두 구해 주셨다. 나는 대부분의 시간을 동물들과 보냈다. 동물들에게 먹이를 주고 쓰다듬을 때가 가장 행복했다. 자라면서 이런 특이한 성격이 더 강화되어, 성인이 되어서는 동물과 보내는 시간이 가장 즐거웠다. 영리하고 충성심이 강한 개를 사랑하는 사람들에게는 개가 주는 만족감이 얼마나 큰지, 그 본질이 무엇인지 설명할 필요가 없다. 동물이 보여 주는 비이기적이고 희생적인 사랑에는 뭔가가 있다. **인간의** 하찮은 우정이나 얄팍한 충성심에 익숙한 사람에게 직접적으로 호소하는 무언가가 있다.

나는 일찍 결혼했는데 아내와 성격도 잘 맞고 행복했다. 내가 애완동물을 몹시 좋아하는 걸 눈치챈 아내는 기회가 있을 때마다 내 마음에 쏙 드는 애완동물을 구해 왔다. 집에 새, 금붕어, 멋진 개, 토끼, 작은 원숭이, **고양이**가 있었다.

굉장히 크고 아름다웠던 이 고양이는 아주 새까맣고 놀랍게 영리했다. 적잖이 미신적이던 아내는 이 고양이가 얼마나 영리한지 말하면서, 검은 고양이는 변장한 마녀라는 옛날이야기를 꺼내곤 했다. 그녀가 정말 **진심으로** 이런 말을 한 건 아니었다. 이 말을 한 이유는 단지 그때 막 그 말이 기억나서였다.

이름이 플루토*인 고양이는, 내가 가장 좋아하는 애완동물이자 친구였다. 나만 플루토에게 먹이를 주었고 집 안에서 어디를 가든 플루토는 나를 따라왔다. 길까지 나를 따라오려고 해 겨우 따라오지 못하게 할 정도였다.

이런 식으로 우리의 우정은 몇 년간 지속되었다. 그사이에 술이라는 악마 때문에, 내 기질과 성격이 변해 (고백하기 부끄럽지만) 나는 전반적으로 아주 난폭해졌다. 나날이 짜증이 늘었고 침울해졌으며 다른 사람의 감정을 전혀 배려하지 않았다. 아내에게 부적절한 언어를 사용했고 결국 폭력을 행사하기에 이르렀다. 애완동물들도 내 기질의 변화를 느꼈다. 동물들을 제대로 돌보지 않았을뿐더러 학대하기에 이르렀다. 그 동물들이 우연히 혹은 애정 표시를 하려고 내 근처로 오면 토끼, 원숭이, 개까지 전혀 양심의 가책을 느끼지 않고 학대했다. 하지만 플루토에 대해서만은 아직도 배려하는 마음이 남아 있어 학대하지 않았다. 하지만 내 병은 점점 더 심해졌다. 세상에 술만 한 병이 어디 있겠는가! 그래서 결국 이제 늙고 또 다소 까탈스러워진 플루토에게까지 못된 성질을 부리기 시작했다.

어느 날 밤, 늘 가던 술집에서 만취해 집으로 돌아왔는데 고양이가 나를 피하는 것 같았다. 나는 그를 붙잡았다. 내 폭력에 겁에 질린 플루토가 이빨로 내 손을 살짝 물었다. 순식간에 나는 악마 같은 분노에 휩싸였다. 완전히 제정신이 아니었다. 그 순간 내 본래 영혼이 내 몸에서 빠져나갔다. 진을 먹고 자라난 악마의 악의가 몸 구석구석에 스며들어 온몸이 떨렸다. 나는 양복 조끼 주머니에서 주머니칼을 꺼냈다. 칼을 뺀 다음 불쌍한 짐승의 목을 잡고 침착하게 눈 하나를 파냈다! 저주받을 잔혹한 짓에 대해 쓰고 있는 지금, 얼굴이 벌겋게 달아오르고 온몸이 떨린다.

아침이 되어 이성이 돌아오자, 즉 방탕한 밤의 독기가 빠지자, 내가 저지른 범죄에 대해 공포 반 후회 반인 심정이 되었다. 그러나 기껏해야 미약하고 모호한 감정에 그치고 영혼 속 깊이 후회하지는 않았다. 나는 다시 마구 술을 마시고 만취해 내 범죄를 모조리 잊었다.

그사이에 고양이는 천천히 회복되었다. 한쪽 눈이 없는 고양이가 끔찍해 보이기는 했지만, 고양이는 더 이상 고통을 느끼지 않는 것처럼 보였다. 그 고양이는 평소처럼 집안을 돌아다녔다. 하지만 예상대로 내가 다가가면 극도의 공포심을 보이며 도망쳤다. 아직은 고양이에 대한 과거의 애정이 남아 있어서 처음에는 한때 나를 그토록 사랑하던 동물이 이렇게 드러내 놓고 나를 싫어하는 게 슬펐다. 그러나 이 감정은 곧 짜증으로 바뀌었다. 그리고 마치 돌이킬 수 없는 내 최후의 몰락을 재촉하듯이 비뚤어진 기분이 들었다. 철학으로는 이런 기분을 설명할 수 없다. 하지만 내 영혼이 살아 있다는 것보다 더 확실한 사실은 이 삐뚤어진 기분이 인간의 원초적 충동, 즉 인간의 성격을 결정하는 근본적인 기능이나 감정이라는 점이다. 우리는 해서는 **안 된다는** 바로 그 이유로 수없이 사악한 행동이나 어리석은 행동을 저지르지 않는가? 우리는 가장 뛰어난 판단력을 가지고 있으면서도 바로 법이라는 이유로 끊임없이 **법**을 위반하려는 성향을 가지고 있지 않는가? 나는 결국 이 비뚤어짐 때문에 파멸했다. **스스로를 괴롭히려는** 끝없는 영혼의 갈망, 자신의 본성에 폭력을 가하려는 갈망, 악을 위해 악을 저지르고 싶은 갈망, 이런 갈망들 때문에 나는 죄 없는 짐승을 계속 괴롭히다가 결국 죽이고 말았다. 어느 날 아침, 나는 냉혹하게 고양이 목에 올가미를 건 다음 나뭇가지에 매달았다. 마음속으로 아주 쓰라리게 후회하고 눈물을 흘리며 고양이를 매달았다. 고양이가 나를 사랑한다는 것을 알았기 **때문에**, 고양이가 빌미를 준 게 없다고 느꼈기 **때문에**, 고양이를 목매달았다. 치명적인 죄를 짓고 있다는 것을 알았기 때문에, 영혼이란 게 있다면, 불멸인 내 영혼이 가장 자비롭고도 가장 무서운 신의 무한한 자비로도 구원받을 수 없으리라는 것을 알았기 때문에, 고양이를 목매달았다.

이 잔인한 짓을 저지른 날 밤, "불이야" 하는 소리에 잠에서 깼다. 침대 커튼이 불타고 있었다. 집 전체가 활활 타고 있었다. 아내와 하인과 나는 가까스로 불길을 빠져나왔다. 완벽한 파멸이었다. 불길은 내 전 재산을 삼켰고, 그 후 나는 자포자기해 절망에 빠졌다.

나는 재난과 잔혹한 짓 사이에 인과 관계가 있다고 생각할 정도로 나약하지는 않다. 하지만 일련의 사실을 차례대로 상세히 이야기하고 단 하나의 연결 고리라도 있다면 찾아내고 싶다. 화재가 발생한 다음 날 나는 폐허가 된 집터로 갔다. 벽이 모두 무너져 내렸는데 단 한 곳만 예외였다. 집 중앙에 있는 벽로 두껍지 않은 칸막이벽이었다. 내 침대 머리판이 기대고 있던 벽 부분이었다. 그 석고벽은 불에 타지 않았다. 최근에 회칠해서 불이 붙지 않은 것 같았다. 그 벽 주위에 사람들이 빽빽이 모여 있었다. 그들은 벽의 특정 부분을 아주 열심히 자세히 살펴보는 것 같았다. 사람들이 "이상해!", "특이해!", 혹은 그 비슷한 다른 말을 해 바싹 호기심이 생겨 가까이 다가가 보니 하얀 벽 표면에 마치 거대한 **고양이**가 **부조**처럼 얕게 새겨져 있었다. 정말 놀라울 정도로 정확하게 고양이 모습이 새겨져 있었다. 고양이 목에는 밧줄이 매달려 있었다.

이 유령, 유령이라고 할 수밖에 없는 것을 처음 봤을 때, 경악하고 겁이 났다. 하지만 곧 곰곰이 생각해 보자 그 고양이를 집 옆 정원에 매달던 게 기억났다. 화재 경보가 울리자 이 정원이 군중으로 가득 찼는데, 아마 그중 어떤 사람이 고양이를 나무에서 잘라 낸 다음 열린 내 방 창문으로 던진 게 분명했다. 아마도 나를 깨우려고 그랬을 것이다. 다른 벽들이 무너지면서 내 잔혹한 행동의 희생양인 고양이가 갓 펴 바른 석고 속에 눌렸고, 불에 탄 석회와 시신에서 나온 **암모니아**가 혼합되어 내가 본 형상이 만들어졌을 것이다.

방금 자세히 말한 놀라운 사실에 대해 양심의 가책이 전혀 없지는 않았다. 하지만 쉽게 이성의 설명을 받아들였다. 그런데 그 모습은 내 환상 속에 깊이 새겨져 몇 달이나 고양이의 환상을 지울 수 없었다. 그 시기에 진심으로 후회하지는 않았지만 그 비슷한 감정이 일었다. 나는 그 동물을 잃은 것을 후회하며, 내가 습관적으로 드나들던 천박한 술집에 가 그 주위를 기웃거리며 그 고양이를 대신할 비슷하게 생긴 유사한 종류의 고양이를 찾았다.

어느 날 밤, 악명 높은 술집에 반쯤 멍하게 앉아 있는데 갑자기 그 술집의 주요 가구라고 할 수 있는 커다란 진 통인지 럼주 통인지의 꼭대기에 웅크리고 있는 검은 물체가 눈에 들어왔다. 몇 분이나 술통 꼭대기를 쭉 바라보고 있었는데, 더 빨리 알아채지 못한 게 놀라웠다. 나는 다가가서 손으로 그것을 만졌다. 플루토만큼이나 커다란 검은 고양이였고, 한 가지만 빼면 모든 면에서 플루토와 흡사했다. 플루토는 몸 어디에도 하얀 털이 없었는데, 이 고양이는 거의 가슴 전체에 희미한 하얀 얼룩이 있었다. 내가 만지자마자 그 고양이는 벌떡 일어나 큰 소리로 그르렁대면서 자기 몸을 내 손에 비볐다. 내가 자기를 알아봐주자 기쁜 것 같았다. 바로 내가 찾던 고양이였다. 나는 곧 주인에게 이 고양이를 사겠다고 제안했지만, 주인은 모르는 고양이고 전에도 본 적이 없다고 했다.

나는 계속 고양이를 쓰다듬었다. 집에 갈 준비를 하자 고양이가 날 따라오고 싶어 했다. 나는 그냥 두었다. 길을 걸어가면서 가끔 몸을 구부려 고양이를 쓰다듬어 주었다. 집에 도착하자마자 그 고양이는 우리 집 고양이가 되었다. 아내도 곧 그 고양이를 아주 좋아하게 되었다.

그러다 내 마음속에서 곧 고양이에 대한 혐오감이 솟았다. 내 예상과 정반대였다. 하지만 어떻게, 아니 왜 혐오감이 생겼는지 몰랐다. 그 고양이가 날 좋아하는 게 짜증나고 역겨웠다. 이러한 짜증과 역겨움은 서서히 지독한 증오심으로 변했다. 나는 고양이를 피했다. 이전의 잔인한 행동에 대한 기억과 수치심 비슷한 감정이 있어 고양이를 학대하지는 않았다. 몇 주 동안 고양이를 때리거나 달리 난폭하게 다루지는 않았다. 하지만 서서히, 아주 서서히 이루 말할 수 없는 혐오감에 차 고양이를 바라보게 되었다. 그리고 역병의 악취를 피하듯이 그 밉살스러운 고양이를 조용히 피했다.

내가 이 짐승을 더 증오하게 된 것은 물론 집으로 데려온 다음 날 이 고양이가 플루토처럼 한쪽 눈이 없다는 사실을 알게 되어서였다. 하지만 바로 그 이유로 아내는 이 고양이를 더 사랑했다. 이미 말했듯이 아내는 아주 인정 많은 사람이었다. 나도 한때는 인정이 많은 사람이었고 인정을 베푸는 가운데 여러 가지 소박하고 순수한 즐거움을 맛보았다.

하지만 나는 그 고양이가 점점 더 싫어졌다. 반대로 그 고양이는 점점 더 나를 좋아했다. 그 고양이는 이해할 수 없을 정도로 끈질기게 날 따라다녔다. 내가 앉을 때마다 내 의자 밑에 웅크리거나 내 무릎 위로 뛰어올라 가증스럽게 몸을 비벼 댔다. 내가 일어나 걸으려고 하면 그 고양이가 두 발 사이로 기어들어 넘어질 뻔하기도 했다. 또는 날카롭고 긴 발톱으로 내 옷을 꼭 붙잡고 내 가슴까지 기어오르기도 했다. 그런 순간 나는 그 고양이를 한 방에 날려 죽이고 싶었지만 과거의 범죄 기억 때문에, 하지만 주로는, 고백건대, 그 고양이에 대한 절대적인 **공**

포심 때문에 참았다.

그것은 정확하게 내 신체에 위해를 가할 것이라는 공포심은 아니었다. 하지만 달리 어떻게 정의해야 할지 모르겠다. 그 동물을 보면 떠오르는 가장 단순한 망상으로 인해 공포심이 커졌다. 인정하기 부끄럽지만, 중죄인 감옥에 갇혀 있는 지금도 수치심을 떨굴 수 없다. 아내는 내가 이미 말했던 독특한 하얀 털에 대해 여러 번 언급했다. 하지만 그 표식이야말로 이 이상한 동물과 내가 죽인 동물 사이의 두드러진 차이이자 유일한 차이였다. 독자는 이 표식이 비록 크기는 했지만 원래 희미하다고 말했던 걸 기억할 것이다. 이성적으로 오랫동안 내 망상에 지나지 않는다고 했지만 그 표식이 서서히, 거의 감지할 수 없을 정도로 서서히 진해지더니 결국 윤곽이 뚜렷해졌다. 그것은 이름만 말해도 온몸이 떨리는 것, 섬뜩한 것, 소름 끼치는 것, 즉 교수형 줄 모양이었다! 바로 그 줄 때문에 내가 그 괴물을 혐오하고 두려워했던 것이고 아마 **용기가 있었으면** 죽였을 것이다. 그 하얀 털은 공포와 범죄, 고통과 죽음의 수단인 음울하고 끔찍한 교수형 줄 모양이었다!

이제 내가 느낀 비참함은 인간의 단순한 비참함을 넘어섰다. 이제 이 무지막지한 짐승, 내가 하찮게 생각해 죽인 **짐승**과 같은 종류의 **짐승**이 신의 형상으로 창조된 인간'인 나에게 견딜 수 없는 고통을 주었다! 아아! 나는 낮이고 밤이고 더 이상 휴식이라는 축복을 누릴 수 없었다! 낮에는 그 고양이가 잠시도 나를 떠나지 않았고, 밤에는 형언할 수 없이 무서운 꿈을 꿔 한 시간마다 깼다. 그때 내 얼굴에서 그 고양이의 뜨거운 입김을 느꼈고 그것의 무게에 눌렸다. 내게는 고양이로 나타난 악몽을 떨쳐 낼 힘이 없었다!

이렇게 고통에 짓눌리자 내 마음속에 남아 있던 미미한 선량함마저 사라졌다. 나는 오직 사악한 생각, 가장 암울한 사악한 생각만 했다. 평소에는 우울하던 내가 이제는 모든 사물과 모든 인간을 증오하게 되었다. 이제 종종 갑작스럽게 격노했다. 불쌍하게도, 불평 한마디 하지 않던 아내가 가장 빈번하게 분노의 표적이 되었고 그녀는 그 누구보다 잘 참았다.

어느 날 돈이 없어 어쩔 수 없이 살게 된 낡은 건물 지하실에 아내와 함께 들어갔다. 고양이가 가파른 계단을 따라 내려오다가 머리를 쳐 날 쓰러트릴 뻔했다. 미친 듯이 화가 난 나는 여태껏 날 사로잡고 있던 유치한 공포심을 잊고 도끼를 들어 그 동물에게 일격을 가하려고 했다. 물론 그랬다면 그 고양이는 즉사했을 것이다. 그러나 아내가 내 손을 잡았다. 방해를 받자 악마처럼 화가 치민 나는 그녀의 손아귀에서 팔을 빼낸 후 도끼로 그녀의 머리를 깊숙이 내리쳤다. 아내는 신음 소리조차 내지 못하고 그 자리에서 쓰러졌다.

끔찍한 살인이 벌어진 직후, 나는 아주 신중하게 시신 은닉 작업에 착수했다. 시신을 집 밖으로 끌고 나간다면 낮이든 밤이든 이웃에게 들키리라는 걸 알고 있었다. 여러 가지 계획이 떠올랐다. 한동안 시신을 토막 낸 다음 불태울 생각을 했다. 그다음에는 지하실 바닥에 무덤을 파기로 결심했다. 그러다가 다시 마당 우물에 던져 버릴지 아니면 상품으로 위장해 평소처럼 상자에 담아 포장한 다음 짐꾼을 불러 집 밖으로 내보낼지 고민했다. 마침내 이 두 가지 방법보다 훨씬 더 나은 방법이 떠올랐다. 중세 수도사들이 죽은 희생자 시신을 벽에 매장했다는 기록이 있는데, 나도 시신을 지하실 벽에 매장하기로 결심했다.

지하실은 이런 용도에 아주 적합했다. 지하실 벽은 제대로 공사가 되어 있지 않았다. 최근에 대충 회칠해 놓았는데 습기에 차 굳지 않은 상태였다. 게다가 한쪽 벽에 굴뚝 때문인지 벽난로 때문인지 돌출부가 있었고, 그 돌출부는 대강 메꾸어져 있어서 지하실의 다른 부분과 비슷해 보였다. 쉽게 이 돌출부의 벽돌을 치우고 시신을 넣은 다음 다시 전처럼 벽 전체를 쌓아 올릴 수 있을 것이고 그렇게 하면 누구도 의심할 리가 없으리라는 확신이 들었다. 내 추측이 옳았다. 쇠지레를 써서 쉽게 벽돌을 제거한 다음, 조심스럽게 시신을 안쪽 벽에 기대고, 그 자세로 둔 채 감쪽같이 돌출부를 원상 복구시켰다. 나는 아주 조심스럽게 모르타르, 모래, 털을 구해서 이전 회반죽과 구분되지 않는 회반죽을 준비한 다음 새로 쌓은 벽돌 위에 아주 꼼꼼하게 회칠을 했다. 벽돌 공사를 마치자 일이 제대로 끝난 게 흐뭇했다. 벽에는 전혀 흔적이 남지 않았다. 나는 아주 세심하게 바닥에 떨어진 부스러기를 주웠다. 나는 의기양양하게 주위를 둘러보며 혼잣말을 했다. "자, 그런대로 성공적으로 일이 끝났군."

다음 단계는 이토록 날 비참하게 만든 그 동물을 찾는 것이었다. 마침내 그 고양이를 죽이기로 결심했다. 그 고양이가 눈에 띄었으면 보자마자 즉석에서 죽였을 것이다. 그러나 교활한 동물은 나의 폭력성에 놀라 지금처럼 내가 화나 있으면 피하는 것 같았다. 그 가증스러운 동물이 사라지자 나는 말로 표현할 수 없을 만큼, 상상할 수 없을 만큼 행복했고 아주 안심했다. 그 동물은 밤에도 모습을 드러내지 않았다. 그래서 고양이를 이 집에 데리고 들어온 후 최소한 하룻밤은 편안하게 잠을 푹 잤다. 그렇다, 영혼에 살인의 짐을 지고도 편안하게 잘 잤다!

이틀, 사흘이 지났지만 날 괴롭히던 그 동물은 나타나지 않았다. 다시 한번 나는 자유인으로 숨을 쉬었다. 그 괴물은 겁에 질려 영원히 이 집을 떠난 거야! 더 이상 그놈을 보지 않아도 돼! 최고로 행복해! 범죄에 대해 죄책감이 들었지만 아주 미미한 정도였다. 몇 차례 신문을 받았지만 나는 능숙하게 대답했다. 심지어 가택 수색까지 했지만, 당연히 아무것도 발견되지 않았다. 앞으로 내가 행복하리라고 확신했다.

뜻밖에 살인 사건이 발생한 지 나흘 만에 일군의 경찰이 집으로 들이닥쳐 건물을 샅샅이 재수색했다. 그러나 시신을 숨긴 장소를 그들이 알 리 없다는 확신에 찬 나는 조금도 당황하지 않았다. 경찰들은 수색에 입회할 것을 내게 명령했다. 그들은 하나도 빠뜨리지 않고 구석구석을 수색했다. 세 번째인지 네 번째 수색 끝에 마침내 경찰이 지하실로 내려갔다. 나는 조금도 떨지 않았다. 내 심장은 무고한 잠든 사람의 심장처럼 차분하게 뛰었다. 나는 지하실 끝까지 걸어갔다. 나는 팔짱을 끼고 아무렇지 않은 것처럼 이리저리 돌아다녔다. 경찰은 만족할 만큼 수색을 마친 후 떠날 준비를 했다. 나는 속으로 너무 기뻐서 참을 수가 없었다. 내가 무죄임을 두 배로 확신시켜 주고 싶어 의기양양하게 한마디 했다.

경찰 일행이 계단을 올라가려던 참이었다. "여러분, 여러분의 의심을 풀어 드려 기쁩니다. 여러분 모두 건강하시고 좀 더 예의를 지켜 주시길 바랍니다. 안녕히 가십시오, 여러분, 이 집은 아주 튼튼하게 지어진 집입니다. (나는 술술 불고 싶은 욕망에 사로잡혀 자신이 무슨 말을 하고 있는지 전혀 몰랐다.) **아주 튼튼하게 지어진 집**이라고 할 수 있죠. 이 벽은, 여러분, 가십니까? 이 벽은 아주 견고합니다." 여기서 나는 허세의 광란에 사로잡혀 손에 들고 있던 지팡이로 내 품의 아내*의 시신이 서 있는 바로 그 벽 부분을 세게 두드렸다.

하느님! 악마의 송곳니에 물리지 않게 구해 주소서! 내 지팡이의 울림이 잠잠해지자마자 무덤 안에서 대답이 들렸다! 처음에는 어린아이의 흐느낌처럼 끊겼다가 들리는 희미한 울음소리더니 이내 긴 비명으로 변해 지속되었다. 완전히 비정상적이고 비인간적인 울부짖음이었다. 지옥에서나 들릴 만한 울부짖음이었다. 울부짖는 비명은 반은 공포에 차고 반은 승리감에 차 있었다. 저주받은 자의 고통스러워하는 목소리와 그들의 저주를 기뻐하는 악마의 목소리가 섞여서 들렸다.

내가 어떤 생각을 했는지 말해 봐야 어리석은 짓일 것이다. 나는 비틀거리며 맞은편 벽으로 걸어갔다. 계단 위의 경찰 일행은 극도의 공포심과 경외감에 차 잠시 꼼짝도 하지 않았다.

다음 순간 건장한 열두어 팔이 달려들어 힘껏 벽을 부수었다. 벽이 무너졌을 때 눈앞에 선혈이 응고된, 이미 심하게 부패한 시신이 똑바로 서 있었다. 시신의 머리 위에는 그 가증스러운 고양이가 붉은 입을 벌린 채 애꾸눈을 번득이며 앉아 있었다. 나는 그 괴물의 유혹에 넘어가 살인을 저질렀고, 그놈의 울음 소리 때문에 발각되어 교수형에 처해질 것이다. 내가 그 괴물을 무덤 안에 가둔 채 벽돌을 쌓았던 것이다!

고자질하는 심장

정말 그렇다! 신경과민. 나는 지금도 그렇고 과거에도 아주 끔찍한 신경과민에 시달렸다. 그런 나더러 왜 미쳤다고 **할까**? 이 병으로 내 감각이 파괴되지도, 무디어지지도 않았다. 감각이, 무엇보다 청각이 예민해졌다. 하늘과 지상의 모든 소리가 들렸다. 지옥의 소리도 수없이 들렸다. 그런데 어떻게 미치광이라는 건가? 들어 보시라! 그리고 내가 얼마나 멀쩡하게, 얼마나 침착하게 이 이야기를 다 하는지 들어 보시라.

처음에 어떻게 그런 생각을 하게 되었는지 모르겠다. 하지만 일단 그런 생각이 떠오르자 낮이고 밤이고 머리를 떠나지 않았다. 목적은 없었다. 분노도 없었다. 나는 그 노인을 사랑했다. 그가 내게 잘못한 일도 전혀 없었다. 나를 모욕한 적도 없었다. 그의 황금을 갖고 싶은 마음도 전혀 없었다. 그의 눈 때문일 것이다! 그래, 바로 그것이었다! 그 노인의 한쪽 눈은 독수리 눈처럼 연한 파란색으로, 뿌연 막으로 덮여 있었다. 그 눈으로 날 바라볼 때마다 피가 얼어붙었고, 그래서 아주 서서히 그 노인을 죽여서 그 눈을 영원히 없애겠다고 결심하기에 이르렀다.

자, 이게 요점이다. 사람들은 내가 미쳤다고 생각한다. 미쳐서 아무것도 모른다고. 하지만 **날** 봤어야 한다. 내가 얼마나 현명하게 그 일을 진행했는지 봤어야 한다. 얼마나 조심스럽게, 얼마나 선견지명을 가지고, 얼마나 시치미를 뚝 떼고 그 일을 해냈는지 봤어야 한다! 그를 죽이기 전 일주일 내내 나는 그 노인을 최고로 다정하게 대했다. 매일 밤 자정 무렵, 나는 그의 문의 빗장을 열었다. 오, 아주 살살 문을 열었다! 그리고 내 머리가 들어갈 정도로 문이 벌어지면, 천으로 꽁꽁 싸서 빛이 새어 나오지 않는 랜턴을 그 문틈으로 집어넣고 그다음에 머리를 밀어 넣었다. 내가 얼마나 교묘하게 머리를 밀어 넣었는지 봤으면 웃었을 것이다! 노인이 깨지 않도록 나는 아주 천천히, 아주 천천히 움직였다. 한 시간이나 걸려 머리 전체를 문틈으로 밀어 넣자 침대에 누워 있는 노인이 보였다. 하! 미치광이가 이렇게 현명할 수 있겠는가? 내 머리가 완전히 방으로 들어갔을 때, (경첩이 삐걱거렸기 때문에) 조심조심, 오, 조심조심, 조심조심 한 줄기 가는 빛이 독수리 눈을 비출 만큼만 살짝 랜턴을 싼 천을 들추었다. 일주일 내내 매일 밤 자정 무렵부터 이렇게 했지만 노인은 늘 눈을 감고 있었다. 눈에 빛을 비출 수 없으면 허사였다. 내가 짜증 난 것은 노인 때문이 아니라 사악한 눈 때문이었으니까. 매일 아침 동이 트면 나는 대담하게 그의 방으로 들어가 용감하게 말을 건넸다. 다정하게 이름을 부르면서 잘 잤는지 물었다. 매일 밤 열두 시에 잠든 자신을 내가 들여다보리라고 의심했다면, 그는 정말 아주 대단한 사람이었을 것이다.

여드레째 밤 나는 평소보다 더 조심스럽게 문을 열었다. 시계 분침보다 더 천천히 움직였다. 그날 밤 내 능력, 현명함이 최고조에 달한 느낌이었다. 거의 억누를 수 없는 승리감이 솟아났다. 내가 여기서 문을 조금씩 열고 있는데, 그는 내 은밀한 행동이나 생각을 꿈에도 모르는구나! 그 생각이 들자 소리 내서 낄낄댔다. 아마 내 소리를 들었는지 그가 갑자기 놀란 것처럼 침대에서 뒤척였다. 이제 내가 뒤로 물러났으리라고 생각할지 모르겠지만, 전혀 그렇게 하지 않았다. 그의 방은 (강도가 두려워 덧문을 닫고 있었기 때문에) 칠흑같이 어두웠고 그래서 문을 열어도 그가 볼 수 없다는 것을 알았기 때문에 문을 가만히, 가만히 밀었다.

머리를 집어넣고 랜턴을 켜려는 순간 엄지손가락이 양철 스위치에서 미끄러졌다. 노인이 침대에서 벌떡 일어나 "거기 누구야?"라고 외쳤다.

나는 가만히 있었고 아무 말도 하지 않았다. 한 시간 동안 꼼짝도 하지 않고 있었다. 그가 눕는 소리가 들리지 않았다. 그는 여전히 침대에 앉아 귀를 기울이고 있었다. 내가 매일 밤 벽 속에서 죽음의 시계 소리˚를 들었던 것처럼.

곧 약한 신음 소리가 들렸다. 치명적인 공포심에서 나오는 신음 소리임을 알았다. 고통이나 슬픔에 찬 소리가 아니라 공포에 가득 찬 영혼의 밑바닥에서 솟아나는 억눌린 작은 소리였다. 나는 그 소리를 잘 알고 있었다. 온 세상이 잠든 자정 무렵, 며칠 동안 밤마다 그 소리가 내 가슴에서 솟아나 울려 퍼질 때면 극심한 공포에 휩싸여 넋이 나갔었다. 나는 그 소리를 잘 알고 있었다. 노인이 어떤 느낌인지 알았고 낄낄대면서도 마음속으로 그를 동정했다. **처음에** 작은 소리를 듣고 그는 혼잣말을 중얼댔다. 침대에서 뒤척였을 때부터 그는 계속 깨어 있었을 것이다. 그의 공포심은 점점 더 심해지고 있었다. 그는 자신이 괜히 겁을 먹었다고 상상하려고 했지만 그럴 수가 없었다. "굴뚝으로 바람이 지나가는 소리일 뿐이야, 쥐 한 마리가 마루를 가로질러 가는 소리일 뿐이야", "귀뚜라미가 우는 소리일 뿐이야"라고 그는 쭉 **혼잣말을 했다**. 그랬다, 그는 이런 가정으로 자신을 위로했지만 소용없었다. **다 소용없었다**. 죽음이 그의 앞으로 검은 그림자를 드리우며 다가와 희생자를 에워쌌기 때문이다. 보이지도 않고 들리지도 않는데 방 안에 내 머리가 들어온 걸 느끼게 된 이유는 그 알 수 없는 죽음의 그림자가 음울한 영향을 끼쳤기 때문일 것이다.

나는 아주 참을성 있게 한참을 기다렸지만 그가 눕는 소리가 들리지 않았다. 그때 나는 아주 가늘게 랜턴 빛이 새어 나오게 하기로 결심했다. 랜턴을 싼 천 사이로 틈을 만들었다. 상상할 수 없을 정도로 살살, 아주 살살 천을 들추었고, 마침내 그 틈으로 거미줄처럼 가느다란 희미한 빛이 새어 나와 그의 독수리 눈을 비추었다.

그는 눈을 크게, 아주 크게 뜨고 있었다. 그 눈을 바라보자 화가 치밀었다. 나는 그 눈을 아주 똑똑히 바라보았다. 끔찍한 뿌연 막으로 덮인 흐릿한 파란색 눈을 보자, 그 순간 뼛속까지 얼어붙었다. 노인의 얼굴이나 몸은 전혀 보이지 않았다. 본능적으로 정확하게 저주받은 지점*에만 빛을 비추었기 때문이다.

여러분은 광기라고 착각하겠지만 실은 지나치게 예민한 내 감각에 대해 말하지 않았던가? 이제, 말하자면 **솜에 싼 시계에서 나는 것처럼 둔하고 작은 빠른 소리가 들렸다.** 잘 아는 소리였다. 노인의 심장 박동 소리였다. 병사가 북소리에 자극받아 용기를 내듯이, 그 소리에 더 분노가 치밀었다.

하지만 그래도 나는 자제하고 가만히 있었다. 숨도 거의 쉬지 않았다. 꼼짝도 하지 않은 채 랜턴을 들고 있었다. 얼마나 안정되게 노인의 눈에 빛을 비출 수 있는지 시험했다. 그동안 빌어먹을 심장 소리가 커졌다. 그 소리는 매 순간 점점 더 빨라졌고 더 커졌다. 노인이 **극심한** 공포를 느낀 게 틀림없었다! 그 소리는 매 순간 더 커졌다! 내 말을 잘 듣고 있나요? 내가 예민하다고 말하지 않나. 나는 정말 예민하다. 지금 한밤중에, 끔찍한 침묵에 싸인 낡은 집에서 이런 이상한 소리를 듣자 걷잡을 수 없이 공포에 사로잡혔다. 그러나 몇 분 동안 더 자제하고 가만히 서 있었다. 하지만 심장 뛰는 소리가 점점 **더 커졌다!** 심장이 터질 게 분명했다. 이제 나는 새로운 불안에 사로잡혔다. 이 소리가 이웃 사람들에게 들릴 텐데! 노인을 처치할 시간이 왔다! 나는 고함을 지르며 랜턴을 완전히 드러내고 방 안으로 뛰어들었다. 노인은 한 번, 단 한 번 비명을 질렀다. 나는 순식간에 그를 마룻바닥으로 끌어낸 다음 무거운 침대를 끌고 와 그를 침대로 눌렀다. 그러고 나서 이렇게 일을 해낸 성취감에 환하게 미소 지었다. 하지만 노인의 심장이 몇 분 동안 둔탁한 소리를 내며 계속 뛰었다. 하지만 나는 신경 쓰지 않았다. 그 정도 소리는 벽 밖으로 새어 나가지 않을 것 같았다. 마침내 그 소리가 멈췄다. 노인은 죽었다. 나는 침대를 치우고 시체를 살펴보았다. 그렇다, 그는 완전히, 완전히 죽었다. 나는 그의 심장에 손을 얹고 몇 분간 있었다. 맥박이 뛰지 않았다. 그는 완전히 죽었다. 더 이상 그의 눈이 나를 괴롭히지 않을 것이다.

아직도 내가 미쳤다고 생각할 수 있을 것이다. 하지만 내가 얼마나 현명하게 시체를 숨겼나에 대한 설명을 들으면 더 이상 나를 미치광이로 여기지 않을 것이다. 밤이 흐르고 있었고 나는 신속하지만 조용히 일을 처리했다. 우선 시체를 절단했다. 머리와 팔과 다리를 절단했다.

그런 다음 방 마루에서 널빤지를 세 개 들어내고 지지대 사이에 절단한 시체를 두었다. 그러고는 아주 영리하고, 교묘하게 다시 널빤지를 덮었다. 누가 왔어도, 심지어 **그 노인이 보았더라도** 이상한 점을 발견할 수 없었을 것이다. 닦아 낼 얼룩이나 핏자국도 전혀 없었다. 나는 지나치게 용의주도했다. 욕조 물로 다 닦아 냈으니까, 하하!

이 일을 끝냈을 때 4시였지만 여전히 자정처럼 어두웠다. 4시를 알리는 종소리가 울릴 때 현관에서 노크 소리가 났다. 나는 경쾌하게 내려가 문을 열었다. **이제** 두려워할 게 뭐 있겠는가? 남자 셋이 들어오더니 아주 점잖게 경찰이라고 소개했다. 밤에 비명 소리를 들은 이웃이 폭행 사건이 의심된다며 경찰서에 신고했다는 것이었다. 그들(경찰관들)이 건물 수색을 위해 파견되었다고 했다.

나는 미소를 지었다. 내가 **왜** 두려워하겠는가? 나는 그 신사들을 반갑게 맞이했다. 내가 꿈을 꾸다 비명을 질렀고, 노인은 시골에 가 집에 없다고 했다. 나는 그 손님들에게 집안 곳곳을 보여 주었다. 그들에게 수색하라고, **철저하게** 수색하라고 했다. 마침내 그들을 **그의** 방으로 안내했다. 그들에게 아무도 손대지 않은 안전한 그의 보석을 보여 주었다. 자신감에 찬 나는 의자를 방으로 가져온 다음 그들에게 **여기** 앉아서 좀 쉬라고 하면서, 완벽한 승리감에 취해 내 의자를 대담하게 희생자의 시체 바로 위에 놓았다.

경찰관들은 만족스러워했다. 내 **태도**가 그들에게 먹혔던 것이다. 나는 유난히 편안했다. 그들은 의자에 앉았고, 나는 기분 좋게 대답했다. 그들은 익히 알 만한 것들에 대해 이야기했다. 하지만 얼마 지나지 않아 내 얼굴이 창백해지는 느낌이 들었다. 나는 그들이 가기를 바랐다. 머리가 아팠고 귓속에서 큰 소리가 울리는 것 같았다. 하지만 그들은 여전히 의자에 앉아 이야기했다. 그 소리가 또렷해졌다. 그 소리는 계속 울려 퍼지고 점점 더 또렷해졌다. 나는 그 느낌에서 벗어나기 위해 점점 더 아무 이야기나 마구 지껄였다. 계속 그 소리가 났고 더 또렷해졌다. 마침내 그 소리가 내 귓속에서 나는 소리가 아님을 **알게**

되었다.

이제 나는 **아주** 창백해졌다. 하지만 더 큰 소리로, 더 유창하게 이야기를 이어 갔다. 그런데도 그 소리가 점점 더 커졌다. 어떻게 해야 하지? **솜에 싼 시계에서 나는 것처럼 둔하고 작은 빠른 소리가 들렸다.** 내가 헐떡이는데도 경찰관들은 그 소리를 듣지 못했다. 나는 더 빨리, 더 격렬하게 말했다. 하지만 그 소리가 점점 더 커졌다. 나는 일어나 사소한 일을 가지고 싸우는 사람처럼 격렬하게 손짓하며 고함을 질렀다. 하지만 그 소리가 점점 더 커졌다. 왜 저 사람들은 안 갈까? 나는 경찰관들의 말에 흥분한 것처럼 이리저리 성큼성큼 걸어 다녔다. 하지만 그 소리는 점점 더 커졌다. 하느님 맙소사! 어떻게 해야 하지? 나는 거품을 물었고, 고함을 쳤고, 욕설을 퍼부었다! 내가 앉아 있던 의자를 마구 흔들어 마룻바닥을 긁었지만, 그 소리는 다른 소리를 다 집어삼키고 계속 커졌다. 그 소리는 점점 더 커지고, 커지고, 커졌다! 그런데도 경찰관들은 즐겁게 수다를 떨며 미소를 지었다. 어떻게 저 사람들은 이 소리를 못 듣지? 하느님 맙소사! 아니, 아니! 그들은 듣고 있어! 의심하고 있어! **알고 있어!** 그들은 내 공포심을 조롱하고 있어! 나는 이렇게 생각했고, 지금도 그 생각에는 변함이 없다. 하지만 어떤 고통이라도 이 고통보다는 나아! 어떤 것이든 이 조롱보다는 견딜 만해! 더 이상 저들의 위선적인 미소를 참을 수 없어! 비명을 지르지 않으면 죽을 것 같아! 그리고 지금, 다시 그 소리가 나네! 들어 봐! 더 크게 들려! 더 크게! 더 크게! **더 크게!**

"이 악당들아! 더 이상 모른 척하지 마! 내가 그랬다는 걸 인정할게! 널빤지를 뜯어 봐! 여기, 여기야! 가증스러운 그의 심장 소리야!"

리게이아

그리고 그 안에 죽지 않는 의지가 있다. 의지의 신비와 그 기운을 누가 알겠는가? 신은 강렬한 본질로 만물에 스며 있는 큰 의지일 뿐이다. 의지만 나약하지 않으면 인간은 천사들에게도 죽음에게도 완전히 굴복하지 않는다.

　— 조지프 글랜빌*

리게이아*라는 여인을 언제, 어디서, 어떻게 처음 알게 되었는지 정확하게 기억나지 않는다. 세월도 많이 흐른 데다가 고통스러운 일도 많아 기억이 희미해졌다. 내가 **지금** 이렇게 그녀를 떠올릴 수 없는 이유는, 사실 내 연인의 성격, 남다른 학식, 특유의 차분한 아름다움, 전율을 불러일으키는 조용한 음악 같은 매력적인 말투 때문이다. 이런 것들이 계속해 살금살금 내 마음속으로 스며들어 그녀를 제대로 볼 수도, 알 수도 없었다. 하지만 그녀를 처음 만났고 가장 자주 만난 곳은 라인강 근처의 오래되고 쇠락한 대도시였다. 그녀에게 자신의 가족에 대한 이야기를 듣기는 확실히 들었는데 아주 유서 깊은 집안인 것만 분명하다. 리게이아! 리게이아! 무엇보다 외부 세계를 완전히 잊어버리고 연구에 심취해 있다가, 그 달콤한 단 한마디, 리게이아라는 단 한마디에 이 세상을 떠난 그녀의 환영이 눈앞에 떠오른다. 글을 쓰고 있는 지금, 친구이자 약혼자, 동료 연구자였다가 결국 소중한 내 아내가 된 그녀의 성을 **모른다는** 사실이 떠올랐다. 리게이아 쪽에서 장난을 친 것이었을까? 내 쪽에서 아무것도 묻지 않아야만 그녀에 대한 내 사랑이 증명된다고 생각해서였을까? 아니면 내 변덕, 즉 열렬한 헌신을 보여 주기 위해서는 신전에 아주 낭만적인 제물을 바쳐야 한다는 변덕 때문이었을까? 그 사실 자체만 희미하게 기억나고 사랑이 시작되고 지속된 상황을 완전히 망각하고 있다니 얼마나 놀라운가? 정말 로맨스라는 성령이, 이집트인이 숭배하는 우상인 얇은 날개를 지닌 창백한 얼굴의 **아스토멧**˚이 이집트인들 말대로 불운한 결혼을 주재했다면 내 결혼도 그녀가 주재했던 게 틀림없다.

그러나 지금도 한 가지는 기억난다. 리게이아의 **모습**이다. 그녀는 키가 큰 편으로 다소 호리호리했고 임종 무렵에는 여위기까지 했다. 위엄이 느껴지는 조용하고 평온한 그녀의 태도나 이해할 수 없을 정도로 가볍고 경쾌하게 걷는 모습은 말로 다 표현할 수 없다. 그녀는 그림자처럼 다가와 그림자처럼 떠났다. 내가 서재 문을 닫고 연구할 때, 대리석 같은 손을 어깨에 얹고 사랑스러운 음악처럼 달콤한 목소리로 조용히 말을 걸면 그때서야 그녀가 서재로 들어온 것을 알았다. 그녀의 얼굴은 어떤 처녀보다 아름다웠다. 아편을 먹고 꾼 꿈처럼 빛나는 아름다운 얼굴이었고 델로스의 딸들*의 잠든 영혼 위에 떠도는 환상보다 더 거칠고 신성하고 몽환적이고 영혼을 고양하는 모습이었다. 하지만 우리가 이교도의 고전적인 조각을 보고 잘못 숭배하도록 배운 균형 잡힌 이목구비는 아니었다. 베룰럼 경인 베이컨은 미의 모든 형태와 **종류**에 대해 말하면서 "정교한 미는 균형 면에서 약간 **이상한 점**이 있다"*라고 진실을 말한다. 리게이아의 이목구비는 고전적 균형을 갖추지는 않았지만, 정말 '정교하게' 사랑스러웠다. 이목구비에 '이상한 점'이 매우 많은 걸 느꼈지만, 불균형을 찾지 못했고 왜 '이상하다고' 느끼는지 알아내지 못했다. 오뚝하고 창백한 이마 윤곽을 살펴보아도, 흠 하나 없었다. 하지만 그런 표현은 그녀의 신성한 위엄을 묘사하기에는 너무 냉담한 말이다! 피부는 가장 순도 높은 상아 같았고 당당하고 여유로운 자태를 지녔으며 관자놀이 위쪽 이마는 완만하게 튀어나와 있었다.* 그리고 까마귀처럼 검고 윤기 흐르는 그녀의 풍성하고 자연스러운 곱슬머리를 보면 호메로스의 감탄사, "히아킨토스!"*란 말이 저절로 새어 나왔다. 그녀의 섬세한 콧날을 보았는데, 이 정도로 완벽한 코는 우아한 메달의 유대인의 코 외에는 어디서도 본 적이 없었다. 메달의 코와 똑같이 아주 부드러운 피부, 매부리코 같기도 하고 아닌 것 같기도 한 콧선, 자유로운 정신을 말해 주는 조화로운 동그란 콧구멍이 있었다. 나는 다정한 입술을 응시했다. 정말이지 입술은 천상의 모든 것의 승리였다. 짧은 윗입술의 격조 높은 곡선, 졸린 듯 부드럽고 풍만한 아랫입술, 장난스러운 보조개, 말할 때의 입술 색, 거의 놀라울 정도로 빛나는 이. 고요하고 평온한 가운데 아주 활짝 웃으면 신성하게 빛나는 이. 그녀의 턱의 형태도 자세히 관찰했다. 턱의 폭은 그리스인처럼 온유해 보였고, 부드러움과 장엄함, 충만함과 영성이 느껴졌다. 아폴론이 아테네 청년 클레오메네스*에게만 꿈에서 보여 준 그런 턱선이었다. 그러고 나서 리게이아의 커다란 눈을 들여다보았다.

눈에 대해 말하자면 고대 모델의 눈도 그렇지 않았다. 사랑하는 여인의 눈 속에 베룰럼 경이 말한 비밀이 숨겨져 있었을 수도 있다. 그녀의 눈은 우리 민족의 평범한 눈보다 훨씬 더 컸다. 가젤의 눈을 닮은 누르자하드 계곡 부족*의 눈보다 훨씬 더 둥근 눈이었다. 하지만 리게이아에게서 조금이라도 특이한 점이 있다면 아주 가끔 순간적으로 격렬하게 흥분하는 것이었다. 그런 순간 그녀는, 나의 환상 때문인지 모르겠지만, 지상을 벗어난 천상의 존재처럼 아름다웠다. 튀르키예의 후어리*의 아름다움이었다. 눈동자는 가장 찬란한 검은색이었고, 눈 위에는 아주 흑단 같은 긴 속눈썹이 있었다. 약간 불규칙하긴 했지만 눈썹도 같은 색이었다. 그러나 내가 그녀의 눈에서 발견한 '이상함'은 눈의 모양, 색, 빛과는 별개의 속성이었다. 결국 눈의 표정 때문이었다고 말해야 한다. 아, 말이 무슨 의미가 있는가!

수많은 말이 영적인 것에 대한 무지를 소리 뒤로 숨긴다. 리게이아의 눈의 표정! 얼마나 오랫동안 곰곰이 그 표정을 생각했던가! 한여름 밤 내내 그 깊이를 헤아리기 위해 얼마나 분투했던가! 내 연인의 눈동자 깊은 곳에는 데모크리토스˙의 우물보다 더 심오한 무언가가 있었다! 무엇이었을까? 나는 그게 무엇인지 꼭 찾아내겠다는 생각에 사로잡혔다. 그 눈! 신성하게 빛나는 커다란 눈! 그 눈은 레다의 쌍둥이자리 별˙이 되었고, 나는 가장 헌신적인 점성가가 되었다.

학계에서는 결코 알아차리지 못한 것 같은데, 이해할 수 없는 정신과학의 변칙 중 하나는 오랫동안 잊은 것을 기억하려고 애쓰다 보면 완전히 기억나지는 않지만 기억이 **날듯 말듯** 한 경지에 이른다는 것이다. 이 사실보다 더 두근거리고 흥분되는 건 없다. 그렇게 집중해서 리게이아의 눈을 들여다보면 곧 그 표정의 의미를 완전히 알게 될 것 같지만, 아주 빈번하게 알듯 말듯 하다가, 결국 전혀 아무것도 모르고 끝났다! 그리고 (이상하게도, 오, 너무나 신비롭게도!) 그녀의 표정과 유사한 것을 세상에서 가장 평범한 물체들 속에서 발견했다. 리게이아의 아름다움이 내 영혼 속으로 들어와 신전인 양 거기 머무르자, 커다랗고 빛나던 그녀의 눈에서 늘 느끼던 감정을 물질세계의 많은 존재에서 끌어낼 수 있었다. 하지만 나는 그 감정을 정의할 수도, 분석할 수도, 아니 계속 바라볼 수도 없었다. 다시 말하지만, 가끔 빠르게 성장하는 포도나무를 살펴볼 때, 나방, 나비, 번데기, 흐르는 물줄기를 가만히 들여다볼 때 그런 감정을 느졌다. 바다에서, 유성이 떨어질 때, 아주 나이 든 사람들의 눈빛에서 그런 감정을 느꼈다. 하늘에 있는 한두 개의 별(특히 거문고자리의 커다란 별 근처에 있는 두 개로 변하기도 하는 6등성 별')을 망원경으로 자세히 관찰할 때 그런 감정을 느꼈다. 현악기의 어떤 소리를 들을 때 그런 감정에 푹 빠져들었고, 책의 어떤 구절을 읽을 때도 자주 그랬다. 수많은 다른 예 중에서 특히 조지프 글랜빌의 책에 나오는 한 구절(아마 너무 이상해서인지도 모르겠다)을 읽으면 언제나 그런 감정을 느꼈다. "그리고 그 안에 죽지 않는 의지가 있다. 의지의 신비와 그 기운을 누가 알겠는가? 신은 강렬한 본질로 만물에 스며 있는 큰 의지일 뿐이다. 의지만 나약하지 않으면 인간은 천사들에게도 죽음에게도 완전히 굴복하지 않는다."

몇 년간 생각해 보니 사실 리게이아의 일부 성격과 영국 도덕주의자의 이 구절 사이에 먼 연관성을 추적할 수 있었다. 그녀와의 오랜 교제 기간 동안 거대한 의지의 존재에 대해 더 직접적인 다른 증거를 보여 주지는 않았지만, 그녀의 사고, 행동, 말의 **강렬함**이 거대한 의지의 결과 또는 적어도 그 표식이었다. 겉으로 차분하고 평온했지만 리게이아는 독수리처럼 격렬한 열정에 사로잡혀 있었다. 그런 열정이 어떤지는 기쁨과 공포를 동시에 드러내며 놀라울 정도로 커지는 눈이나, 거의 마법적인 선율과 박자로 또렷하면서도 평온하게 속삭이는 목소리나, 습관적으로 내뱉는 격정적인 사납고 거친 말(그녀의 말투와 대조적이어서 두 배로 효과적인)에서 짐작할 수 있을 뿐이었다.

리게이아의 학식에 대해 말했었는데 그녀는 아주 폭넓은 지식을 가지고 있었다. 즉 내가 본 여성 중 가장 학식이 풍부했다. 고전 언어에 아주 능했고, 내가 아는 한 유럽의 현대어도 정확하게 알고 있었다. 학계에서 자랑스러워하는 지식 중 가장 난해하다는 이유만으로 존경받는 주제를 논할 때 **한 번이라도** 리게이아가 틀린 적이 있었던가? 아내의 이런 본성을 뒤늦게 알게 되다니 이상하고 얼마나 전율을 느끼는지! 그녀에 대해 내가 아는 여성 중 가장 학식이 풍부하다고 말했지만, 남성인들 도덕, 물리, 수학에 걸친 광범위한 영역에 모두 능통한 사람이 있겠는가? 내가 지금 분명히 인식하는 것, 즉 리게이아의 지식이 엄청나고 놀랍다는 사실을 그 당시에는 몰랐다. 하지만 형이상학의 혼돈된 세계에 가장 몰두했던 결혼 초기에도 나는 그녀의 우수한 자질이 무궁무진함을 충분히 알고 있었고 어린아이처럼 그녀의 지도를 받아들였다. 거의 연구되지 않는 미지의 분야를 연구하고 있는 내게 다가와 그녀가 몸을 구부릴 때, 얼마나 엄청난 승리감에 찼고, 얼마나 생생한 기쁨을 느꼈으며, 얼마나 천상의 희망을 품었던가! 내 앞에 멋진 전망이 펼쳐졌고 아무도 밟지 않은 눈부신 먼 길을 걸어가다 보면 마침내 금기시되는 신성한 지식이라는 목표에 이를 수 있을 것 같았다.

그러고 나서 몇 년 후, 확고한 기대가 날개를 달고 사라지는 것을 지켜보았을 때 얼마나 내 가슴이 찢어졌겠는가! 리게이아 없이 나는 밤의 어둠 속을 더듬는 어린아이에 지나지 않았다. 그녀가 존재하고 함께 독서를 해야만 우리가 몰두했던 초월주의*의 신비스러운 여러 주제가 생생하게 빛날 수 있었다. 그녀의 빛나는 시선이 닿지 않자 황금색으로 반짝이던 글자들이 사투르니아산* 납보다 더 칙칙해졌다. 이제 리게이아는 병들어서 둘이 같이 책을 보며 눈을 빛내는 빈도가 점점 더 줄어들었다. 그녀의 열정적인 눈동자는 너무나, 너무나 찬란하게 빛을 발하며 타올랐다. 창백한 손가락은 무덤의 투명한 밀랍 빛으로 변했고, 오뚝한 이마에 있는 푸른 정맥은 평온한 상태에서도 급격하게 부풀어 올랐다가 가라앉았다. 나는 그녀가 죽으리라는 것을 알았다. 나는 암울한 아즈라엘*과 필사적으로 싸웠다. 놀랍게도 열정적인 아내는 나보다 훨씬 더 열심히 싸웠다. 아내의 단호한 성격을 보고 그녀가 죽더라도 죽음의 공포가 얼씬도 못 하리라고 믿었다. 하지만 꼭 그렇지는 않았다. 그녀가 얼마나 격렬하게 죽음의 그림자에 저항했는지 이루 말로 다 표현할 수 없다. 그 처참한 광경에 나는 괴로워하며 신음했다. 내가 그녀를 위로하고 이성적으로 설득할 수도 있었을 것이다. 하지만, 삶, 삶, 삶**만**을 갈망하는 그녀의 거친 욕망 앞에서 위로와 이성은 가장 어리석은 것이었다. 그녀의 강렬한 영혼은 경련을 일으키며 몸부림쳤다. 하지만 그녀의 태도는 마지막 순간까지 흔들리지 않고 평온해 보였다. 그녀의 목소리는 점점 더 부드럽고 작아졌지만, 조용히 내뱉은 그녀의 말에 담긴 광기 어린 의미에 대해서는 생각하고 싶지 않았다. 인간이 바랄 수 있는 것 이상의 선율을 듣고, 여태껏 인간이 알지 못했던 생각과 열망을 들었을 때, 나는 어지러우면서도 황홀경에 빠졌다.

나에 대한 그녀의 사랑을 의심하지 말았어야 했다. 그랬다면 그녀의 가슴속에서 솟아난 사랑이 평범한 열정이 아님을 쉽게 알아챘을 것이다. 하지만 그녀가 임종할 무렵에야 나는 그녀의 사랑의 힘에 대해 완전히 알게 되었다. 오랜 시간 그녀는 내 손을 붙잡고 마음에서 우러난 사랑을 흘러넘치도록 퍼부었다. 그것은 열렬한 헌신을 넘어 우상 숭배였다. 내가 그런 고백을 들을 정도로 축복받을 자격이 있었던가? 그녀의 그런 고백을 듣던 순간 연인을 잃는 저주를 받는 게 어떻게 당연한 일인가? 하지만 이 주제에 대해서는 더 이상 말을 이어 가기가 고통스럽다. 다만 이 말만 하겠다. 자격도 없고 장점도 없는 내게 리게이아가 여성의 사랑 이상의 사랑을 퍼부었을 때, 아아! 그때서야 비로소 나는 그녀의 열망의 본질을 인식했다. 그것은 그렇게 빨리 사라져 가는 생명을 붙잡고 싶은, 미친 듯이 간절한 욕망이었다. 그것은 광기 어린 갈망, 살고 싶은, **오직** 살고 싶은 격렬한 욕망이었고 나는 그것을 제대로 묘사할 수도, 표현할 수도 없었다.

죽던 날 밤 자정, 그녀는 단호하게 자기 곁으로 오라고 손짓하고 며칠 전에 자신이 쓴 시를 다시 읽어 달라고 했다. 나는 그녀가 원하는 대로 시를 읽어 주었다. 바로 이 시다.

보라! 외로운 노년의
축제의 밤이다!
베일을 쓴 날개 단 천사들이,

한 무리가, 극장에 앉아,
눈물을 흘리며,
희망과 두려움의 연극을 본다.
오케스트라는 발작적으로
천상의 음악을 연주한다.

천상의 신의 형상을 한 무언극 배우들은,
작은 소리로 중얼거리고 웅얼대며,
높은 곳을 이리저리 날아다니지만,
그 배우들은 거대한 무형의 존재들의 명령에 따라
오가는 꼭두각시일 뿐이고,
그 무형의 존재들이 보이지 않는 슬픔에 차
콘도르의 날개를 펄럭이며
무대를 이리저리 바꾼다!

오, 혼란스러운 드라마여!
오, 확신컨대 그 드라마는 잊히지 않으리라!
군중은 환영을 잡지 못하고,
영원히 계속 쫓아가다가,
원을 돌아
늘 같은 자리로 돌아오는 드라마,
지나친 광기와 그보다 더 심한 죄와 공포가 플롯의 핵심인
드라마.

그러나 보라, 무언극 한가운데로,
기어다니는 형체가
침입한다! 극적인 고독으로
밖에서 몸부림치는 핏빛의 붉은 형체.
그것이 인간의 고통으로
몸부림친다!
몸부림친다!
무언극 배우들이 먹이가 되고,
괴물의 송곳니가
인간의 피로 물들자
천사가 흐느낀다.

꺼진다, 불이 꺼진다, 불이 모두 꺼진다!
폭풍이 몰아치자,
떨리는 형체 하나하나 위로,
커튼이, 장례식 장막이
내려오고, 아주 새하얗게 질린 천사들이
모두 일어나 베일을 벗고 단언한다.
연극은 "인간"이라는 제목의 비극이고
주인공은 정복자 벌레라고.

내가 이 시를 다 읽자 리게이아가 벌떡 일어나 두 팔을 쳐들고 "오 신이시여!"라며 반쯤 비명을 질렀다. "오 신이시여! 오 거룩한 아버지시여! 이런 일이 변함없이 계속되나요? 이 정복자를 단 한 번이라도 정복할 수 없나요? 우리는 그대의 일부이자 그대와 한 몸이 아닌가요? 누가 강력한 힘을 지닌 의지의 신비를 알까요? 의지만 나약하지 않으면 인간은 천사들에게도 **죽음에게도 완전히** 굴복하지 않는데."

그리고 이제 격정에 지친 듯이 그녀는 하얀 팔을 늘어뜨리고 엄숙하게 죽음의 침대로 돌아갔다. 마지막 한숨을 쉴 때 그녀의 입술에서 속삭이는 작은 소리가 섞여 나왔다. 나는 그 말에 귀를 기울였고 글랜빌의 마지막 구절을 다시 한번 들었다. "의지의 신비와 그 기운을 누가 알겠는가? 신은 강렬한 본질로 만물에 스며 있는 큰 의지일 뿐이다. **의지만 나약하지 않으면 인간은 천사들에게도 죽음에게도 완전히 굴복하지 않는다.**"

그녀는 죽었다. 슬픔에 짓눌린 나는 더 이상 라인강가의 어둡고 쇠락한 도시에서 고독을 견디며 쓸쓸하게 살 수 없었다. 말하자면 재산은 부족하지 않았다. 리게이아에게서 많은 재산, 보통 인간들의 몫보다 훨씬 더 많은 재산을 상속받았다. 몇 달을 정처 없이 방황하다 지쳐서 어딘지 말할 순 없지만 영국의 아주 외딴 황량한 지역에 있는 한 수도원을 사서 수리했다. 수도원 이름은 밝히지 않겠다. 그 수도원의 음울하고 황량한 위엄, 거의 야생에 가까운 그 지역의 분위기, 수도원이나 그 지역에 얽힌 오래되고 우울한 수많은 기억은 완전히 버림받은 내 기분, 즉 영국의 외딴 지역으로 도망쳐 온 내 기분과 아주 잘 어울렸다. 수도원 외부에 매달려 있는 시든 식물은 그대로 두었지만, 내 유치한 괴벽으로, 어쩌면 슬픔이 줄어들리라는 희미한 희망을 품고 실내를 궁전보다도 더 화려하게 장식했다. 어린 시절에 어리석은 취향에 빠져 있었는데 그 어리석음이 돌아왔다. 너무 슬퍼서 망령이 난 것인지도 몰랐다. 아아, 환상적인 눈부신 커튼, 엄숙한 이집트 조각, 지나친 처마 장식과 가구, 황금 술이 달린 혼란스러운 무늬의 카펫을 보았다면, 아마 날 미친 사람으로 생각했을 것이다! 나는 아편의 족쇄를 찬 노예가 되었고, 주문한 물건이나 장식하려는 노력 모두 내 꿈의 색에 물들어 있었다. 하지만 이 어리석은 짓에 대해서는 자세히 설명하지 않겠다. 영원히 저주받은 그 방에 대해서만 말하겠다. 리게이아를 잊을 수 없었지만 정신 착란 상태에서 나는 파란 눈의 금발인 레이디 트레메인, 로위나 트레바니언*을 신부로, 잊지 못한 리게이아 다음 신부로 맞이해 이 방으로 데려왔다.

지금도 신혼 방의 건축과 장식 하나하나가 눈에 선하다. 돈에 눈이 멀어 처녀인 사랑하는 딸을 이렇게 장식된 방으로 들여보내다니 거만한 신부 가족은 어디에 영혼을 버려두었나? 나는 방에 있는 물건들 하나하나를 자세히 기억한다고 했다. 하지만 슬프게도 무엇을 중심으로 해 꾸몄는지 기억나지 않는다. 그래서 환상적으로 늘어놓은 물건들은 기억나지만 이를 일관성 있게 체계적으로 설명할 길이 없다. 신혼 방은 성처럼 생긴 수도원의 높은 탑 안에 자리 잡고 있었다. 어마어마하게 큰 오각형 방이었다. 오각형 방 남쪽 면 전체가 창문이었다. 거대한 베네치아산 유리로 된 커다란 통창이었는데 납빛 채색을 해 그 창을 통해 햇빛이나 달빛이 비치면 방 안의 물건이 무시무시하게 번쩍였다. 이 커다란 창문 위쪽에는 탑의 거대한 벽을 타고 올라온 덩굴이 격자창에 드리워져 있었다. 아치형으로 된 칙칙한 떡갈나무 천장은 지나치게 높았고, 전형적으로 고딕 양식과 드루이드 양식*이 반반 혼합된 가장 이상하고 기괴한 장식이 정교하게 조각되어 있었다. 이 음울한 아치형 우물천장 한가운데 긴 황금 사슬을 늘어뜨려 거대한 황금 향로를 매달았다. 사라센 문양이 새겨진 이 향로에는 지나치게 구멍이 많았고 다채로운 색의 불꽃이 살아 있는 뱀처럼 꿈틀대며 계속 쉬지 않고 구멍 사이를 드나들었다.

동양풍 오토만과 금 촛대들이 여러 군데 놓여 있었고, 나지막한 인도풍 혼례용 침대가 있었다. 그 침대는 단단한 흑단에 조각이 새겨져 있었고 관 덮개처럼 캐노피가 달려 있었다. 방 모퉁이마다 룩소르* 맞은편에 있는 왕들의 피라미드에서 가져온 거대한 검은 화강암 석관이 세워져 있었고, 관 뚜껑에는 고대 조각이 가득 새겨져 있었다. 하지만 가장 환상적인 것은 이 방 벽에 늘어져 있는 벽걸이였다. 비정상적으로 엄청나게 높은 벽 꼭대기에서 바닥까지 늘어진 거대한 벽걸이가 여러 겹으로 육중하게 매달려 있었다. 마루에 깐 카펫, 오토만 덮개와 흑단 침대 덮개, 침대 캐노피, 창문 일부만 가린 화려한 소용돌이 무늬 커튼과 마찬가지로 벽걸이도 가장 비싼 금사로 짠 천으로 만든 것이었다. 천 전체에 불규칙한 간격으로 지름 1피트*의 칠흑같이 검은 아라베스크 문양이 있었다. 그러나 이 문양은 특정한 각도에서만 진짜 아라베스크 문양으로 보였다. 지금은 흔하지만 정말 아주 먼 고대까지 거슬러 올라가는 문양으로, 보는 관점에 따라 무늬가 다르게 보였다. 방에 처음 들어온 사람에게는 그 문양이 단순히 괴물처럼 보였지만, 조금 더 다가가면 차츰 이런 모습이 사라졌다. 방 안으로 한 걸음씩 걸어 들어오면 끝없이 노르만족의 미신이나 죄책감에 사로잡힌 수도사의 꿈에 나올 법한 무시무시한 무늬에 둘러싸이게 되었다. 일부러 계속 강풍을 내뿜는 장치를 뒤에 두어 이런 환상적인 효과가 더 커졌다. 벽걸이 전체가 움직이는 느낌이 들어 무시무시하고 불편했다.

이런 방에서, 이런 신혼 방에서 나는 레이디 트레메인과 함께 전혀 신성하지 않은 신혼 첫 달을 별 근심 없이 지냈다. 아내는 변덕이 심한 나를 무서워하며 피했다. 그녀가 나를 거의 사랑하지 않는다는 것을 눈치챌 수밖에 없었다. 오히려 그 사실에 즐거워했다. 나는 인간보다 악마에 가깝게 그녀를 증오했다. 내 기억은 리게이아에게로 날아갔다(아, 정말로 몹시 후회하면서). 사랑하는 사람, 당당한 사람, 아름다운 사람, 무덤에 묻힌 사람을 향해 날아갔다. 그녀의 순수함, 그녀의 지혜, 그녀의 고결하고 천사 같은 품성, 우상 숭배에 가까운 열정적인 그녀의 사랑을 기억하며 환희에 휩싸였다. 이제 내 영혼은 불같은 그녀의 영혼보다 더 충만해져 활활 타오르고 있었다. 밤의 적막 속에서 아편을 먹고 꿈꾸며 흥분해(나는 습관적으로 아편의 족쇄에 묶여 있었다), 그녀의 이름을 크게 부르기도 하고 낮이면 외딴 숲속의 빈터에서 그녀의 이름을 부르기도 했다. 죽은 사람을 향한 미친 듯한 열망, 엄숙한 열정, 애타는 그리움에 찬 외침이었다. 마치 사라진 그녀를 다시 지상으로 불러올 수 있을 것처럼. 하지만 아, 어떻게 그것이 영원할 **수 있겠는가?**

결혼한 지 두 달로 접어들 무렵, 레이디 로위나가 갑작스럽게 병에 걸려 쉽게 회복되지 않았다. 온몸에 열이 펄펄 끓고 밤마다 심하게 앓았다. 반수면 상태에서 그녀는 불안에 떨며 탑속에 있는 방 안과 그 주위를 움직이는 소리가 난다고 했다. 나는 그녀의 망상이거나 아마도 방 자체가 환등처럼 어지러워서 그런 것이라고 결론지었다. 마침내 그녀는 회복되었고 건강을 되찾았다. 그러나 얼마 지나지 않아 그녀는 더 심한 병에 걸려 다시 고통스러워하며 앓아누웠다. 그리고 이 병으로 인해 평소에도 약하던 뼈가 더 약해져 일어서지도 못했다. 그 후 그녀의 병이 더 심해졌고 온갖 지식을 동원해 의사가 치료해도 아무 소용이 없었다. 그러자 그녀는 부쩍 더 신경질이 늘었고 별일 아닌 일에도 겁에 질려 어쩔 줄 몰랐다. 그녀는 전에 했던 말을 되풀이했다. 작은 소리가 난다고도 했고 벽걸이가 비정상적으로 움직인다고도 했다. 이번에는 더 자주, 더 끈질기게 그런 말을 했다.

9월이 저물어 가던 어느 날 밤, 그녀는 이 고통스러운 주제를 꺼냈다. 평소보다 더 강하게 잘 들어 보라고 말했다. 그녀는 조용히 자다가 막 깨어난 참이었다. 나는 불안 반, 막연한 공포

반으로 쇠약해진 그녀의 표정을 지켜보았다. 나는 그녀가 누워 있는 흑단 침대 옆 인도풍 오토만에 앉아 있었다. 그녀는 몸을 반쯤 일으켜 내게는 안 들리지만 자신에게 들리는 소리, 내게는 안 보이지만 자신에게는 보이는 움직임에 대해 작은 소리로 열심히 속삭였다. 벽걸이 뒤에서 강풍이 마구 불어오고 있었다. 나는 들릴 듯 말 듯 한 소리와 벽에 그려진 인물들이 살짝 움직이는 현상 모두 바람이 불면 흔히 있는 일임을 그녀에게 보여 주려고 했다(고백건대, 나 자신도 **전부** 믿지는 않았다). 그러나 창백한 그녀의 얼굴이 새파랗게 질렸다. 그녀를 안심시키려는 내 노력이 실패했다는 증거였다. 그녀는 기절한 것처럼 보였다. 나는 하인을 불렀지만 대답이 없었다. 그녀의 주치의가 주문해 놓은 도수 낮은 와인을 담은 디캔터를 둔 곳이 기억나 황급히 방을 가로질러 갔다. 향로의 불빛 아래로 걸어가는데 두 가지 놀라운 일이 벌어졌다. 하나는 보이지는 않는 무언가가 가볍게 스쳐 지나가는 느낌을 받았다. 또 하나는 향로에서 쏟아지는 빛을 받아 카펫 위에 나타난 그림자, 즉 형체가 불분명한 희미한 천사의 그림자를 보았다. 어쩌면 덧문의 그림자로 여길 수도 있는 그림자였다. 그러나 나는 아편을 다량 복용해 제정신이 아닐 정도로 흥분 상태라서 이런 것에 거의 신경을 쓰지 않았으며 로위나에게 그 상황에 대해 말하지도 않았다. 나는 와인을 찾아 다시 방을 가로질러 그녀에게 간 다음 한 잔 가득 부어 기절해 있는 여인의 입술에 갖다 댔다. 이제 그녀가 약간 회복되어 직접 와인 잔을 받았고, 나는 근처 오토만에 앉아 그녀를 주시했다. 바로 그때 카펫을 밟고 소파 근처로 다가오는 부드러운 발소리를 똑똑히 들었다. 그로부터 잠시 후 로위나가 와인을 입에 가져다 대는 동안, 찬란하게 빛나는 루비색 액체 서너 방울이 와인 잔에 떨어지는 것을 보았다. 아니 내가 꿈을 꾼 것인지도 모르겠다. 그 액체는 마치 방의 대기 중 보이지 않는 샘에서 떨어진 것 같았다. 내게는 이것이 보였지만, 로위나는 보지 못했다. 그녀는 와인을 벌컥벌컥 들이켰다. 나는 그녀에게는 그 상황을 이야기하지 않기로 했다. 그것은 결국 로위나의 공포, 아편, 밤늦은 시간 때문에 상상력이 병적으로 활발해져 생긴 환상에 불과할 뿐이라고 생각했다.

그러나 루비색 액체가 떨어진 직후 아내의 병이 급격하게 악화되었다는 사실을 알 수밖에 없었다. 사흘이 지난 후 밤에 하인들이 그녀의 장례를 준비했다. 나흘째 되는 날 나는 그녀를 신부로 맞이한 환상적인 신혼 방에 수의를 입은 그녀와 단둘이 앉아 있었다. 아편에 취한 내 눈앞에 그림자처럼 미친 환영들이 스쳐 갔다. 나는 방 모퉁이마다 서 있는 석관들, 변화무쌍한 벽걸이 무늬들, 머리 위 향로에서 꿈틀거리는 다양한 불꽃을 조용히 바라보았다. 그러다 며칠 전 밤의 일이 떠올라서 희미한 그림자 흔적을 보았던, 향로 불빛으로 환한 곳을 보았다. 그러나 더 이상 그림자는 없었다. 안도의 한숨을 쉬면서 나는 침대 위에 누워 있는 딱딱하고 창백한 시신 쪽으로 시선을 돌렸다. 그러자 리게이아에 대한 수많은 기억이 밀려왔다. 수의를 입은 **리게이아**를 바라보며 느꼈던 말로 다 표현할 수 없는 진한 슬픔이 격렬하게 홍수처럼 다시 가슴속으로 밀려왔다. 밤이 깊어 갔다. 여전히 지극히 사랑하는 유일한 사람 생각에 고통스러워하며 로위나의 시체를 바라보고 있었다.

자정일 수도 있었고, 시계를 보지 않아서 어쩌면 자정이 안되었거나 넘었을 수도 있었다. 부드럽지만 매우 또렷하게 작은 흐느낌 소리가 들려 몽상에서 깨어났다. 그 소리는 흑단 침대, 죽은 사람의 침대에서 나는 소리 **같았다**. 나는 미신적인 공포에 사로잡혀 귀를 기울였다. 하지만 다시는 그 소리가 들리지 않았다. 시신이 움직이나 하고 뚫어지게 바라보았지만 미동조차 없었다. 그래도 착각일 리가 없었다. 작은 소리지만 소리를 **들었고** 그 소리에 내 영혼이 깨어났기 때문이다. 나는 꼼짝도 하지 않고 계속 시신을 주목했다. 몇 분이 지나서야 수수께끼의 실마리가 될 상황이 발생했다. 마침내 시신의 뺨과 눈 아래 움푹 꺼진 곳에서 거의 알아보기 힘들지만 분명히 작은 정맥을 따라 아주 흐릿한 홍조가 조금씩 올라오고 있었다. 인간의 언어로는 충분히 표현할 수 없는 이루 말할 수 없는 공포와 경외심에 심장이 멈추었고 앉은 자리에서 팔다리는 경직되었다. 그러나 정신을 차려야만 한다는 생각에 평정을 되찾았다. 로위나가 아직 살아 있는데 성급하게 장례를 준비한 게 틀림없었다. 즉각적인 조치를 취해야 했지만, 하인들의 숙소가 수도원 구역에서 뚝 떨어진 탑에 있어서, 내가 오라고 불러도 당장 달려올 하인도 없었다. 그들의 도움을 받으려면 몇 분 동안 방을 떠나 있어야 했는데, 그럴 용기도 나지 않았다. 그래서 나는 아직도 이승을 헤매는 영혼을 불러내려고 고군분투했다. 그러나 곧 그녀는 확실히 원상태로 돌아갔다. 그녀의 양쪽 눈꺼풀과 뺨에서 홍조가 사라지고 대리석보다 더 창백해졌다. 입술은 두 배나 더 쪼그라들고 일그러져 끔찍한 죽음의 표정을 짓고 있었다. 역겨운 습기와 냉기가 빠르게 시신 위로 퍼졌고 곧 다시 전처럼 병들어 죽은 시신이 되었다. 나는 깜짝 놀라 벌떡 일어났던 오토만에 다시 주저앉아 리게이아에 대한 백일몽에 빠졌다.

　그렇게 한 시간쯤 지났을 때 (그런 일이 가능한가?) 나는 두 번째로 침대 쪽에서 나는 희미한 소리를 들었다. 극도의 공포에 사로잡혀 귀를 기울였다. 다시 한숨 소리가 들린 것이었다. 시신에게 달려가 보았다. 분명히 입술이 떨리고 있었다. 잠시 후 입술이 벌어지더니 진주 같은 이가 눈부시게 빛났다. 지금까지는 경악하고 있었으나, 이제 놀라움까지 겹쳐 가슴이 벌렁댔다. 시야가 흐려지고 이성이 길을 잃은 느낌이었다. 안간힘을 쓴 끝에 마침내 정신을 차려 다시 한번 의무가 지시하는 일을 할 수 있었다. 이제 시신의 이마와 뺨과 목에 약간 홍조가 돌았고 온몸에서 온기가 느껴졌으며 심장도 약간 뛰고 있었다. 레이디 로위나는 살아났다. 나는 두 배의 열정으로 그녀를 살리는 일에 착수했다. 그녀의 관자놀이와 손을 문지르고 물로 닦아 냈다. 의학 서적에서 얻은 풍부한 지식과 온갖 경험을 다 동원해 그녀를 살리려고 애썼다. 하지만 소용없었다. 갑자기 홍조가 사라지고 맥박이 멎었다. 입술은 다시 시신의 입술이 되었다. 순식간에 온몸이 얼음처럼 차가워지고, 납빛을 띠고,

딱딱하게 굳더니, 움푹 파인 윤곽이 드러났다. 그리고 며칠간 무덤에 있는 시체에서 보이는 역겨운 특징이 모두 나타났다.

나는 다시 리게이아의 환상에 빠졌는데, **다시** (이 글을 쓰면서도 몸서리쳐지다니 얼마나 이상한 일인가?) 흑단 침대에서 흐느끼는 작은 소리가 들렸다. 하지만 왜 그날 밤 겪은 형언할 수 없는 공포를 자세히 설명해야만 하는가? 회색빛 새벽이 다 가올 때까지 어떻게 이 소름 끼치는 부활의 드라마가 반복되었고, 다시 끔찍한 시신이 될 때마다 어떻게 더 가혹하고 돌이킬 수 없는 죽음으로 이어졌고, 그럴 때마다 어떻게 보이지 않는 적과 고통스럽게 투쟁했고, 투쟁할 때마다 어떻게 시신의 외양이 내가 알아볼 수 없을 정도로 마구 변했는지 이야기해야만 하는가? 서둘러 결론만 말하겠다.

그 공포스러운 밤은 거의 다 지나가고 있었다. 죽어 있던 그녀가 다시 꿈틀댔다. 완전히 절망적인 가장 끔찍한 죽음에서 깨어나는데도 불구하고, 그녀는 그 어느 때보다 더 심하게 요동쳤다. 나는 오랫동안 싸우거나 움직이기를 멈추었고 계속 오토만 위에 뻣뻣하게 앉아 있었다. 격렬한 감정의 소용돌이 앞에 무력한 희생자가 되어 있었다. 격렬한 감정 중 경외심은 가장 끔찍하지도, 가장 절실하지도 않은 감정이었다. 다시 말하지만 시체가 꿈틀댔고 이제는 전보다 더 힘차게 움직였다. 얼굴에 생기가 돌면서 이례적인 활기를 보이며 홍조를 띠었고, 사지가 이완되었다. 아직 눈을 꼭 감고 있고, 붕대와 수의 때문에 납골당에 있는 시신 분위기가 난다는 사실만 제외하면, 정말 로위나가 죽음의 족쇄에서 완전히 벗어났다고 상상할 만했다. 그러나 그때까지 그런 생각을 안 했다고 하더라도, 적어도 그때는 의심의 여지가 없었다. 수의를 입은 시체가 침대에서 일어나 눈을 감은 채 꿈속을 헤매는 사람처럼 기운 없이 비틀대면서 방 한가운데로 대담하게 걸어오는 모습이 또렷이 보였다.

나는 떨지 않았다. 꼼짝도 하지 않았다. 그 인물의 분위기, 자세, 행동에 대해 말로 다 표현할 수 없는 환상들이 황급하게 내 머릿속으로 밀려왔다. 온몸이 마비되고 돌처럼 차가워졌다. 나는 꼼짝도 하지 않고 유령을 응시했다. 사고가 미친 듯이 뒤엉켰고, 흥분은 가라앉지 않았다. 정말 로위나가 살아나 내 앞에 있을 수 있나? 정말 로위나, 즉 파란 눈에 금발인 레이디 트레메인, 로위나 트레바니언이 맞나? 왜, 왜 내가 의심을 해야 하나? 입은 붕대로 여러 겹 감싸져 있지만, 그렇다고 살아 숨 쉬는 레이디 트레메인의 입이 아니란 말인가? 뺨은 한창때처럼 장밋빛 홍조를 띠고 있었다. 그래, 이건 정말 살아 있는 레이디 트레메인의 뺨이야. 건강할 때처럼 보조개가 있으니 그녀의 턱이 아니겠는가? 하지만 **병에 걸린 후 키가 커졌나?** 그런 생각이 들자 얼마나 말로 다 표현할 수 없는 광기에 사로잡혔던가? 나는 성큼 한 걸음 다가가 그녀의 발에 닿았다! 내 손길을 피하려는 듯이, 그녀는 머리에 감겨 있던 끔찍한 붕대를 풀었다. 그러자 방 안으로 휘몰아친 바람 속으로 헝클어진 길고 거대한 머리채가 흩날렸다. **그 머리카락은 한밤중 까마귀 날개보다 더 검은색이었다!** 그리고 내 앞에 서 있던 인물이 천천히 눈을 떴다. 나는 크게 비명을 질렀다. "결코, 결코 착각한 것일 리가 없어. 죽은 내 연인, 레이디, 레이디 리게이아의 열정적인 검은 둥근 눈이야. 틀림없어, 틀림없어."

베르니스

내 친구들은 말했다. 연인의 무덤을 발견하면 고통이 줄어들 것이라고.

— 이븐 자이어트*

불행은 다양하다. 지상의 비참함은 다양한 형태를 띠고 있다. 드넓은 지평선 위에 뜬 무지개처럼 불행의 색은 다양하다. 그 색은 각각 뚜렷하면서도 서로 뒤섞여 있다. 무지개처럼 드넓은 지평선 위에 떠 있는 불행! 어떻게 아름다움으로부터 불쾌한 것이 나오는 걸까? 어떻게 평화의 언약*으로부터 슬픔의 비유를 이끌어 낼까? 그러나 윤리학에서 악이 선의 결과듯이, 사실 슬픔은 기쁨에서 태어난다. 과거의 행복에 대한 기억이 오늘의 고뇌가 되기도 하고 **현재의** 고뇌가 **과거에 누릴 수 있었던** 황홀경에서 비롯되기도 한다.

내 세례명은 에게우스다. 가족의 세례명은 말하지 않겠다.

하지만 내가 상속받은 우울한 회색 저택은 이 지역 그 어느 탑보다 오래된 것이었다. 우리 가문은 선지자 일가라고 불리어 왔다. 저택에는 눈에 띄는 것이 많았다. 저택 자체의 특징, 거실의 프레스코화, 침실의 벽걸이, 무기 창고 버팀벽에 새겨진 조각, 특히 갤러리에 걸린 오래된 그림, 서재의 배치, 끝으로 매우 특이한 서재의 책들 등등 선지자 일가라고 믿을 만한 증거는 차고 넘친다.

내 어린 시절 기억은 그 서재와 책들과 연결되어 있다. 책에 대해서는 더 이상 말하지 않겠다. 이 방에서 어머니가 돌아가셨고 나도 여기서 태어났다. 그러나 내가 전생에 살지 않았고, 영혼에 전생이 없다고 말한다면 그것은 단지 내가 게을러서다. 그렇지 않다고 하겠는가? 더 이상 논쟁은 그만두자. 나는 강한 확신을 가지고 있지만 다른 사람을 설득하려고 애쓰지 않겠다. 하지만 공기의 정령, 분명히 영적인 의미 가득한 눈, 음악적이면서도 슬픈 소리가 기억난다. 차단할 수 없는 기억, 모호하고 가변적이며 불명확하고 불안정한 그림자 같은 기억이 존재한다. 이성이라는 햇빛이 비치는 한 존재할 수밖에 없는 그림자 같은 기억.

나는 서재에서 태어났다. 이처럼 나는 실재하지만 실재하지 않는 것처럼 보이는 긴 밤에서 깨어나 곧 요정의 나라, 상상의 궁전, 수도원식 사고와 학식이라는 미개척 영지에 왔다. 그러므로 놀라 열심히 주위를 둘러본 것도, 소년 시절 책 속에서 배회한 것도, 청춘을 공상 속에서 보낸 것도 이상할 게 없었다. 그러나 세월이 흘러 완전히 성인이 된 내가 여전히 아버지의 저택에 산 것은 특이한 일이었다. 내 삶의 원천이 놀랍게 침체되었고, 가장 평범한 내 생각의 특징도 놀라울 정도로 완전히 전도되어 있었다. 현실 세계의 실체들은 마치 환상처럼 느껴졌고, 오직 환상으로만 다가왔다. 반면 꿈나라의 광기 어린 생각들이, 일상적 삶의 실체는 아니었지만, 그 자체로 진정으로 완벽하고 유일한 삶이 되었다.

베르니스와 나는 사촌 사이로 아버지의 저택에서 함께 자랐다. 그러나 우리의 성장 과정은 달랐다. 나는 건강이 나쁘고 늘 우울했지만, 그녀는 민첩하고 우아하고 활기에 넘쳤다. 그녀는 언덕에서 뛰놀았지만 나는 수도원 같은 서재에 있었다. 나는 내면에 침잠했다. 몸과 영혼 모두 가장 강렬하고 고통스러운 명상에 빠져 있었다. 그녀는 아무렇게나 인생의 길을 헤매었다. 가는 길에 드리워진 그림자나 까마귀처럼 조용히 날아가는 시간에 대해 생각하지 않았다. 베르니스! 그 소리에 놀라 황량한 회색 폐허 속에서 수천 가지 기억이 요동치며 떠오른다. 아, 눈앞에 어린 시절의 경쾌하고 기쁨에 찬 그녀의 이미지가 생생하게 떠오른다. 오, 화려하면서도 환상적인 아름다움이여! 오, 아른하임 관목 속 요정이여!' 오, 샘 속에 있는 물의 요정이여! 그리고 모든 것이 수수께끼와 공포다. 해서는 안 되는 이야기다. 치명적인 질병이 시뭄 모래 열풍'처럼 그녀의 몸을 덮쳤다. 내가 그녀를 바라보는 동안 시시각각 변화의 기운이 그녀를 덮쳐 그녀의 정신, 습관, 성격에 스며들었다. 가장 미묘하고 끔찍한 방식으로 그녀의 정체성마저 교란시켰다! 아아! 파괴자가 다녀갔다! 희생자인 그녀는 어디에 있는가? 나는 그녀를 알아볼 수 없었다. 아니 그녀는 더 이상 베르니스가 아니었다.

원래 가진 치명적인 병으로 내 사촌의 정신과 육체는 끔찍하게 변해 버렸다. 그 병에서 파생된 수많은 질병 중에서 가장 고통스럽고 끈질긴 것은 뇌전증이었다. 뇌전증은 빈번하게 완벽한 죽음과 흡사한 **혼수상태**로 끝났고 대부분 놀라울 정도로 급작스럽게 회복되었다. 그사이 내 병, 그냥 내 병이라고 불러야 하는 것이 급속하게 심해지더니 마침내 정말 이상한 새로운 형태의 편집증이 되었다. 그 병은 시시각각 심해지더니 마침내 가장 이해할 수 없는 방식으로 날 지배했다. 굳이 이름을 붙여야 한다면, 편집증이라고 부를 수 있는 이 병은 형이상학에서 **집중력**이라고 하는 정신적 속성이 병적으로 과민해지는 것이다. 다른 사람들은 날 잘 이해하지 못할 것이다. 나는 가장 평범한 대상을 생각할 때조차 과민하게 **강렬한** 관심을 보이고 (형식적으로가 아니라) 깊은 명상에 빠지는데, 일반 독자에게 어떤 것인지 전달할 길이 없다.

나는 여백에 있는 사소한 무늬나 책의 글씨체에 지치지 않고 집중하면서 오랜 시간 책을 봤다. 또 여름날 하루 중 대부분을 벽걸이나 마루에 생긴 기묘한 그림자에 몰두해 있었다. 밤새도록 넋을 잃고 줄기차게 타오르는 램프 불꽃이나 타다 남은 불을 바라보기도 했다. 하루 종일 꽃향기를 맡으며 며칠이고 꿈을 꾸기도 했다. 어떤 평범한 단어를 단조롭게 반복했고 마침내 너무 자주 반복해 그 소리가 무의미해지기도 했다. 오랫동안 끈질기게 꼼짝도 하지 않는 상태로 있자 모든 운동 감각, 아니 육체의 존재감이 사라졌다. 이런 것들이 내 정신적 기능으로 인한 기행 중 가장 흔하고 가장 덜 해로운 몇 가지였다. 사실 이런 일이 완전히 전대미문의 일은 아니었지만 확실하게 분석하거나 설명할 수 없었다.

하지만 나를 오해하지 말기 바란다. 본질적으로 하찮은 대상에 대한 과도하고, 진지하고, 병적인 관심은 모든 사람에게 공통적으로 나타나고 특히 열정적인 상상력을 가진 사람들은 더욱 사색에 탐닉하는 성향이 있지만, 나를 그런 사람들과 혼동해서는 안 된다. 처음에는 내 집중력을 그런 흔한 성향이 과해지거나 극단적으로 나타난 것으로 생각할 수 있지만 그렇지 않다. 내 집중력은 그런 성향과는 본질적으로 다른 것이다. 예를 하나 들어 보자. 몽상가나 열광주의자는 보통 하찮은 사물에 관심을 기울이지 않는다. 그들의 관심은 지나친 추론과 암시로 발전해 사물을 있는 그대로 보지 못하고 마침내 **종종 지나치게 화려한** 백일몽이 끝날 무렵에는 관심을 불러일으킨 대상, 즉 사색의 원인인 최초의 사물은 완전히 사라져 버린다. 내 경우에는 시각이 혼란되어 굴절되고 비현실적인 중요성을 띠기는 했지만, **하찮은** 사물 자체가 **늘** 관심의 대상이었다. 추론은 거의 없었고, 추론을 하더라도 집요하게 최초의 사색 대상으로 되돌아가 거기에 초점을 맞추었다. 명상은 결코 즐겁지 않았다. 몽상이 끝날 무렵 사색의 원인이었던 최초의 사물이 내 시야에서 사라지는 것이 아니라 지나친 관심을 받아 초자연적인 대상이 되어 있었다. 이것이 내 병의 주요 특징이었다. 한마디로 말해, 이미 언급했듯이 내 경우에는 특별하게 발휘된 정신적 기능이 **집중력**이라면, 공상가의 경우에는 **사색**이다.

이 시기에 내가 읽은 책 때문에 내 병이 촉발된 것은 아니지만 그 책들은 대부분 아주 공상적이고 비합리적이어서 극히 혼란스러운 내용을 담고 있다. 나는 무엇보다도 고귀한 이탈리아인 코엘리우스 세쿤두스 쿠리오˙의 저서 『복되신 하나님의 광대한 나라에 대하여』를 잘 기억한다. 또 성 아우구스티누스˙의 위대한 저서인 『신의 도시』와 역설적인 문장으로 가득 찬 테르툴리아누스˙의 『그리스도 육신론』을 몇 주 동안이나 쉬지 않고 열심히 연구했지만 별 성과가 없었던 게 기억난다. 이 책에는 "그리고 하느님의 아들은 죽는다. 이해할 수 없기 때문에 믿을 수 있는 것이다. 그리고 매장되었던 그가 부활한다. 불가능하기 때문에 확실하다"라는 문장이 있었다.

이렇게 하찮은 사물에 균형을 잃는 내 이성은 프톨레마이오스 헤파이스티온˙이 말한 바다의 바위와 비슷해 보일 것이다. 그 바위는 인간이 폭력적으로 달려들고 분노에 찬 파도와 폭풍이 사납게 몰아쳐도 끄떡없지만 아스포델 꽃˙이 닿을 때만 떨린다. 주의력이 부족한 사람들이라면, 불행한 질병으로 인한 베르니스의 **정신적** 변화가 어렵게 설명한 강렬하고 비정상적인 내 사색의 대상이 되었으리라고 믿을 것이다. 하지만 실제로는 전혀 그렇지 않았다. 내가 잠깐씩 병이 나아 정신이 명료

해질 때면 그녀에게 닥친 재앙에 정말 고통스러워했고, 그녀의 아름답고 온화한 삶이 완전히 망가진 데 대해 무척 가슴이 아팠다. 나는 이렇게 기이한 변화가 갑자기 일어난 그 경이로운 방식에 대해 씁쓸해하며 자주 곰곰이 생각해 보곤 했다. 하지만 이러한 생각들은 병적인 나의 특성과는 무관했고, 비슷한 상황에서 대부분의 평범한 사람들이 할 법한 생각들이었다. 내 병의 특성에 어울리게, 나는 하찮지만 경악스러운 베르니스의 육체적 변화, 그녀의 몸에 생겨난 특이하게 끔찍한 왜곡에 집중했다.

그녀가 그 누구보다 아름답고 가장 빛나던 시절, 나는 그녀를 사랑한 적이 없었다. 기이하게 비정상적인 나는 가슴으로 감정을 느껴 본 적이 **없었고** 열정마저 **항상** 머리로 느꼈다. 어스름한 새벽빛 속에서, 정오의 숲의 격자무늬 그림자 사이로, 고요한 밤의 서재에서 그녀는 내 눈앞을 스쳐 갔다. 나는 그녀를 살아 숨 쉬는 베르니스가 아니라 꿈속의 베르니스로, 세속적인 지상의 존재가 아니라 추상적인 존재로, 존경의 대상이 아니라 분석의 대상으로, 사랑의 대상이 아니라 가장 복잡하고 난해한 사색의 주제로 보았다. 그리고 이제, 이제, 나는 그녀의 존재에 몸서리쳤고 그녀가 다가오면 새하얗게 질렸다. 하지만 그녀의 몰락한 비참한 처지가 몹시 애처로웠고 오랫동안 그녀가 나를 사랑했다는 사실이 떠올랐다. 나는 순간적으로 악령에 사로잡혀 그녀에게 결혼 이야기를 꺼냈다. 그리고 마침내 우리의 결혼식이 다가오고 있던 그해 겨울 오후, 즉 아름다운 할시온*

을 돌보아 주는 것처럼 고요한 안개가 낀 따스한 날, 나는 혼자 서재 안쪽에 앉아 있었다. 그런데 눈을 들어 보니 내 앞에 베르니스가 서 있었다.

왜 그녀의 윤곽이 흔들리고 희미해 보였을까? 고조된 상상력 때문이었는지, 안개 낀 대기의 영향이었는지, 아니면 방에 깃든 어슴푸레한 황혼 때문이었는지, 그녀가 입고 있는 주름진 회색 옷 때문이었는지 알 수 없었다. 그녀는 아무 말도 하지 않았다. 나 역시 얼어붙어 한마디도 할 수 없었다. 얼음장 같은 한기가 온몸을 스쳤다. 참을 수 없는 불안이 나를 짓눌렀고, 강렬한 호기심이 내 영혼을 사로잡았다. 나는 다시 의자에 앉아 한동안 숨을 멈춘 채 꼼짝도 하지 않고 계속 그녀를 바라보았다. 아아! 너무 여윈 그녀에게서 옛 모습을 전혀 찾아볼 수 없었다. 마침내 나는 이글이글 타는 눈길로 그녀의 얼굴을 바라보았다.

오뚝한 그녀의 이마는 매우 창백했고 특이하게 평온했다. 한때 검었던 노란 머리카락이 흘러내려 푹 꺼진 관자놀이를 가리고 있었다. 환상적으로 선명한 노란 머리카락과 우울한 얼굴이 불협화음을 이루고 있었다. 생기가 사라진 눈은 빛을 잃어 동공이 없는 것처럼 보였다. 나도 모르게 흐리멍덩한 눈길을 피해 쪼그라든 그녀의 얇은 입술을 바라보았다. 그녀는 입술을 벌리고 독특한 의미를 띤 미소를 지었다. 그러자 천천히 눈앞에 변한 베르니스의 이가 드러났다. 그녀의 이를 보지 않았으면 얼마나 좋았을까! 보았더라도, 그 당시 죽었다면 얼마나 좋았을까!

문이 닫히는 소리가 나서 고개를 들어 보니 내 사촌은 이미 서재를 떠난 뒤였다. 그러나 아아! 가지런하게 난 무시무시한 하얀 이는 내 혼란스러운 머릿속에 그대로 남아 있었고 그 기억을 떨쳐 버릴 수가 없었다. 이 표면에는 홈 하나 없었다. 하얀 에나멜은 전혀 변색되지 않았고 가장자리는 깨진 곳 하나 없었다. 그녀가 미소 지은 순간 그녀의 이가 충분히 내 기억 속에 각인되었다. 그녀의 이는 **그 당시**보다 **지금** 더 생생하게 떠오른다. 이! 이! 여기, 저기, 사방에 이가 있었다. 이는 만질 수 있을 것처럼 또렷했다. 찡그린 창백한 입술 사이로 보이는 지나치게 가늘고 긴 하얀 이는 유치가 날 때의 끔찍한 모양 그대로였다. 그런 다음 내 **편집증**이 급격하게 심해졌다. 나는 이상한 불가항력에 맞서 저항했지만 허사였다. 수많은 외부 세계 사물 중 다른 것은 전혀 생각나지 않았다. 오직 그 이만 생각했고 미친 듯이 그 이를 갈망했다. 다른 모든 문제와 모든 관심사가 이라는 한 가지 생각 속으로 빨려 들어갔다. 내 마음속에는 그녀의 이 밖에 없었다. 그것이 내 정신적 삶의 본질이 되었다. 나는 모든 각도에서 그녀의 이를 이모저모 살폈다. 그 특성을 조사했다. 그 독특함에 대해 곰곰이 생각했다. 그 형태에 대해 깊이 생각했다. 그 변화에 대해 명상했다. 나는 상상 속에서 이에 예민한 지각을 부여했다. 입을 다문 상태에서도 그 이는 도덕적 표현을 할 수 있게 되었다. 나는 그런 자신의 모습에 몸서리쳤다. 살레* 양의 경우 "**그녀의 걸음 하나하나가 감정이었다**"고 전해지는데, 베르니스의 경우 "**그녀의 이 하나하나가 관념이었다**"라는 걸 더 진심으로 믿었다. 관념! 아, 이게 나를 파멸시킨 멍청한 사고였다! **이것이** 내가 미친 듯이 그 이를 탐낸 이유였다! 그 이를 소유해야만 평화를 회복하고 이성을 되찾을 수 있을 것 같았다.

그렇게 저녁이 다가왔고, 어둠이 와 머무적대다가 사라졌으며, 다시 동이 텄다. 이틀이 지난 후 밤이었다. 안개가 껴 있었다. 나는 여전히 혼자서 꼼짝도 하지 않고 서재에 앉아 명상 중이었다. 여전히 가장 생생하고 끔찍하고 또렷한 그녀의 이의 **환영**이 나를 지배했다. 그 이는 서재의 빛과 그림자 사이를 떠돌아다녔다. 마침내 내 몽상을 뚫고 공포와 당혹감에 찬 울음소리가 들렸다. 잠시 후 슬픔과 고통에 찬 작고 지친 소리가 났다. 나는 자리에서 일어나 서재 문 중 하나를 열었다. 전실에 하녀가 서 있었다. 그녀는 눈물을 흘리며 베르니스가 죽었다고 했다! 베르니스는 이른 아침에 뇌전증 발작을 일으켜 죽었고 밤이 다 된 그때서야 무덤이 준비되었고 매장 준비가 끝났다고 했다.

나는 다시 혼자 서재에 앉아 있었다. 흥분되는 혼란스러운 꿈에서 막 깨어난 것 같았다. 지금은 자정이고, 해진 후 베르니스가 매장되어 있다는 것도 잘 알고 있었다. 그러나 적어도 그 사이의 음산한 시간이 명확하게 기억나지 않았다. 하지만 공포로 가득 찬 기억이었다. 희미해서 더 오싹하고 모호해서 더 공포스러웠다. 희미하고 이해할 수 없는 끔찍한 기억으로, 내 존재의 기록 중 가장 끔찍한 페이지였다. 나는 그 기억을 해독해 보려고 애썼지만 허사였다. 이따금 날카로운 여자의 비명이 귓가에 울리는 것 같았다. 유령 소리 같았다. "내가 무슨 짓을 한 거지?"라고 큰 소리로 자문했고, 그 대답으로 **"무슨 짓을 한 거지?"**라고 속삭이는 메아리가 서재에 울려 퍼졌다.

옆에 있는 탁자 위에는 램프가 타고 있었다. 램프 근처에 작은 상자가 놓여 있었다. 예전에도 자주 봤던 주치의의 물건인 평범한 상자였다. 어떻게 그 상자가 거기, 내 탁자 위에 있지? 그걸 보자 왜 몸이 떨리지? 이런 일들을 설명할 길이 없었다. 어느새 나는 펼쳐 놓은 책 속에 밑줄 친 문장을 바라보고 있다. 그 문장은 시인 이븐 자이어트의 단순한 문장이었다. "내 친구들은 말했다. 연인의 무덤을 발견하면 고통이 줄어들 것이라고." 그런데 왜 이 시를 읽자마자 머리카락이 곤두서고 온몸의 혈관 속 피가 엉겨 붙는 느낌이지?

서재 문을 가볍게 두드리는 소리가 들렸다. 그리고 무덤의 시신처럼 새하얗게 질린 하인이 까치발로 살살 걸어 들어왔다. 그는 공포에 질린 표정이었고, 떨리고 쉰 목소리로 아주 작게 말했다. 무슨 말을 하는 거지? 그 하인은 띄엄띄엄 몇 문장을 말했다. 밤의 정적을 깨뜨리는 거친 고함 소리가 들려서 사람들이 모두 모여 소리가 나는 방향을 찾아 갔다고 했다. 그러고 나서 하인의 목소리가 소름 끼치게 또렷해지더니 내게 속삭였다. 누군가 무덤에 침입해 수의에 싸인 시신을 훼손했지만 시신은 아직도 숨을 쉬고, 아직도 맥박이 뛰고, **아직도 살아 있다고.**

하인은 내 옷을 가리켰다. 그 옷은 진흙투성이였고 피가 엉겨 붙어 있었다. 나는 아무 말도 하지 않았다. 하인이 살짝 내 손을 잡았는데, 거기에는 손톱자국이 나 있었다. 그는 벽에 기대 놓은 어떤 물건을 가리키며 보라고 했다. 나는 몇 분 동안 그것을 보았다. 그것은 삽이었다. 나는 비명을 지르며 탁자로 뛰어가서 그 위에 있는 상자를 잡았다. 그러나 억지로 상자를 열려고 했지만 열리지 않았다. 손이 떨려 상자가 손에서 미끄러지면서 쿵 하는 소리와 함께 바닥에 떨어져 산산조각이 났다. 그 상자에서 딸그락대며 치과 수술 기구들이 굴러 나왔다. 그 사이에 상아처럼 보이는 작고 하얀 물체가 서른두 개 섞여 있었다. 그 물체는 바닥 여기저기에 흩어졌다.

길쭉한 상자

몇 년 전, 사우스캐롤라이나주 찰스턴에서 하디 선장이 모는 뉴욕행 고급 정기선인 인디펜던스호를 예약했다. 날씨에 별 문제가 없으면 그 배는 6월 15일 항해할 예정이었다. 선실에서 정리할 게 있던 나는 14일에 미리 배에 올라가 보았다.

탑승할 승객이 많았고 평소보다 여성 승객이 많았다. 승객 명단에 친구도 몇 명 있었다. 그중에 친하게 지냈던 젊은 화가 코넬리우스 와이엇의 이름이 보여 반가웠다. 그는 C 대학 동문이었다. 그에게는 천재에게 흔히 보이는 기질이 있었다. 인간혐오, 감성, 열정의 복합체였다. 이런 자질은 있지만 또 아주 다정하고 진실된 친구이기도 했다.

그의 이름이 적힌 선실은 **세 개**였다. 승객 명단을 다시 살펴보니 자신과 아내, 두 자매가 쓸 방이었다. 각 선실은 충분히 넓었고 이층 침대가 있었다. 물론 이 침대들이 한 사람 이상 사용하기에는 아주 좁았지만, 그럼에도 불구하고 왜 네 사람인데 특등선실을 **세 개나** 예약했는지 이해할 수 없었다. 그 당시 나는 왠지 우울한 기분에 빠져 사소한 일에 대해 비정상적으로 꼬치꼬치 따졌다. 고백하기 부끄럽지만, 나는 사람보다 특등선실 수가 많은 데 대해 터무니없이 엉뚱한 추측을 여러 차례 했다. 내 일이 아닌데도, 별로 중요하지 않은 수수께끼를 푸는 일에 끈질기게 매달렸다. 마침내 결론에 도달했다. 그전에 그 생각을 못 한 게 이상할 정도였다. "당연히 하인 선실이겠군. 이렇게 뻔한 해결책을 더 빨리 생각하지 못했네. 나도 참 바보야!"라고 말했다. 그리고 다시 명단을 살펴봤다. 사실 원래는 하인을 데려올 계획이었지만 하인이 일행과 함께 오지 않는 게 분명했다. 먼저 쓰였던 "하인"이라는 단어가 지워졌기 때문이다. "아, 짐이 하나 더 있는 게 분명해. 화물칸에 넣고 싶지 않은 짐이 있나 보군. 자신이 직접 보관하고 싶은 짐, 그림이 있나 보군. 이탈리아 유대인 니콜리노와 흥정한 그 그림이겠군"이라고 혼잣말을 했다. 나는 그 말에 만족하고 더 이상 그 문제를 궁금해하지 않았다.

나는 와이엇의 여동생 두 명과도 잘 아는 사이였다. 아주 상냥하고 영리한 젊은 여성들이었다. 신혼인 와이엇의 아내는 아직 본 적이 없었다. 하지만 그는 내 앞에서 종종 그녀 이야기를 하곤 했다. 평소 늘 그렇듯이 열정적으로 이야기했는데, 아내를 아주 아름답고 재치 있고 교양 있는 사람으로 묘사했다. 그래서 나 또한 그의 아내와 친해지고 싶었다.

내가 배를 방문한 날(14일) 와이엇 일행도 배를 방문할 예정이라고 선장이 알려 주어서, 그의 신부를 보려고 기다리느라 원래 계획보다 한 시간이나 더 배에 머물렀다. 그러나 사과의 말이 도착했다. "W 부인이 몸이 좋지 않아서, 내일 출항 시간에 승선하신답니다."

다음 날 아침, 나는 호텔에서 부두로 가는 중이었다. 그때 하디 선장을 만났는데 "사정상"(어리석지만 편리한 표현) "인디펜던스호가 하루나 이틀 항해를 할 수 없을 것 같아서, 준비가 다 되면 알려 드리죠"라고 했다. 남풍이 강하게 불고 있는데 항해를 미루는 건 이상했다. "사정상" 불가능하다니, 도대체 무슨 사정인지 한참 머리를 굴려 보았지만, 집으로 돌아가 조급증을 달래는 수밖에 없었다.

거의 일주일이 지났는데도 선장에게서 연락은 오지 않았다. 하지만 곧 연락이 왔고 나는 바로 배를 탔다. 배는 승객들로 붐볐고, 출항하자마자 모든 게 분주하게 돌아갔다. 와이엇 일행은 나보다 약 10분 후에 도착했다. 일행은 두 자매와 신부와 화가였다. 그 화가는 늘 그렇듯이 인간 혐오에 차 뚱했다. 하지만 나는 그의 이런 기분을 너무 잘 알고 있던 터라 특별히 관심을 기울이지는 않았다. 그는 내게 아내를 소개하지도 않았다. 여동생인 매리언(매우 다정하고 총명한 아가씨)이 이 일을 맡을 수밖에 없었고 급하게 몇 마디 말로 소개를 끝냈다.

와이엇 부인은 베일로 얼굴을 완전히 가리고 있었는데, 베일을 젖히고 인사에 답했을 때, 고백건대, 깜짝 놀랐다. 친구인 화가가 여성의 사랑스러움에 도취되어 열정적으로 묘사했을 때 내 오랜 경험으로 그 말을 전부 믿지는 않았다. 그러나 그렇지 않았다면 훨씬 더 놀랐을 것이다. 아름다움이 주제였을 때 그가 얼마나 쉽게 순수한 이상의 영역으로 올라가는지 잘 알고 있었다.

사실 와이엇 부인은 못생긴 편이라고밖에 할 수 없었다. 아주 못생긴 건 아니었지만 그렇다고 못생긴 걸 부인할 수도 없는 인물이었다. 하지만 그녀의 옷은 섬세한 취향이 돋보였다. 그녀는 외모가 아니라 좀 더 영원한 것, 우아한 지성과 영혼으로 내 친구의 마음을 사로잡은 게 분명했다. 그녀는 몇 마디 하지 않고 곧 W와 함께 선실로 들어갔다.

다시 이전의 호기심이 살아났다. 하인이 **없는** 것은 이미 분명했다. 그래서 나는 잠시 후 여분의 짐을 찾아보았다. 예상대로 잠시 후 길쭉한 소나무 상자를 실은 마차가 부두에 도착했다. 그 상자가 도착하자마자 곧 항해가 시작되었고, 얼마 지나지 않아 안전하게 모래톱을 넘어 출항했다.

문제의 상자는 말한 대로 길쭉했다. 길이는 약 6피트, 너비는 2.5피트 정도였다. 나는 그 상자를 정확하게 알고 싶어 주의 깊게 관찰했다. 그 상자는 모양이 **특이했다**. 그것을 보자마자 내 추측이 정확한 것 같아서 으쓱했다. 화가 친구의 여분의 짐이 그림들 혹은 적어도 그림 한 점이리라고 내가 결론 내렸던 사실이 기억날 것이다. 그가 니콜리노와 몇 주 동안 회의를 한 걸 알고 있었기 때문이다. 그리고 지금 여기 상자가 있었다. 모양으로 볼 때 레오나르도˙의 「최후의 만찬」 복제화를 담기에 안성

맞춤이었다. 한동안 니콜리노가 피렌체의 아들 루비니가 그린 이 「최후의 만찬」 복제화를 소유한 것을 알고 있었다. 그러므로 나는 이것으로 문제가 충분히 해결되었다고 생각했고, 뛰어난 내 통찰력에 지나치게 낄낄댔다. 와이엇이 내게 예술적 비밀을 숨긴 것은 이번이 처음이었지만, 바로 내 코앞에서 슬그머니 명화를 뉴욕으로 밀반입할 의도인 게 분명했다. 그는 내가 전혀 모르리라고 예상했을 것이다. 이제부터 그를 **잘** 추궁하기로 결심했다.

그러나 적잖이 신경 쓰이는 사실이 하나 있었다. 상자를 여분의 선실에 넣지 않은 점이었다. 와이엇은 그 상자를 자신의 방에 두었다. 상자가 선실 바닥 전체를 거의 다 차지하고 있었다. 화가와 그의 아내가 극도로 불편할 게 틀림없었다. 특히 타르인지 페인트인지로 크게 대문자로 써 있어 상자의 냄새가 심하게 불쾌했다. 아주 특이하게 역겨운 냄새였다. 뚜껑에는 "**뉴욕 올버니 애들레이드 커티스 부인. 코넬리우스 와이엇의 화물. 이쪽 면을 위로 둘 것. 취급 주의**"라고 쓰여 있었다.

올버니의 애들레이드 커티스 부인이 화가의 장모라는 것은 알고 있었다. 하지만 그 당시 그 주소 전체가 특별히 내가 풀어야 할 수수께끼가 되었다. 물론 상자와 내용물은 분명히 뉴욕 체임버스 스트리트에 있는 인간 혐오자인 내 친구의 스튜디오에 도착한 다음 더 북쪽인 올버니로 갈 리가 없었다.

첫 사나흘은 강풍이 불기는 했지만 날씨가 좋았다. 시야에서 해안이 사라지자마자 북쪽으로 뱃머리를 돌렸다. 따라서 승객들은 들떴고 서로 친해질 분위기였다. 그러나 와이엇과 그의 자매들은 **예외**였다. 그들은 딱딱하게 굴었다. 그들이 다른 일행에게 무례하다고 생각할 수밖에 없었다. 나는 **와이엇**의 행동에 그다지 신경 쓰지 않았다. 그는 평소보다 더 **침울**했다. 사실 그는 뚱했다. 하지만 그의 특이함은 예상대로였다. 그러나 자매들은 변명의 여지가 없었다. 그녀들은 항해 시간 대부분을 선실에 자기네끼리만 있었다. 내가 거듭 권해도, 배의 승객들과 도통 대화를 하지 않았다.

와이엇 부인은 훨씬 더 유쾌했다. 말하자면 **수다스러웠다**. 수다스러운 것은 바다에서 아주 뛰어난 장점이다. 그녀는 여성들 대부분에게 **지나칠 정도로** 친밀하게 굴었고, 놀랍게도 남자들과도 잘 어울렸다. 그녀는 우리 모두를 아주 즐겁게 해 주었다. 나는 **"즐겁게 해 주었다"**라고 했는데, 어떻게 설명해야 할지 모르겠다. 실은 사람들이 W 부인과 **같이** 웃기보다는 그녀를 비웃는 **경우가** 훨씬 더 많았다. 신사들은 그녀에 대해 거의 아무 말도 하지 않았지만, 얼마 지나지 않아 숙녀들은 그녀를 "착하고, 약간 못생기고, 일자무식인, 확실히 저속한 사람"으로 규정했다. 어떻게 와이엇이 그런 사람과 결혼하게 되었는지 궁금했다. 보통은 돈을 보고 결혼했다가 정답인데, 이 경우에는 전혀 답이 되지 않았다. 와이엇은 아내가 1달러도 가져오지 않았고 유산도 없다고 했었다. "사랑해서, 오직 사랑해서 결혼했어, 내 분수에 넘치는 사람이지"라고 말했었다. 그가 이런 표현을 썼던 걸 생각할 때, 고백건대, 이루 말할 수 없이 혼란스러웠다.

그가 이성을 잃었던 걸까? 그 외에 어떻게 달리 생각할 수 있을까?

그는 아주 세련되고 아주 지적이고 아주 까다로운 데다가 결함을 섬세하게 인식하는 심미안을 가진 **사람인데**! 그 숙녀는 **남편**에게 푹 빠진 것처럼 보였고 특히 그가 없을 때는 더 그랬다. "사랑하는 남편 와이엇 씨"가 말한 것을 자주 인용해 조롱거리가 되었다. "남편"이라는 단어가, 그녀만의 섬세한 표현을 빌리자면, 그녀의 "입에" 영원히 붙어 있는 것 같았다. 그러는 사이 승객들 모두가 남편이 대부분 선실에 혼자 틀어박혀 지내고 드러나게 아내를 피하는 것을 보았다. 사실 그는 완전히 혼자 산다고 할 수 있었다. 중앙선실에서 아내가 사람들과 어울리며 멋대로 마음껏 즐기게 내버려 두었다.

보고 들은 바에 따라 내가 내린 결론은 이랬다. 이 화가는 설명할 수 없는 운명의 장난으로, 아니면 환상적인 열정에 휩싸여 자기보다 훨씬 열등한 사람과 결혼하게 되었고, 자연스럽게 곧 그녀를 완전히 혐오하게 된 것이었다. 나는 마음속 깊이 그를 동정했다. 하지만 그렇다고 해서 「최후의 만찬」에 대해 내게 알려 주지 않은 것까지 용서할 수는 없었다. 그래서 나는 복수하기로 결심했다.

어느 날 그가 갑판 위로 올라왔다. 나는 평소처럼 그와 팔짱을 끼고 갑판 앞뒤로 함께 산책했다. 그러나 그의 침울한 기분은(그 상황에서는 아주 당연하다고 생각했지만) 조금도 나아질 기미가 없었다. 그는 억지로 한두 마디 했을 뿐이고 거의 아무 말도 하지 않았다. 내가 한두 마디 농담을 던지자 힘겹게 미소 지었다. 불쌍한 친구! 그의 아내를 떠올리자, 그가 즐거운 척할 기분이 나지 않을 것 같았다. 나는 길쭉한 상자에 대해 은밀하게 암시하거나 빗대어 말하기로 결심했다. 내가 그의 유쾌한 작은 수수께끼에 속거나 슬쩍 넘어가 **주지 않으리라는** 것을 서서히 알게 해 주고 싶었다. 내가 처음 한 말은 숨겨 놓은 진지*에서 포문을 여는 것이었다. "그 상자의 독특한 모양"을 언급했고, 그 말을 하면서 의도적으로 미소를 지으며 윙크와 함께 집게손가락으로 살짝 그의 옆구리를 찔렀다.

이 악의 없는 장난을 받아들이는 와이엇의 태도를 보고 나는 곧 그가 미친 게 틀림없다고 생각했다. 처음에 그는 내 농담을 이해할 수 없다는 듯이 나를 바라보았다. 하지만 그 말의 요지가 서서히 머릿속에 스며들자 그에 비례해 눈알이 튀어나오는 것 같았다. 그러고 나서 얼굴이 새빨개지더니 끔찍할 정도로 창백해졌고, 나의 암시가 아주 재미있다는 듯이 큰 소리로 웃기 시작했다. 놀랍게도 그는 점점 더 큰 소리를 내며 10분 이상 마구 계속 웃다가 결국 쿵 하고 갑판 위에 완전히 쓰러졌다. 그를 일으켜 세우려고 내가 달려갔을 때 그는 이미 **죽은** 사람처럼 보였다.

나는 도움을 요청했고, 그는 가까스로 의식을 회복했다. 다시 의식이 돌아오자 그는 한동안 횡설수설했다. 마침내 우리는 피를 닦아 내고 그를 침대에 눕혔다. 다음 날 아침 그는 육체적으로는 상당히 회복되었다. 물론 그의 정신적인 면에 대해서는 아무 말도 하지 않겠다. 선장은 그의 광기에 대해 나와 같은 의견이었다. 선장의 조언에 따라 나는 남은 항해 기간 동안 그를 피했다. 선장은 배 안의 누구에게도 이 이야기를 하지 말라고 경고했다.

정신이 돌아온 후 와이엇에게 발생한 몇 가지 사건으로 내 호기심은 더 커졌다. 가장 호기심을 자극한 것은 다음 사건이었다. 나는 선장이 준 진한 녹차를 너무 많이 마셔 신경이 예민해져서 제대로 잠을 자지 못했다. 사실 이틀 밤을 꼬박 세다시피 했다. 내 선실은 다른 독신 남성 선실과 마찬가지로 중앙선실, 즉 식당과 연결되어 있었다. 와이엇의 특등선실 세 개는 뒤쪽에 있었다. 그 선실들은 미닫이문으로 중앙선실과 분리되어 있었고 밤에도 문을 잠그지 않았다. 항해 내내 바람이 불었고 강풍이 심해 배가 바람 방향으로 아주 심하게 기울어졌다. 우현이 기울 때마다 선실들 사이에 있는 미닫이문이 열렸고 그 문이 열린 상태로 있었지만 아무도 일어나 문을 닫지 않았다. 문제의 미닫이문뿐 아니라 내 선실 문도 열렸을 때(너무 더워서 나는 늘 문을 열어 두었다), 내 선실에서는 뒤쪽 선실이 잘 보였다. 또한 와이엇의 특등선실도 정확하게 볼 수 있었다. 내가 매일 밤 깨어 있지는 않았지만 잠 못 이룬 이틀 밤 모두 11시경 와이엇 부인이 살그머니 와이엇의 선실에서 나와 여분의 방으로 가 새벽까지 있다가 남편이 부르면 돌아오는 모습을 분명히 보았다. 그들은 사실상 별거 중인 게 확실했다. 그들은 각각 다른 방에 있었고 더 영구적인 이혼을 고려하고 있는 게 분명했다. 수수께끼였던 여분의 선실의 비밀은 바로 이것이었다고 생각했다.

내 관심을 끈 또 다른 사건이 있었다. 문제의 이틀 밤 동안 와이엇 부인이 여분의 선실로 사라지면 곧 남편의 선실에서 조심스럽게 소리 죽여 작업하는 이상한 소리가 났다. 한동안 곰곰이 그 소리를 들은 후 마침내 그 의미를 이해하는 데 성공했다. 화가가 정과 망치로 길쭉한 상자를 여는 소리였다. 망치와 정의 윗부분을 부드러운 모직이나 면으로 싸서 소리가 덜 들리거나 안 들리는 듯했다.

이런 식으로 그가 완전히 뚜껑을 연 순간을 정확하게 구별할 수 있었다. 또한 그가 그 뚜껑을 완전히 떼어 낸 다음 이층 침대 아래 칸에 올려놓는 순간도 알 수 있었다. 예를 들어 **아주** 조심스럽게 그가 뚜껑을 내려놓을 때 그 뚜껑이 침대 가장자리에 가볍게 부딪치는 소리가 들려 침대에 올려놓은 것을 알 수 있었다. 바닥에는 뚜껑을 열 만한 공간이 없어서 이렇게 상자를 침대 위에 올려놓은 것이었다. 그 후 죽음 같은 침묵이 흘렀다. 새벽이 되기 전까지 너무 소리를 죽여서 거의 들리지 않는 작은 흐느낌이나 중얼거리는 소리만 났다. 그 외에는 아무 소리도 들리지 않았다. 내가 상상한 게 아니라면, 정말로 그런 소리가 들렸다. 그 소리는 흐느끼는 소리나 한숨과 **비슷했지만** 물론 아닐 수도 있었다. 오히려 내 귀 안에서 나는 소리 같기도 했다. 틀림없이 와이엇은 평소처럼 자신의 취미를 마음껏 즐기고 있을 뿐이었을 것이다. 즉 예술적 열정이 치솟아 탐닉하는 게 틀림없었다. 그는 그 길쭉한 상자 속에 있는 보물 같은 그림을 마음껏 보기 위해서 상자를 열었을 것이다. 하지만 거기에 그를 **흐느끼게** 할 만한 것은 아무것도 없었다. 그러므로 다시 말하지만, 선량한 하디 선장이 준 녹차를 마셔 내 신경이 예민해져서 변덕스러운 상상을 한 것에 지나지 않는 게 틀림없었다. 문제의 이틀 밤 모두 새벽이 오기 직전에 와이엇이 직사각형 상자의 뚜껑을 다시 닫고 헝겊으로 감싼 망치로 다시 못질하는 소리가 똑똑히 들렸다. 이 일을 마치자 그는 자신의 선실에서 나와서 와이엇 부인을 부르러 갔다.

우리가 일주일쯤 항해를 해 막 해터러스곶˙을 벗어났을 때 남서쪽에서 강풍이 심하게 불었다. 하지만 한동안 날씨가 험악했기 때문에 우리는 어느 정도는 대비하고 있었다. 갑판 위아래로 안전 조치를 해 두고 있었다. 다시 강풍이 불기 시작했을 때 우리는 뒤 돛대의 세로돛과 앞 돛대의 가로돛을 두 겹으로 접고 바람 방향을 따라 항해했다.

이런 상태로 우리는 48시간 동안 안전하게 항해했다. 그 배는 여러 면에서 안전했고 배에 물은 거의 들어오지 않았다. 그러나 그 후 강풍은 폭풍이 되었고 뒤 돛대의 돛이 갈가리 찢겼다. 배는 물 천지가 된 상태에서 계속 밀려오는 엄청난 파도를 헤치고 항해했다. 이 사건으로 갑판 위 조리실과 사람 세 명이 파도에 휩쓸려 떠내려갔고 좌현의 현창이 거의 다 날아갔다. 우리가 정신을 차리자 곧 가로돛이 갈기갈기 찢겼다. 그때 우리는 폭풍용 삼각돛을 세웠고 이 돛으로 몇 시간 정도는 무사히 항해할 수 있었다. 배는 이전보다 훨씬 더 안정적으로 항해했다.

그러나 폭풍은 계속 몰아치고 진정될 기미가 보이지 않았다. 돛이 잘 맞지 않아 지나치게 팽팽했다. 그리고 폭풍이 시작된 지 사흘째 날 오후 5시쯤, 바람이 불자 배가 심하게 기울어졌고 뒤 돛대가 부러져 바다에 떨어졌다. 우리는 한 시간 이상 돛대 없이 항해를 시도했지만 배가 심하게 요동쳐 허사였다. 우리가 쩔쩔매고 있는데 목수가 와 선창에 물이 4피트나 찼다고 알려주었다. 설상가상으로 펌프가 막혀 거의 기능을 하지 못했다.

이제 모두 혼란과 절망에 빠졌고 우리는 배를 가볍게 만들기로 했다. 화물 중 버릴 수 있는 건 모조리 버리고 남은 돛대 두 개도 잘라서 버렸다. 배를 가볍게 만드는 데는 성공했지만 여전히 펌프가 고장 난 상태라 급격하게 물이 찼다.

해가 지자 눈에 띄게 폭풍이 가라앉았고 바다도 잔잔해져서 보트로 구조되리라는 가는 희망이 생겼다. 오후 8시에 바람 방향으로 구름이 흩어졌고 다행히 보름달이 떴다. 이 행운으로 절망에 빠졌던 우리는 약간 기운을 차렸다.

믿을 수 없을 정도로 온갖 애를 써 마침내 큰 사고 없이 긴 보트를 바다에 띄웠고 그 보트에 승무원 전체와 승객 대부분을 빽빽하게 태웠다. 그 사람들은 곧 떠났고 고생 끝에 사흘 후 안전하게 오크라코크만*에 도착했다.

배에 남은 열네 명의 승객은 선장과 함께 배 뒤쪽의 작은 보트에 운명을 맡기기로 했다. 보트를 바다에 띄우는 일은 그다지 어렵지 않았지만, 물에 닿았을 때 침몰하지 않도록 기적을 바랄 수밖에 없었다. 그 보트가 떴을 때 그 안에 선장과 그의 아내, 와이엇 일행, 멕시코 장교와 그의 아내와 자식 네 명, 나, 흑인 시종이 있었다.

물론 보트 안에는 꼭 필요한 도구와 약간의 식량과 옷을 제외하고는 그 어떤 것도 더 넣을 공간이 없었다. 아무도 그 이상 가져올 생각을 안 했다. 그 난파선에서 몇 미터 가지 않았을 때 와이엇이 선미에서 일어나자 모두 깜짝 놀랐다. 그는 침착하게 하디 선장에게 뱃머리를 돌려 달라고 요구했다. 길쭉한 상자를 가져와야 한다는 것이었다!

"와이엇 씨, 앉으세요. 가만히 앉아 계시지 않으면 배가 뒤집힐 거요. 지금 뱃머리가 거의 물에 잠기고 있어요" 다소 엄격하게 선장이 대답했다.

"상자! 상자 말이에요! 하디 선장님, 제 말을 거절하시면 안 됩니다. 제 말을 들으세요. 그 상자는 무게가 얼마 안 돼요. 거의 무게가 나가지 않아요. 당신 어머니의 이름을 걸고, 하느님의 사랑을 걸고, 구조되리라는 희망을 걸고, 그 상자를 가져오게 제발 배를 돌려 주십시오!" 여전히 일어선 상태에서 와이엇이 외쳤다.

선장은 화가의 진지한 호소에 잠시 마음이 흔들린 것 같았다. 그러나 곧 침착을 되찾고 엄격하게 이렇게만 말했다.

"와이엇 씨 당신은 **미쳤소**. 당신 말을 들을 수는 없소. 앉으라고 하지 않았소. 앉지 않으면 보트가 뒤집힐 거요. 가만히 있어요! 그를 잡아요! 그를 붙잡아요! 그가 배에서 뛰어내리려고 해요! 저런, 내 이럴 줄 알았어, 그가 뛰어내렸네!"

선장이 이렇게 말하는 순간 와이엇은 정말로 보트에서 뛰어내렸다. 아직도 우리는 난파선과 같은 방향으로 가고 있었기 때문에 거의 초인적으로 헤엄친 그는 앞 돛대 고정용 밧줄을 붙잡을 수 있었다. 다음 순간 그는 배 위로 올라갔고 미친 듯이 뛰더니 자기 선실로 내려갔다.

그동안 그 난파선 뒤쪽에 있던 우리는 파도에 휩쓸렸다. 배가 바람을 막아 주던 곳을 벗어나자 여전히 어마어마한 파도가 밀려왔다. 우리는 난파선 쪽으로 가려고 필사적으로 노력했지만 거칠게 부는 태풍 앞에서 우리의 작은 보트는 깃털 같았다. 우리는 곧 그 불운한 화가가 최후를 맞이할 운명인 걸 알게 되었다.

우리 보트와 난파선의 거리가 급속하게 점점 더 멀어졌을 때, 계단에 미친 사람(그렇게밖에 볼 수 없었다)이 보였다. 그는 어마어마한 힘을 발휘해 온몸으로 길쭉한 상자를 끌고 올라오고 있었다. 깜짝 놀라 그를 보고 있는 동안, 그는 재빨리 3인치 밧줄을 먼저 상자에 몇 번 감고 그다음에 자기 몸에 몇 번 감았다. 다음 순간 그의 몸과 상자가 모두 바닷속으로 사라졌다. 즉시 영원히 사라져 버렸다.

우리는 한동안 노를 젓지 않은 채 그가 빠진 곳을 계속 바라보며 바다 위에 떠 있었다. 마침내 우리는 움직였다. 한 시간 동안 아무도 아무 말도 하지 않았다. 마침내 내가 용기를 내서 말을 꺼냈다.

"선장님, 정말 순식간에 가라앉는 걸 보셨죠? 아주 특이한 일 아닌가요? 저는 그가 상자에 자신을 묶은 다음에 바닷속에 뛰어들 때 결국 구조되리라고 조금은 희망을 가지고 있었어요."

"물론 가라앉았소. 총알처럼 빠르게 말이오. 하지만 곧 올라올 거요. **소금이 다 녹은 다음에는.**"

"소금이요?" 내가 외쳤다.

"쉿!" 선장이 고인의 아내와 자매들을 가리키며 말했다. "나중에 적당한 때 이야기해 드리겠소."

온갖 고생 끝에 우리는 가까스로 탈출했다. 하지만 행운은 긴 보트에 탄 우리 동료들뿐 아니라 우리 편이기도 했다. 우리는 나흘간 극심한 고통 끝에 로어노크섬˙ 맞은편 해안에 상륙했다. 우리는 거의 반쯤 죽은 상태였고, 조난 구조자들의 융숭한 대접을 받으며 일주일간 거기 머문 다음 뉴욕행 배를 탔다.

'인디펜던스호'가 난파된 지 한 달 후 우연히 브로드웨이에서 하디 선장을 만났다. 우리의 대화는 자연스럽게 재난, 특히 불운한 와이엇의 슬픈 운명으로 흘러갔다. 그 대화로 다음과 같은 상황을 자세히 알게 되었다.

그 화가는 자신, 부인, 두 자매, 하녀를 위해 배표를 예약했다. 실제로 그의 아내는 그의 설명대로 아주 아름답고, 교양 있는 여성이었다. 6월 14일 아침(내가 배를 처음 방문한 날) 아내가 갑자기 병으로 사망했다. 젊은 남편은 슬퍼하며 절망에 빠졌지만 뉴욕 여행을 미룰 수 없는 사정이었다. 한편으로 그는 사랑하는 아내의 시신을 장모에게 전달해야 했지만, 다른 한편으로 널리 깔린 편견 때문에 공개적으로 그 일을 할 수는 없었다. 승객 중 십중팔구는 시체와 함께 타느니 오히려 승선을 거부했을 것이다.

이런 난관에 부딪치자 하디 선장은 시신을 일부 방부 처리한 다음 대량의 소금과 함께 적당한 크기의 상자에 넣어 화물인 것처럼 배에 싣는 것으로 그 일을 처리했다. 그 숙녀의 죽음에 대해서는 함구했다. 와이엇 씨가 아내의 표를 구입한 사실은 이미 잘 알려져 있어서 누군가가 부인인 척하고 여행해야했다. 죽은 아내의 하녀에게 부탁하자 순순히 그 역할을 맡아주겠다고 했다. 이제 원래 여주인 생전에 이 하녀 몫으로 예약한 여분의 선실을 그대로 두면 되었다. 이 가짜 부인은 밤에는 여분의 선실에서 자고 낮이면 최선을 다해 여주인 행세를 했다. 조심스럽게 알아본 결과 승객 중 와이엇 부인을 아는 사람이 없었다.

내가 너무 조심성이 없는 데다가 꼬치꼬치 캐묻고 충동적으로 굴어서 자연스럽게 이런 실수를 하게 된 것이었다. 그러나 최근에는 밤에 편하게 잠드는 날이 드물다. 아무리 뒤척여도 끝없이 한 사람의 얼굴이 떠오른다. 내 귓속에 어떤 히스테릭한 웃음소리가 영원히 울려 퍼진다.

생매장

아주 흥미롭지만 소설 주제로는 부적절한 주제가 있다. 소박한 낭만주의자라면 불쾌감이나 혐오감 때문에 분명히 이런 주제를 피할 것이다. 위대한 진실이 가차 없이 인정하고 지지할 때만 이런 주제를 다루어야 한다. 우리가 "즐거운 고통"의 전율을 느끼는 것은, 예를 들어 나폴레옹의 베레지나강 도하, 리스본의 지진, 런던의 페스트, 성 바르톨로메오 대학살, 캘커타의 블랙홀 감옥에 갇힌 포로 123명의 질식사에 대한 기록에서다.' 그러나 이러한 기록에 흥분하는 것은 사실이고, 현실이고, 역사이기 때문이다. 허구라면, 단지 혐오하기만 할 것이다.

기록된 재난 중 유명하고 인상적인 재난을 몇 가지 언급했는데, 사람들의 상상을 자극하는 것은 재난의 성격 못지않게 재난의 정도다. 나는 인간의 불행을 담은 기괴한 긴 목록에서 일반적인 대재난보다 본질적 고통으로 가득 찬 개별 사례를 더 많이 선택했다. 그 사실을 굳이 독자들에게 상기시킬 필요는 없을 것이다. 진정한 비참함, 사실 궁극적인 비참함은 널리 퍼진 것이 아니라 개별적인 것이다. 극단적인 끔찍한 고통은 개별 인간의 몫이지 결코 인류 전체의 몫이 아니다. 이 점에 대해서는 신에게 감사하자.

인간이 겪을 이런 극단적인 고통 중 가장 끔찍한 것은 물론 생매장이다. 생매장이 자주, 아주 자주 일어나는 일임을 부인할 수 없을 것이다. 삶과 죽음의 경계는 기껏해야 흐릿하고 모호하다. 어디가 끝이고 어디가 시작인지 말할 수 있는 사람이 있을까? 병에 걸리면 생명이 중단된 것처럼 보인다. 하지만 이런 중단은 단지 보류 상태일 뿐이다. 그것은 이해할 수 없는 메커니즘에 의해 일시적으로 중단된 것일 뿐이다. 일정 기간이 지나면, 신비한 원리에 의해 마법처럼 다시 말이 달리고 다시 바퀴가 움직인다. 은줄은 영원히 풀리지 않았고 금 그릇도 돌이킬 수 없게 깨지지 않았다.* 하지만 그동안 영혼은 어디에 있었을까?

그러나 그런 원인은 필연적으로 그런 결과를 가져온다는 **선험적인** 결론은 논외로 하자. 즉 잘 알려져 있듯이 생명이 잠시 중단되었는데 자연스럽게 생매장하는 일이 종종 일어나는 것은 논외로 하자. 그런 일을 논외로 하더라도 의학적 경험이나 일상적 경험에서 실제로 생매장이 일어났다는 직접적인 증언이 있다. 필요하다면 당장 검증된 사례를 100개라도 언급할 수 있다. 매우 주목할 만한 사건 중 하나가 얼마 전 이웃 도시인 볼티모어에서 발생해, 도시 전체가 몹시 고통스러워하며 발칵 뒤집혔다. 독자 중에는 아직도 그 상황을 생생하게 기억하는 사람도 있을 것이다. 가장 존경받는 시민이자, 저명한 변호사이자 국회의원의 아내가 갑작스럽게 원인을 알 수 없는 병에 걸렸는데 의사들이 전혀 손을 쓸 수 없었다. 그녀는 심한 고통을 겪다가 죽었다. 아니 죽은 것으로 간주되었다. 사실 그녀가 죽지 않았으리라고는 아무도 의심하지 않았으며 의심할 이유도 전혀 없었다. 그녀는 보통 죽은 사람의 모습과 다를 바 없었다. 죽은 사람처럼 얼굴이 쪼그라들고 여기저기 움푹 파였다. 입술은 대리석처럼 창백했다. 눈에는 윤기가 없었다. 맥박은 멈추었다. 사흘간 시체를 매장하지 않고 보관했는데, 그사이에 시체가 돌처럼 딱딱해졌다. 요컨대 부패가 빠르게 진행되어 서둘러 장례를 치렀다.

그 여인은 가족 납골당에 안치되었고, 이후 3년 동안 그대로 묻혀 있었다. 3년이 지나, 석관에서 시체를 꺼내기 위해 가족 납골당을 열었다. 하지만 아 세상에! 남편이 몸소 문을 열었는데, 아아! 너무 공포스러운 충격적인 일이 기다리고 있었다. 밖으로 문이 젖혀지자, 덜커덕 소리와 함께 흰옷을 입은 물체가 그의 팔 안으로 쓰러졌다. 아직 삭지 않은 수의를 입은 아내의 해골이었다.

면밀히 조사한 결과 그녀는 매장 후 이틀 만에 다시 살아난 게 분명해졌다. 관 안에서 몸부림치자 좌대나 선반 위에 있던 관이 바닥으로 떨어졌고 관이 부서지는 바람에 그녀가 탈출할 수 있었던 것이다. 실수로 무덤에 두고 온, 기름이 가득 찼던 램프는 비어 있었다. 아마도 기름이 다 증발한 것이리라. 그 끔찍한 납골당으로 내려가는 가장 위쪽 계단에는 관에서 떨어져 나온 커다란 판자 조각이 있었다. 그녀는 그 판자 조각으로 철문을 두들기며 자신이 거기 있음을 알리려고 애썼던 것 같다. 이렇게 필사적으로 애쓰다가 아마 순전히 공포에 질려 기절했거나 죽었을 것이다. 그녀는 계단 아래로 떨어졌고 그 과정에서 옷이 납골당 안에 튀어나와 있는 철제물에 걸리는 바람에 이렇게 직립 상태로 부패된 것이었다.

1810년 프랑스에서는 허구보다 진실이 더 이상하다는 주장을 뒷받침할 만한 생매장이 벌어졌다. 이야기의 주인공은 명문가 출신으로 뛰어난 미모의 부유하고 젊은 아가씨인 빅토린 라푸르카드였다. 그녀에게 수많은 청년이 구혼했고 그중에는 파리 빈민가 출신 문인이자 언론인인 줄리앙 보쉬에도 있었다. 그는 재능이 뛰어나고 아주 사교적이었다. 그녀 역시 그에게 끌렸고 진정으로 사랑했던 것 같다. 하지만 결국 그녀는 가문에 대한 자부심을 버리지 못해 그를 거절하고 은행가이자 저명한 외교관인 르넬 씨와 결혼했다. 그러나 결혼 후 이 신사 남편은 그녀를 홀대했다. 어쩌면 더 적극적으로 그녀를 학대했을 수도 있다. 그녀는 그런 남편과 몇 년간 비참하게 살다가 죽었다. 적어도 그녀의 상태는 죽은 사람과 너무 흡사해서 모두 그녀가 죽은 걸로 속았다. 그녀는 가족 납골당이 아니라 고향 마을의 평범한 묘지에 묻혔다. 절망에 빠진 그녀의 연인은 여전히 깊은 사랑의 기억에 불타 파리를 떠나 외딴 그녀의 고향 마을로 왔다. 무덤을 파서 그녀의 풍성한 머리카락을 손에 넣겠다는 낭만적인 목적을 가지고 온 것이었다. 자정에 관을 파내 열고 그녀의 머리카락을 자르던 중 그는 눈을 뜨고 있는 연인의 모습에 흠칫했다. 사실 그 여인은 생매장되었던 것이다. 부드러운 연인의 손길이 닿자 아직 생명이 붙어 있던 그녀는 죽음으로 오인된 무기력한 상태에서 깨어났다. 그는 미친 듯이 그녀를 마을에 있는 자신의 숙소로 데리고 갔다. 그는 의학적 지식을 총동원해 강력한 회복제를 썼다. 결국 그녀는 다시 살아났고 구원자를 알아보았다. 그녀는 서서히 건강을 회복했고 완전히 건강해질 때까지 그와 함께 지냈다. 원래도 강한 성격이 아니었지만 그녀는 이 사랑의 교훈으로 더욱더 유순해졌다. 그녀는 보쉬에 덕분에 살아났다고 생각했다. 그녀는 다시 살아난 것을 숨긴 채 남편에게 돌아가지 않고 연인과 함께 미국으로 도망쳤다. 20년이 지난 후 두 사람은 다시 프랑스로 돌아왔다. 20년이 지났으니 외모가 변해 지인들이 그녀를 알아보지 못할 것이라고 믿어서였다. 하지만 그들의 착각이었다. 실제로 르넬 씨는 보자마자 아내를 알아보았고 자신의 아내라고 주장했다. 그녀는 그의 아내가 되기를 거부했고 법원도 그녀 편을 들어주었다. 판사는 세월이 많이 흐른 데다 특이한 정황상 공정의 관점에서뿐 아니라 법적으로도 남편의 권리는 소멸되었다고 판결했다.

미국의 일부 서점에서 번역해 재출판할 정도로 권위 있고 가치 있는 정기 간행물인 라이프치히의 『외과학회지』 최근 호는 문제의 인물이 겪은 매우 괴로운 사건을 기록하고 있다. 키 크고 건장한 포병 장교가 마구 날뛰는 말에서 떨어져 머리에 매우 심한 타박상을 입고 곧 의식을 잃었다. 두개골이 약간 깨졌지만 당장 위험해 보이지는 않았다. 두개골을 뚫어 수술한 후 통상적인 방법으로 출혈을 처치했다. 그러나 그는 차츰 점점 더 절망적인 혼수상태에 빠졌고, 마침내 사망한 것처럼 보였다.

날씨는 따스했고 사람들은 지나치게 서둘러 공동묘지에 그를 매장했다. 장례식은 목요일에 치러졌고, 평소대로 방문객들로 붐비던 묘지에서 그 주 일요일 정오 무렵 장교의 무덤에 앉아 있던 농부가 분명히 땅이 들썩인다며 누군가 땅 밑에서 몸부림치는 것 같다고 몹시 흥분해서 고함쳤다. 처음에는 사람들이 이 남자의 주장에 거의 관심을 기울이지 않았지만, 잔뜩 겁에 질린 농부가 끈질기게 이야기하자 결국 자연스럽게 사람들도 동요했고, 서둘러 삽을 가져왔다. 부끄러울 정도로 얕게 판 무덤이라서 몇 분도 안 되어 매장된 사람 머리가 드러났다. 그는 죽은 것처럼 보였지만 관 속에 거의 똑바로 앉아 있었다. 하지만 격렬한 몸부림으로 관 뚜껑이 약간 들려 있었다.

그는 즉시 가장 가까운 병원으로 이송되었다. 병원에서는 그가 가사 상태지만 아직 살아 있다고 판정했다. 몇 시간 후 그는 다시 살아나 지인들을 알아보았고, 무덤에서 겪은 고통에 대해 띄엄띄엄 이야기했다.

그의 말을 종합해 볼 때, 그는 매장 후 한 시간 이상 의식이 있었고 그 후 정신을 잃은 게 분명했다. 무덤에 부슬부슬한 흙을 아무렇게나 대충 쌓는 바람에 묘지 안으로 공기가 들어간 것이었다. 그는 머리 위에서 나는 사람들 발걸음 소리를 들었고 자기가 있음을 알리려고 고함쳤다. 그의 말로는 묘지에서 사람들이 부산스럽게 왔다 갔다 하는 바람에 깊은 잠에서 깨어난 것 같다고 했다. 하지만 그는 깨어나자마자 자신이 얼마나 끔찍한 상황에 처해 있는지 알게 되었다.

기록에 따르면 이 환자는 잘 회복되어 결국 완전히 회복될 것 같았는데, 엉터리 의학 실험의 희생양이 되었다. 의사들은 그에게 갈바니 전지로 전기 충격을 가했다. 그러자 그는, 가끔 그러듯이 그 충격으로 경련을 일으키고 의식을 잃더니 돌연사했다.

갈바니 전지라는 말을 듣자 아주 유명하고 비범한 전기 충격 사례'가 기억난다. 1831년에 일어난 사건인데 이틀 동안 매장되어 있던 런던의 젊은 변호사가 전기 충격으로 다시 살아나 그 효과를 증명했다. 당시 아주 충격적인 이 사건은 대단히 화제가 되었다.

환자인 에드워드 스테이플턴은 발진티푸스로 사망했는데, 의료진의 호기심을 자극하는 몇 가지 이상 증상을 동반하고 있었다. 그의 병 증세 때문에 의사들은 그의 가족들에게 **부검**을 승인해 달라고 요청했지만, 거부당했다. 의사들은 이 당시 흔하게 그랬던 것처럼 시체를 도굴해 여유를 가지고 은밀히 해부하는 절차에 들어갔다. 런던에 넘쳐나는 수많은 시체 도굴꾼들을 동원해 쉽게 시체를 도굴할 수 있었다. 장례를 치르고 사흘이 지난 날 밤, 8피트 깊이의 무덤에서 시체로 추정된 것을 도굴해 그 시체를 사립 병원 수술실에 안치했다.

실제로 복부를 어느 정도 절개했을 때 실험 대상이 부패되지 않고 생생한 것을 본 의사들은 전기 충격 실험을 해 보고 싶었다. 한 가지 실험에 이어 또 다른 실험을 했으나, 흔히 있는 실험 결과가 이어졌다. 경련이 일어날 때 한두 번 정도 보통 이상으로 살아 있는 사람처럼 보였을 뿐 특이한 점은 없었다. 밤이 깊었다. 곧 동이 트기 시작했고, 결국 즉각 해부를 진행하는 것이 편리할 것 같았다. 그러나 몹시 자신의 이론을 시험해 보고 싶은 학생이 있었다. 그 학생은 가슴 근육 중 하나에 전기 충격을 가해 보겠다고 고집을 부렸다. 대충 가슴을 찢은 후 다급하게 가슴 근육에 전선을 가져다 댔다. 그러자 환자가 전혀 경련을 일으키지 않고 탁자에서 벌떡 일어나더니 방 한가운데로 걸어 나왔다. 그는 몇 초 동안 불안해하며 주위를 둘러보더니, 말을 했다. 그가 한 말의 내용은 알아들을 수 없었지만, 분명히 단어였고 음절이 뚜렷했다. 말을 마치자 그는 쿵 하고 바닥에 쓰러졌다.

모두 경악해 잠시 얼어붙었다. 하지만 긴박한 사안인지라 모두 즉시 정신을 차렸다. 스테이플턴 씨는 비록 의식을 잃었지만 살아 있는 것처럼 보였다. 에테르를 투여하자 그는 곧 다시 살아나 건강을 회복했다. 하지만 완전히 살아난 것이 확실해질 때까지는 주변 사람들에게 이 사실을 알리지 않았다. 그들이 얼마나 큰 경이로움, 황홀한 놀라움을 느꼈을지 짐작이 간다.

그럼에도 불구하고 이 사건의 가장 놀라운 점은 S 씨 자신이 직접 주장한 내용이다. 그는 의사로부터 사망 선고를 받은 순간부터 병원 바닥에 쓰러져 정신을 잃은 순간까지 혼란스럽기는 하지만 어렴풋이 자신에게 일어난 일을 다 알고 있었다. 그는 해부실에 있다는 걸 알자마자 사력을 다해 "나는 살아 있다"라고 외쳤는데 아무도 자기 말을 이해하지 못했다고 했다.

이런 사례를 얼마든지 더 들 수 있다. 하지만 실제로 생매장이 발생한다는 사실을 입증하기 위해 그렇게까지 할 필요는 없으니 그만하자. 사건의 특성상 우리가 직접 이런 일을 알기 힘든 걸 고려할 때, 우리가 인지하지는 못하지만 이런 일이 **자주** 발생할 수 있다는 걸 인정해야 한다. 실제로 어떤 목적으로든 무덤을 파는 경우는 거의 없기 때문에 가장 끔찍한 의심을 살 만한 자세로 있는 시신들이 발견되지는 않는다.

정말 이런 의심도 끔찍하지만 그런 운명을 맞는 것은 더 끔찍하다! 생매장되는 것은, 단언컨대 **그 어떤** 사건보다 육체적, 정신적으로 고통스럽다. 폐에 느껴지는 견딜 수 없는 압박감, 축축한 대지에서 올라오는 숨 막히는 냄새, 몸에 꼭 달라붙는 수의, 꼭 끼는 좁은 관, 밤의 절대적인 어둠, 바다처럼 위압적인 고요, 보이지 않지만 느껴지는 정복자 벌레*의 존재감. 이런 것들과 아울러 머리 위에 공기와 풀이 있다는 생각, 우리의 운명을 알기만 한다면 달려와 구해 줄 소중한 친구들에 대한 기억, 하지만 그들이 **결코** 우리의 운명을 알 수 없으리라는 자각 그리고 우리가 정말 죽은 것이나 다름없는 절망적인 처지라는 자각이 이어진다. 이런 생각에 아직도 뛰고 있는 심장 속에 가장 대담한 상상력도 움츠러들 너무 끔찍하고 견딜 수 없는 공포가 자리 잡는다. 지상에 이처럼 고통스러운 것은 없고, 가장 깊은 지옥의 심연에서조차 이런 고통이 주는 섬뜩함의 절반도 꿈꿀 수 없다. 따라서 이 주제에 대한 모든 이야기는 깊은 관심의 대상이 된다. 그렇지만 이 주제 자체에 대해 신성한 경외심을 갖고 특이하지만 적절하게도 **진짜로** 믿어야 관심을 갖게 된다. 지금 내가 이야기하려고 하는 것은 나 자신이 실제로 아는, 직접 겪은 개인적 경험이다.

몇 년 동안 나는 의사도 정확한 병명을 몰라서 강직증이라고 명명한 병에 시달리고 있었다. 이 병의 직접적인 원인이나 경향은 잘 알려져 있지 않고, 심지어 실제로 진단조차 여전히 수수께끼로 남아 있다. 하지만 이 병의 뚜렷한 특성은 충분히 잘 알려져 있다. 이 병의 변종은 주로 정도가 달라지는 정도다. 때때로 환자는 하루나 그보다 더 짧게 강직증으로 누워 있다. 환자는 무감각하고 겉으로는 꼼짝도 안 하지만 여전히 희미하게 심장 박동이 감지된다. 아직 약간 온기가 있고 뺨 중앙에는 홍조도 약간 남아 있다. 입술에 거울을 대면 고르지 않지만 폐가 느리게 움직이는 것을 감지할 수 있다. 이런 혼수상태가 몇 주, 심지어 몇 달 동안 지속되어서, 가장 면밀하게 조사하고 가장 엄격하게 의학적 검사를 해도 환자의 상태는 완전한 죽음과 구분되지 않는다. 아주 흔하게, 전에 강직증을 앓았던 것을 주변 사람들이 알고 있기 때문에 죽었다고 의심하지 않고 그 무엇보다 전혀 부패의 기미가 없기 때문에 생매장을 모면한다. 다행히 그 병은 천천히 진행된다. **첫 번째** 발작을 하면, 뚜렷해서겠지만, 강직증임을 쉽게 알 수 있다. 발작은 횟수를 거듭할수록 더 분명해지고 발작 시간은 더 길어진다. 이런 증상을 보이기 때문에 환자는 매장되지 않는다. 우리가 종종 볼 수 있듯이 **처음에** 아주 심하게 발작을 겪는 불운한 사람들은 어쩔 수 없이 무덤에 생매장될 운명에 처한다.

내 경우도 의학 서적에 언급된 사례와 크게 다르지 않았다. 나는 가끔 명백한 원인 없이 서서히 반가사 상태가 되었다. 즉 반쯤 기절했다. 이런 상태에서는 통증도 없고, 몸도 꼼짝하지 않고, 엄밀하게 말하면 생각도 할 수 없었다. 하지만 나는 어렴풋이 살아 있고 사람들이 내 침대를 둘러싸고 있는 것을 의식했다. 이렇게 아픈 상태로 있다가 갑작스럽게 완벽하게 감각이 돌아왔다. 다른 때는 강한 발작을 일으킨 다음 의식을 잃기도 했다. 아프고, 무감각해지고, 춥고, 어지럽다가 곧 기절했다. 그런 다음 몇 주 동안 모든 것이 공허하고 깜깜하고 고요했다. 우주가 공허해졌다. 이보다 완벽하게 존재가 소멸될 수는 없었다. 이런 상태에서도 깨어나기는 했다. 그러나 갑작스럽게 발작하는 것에 비해 깨어나는 것은 서서히 이루어졌다. 황량한 긴 겨울 밤새도록 거리를 배회하는 집도 친구도 없는 거지에게 새벽이 동터 오듯이, 그렇게 뒤늦게 그렇게 피곤하게, 딱 그만큼만 기분 좋게 영혼의 빛이 찾아왔다.

하지만 혼수상태에 빠지곤 하는 걸 제외하면 전반적으로 나는 건강이 좋았다. 평소에 내가 **잘 때** 생기는 특이한 증세가 질병 때문이 아니라면, 그 하나의 질병 때문에 건강이 나쁜 것 같지는 않았다. 나는 잠에서 깨어나면, 모든 감각이 한 번에 곧 돌아오는 게 아니라 늘 몇 분 동안 당혹스럽고 곤란했다. 정신적 기능 전반, 특히 기억력이 작동하지 않았다.

혼수상태 내내 육체적 고통은 없었지만 끝없이 정신적 고통을 느꼈다. 점점 더 나 자신이 죽었다고 상상하게 되었다. 나는 "벌레와 무덤과 비문에 대해 이야기했다." 죽음에 대한 환상에 빠졌고, 생매장이 계속 뇌리를 떠나지 않았다. 밤이고 낮이고 이런 끔찍한 위험이 다가온다는 생각에 고통스러웠다. 낮에는 너무 괴로웠고 밤이면 그 괴로움이 절정에 달했다. 지상에 암울한 어둠이 깔릴 때, 그 끔찍한 생각에 온몸이 영구차의 장식 깃털처럼 떨렸다. 더 이상 깨어 있는 것을 견딜 수 없을 때면, 잠들지 않으려고 버둥대다가 잠들었다. 깨어나면 무덤에 있을지도 모른다는 생각에 몸서리를 쳤다. 마침내 잠이 들면, 단숨에 환상의 세계로 달려갈 뿐이었다. 무덤이라는 생각이 거대한 검은색 날개를 펴고 환상의 세계를 지배하며 날아다니고 있었다.

꿈속에서 짓누르던 수없이 많은 우울한 이미지들 중 고독한 환상 하나를 기록하겠다. 평소보다 더 길게 깊은 혼수상태에 빠져 있었던 것 같다. 갑자기 얼음장처럼 차가운 손이 이마를 만졌고 귓속에 누군가가 "일어나"라고 잘 알아들을 수 없는 목소리로 다급하게 속삭였다.

나는 똑바로 앉았다. 완전히 깜깜했다. 누가 날 깨웠는지 볼 수 없었다. 내가 혼수상태에 빠지던 시간도, 내가 누워 있던 장소도 떠오르지 않았다. 내가 꼼짝도 하지 않고 정신을 차리려고 애쓰는데 차가운 손이 매섭게 내 손목을 움켜쥐고 애원하듯이 흔들면서 빠른 어조로 다시 말했다.

"일어나! 내가 일어나라고 했잖아?"

"누구세요?" 나는 물었다.

그 목소리가 슬프게 대답했다. "내가 사는 이곳에서 난 이름이 없어. 나도 인간이었지만 지금은 악마야. 나는 무자비했지만 지금은 동정심이 많아. 내가 덜덜 떠는 게 느껴져. 말할 때 이가 덜덜 떨리지만, 밤의 냉기, 끝없는 밤의 냉기 때문에 그런 건 아니야. 어쨌든 이 끔찍한 상태는 견딜 수 없어. 그런데 **너는** 어떻게 태평하게 잠을 잘 수 있어? 나는 이 엄청난 고뇌에 찬 울부짖음 때문에 쉴 수 없어. 이 광경을 견딜 수가 없어. 일어나! 나와 함께 바깥의 밤으로 가자. 내가 무덤을 열어 보여 줄게. 이거야말로 비탄스러운 광경이 아니겠어? 보라고!"

나는 보았다. 아직도 내 손목을 붙잡고 있는 보이지 않는 형체는 모든 인류의 무덤을 열어젖혔다. 무덤마다 부패한 시신의 인광이 희미하게 새어 나와 무덤의 가장 안쪽 구석까지 보였다. 벌레와 함께 수의를 입은 시신들이 엄숙하게 슬픈 잠에 빠져 있는 모습이 보였다. 그러나 아아! 진짜 잠든 사람은 거의 없었다. 전혀 잠들지 못한 사람이 수백만 명이나 더 있었다. 그들은 힘없이 뒤척였다. 전반적으로 슬픈 불안이 스며 있었다. 수

많은 깊은 구덩이 속에서 매장당한 사람들의 옷이 바스락대는 소리가 우울하게 들렸다. 평온한 안식을 취하고 있는 사람들도 상당수가 원래 묻힐 때의 딱딱하고 불편한 자세가 아니라 어느 정도 바뀐 자세로 있었다. 내가 바라보는 동안 그 목소리가 다시 내게 말을 걸었다.

"오, 애처로운 광경이지 **않아. 그렇지 않아?**" 그러나 내가 대답할 말을 찾기도 전에 그 형체는 내 손목을 놓아 버렸다. 인광이 꺼지고 갑자기 쾅 소리와 함께 무덤이 닫혔다. 무덤으로부터 절망적인 단말마의 외침이 솟구쳤다. "그렇지 않아? 오, 신이여! 정말 비탄스러운 광경이지 **않아?**"라고 말하는 소리가 다시 들렸다.

밤에 나타나는 이런 환상은 깨어 있는 시간에까지 끔찍하게 영향을 미쳤다. 나는 완전히 신경쇠약에 걸려 끊임없이 공포의 희생양이 되었다. 나는 자전거를 타는 것도, 걷는 것도, 집 밖으로 나가 운동하는 것도 망설였다. 사실 내 강직증을 모르는 사람들 사이로 갈 엄두가 나지 않았다. 거기서 평소처럼 발작을 일으켰을 때 그들이 내 진짜 상태를 확인하지도 않고 생매장할까 봐 두려웠기 때문이다. 나는 친구들의 신의와 보살핌도 의심했다. 보통 때보다 혼수상태가 길어지면 그들이 회복 불가능한 사람으로 간주할까 봐 걱정되었다. 나는 심지어 이런 생각까지 했다. 내가 그들에게 골칫거리여서 오랫동안 혼수상태로 있으면 그것을 핑계로 나를 완전히 제거할지도 모른다는 생각. 그들이 엄숙하게 약속하며 나를 안심시키려고 해도 허사였다.

나는 주변 사람들에게 무슨 일이 있어도 부패가 심하게 진행되어 더 이상 보존할 수 없는 상태가 될 때까지 나를 매장하지 않겠다고 신에게 맹세하라고 강요했다. 그렇게 해도 그 끔찍한 공포는 사라지지 않았다. 나는 이성에 귀를 기울이지 않았고 어떤 위안도 받아들이지 않았다. 나는 정교하게 일련의 예방 조치를 취했다. 무엇보다 안에서 문이 쉽게 열릴 수 있도록 가족 납골당을 수리했다. 무덤 안쪽 깊숙이 지렛대를 설치해 조금만 누르면 철제문이 밖으로 활짝 열리게 만들었다. 또 공기와 빛이 자유롭게 들어올 수 있도록 했고 내가 누울 관 바로 옆에 음식과 물을 담은 그릇을 두었다. 관에 부드럽고 따뜻한 천을 덧댔고 관 뚜껑은 가족 납골당의 문과 같은 원리로 열리게 만들었다. 거기다 용수철까지 달아서 시체가 조금만 움직여도 관이 열리도록 했다. 무덤 지붕에는 큰 종을 매달았다. 관에 구멍을 뚫어 종 줄을 관 속으로 넣어 시체의 손에 묶도록 설계했다. 그러나 아아! 운명에 맞서서 경계해 보아야 무슨 소용이 있는가? 아무리 정교하게 고안된 안전장치를 설치해도 이런 불쌍한 운명의 사람을 생매장의 극한 고통에서 구원하기에는 충분치 않으리라!

전에도 자주 그랬지만, 그런 때가 왔다. 완전한 무의식에서 이제 처음으로 어렴풋이 살아 있다는 느낌이 들었다. 회색빛 정신의 새벽이 어렴풋이 밝아 왔다. 천천히, 거북이처럼 다가왔다. 둔한 불안감. 무관심하게 견디는 둔한 고통. 어떤 근심도 희망도 없고 애쓰지도 않는다. 그리고 나서 한참 지나자 귀 안에서 소리가 울린다. 그보다 더 긴 시간이 지나면 심하게 사지가 찔리는 것처럼 따끔따끔한 감각이 돌아온다. 그러고 나서 영원히 이어질 것 같은 기분 좋은 정적이 찾아온다. 정적 가운데 깨어난 감정은 사고 속으로 들어오려고 애쓴다. 그다음 다시 잠시 무의식으로 침잠한다. 그 후 갑자기 회복된다. 마침내 눈꺼풀이 약간 떨리고 전기 충격처럼 치명적인 공포가 끝없이 밀려오고, 그로 인해 피가 관자놀이에서 심장으로 콸콸 흐른다. 이제 처음으로 적극적으로 사고하고 기억을 해내려고 애쓴다. 잠깐이지만 부분적인 기억이 돌아온다. 그리고 이제 차츰 기억이 뚜렷해져 어느 정도 내 상태를 인지한다. 평상시 자다가 일어나는 것과는 다른 느낌이다. 강직증 발작이 일어난 게 기억난다. 그리고 이제, 마침내 밀려오는 파도에 압도되는 것처럼 떨고 있는 내 영혼은 하나의 암울한 위험, 즉 늘 나를 지배하는 기괴한 관념에 압도된다.

몇 분 동안 이런 공상에 사로잡혀 나는 꼼짝도 못 했다. 왜냐고? 움직일 용기가 나지 않아서였다. 내 운명이 어떤지 알아보려고 노력할 용기가 나지 않았다. 하지만 내 마음속에서 무언가가 '**확실해**'라고 속삭였다. 절망이, 다른 어떤 비참한 상태에서도 느낄 수 없는 절망이 찾아왔다. 다그치는 절망 때문에 오랜 망설임 끝에 무거운 눈꺼풀을 치켜떴다. 캄캄했다. 사방이 캄캄했다. 이제 발작이 끝났다는 걸 알았다. 위태로운 순간이 이미 오래전에 지나간 걸 알았다. 시력을 완전히 회복한 걸 알았다. 하지만 여전히 어두웠다. 아주 어두웠다. 즉 빛 하나 없이 완전히 깜깜한 어둠이 영원히 지속되었다.

나는 비명을 지르려고 애썼다. 경련을 일으키며 입술과 메마른 혀를 동시에 움직였는데도 동굴 같은 폐에서 아무 소리도 나오지 않았다. 마치 어떤 거대한 산이 무겁게 짓누르는 것 같았다. 폐는 숨을 마실 때마다 심장과 함께 헐떡대며 두근댔다.

고함을 지르려고 턱을 움직이다가 흔히 죽은 사람에게 하듯이 내 턱이 묶인 걸 알게 되었다. 또 딱딱한 물체 위에 누워 있는 느낌이 들었다. 옆구리 쪽도 무언가가 꼭 죄고 있었다. 지금까지는 팔다리를 움직일 엄두도 내지 못하다가 이제 양손을 포개고 있던 팔을 격렬하게 위로 뻗었다. 팔을 위로 뻗자 얼굴에서 6인치도 안 되는 곳에 있는 딱딱한 나무에 부딪혔다. 마침내 더 이상 관 속에 누워 있다는 걸 의심하지 않을 수 없었다.

이제, 무한한 고통 속에서 희망의 천사가 다정하게 다가왔다. 나의 예방 조치가 생각났다. 나는 몸부림쳤다. 발작적으로 억지로 관 뚜껑을 열려고 했지만 관은 꼼짝도 하지 않았다. 나는 종과 연결된 줄을 찾으려고 손목을 만졌지만 줄은 없었다. 이제 위로하던 천사는 영원히 달아났고, 훨씬 더 가혹한 절망이 승리했다. 내가 그렇게 조심스럽게 준비했던 덧댄 천이 없음을 감지했기 때문이다. 갑자기 축축한 흙 특유의 강한 냄새가 코를 찔렀다. 이런 결론을 거부할 수 없었다. 나는 지금 가족 납골당에 있는 게 **아니었다**. 언제, 어떻게 된 일인지 기억은 안 나지만 집에서 나와 모르는 사람들 사이에서 혼수상태에 빠진 것이었다. 그 사람들이 개처럼 나를 싸구려 관에 넣고 못을 박아 흔한 무명의 **무덤**에 깊이, 깊이, 영원히 묻은 것이었다.

이 끔찍한 확신이 영혼 가장 깊숙이까지 억지로 밀고 들어오자, 나는 다시 한번 고함을 질렀다. 그리고 이 두 번째 시도에서 성공했다. 고통에 찬 비명, 혹은 거친 고함이 오랫동안 지하의 밤에 깊이 울려 퍼졌다.

"이봐! 이봐, 거기!" 거친 목소리가 대답했다.

"도대체 무슨 일이요?" 두 번째 목소리가 말했다.

"거기서 나와요!" 세 번째 목소리가 말했다.

"고양이처럼 으르렁대는데 무슨 말을 하는 거요?" 네 번째 목소리가 말했다.

그러더니 매우 거칠어 보이는 사람들이 날 붙잡고 무례하게 몇 분 동안이나 흔들었다. 비명을 지를 때 나는 이미 깨어 있었다. 그들이 잠을 깨운 게 아니었다. 하지만 그들 때문에 기억이 완전히 회복되었다.

이 사건은 버지니아주 리치먼드 근처에서 일어났다. 친구와 함께 나는 몇 마일이나 제임스강을 따라 내려오며 사냥하고 있었다. 밤이 다가오고 폭풍우가 몰아쳤다. 우리는 강에 닻을 내리고 있는 곰팡이 투성이의 작은 돛단배 선실에 머물 수밖에 없었다. 그 배를 최대한 이용해 거기서 밤을 보냈다. 그 배에는 선실이 두 개밖에 없었는데, 그중 한 선실에서 내가 잠들었다. 60~70톤짜리 돛단배 선실이 어땠을지는 설명할 필요가 없다. 내가 머문 선실에는 침구라고는 없었다. 배의 폭은 18인치였고 머리 위 갑판에서 바닥까지 높이도 정확하게 같았다. 몸을 비집고 들어가기도 힘들었지만 잠이 푹 들었다. 하지만 꿈이나 악몽을 꾼 게 아니고 늘 품고 있던 환상이 자연스럽게 떠오른 것이었다. 내가 처한 상황 때문에, 평소 내 사고방식 때문에, 이미 언급했듯이 깨어난 후 감각과 기억이 한참 동안이나 여전히 돌아오지 않았기 때문에 일어난 일이었다. 나를 흔든 사람들은 이 돛단배 선원들이었고 노동자들 중 일부는 짐을 내리려고 고용된 사람들이었다. 흙냄새는 짐 자체에서 난 것이었다. 턱을 묶은 붕대는 평소에 쓰던 나이트캡 대신 머리를 묶은 내 실크 손수건이었다.

그러나 당시 내가 겪던 고통은 분명히 실제 생매장에서 겪는 고문과 정말 똑같았다. 너무나 무시무시하고 상상할 수 없을 정도로 끔찍했다. 하지만 이 일이 내게는 전화위복이 되었다. 그 극단적인 고통에 내 영혼은 큰 충격을 받을 수밖에 없었다. 내 영혼은 정상이 되었고 부드러워졌다. 나는 해외로 나갔다. 열심히 운동했고 천국의 자유로운 공기를 마셨다. 나는 죽음 이외의 다른 주제에 대해 생각하게 되었다. 의학 서적을 버렸다. '부컨의 책"'을 불태웠고, 더 이상 『밤의 생각』'도 읽지 않았다. 교회 마당에 관한 허풍, 이런저런 괴담도 읽지 않았다. 요컨대 나는 새사람이 되어 인간답게 살게 되었다. 잊을 수 없는 그날 밤부터 나는 생매장 걱정을 영원히 떨쳐 냈다. 그와 함께 원인이라기보다는 결과였던 강직증도 사라졌다.

슬픈 우리 인간 세계는 이성의 냉정한 눈으로 보아도 지옥처럼 보이는 순간이 있다. 인간의 상상력은 모든 동굴을 탐험해도 무사한 카라티스*가 아니다. 아아! 암울한 무덤의 공포를 모두 공상으로 간주할 수는 없다. 하지만 아프라시아브* 왕이 오쿠스강을 따라 항해할 때 동행했던 악마들처럼, 그 공포는 잠들어야만 한다. 그렇지 않으면 그 공포가 우리를 잡아먹을 것이다. 그 공포가 잠자게 내버려 두어야만 한다. 아니면 우리가 멸망할 것이다.

아몬티야도 술통

포르투나토는 수천 번이나 내게 마음의 상처를 주었지만, 나는 최선을 다해 참았다. 하지만 그가 날 모욕하기에 이르자 복수를 맹세했다. 그러나 내 영혼의 본질을 아는 당신은 위협이 말로 끝나지 않으리라는 것을 잘 알리라. **결국에는** 복수하고 말겠다. 그것은 확실히 결정되었다. 하지만 확실히 복수하기로 정했으므로 미리 위험을 피해야 했다. 단지 그를 처벌할 뿐 아니라 처벌한 후에도 내가 무사해야 했다. 잘못한 사람을 응징한 일로 응징당한다면, 잘못을 제대로 바로잡을 수 없다. 또한 잘못을 저지른 사람이 복수당한 느낌을 갖지 않으면, 잘못을 제대로 바로잡을 수 없다.

포르투나토에게 선의를 의심받을 일이 없도록 내가 말하고 행동했음을 이해해야 한다. 나는 평소처럼 그를 바라보며 계속 미소 지었다. 그는 그때 내가 자신을 희생양으로 바칠 생각에 미소 짓는 것을 전혀 눈치채지 못했다.

포르투나토는 다른 면에서는 존경받고 심지어 두려움의 대상이었지만, 약점이 있었다. 와인에 대해서 엄청난 자만심이 있었다. 이탈리아인 중 진정 대가라고 할 만한 사람은 거의 없다. 대부분 이탈리아인은 영국과 오스트리아의 **백만장자**들을 속이려고 기회가 오면 그에 어울리게 와인에 열정적인 척한다. 포르투나토는 그림과 보석에 있어서는 다른 이탈리아인들과 마찬가지로 돌팔이였지만, 오래 묵은 와인에 관해서는 진짜 대가였다. 이 점에서는 나도 그와 크게 다르지 않았다. 나는 이탈리아 와인에 능통했고, 살 기회가 있을 때마다 이탈리아 와인을 대량 구매했다.

카니발 시즌의 광기가 최고조에 달한 어느 날 해 질 무렵, 내 친구를 만났다. 그는 술을 많이 마셔서인지 내게 지나치게 다정하게 굴며 반가워했다. 그 남자는 광대 옷을 입고 있었다. 꼭 끼는 알록달록한 줄무늬 옷에 방울 달린 원뿔 모자를 쓰고 있었다. 나는 그를 보자 너무 기쁜 나머지 지나치게 그의 손을 꼭 붙잡았다.

그에게 이렇게 말했다. "친애하는 포르투나토, 만나서 다행이군요. 오늘 놀라울 정도로 건강해 보이시는데요! 아몬티야도 와인*을 한 통 받았는데, 믿을 수가 없어요."

"어떻게 얻었소? 아몬티야도라고 했소? 한 통이라고? 말도 안 되오! 게다가 카니발이 한창인 지금 말이요!" 그가 말했다.

"나도 의심스럽기는 해요." 나는 대답했다. "그런데 바보같이 당신과 상의도 하지 않고 와인 값을 치뤘어요. 당신은 안 보이고 그러다 아몬티야도를 놓칠 것 같아서요."

"아몬티야도라!"

"나도 믿을 수가 없어요."

"아몬티야도라!"

"그들이 원하는 대로 해야 했어요."

"아몬티야도라!"

"당신은 바쁘실 것 같아서, 루케시를 만나러 가는 중이었어요. 결정적인 일을 상의할 만한 사람이 그 사람밖에 없어서요. 그 사람이라면 진짜 아몬티야도인지 말해 줄 수 있을 것 같아서요."

"루케시는 아몬티야도와 셰리도 구분하지 못하는 사람이오."

"하지만 그도 당신만큼 감별력이 있다고 말하는 바보들이 있어서요."

"이리 오시오, 갑시다."

"어디로요?"

"당신 와인 저장실로 갑시다."

"아닙니다. 바쁘신데, 선의를 강요할 수는 없죠. 루케시에게 갈게요."

"바쁘지 않소, 이리 오시오."

"아니에요. 바쁘지 않으셔도 감기가 심해 보이세요. 제 저장실은 견딜 수 없이 축축한 데다, 초석으로 뒤덮여 있어서요."

"그래도 갑시다. 감기야 별거 아니오. 아몬티야도라니! 사기당했소. 그리고 루케시는 셰리와 아몬티야도도 구별하지 못하오."

이렇게 말하면서 포르투나토는 내 팔을 붙잡았다. 나는 검은 비단 가면을 쓰고 로클로르를 여민 다음, 그가 재촉하는 대로 서둘러 내 보물 창고로 향했다.

집에는 하인이 한 명도 없었다. 모두 집을 나가 축제를 즐기고 있었다. 나는 하인들에게 아침까지 절대로 돌아오지 않을 테니까 꼼짝 말고 집에 있으라고 명령했었다. 이런 명령으로 충분했다. 내가 잘 아는 대로, 틀림없이 하인들은 내가 등을 돌리자마자 곧장 집에서 사라졌을 것이다.

나는 촛대에서 불 켜진 초 두 개를 가져와서 하나를 포르투나토에게 준 다음, 그에게 고개를 숙이고 여러 방을 지나 지하 창고로 통하는 아치형 통로까지 가라고 했다. 길고 구불구불한 계단을 내려가면서 그에게 조심하라고 당부했다. 마침내 우리는 계단 끝까지 내려갔고, 둘이 함께 몬트레소르 가문의 축축한 지하 묘지 바닥에 섰다.

내 친구는 걸음걸이가 불안정했다. 걸을 때마다 그의 모자에 달린 방울이 딸랑댔다.

"와인 통은." 그가 말했다.

"더 가야 해요. 하지만 이 동굴 벽에 빛나는 하얀 거미줄 같은 걸 유심히 보세요." 내가 말했다.

그는 내 쪽으로 고개를 돌리더니 초석 때문에 눈물이 흐르는 흐릿한 두 눈동자로 내 눈을 바라보았다.

"초석이라고 했소?" 그가 길게 물었다.

"초석이에요." 내가 대답했다. "기침한 지 얼마나 되셨어요?"

"으! 으! 으! 으! 으! 으! 으! 으! 으! 으! 으! 으! 으! 으! 으! 으!"

불쌍한 친구는 몇 분 동안 아무 대답도 하지 못했다.

"아무것도 아니오." 마침내 그가 말했다.

"자, 돌아가시죠. 당신 건강이 소중하니까요. 당신은 부유하고, 존경받고, 사랑받고, 모두가 부러워하는 사람이에요. 한때 제가 행복했던 것처럼 행복하시고요. 없어서는 안 될 분이시죠. 나야 어떻게 되든 상관없지만요. 돌아가세요. 아프실 수도 있고요. 난 책임질 수 없어요. 게다가 루케시가 있으니까요"라고 나는 단호하게 말했다.

"그만하시오. 기침은 아무것도 아니오. 기침으로 죽는 일은 없소. 기침으로 죽지는 않을 거요."

"맞아요, 맞아요. 정말이지, 쓸데없이 당신을 놀라게 할 의도는 없어요. 하지만 아주 조심하셔야 해요. 이 메독을 한잔 마시면 축축한 느낌이 좀 사라질 거예요." 내가 대답했다.

나는 곰팡이 낀 선반에 길게 늘어선 병들 중 하나를 꺼내서 병을 땄다.

"마셔 보세요." 그에게 와인을 건네며 말했다.

그는 음흉하게 날 바라보며 와인을 입술로 가져갔다. 그는 잠시 멈추더니 나를 향해 친숙하게 고개를 끄덕였다. 모자에 달린 종이 딸랑댔다.

"우리 주위에 잠들어 있는 죽은 이들을 위해서." 그가 말했다.

"그리고 당신의 장수를 위해서."

그는 다시 내 팔을 잡았고 우리는 계속 앞으로 나아갔다. "이 저장실은 대단하오." 그가 말했다.

"몬트레소르 가문은 자손이 많은 대가족이었죠." 내가 대답했다.

"내가 문장을 잊어버렸소."

"푸른 들판에 있는 인간의 거대한 황금 발이죠. 발은 뱀을 짓밟고 뱀은 송곳니로 발꿈치를 물어뜯고 있죠.'"

"그리고 모토는 무엇이오?"

"나를 건드리면 누구도 무사하지 못하리라.'"

"좋소!" 그가 말했다.

그의 눈에서는 와인이 반짝였고 딸랑대는 종소리가 났다. 메독을 마시자, 내 환상도 달아올랐다. 우리는 뼈로 쌓은 벽을 지나 큰 술통과 와인 통이 뒤섞여 있는 지하 묘지의 가장 안쪽 구석으로 들어갔다. 나는 다시 걸음을 멈추고 이번에는 과감하게 포르투나토의 팔꿈치 위쪽을 붙잡았다.

"초석이에요! 보세요, 점점 더 늘어나는군요. 지하 창고에 이끼처럼 매달려 있어요. 우리가 강바닥보다 더 아래까지 내려왔어요. 뼈들 사이로 물방울이 똑똑 떨어지고 있어요. 이리 오세요, 너무 늦기 전에 돌아가요. 기침이⋯⋯." 내가 말했다.

"아무것도 아니오. 계속 갑시다. 하지만 우선 메독을 한 모금 더 마셔야겠소." 그가 말했다.

나는 그라브 와인*을 담은 휴대용 병을 그에게 건넸다. 그는 단숨에 그 병을 비웠다. 그의 눈이 사납게 번쩍였다. 그는 웃으면서 이해할 수 없는 몸짓을 하며 병을 위로 던졌다.

나는 놀라서 그를 바라보았다. 그는 기괴한 동작을 반복했다.

"모르겠소?" 그가 말했다.

"모르겠는데요." 내가 대답했다.

"그럼 당신은 형제가 아니오."

"어째서요?"

"당신은 프리메이슨이 아니오."

"프리메이슨인데요. 정말, 정말, 정말 프리메이슨이에요"라고 나는 대답했다.

"당신이? 말도 안 되오! 프리메이슨이라고?"

"프리메이슨이에요." 내가 대답했다.

"표식을 보여 주시오." 그가 말했다.

"바로 이게 표식이에요." 나는 로클로르 아래 숨겨 둔 흙손을 꺼내며 대답했다.

"농담은 그만하시오." 그가 몇 걸음 뒤로 물러서며 외쳤다. "하지만 아몬티야도가 있는 곳으로 갑시다."

"그러죠." 나는 다시 흙손을 외투 아래 넣고 그에게 팔을 내밀었다. 그는 내 팔을 잡더니 무겁게 기댔다. 우리는 아몬티야도 통을 찾아 계속 나아갔다. 낮은 아치를 여러 개 지나 내려갔고, 계속 아치를 지난 다음 다시 내려가 지하실 깊은 곳에 도착했다. 거기는 공기가 너무 탁해서 불꽃이 타지 않고 오히려 붉게 빛났다.

지하실의 맨 끝에 더 좁은 지하실이 하나 더 있었다. 파리의 거대한 지하 묘지와 같은 방식으로 인간의 뼈가 머리 위 천장까지 벽을 덮고 있었다. 내부의 삼면이 이런 식이었고, 네 번째 면에는 아무렇게나 뼈를 던져 땅바닥에 쌓여 있었다. 어느 한 지점에는 제법 산더미처럼 뼈가 쌓여 있었다. 이렇게 내던진 뼈 때문에 드러난 벽 안에는 깊이 약 4피트, 너비 3피트, 높이 6~7피트 정도로 움푹 들어간 벽감이 보였다. 그 자체가 특별한 용도가 있는 것 같지는 않았다. 지하 묘지 지붕의 거대한 두 지지대 사이에 있는 공간으로 뒤쪽은 단단한 화강암 벽이었다.

포르투나토가 희미한 횃불을 들어 벽감 깊숙이 들여다보려고 했지만 허사였다. 빛이 흐려서 끝이 보이지 않았다.

"여기 아몬티야도 통이 있어요. 루케시는." 내가 말했다.

"그는 아무것도 모르오." 그가 불안정하게 앞으로 나아갔고 나는 곧 그에게 바싹 붙어 따라갔다. 그는 순식간에 벽감 끝에 이르렀고, 바위에 막혀 자신이 더 이상 나갈 수 없음을 깨달았다. 그는 당황해서 멍하니 서 있었다. 잠시 후 나는 그를 화강암 바위에 묶었다. 화강암 바위에는 약 2피트 정도 간격을 두고 나란히 철제 꺾쇠 두 개가 있었다. 이 중 하나에는 짧은 쇠사슬이, 다른 하나에는 자물쇠가 달려 있었다. 쇠사슬로 허리를 묶는 데는 몇 초밖에 걸리지 않았다. 그는 너무 놀라서 저항도 하지 못했다. 열쇠를 뺀 다음 나는 벽감에서 물러났다.

"벽에 손을 대 보세요. 초석이 있을 거예요. 실제로 **매우** 축축해요. 다시 한번 간곡히 **부탁하니** 돌아가세요. 싫다고요? 그렇다면 당장 당신을 떠나야겠군요. 하지만 먼저 내가 할 수 있는 한 모든 걸 배려할게요."

"아몬티야도!" 아직도 놀라움에서 회복되지 않은 상태로 내 친구가 사정했다.

"맞소. 아몬티야도요." 내가 대답했다.

이 말을 하면서 나는 아까 언급한 산더미같이 쌓인 뼈 사이를 바쁘게 움직였다. 뼈를 옆으로 던지자 곧 다량의 건축용 석재와 모르타르가 나왔다. 나는 힘차게 흙손으로 이 재료들을 쌓아 벽감 입구를 막기 시작했다.

내가 벽돌을 채 한 단도 쌓기 전에 포르투나토는 이미 상당히 술에서 깨어 있었다. 내가 가장 먼저 알아차린 것은 벽감에서 나는 작은 신음 소리였다. 그것은 술 취한 사람의 고함 소리가 아니었다. 그러고 나서 끈질기게 오랜 침묵이 이어졌다. 나는 둘째 단, 셋째 단, 넷째 단을 쌓아 갔다. 그때 격렬하게 쇠사슬을 흔드는 소리가 들렸다. 그 소리가 몇 분 동안 지속되는 동안, 나는 일을 멈추고 해골 무더기 위에 앉아 있었다. 좀 더 흐뭇해하며 그 소리를 듣기 위해서였다. 마침내 덜컹거리는 소리가 들리지 않자, 나는 다시 흙손으로 벽돌을 쌓기 시작했다. 쉬지 않고 다섯째 단, 여섯째 단, 일곱째 단을 완성했다. 벽은 이제 거의 가슴까지 올라왔다. 나는 다시 잠시 멈추었다. 쌓은 벽돌 위로 횃불을 들어 올려 안에 있는 사람을 희미하게 비추었다.

쇠사슬에 묶인 사람의 목에서 갑자기 연달아 날카로운 큰 비명이 터져 나왔다. 그 비명이 거칠게 나를 뒤로 미는 것 같았다. 나는 잠시 머뭇거렸다. 온몸이 떨렸다. 나는 칼집에서 칼을 뽑아 벽감 속 여기저기를 쑤셨다. 하지만 순간 떠오른 생각에 안심했다. 나는 단단한 지하 묘지를 만져 보며 흐뭇해했다. 나는 다시 벽으로 다가갔다. 고함을 지르는 그의 소리에 대답했다. 나는 그의 말을 따라 했고, 그와 함께 고함을 질렀고 그보다 더 크게, 더 힘껏 고함을 질렀다. 그렇게 했더니 그의 고함 소리가 잠잠해졌다.

이제 자정이 되었다. 내 작업은 막바지에 이르고 있었다. 나는 여덟째 단, 아홉째 단, 열 번째 단을 완성했다. 마지막 단인 열한 번째 단을 거의 완성했고, 이제 돌 하나만 끼워 넣고 회칠만 하면 되는 순간이었다. 돌이 무거워서 끙끙대다가 대강 계획한 위치에 놓았다. 하지만 그때 구석에서 작은 웃음소리가 들렸다. 머리카락이 곤두섰다. 이어서 고귀한 포르투나토의 목소리인지 알기 힘든 목소리가 애처롭게 들려왔다. 그 목소리는 이렇게 말했다.

"하! 하! 하! 히! 히! 정말 아주 멋진 농담이오. 훌륭한 장난이오. 나중에 궁전에서, 히! 히! 와인을 마시며 웃게 될 거요. 히! 히!"

"아몬티야도!" 내가 말했다.

"히! 히! 히! 히! 히! 히! 맞소, 아몬티야도요. 하지만 시간이 늦지 않았소? 궁전에서 포르투나토 부인과 다른 사람들이 우리를 기다리지 않겠소? 어서 갑시다."

"네, 가요." 내가 말했다.

"제발, 몬트레소르!"

"그래요, 제발!" 내가 말했다.

그러나 대답을 기다렸지만 들리지 않았다. 나는 초조해졌다. 나는 큰 소리로 그를 불렀다.

"포르투나토!"

아무 대답이 없었다. 나는 다시 불렀다.

"포르투나토!"

여전히 대답이 없었다. 나는 틈새로 횃불을 집어넣어 벽감 안으로 떨어트렸다. 대답으로 딸랑대는 종소리만 돌아왔다. 가슴이 아팠다. 지하 묘지의 습기 때문이었다. 나는 서둘러 일을 마쳤다. 마지막 돌을 억지로 제자리에 밀어 넣고 그 위에 회반죽을 발랐다. 새로 만든 벽 앞에 다시 뼈 무더기를 예전 모양대로 쌓아 두었다. 반세기가 지났지만 어떤 사람도 이 뼈를 건드리지 않았다. **편히 잠들길!**

황금충

저런! 저런! 이 친구가 미친 듯이 춤을 추네!

독거미한테 물렸군.

모두 엉망진창이군.*

몇 년 전 나는 윌리엄 르그랑이라는 사람과 친해졌다. 그는 유서 깊은 가문 출신으로 한때 부자였으나 불운이 겹쳐 가난해진 사람이었다. 이런 불행에 따르는 굴욕을 피해 그는 조상들이 살던 뉴올리언스를 떠나 사우스캐롤라이나주 찰스턴 근처에 있는 설리번섬으로 이주해 정착했다.

이 섬은 아주 특이한 섬이었다. 모래밖에 없는 섬으로 길이가 3마일 정도 되었다. 섬의 폭은 어디를 가도 4분의 1마일을 넘지 않았다. 이 섬과 육지 사이에는 갈대가 우거진 늪지가 있었고 늪지를 뚫고 보일락 말락 하게 강이 흐르고 있었다. 이 강은 뜸부기들이 즐겨 찾는 서식지였다. 짐작이 가겠지만 식물이라고는 거의 없거나, 있어도 아주 왜소했다. 제대로 자란 큰 나무는 찾아볼 수가 없었다. 몰트리 요새가 있는 섬 서쪽 끝에는 여름이면 사람들이 찰스턴의 먼지와 열기를 피해 오는 누추한 임대용 목조 주택들이 서 있었고, 거기에는 잎이 뾰족한 종려나무도 보였다. 하지만 이 서쪽 끝과 해안의 단단한 하얀 모래 해변을 제외하고는 도금양 관목이 섬 전체를 빽빽하게 뒤덮고 있었다. 이 도금양은 영국 원예가들이 아주 높이 평가하는 관목으로 종종 15피트에서 20피트까지 자라기도 했고 거의 뚫고 들어갈 수 없을 정도로 관목 숲을 형성하고 있었다. 섬 주위 대기는 아주 진한 도금양 향기로 차 있었다.

르그랑은 이 섬의 동쪽 끝, 가장 후미진 곳에서 멀리 떨어지지 않은 관목 숲속에 자기 힘으로 작은 오두막을 지었다. 내가 아주 우연히 그를 사귀게 된 것도 이 오두막에서였다. 이 만남은 곧 우정으로 발전했다. 이 은둔자에게는 흥미와 존경을 불러일으킬 만한 점이 많았다. 그가 정신적으로 고매하고 교양도 있지만, 인간 혐오증과 아울러 조증과 울증을 번갈아 오가는 괴팍한 성향을 가지고 있음을 알게 되었다. 그의 집에는 책이 많았으나 그는 거의 읽지 않았다. 그의 주요 취미는 사냥과 낚시 혹은 조개나 곤충 표본을 위해 해변이나 도금양 관목 사이를 어슬렁대는 것이었다. 그의 곤충 표본은 스바메르담* 같은 사람이 보았어도 부러워했을 정도다. 곤충 채집을 할 때 그는 늘 주피터라는 늙은 흑인을 데리고 갔다. 주피터는 이 가문이 몰락하기 전에 이미 해방된 노예였는데 아무리 협박하고 약속해도 젊은 "윌 주인님"을 모시는 권리를 포기하지 않으려고 했다. 어쩌면 르그랑의 친척들이 이 방랑자를 감시하고 보호하기 위해 다소 지능이 떨어지는 주피터의 머리에 이런 외고집을 주입한 것일 수도 있다.

설리번섬의 위도에서는 겨울에 아주 추운 날이 드물고 가을에는 거의 난방을 할 필요가 없었다. 하지만 18--년 10월 중순 무렵이었던 그날은 날씨가 아주 쌀쌀했다. 나는 그 도금양 관목을 뚫고 해 지기 직전 친구의 오두막에 도착했다. 지난번에 그를 방문한 지 몇 주나 지난 때였다. 그 당시 나는 이 섬에서 9마일이나 떨어진 찰스턴에 머물고 있었고 교통 시설은 오늘날보다 훨씬 더 낙후되어 있었다. 오두막에 도착하자마자 나는 평소대로 현관문을 두들겼으나 대답이 없었다. 열쇠 숨긴 곳을 알고 있어서 열쇠를 찾아 문을 열고 집 안으로 들어갔다. 벽난로에는 불이 활활 타고 있었다. 흔히 볼 수 없는 광경이었지만 고마워하지 않을 이유가 전혀 없었다. 나는 코트를 벗고 탁탁거리며 타는 장작 옆 안락의자에 앉아 주인이 돌아오길 참고 기다렸다.

어두워지자마자 곧 그들이 도착했고 진심으로 나를 환영했다. 주피터는 입이 귀에 걸리게 웃으면서 부산스럽게 오가며 저녁 식사로 뜸부기 요리를 준비했다. 르그랑은 조증 상태였다. 그 밖에 어떤 말로 그의 상태를 표현하겠는가? 그는 새로운 종을 형성할 여태껏 알려지지 않은 쌍각류 조개를 발견했고 그보다 더 중요한 것은 주피터의 도움을 받아 **황금충**˚을 쫓아가

잡았는데, 그 곤충 역시 완전히 새로운 종이라고 했다. 내일 아침에 그 곤충에 대해 내 의견을 알려 달라고 했다.

"왜 오늘 밤이 아니고?" 나는 무슨 황금충이야라고 생각했지만 불 위로 손을 비비며 물었다.

"아, 오늘 밤 자네가 올 줄 몰랐지!" 르그랑이 말했다. "하지만 우리가 못 본 지 한참 되었잖아. 하필 오늘 밤에 자네가 올 줄이야. 집으로 오는 길에 요새에서 나오는 G 중위를 만났어. 정말 멍청하게 그에게 그 곤충을 빌려줬어. 그래서 아침까지는 그 곤충을 볼 수 없다네. 오늘 밤 자네가 여기 머물면 해가 뜨자마자 주피터에게 가서 그 곤충을 가져오라고 할게. 신의 창조물 중 가장 사랑스러워!"

"뭐가? …… 해 뜨는 게?"

"말도 안 되는 소리! 아니! 그 곤충 말이야. 그 눈부신 황금색 곤충이야. 큰 호두 만한 놈이야. 등 끝에 새까만 큰 점이 있고 그 반대편에 좀 더 긴 점이 있어. 그 **더듬이**는……."

"전혀 납빛이 **없어요**, 윌 주인님. 제가 계속 말했잖아요." 여기서 주피터가 끼어들었다. "그 벌레는 안이고 겉이고 다 황금이에요. 날개만 **빼고요**. 살면서 무게가 그거 반 정도 되는 벌레도 본 적이 없어요."

"자, 그렇다고 치더라도, 줍." 르그랑이 다소 필요 이상으로 열심히 대답했다. "그게 뜸부기를 태우는 이유가 돼?" 여기서 그는 내 쪽으로 몸을 돌리면서, "그 곤충의 색에 대해서는 정말로 주피터 말이 맞아. 그 곤충의 등딱지만큼 눈부신 황금색을 본 적이 없어. 하지만 이 점에 대해서는 내일이 되어야 자네가 판단할 수 있을 걸세. 그동안에 어떤 모양으로 생겼는지 알려 줄 수는 있지." 이렇게 말하면서 그는 작은 탁자 앞에 앉았는데 책상 위에 펜과 잉크만 있고 종이가 없었다. 그는 서랍에서 종이를 찾았지만 없었다.

"걱정 말게, 이걸로 하면 될 거야." 마침내 그가 말했다. 그리고 조끼 주머니에서 아주 지저분한 종이를 꺼내서 펜으로 대충 그림을 그렸다. 그가 그림을 그리는 동안 나는 난롯가에 가만히 앉아 있었다. 아직도 몸이 으슬으슬했기 때문이다. 곤충 모양을 다 그리자, 그는 일어나지도 않고 내게 건넸다. 그 종이를 받는 순간, 으르렁대는 개 소리가 크게 들리더니 이어서 문 긁는 소리가 났다. 주피터가 문을 열었다. 르그랑의 커다란 뉴펀들랜드종 개가 질주해 들어와 내 어깨 위로 뛰어오르더니 내 얼굴을 마구 핥았다. 과거 방문할 때마다 내가 그 개를 몹시 귀여워해서였다. 그 개가 장난을 마친 후 나는 그 종이를 보았다. 솔직히 말하자면 내 친구가 그린 그림을 보자 나는 적잖이 난감해졌다.

"자!" 그 그림을 몇 분 동안 곰곰이 본 후 내가 말했다. "이건 **정말** 이상한 황금충이군. 이런 건 처음 봤어. 두개골이나 해골 외에는 이 비슷한 것도 본 적이 없어. 내가 본 것 중 해골과 가장 비슷한데."

"해골! 아 그래, 자, 종이에 그린 게 해골과 모양이 비슷하기는 해. 위쪽에 있는 검은 점 두 개는 눈처럼 보이지, 응? 그리고 아래쪽에 긴 점은 입같이 보이지. 그리고 전체 모양은 타원형이고." 르그랑이 내 말을 받아서 말했다.

"그럴 수도 있지만, 르그랑, 자네는 예술가로는 빵점인걸. 그 곤충이 어떻게 생겼는지는 황금충의 실물을 봐야 알겠는걸." 내가 말했다.

"음, 글쎄. 난 그림을 **잘 그리는 편인데**. 대가들에게 사사했으니 적어도 잘 그려야 하기도 하고. 내가 아주 바보라고 생각하지는 않는데." 그가 약간 화가 나 말했다.

"하지만, 여보게, 그렇다면 날 놀리는 걸세. 이건 해골 그림처럼 보여. 사실 생체 표본에 대한 통속적인 의견에 따르면, **아주 잘 그린** 해골이라고 해도 될 것 같아. 자네가 잡은 황금충이 해골을 닮았다면 이 세상에서 가장 기이한 황금충일 거야. 자, 이런 암시로 아주 소름 끼치는 미신도 창시할 수 있겠는데. 이 곤충에게 인간 해골 황금충이라는 이름을 붙여도 될 거야. 박물학에는 다양한 이름이 있으니까. 하지만 아까 말한 더듬이는 어디 있는 거야?" 내가 말했다.

"**더듬이!** 분명히 더듬이가 있을 텐데. 분명히 원래 있는 대로 더듬이를 그렸는데. 그 정도면 충분할 텐데"라고 르그랑이 왠지 모르게 화가 난 것처럼 말했다.

"자, 자, 어쩌면 더듬이를 그렸겠지. 그런데 내 눈에는 아직도 안 보이는걸." 내가 말했다. 그의 화를 돋우지 않으려고 나는 말없이 그 종이를 그에게 건넸다. 하지만 나는 이런 상황이 벌어져 아주 놀랐다. 그가 왜 기분 나빠 하는지 이해할 수가 없었다.

그리고 황금충 그림에 대해 말하자면, 정말로 더듬이가 **보이지 않았다.** 전체적으로 보통 해골 그림과 아주 흡사했다.

그는 아주 역정을 내며 그 종이를 받았다. 그것을 구겨서 벽난로에 던지려고 하는 것 같았다. 그러다가 그 그림을 흘깃 보더니 갑자기 뚫어지게 바라보았다. 순식간에 그의 얼굴이 확 붉어졌다가, 다음 순간 지나치게 창백해졌다. 그는 앉은 자리에서 몇 분 동안이나 계속 그 그림을 자세히 들여다보았다. 마침내 그는 일어나 탁자에서 촛불을 들고 그 방의 가장 먼 구석에 있는 선원용 궤짝으로 걸어가 그 위에 앉았다. 거기서 그는 다시 열심히 그 종이를 살펴보더니 종이를 사방으로 뒤집어 보았다. 하지만 아무 말도 하지 않았다. 나는 그의 행동에 아주 놀랐지만 점점 더 불편해지는 그의 심기를 건드리지 않는 게 낫겠다 싶어 그에게 아무 말도 하지 않았다. 그는 곧 코트 주머니에서 지갑을 꺼내더니 그 종이를 조심스럽게 지갑 안에 넣었다. 그러고는 종이가 든 그 지갑을 사무용 책상 속에 넣고 자물쇠를 채웠다. 이제 그의 행동이 좀 더 침착해졌다. 원래 열기는 완전히 사라졌다. 하지만 그는 뚱한 게 아니라 멍해 보였다. 밤이 가까워지자 그는 점점 더 몽상에 빠져들었다. 내가 아무리 재치 있는 말을 해도 별 반응이 없었다. 과거에 종종 그랬듯이 나는 이 오두막에서 자고 갈 셈이었다. 하지만 주인의 기분을 보자 떠나는 게 낫겠다는 생각이 들었다. 그도 굳이 자고 가라고 붙잡지 않았다. 하지만 내가 떠날 때는 평소보다 더 다정하게 악수를 했다.

이런 일이 일어난 지 한 달쯤 지났을 때(그사이에 나는 르그 랑을 본 적이 없었다), 하인인 주피터가 찰스턴에 있는 우리 집 을 방문했다. 그 선량한 흑인은 지금까지 본 중 가장 기운이 없 는 모습이었다. 내 친구에게 나쁜 심각한 일이 생겼나 하고 걱 정이 되었다.

"음, 줍, 자 뭐가 문제야? 주인은 어때?" 내가 말했다.

"저, 사실, 선생님, 주인님 건강이 몹시 좋지 않으세요."

"건강이 **몹시** 좋지 않다고! 그런 말을 듣게 되어 정말 유감일 세. 어디가 아프시다고 하나?"

"그게! 그게 문제예요. 어디가 아프다고 말씀은 전혀 안 하는 데, 그래도 몹시 아프세요."

"몹시 아프시다고, 주피터! 왜 즉시 알리지 않았어? 침대에 누워 계시나?"

"아니요, 침대에 눕지도 않으세요! 어디에도 가만히 계시지 를 못해요. 바로 그게 문제예요. 불쌍한 주인님을 생각하면 마 음이 무거워요."

"주피터, 도대체 무슨 말을 하는지 모르겠군. 이해할 수 있게 말해 보게. 주인이 아프신 건 맞는데, 어디가 아프다는 말씀을 안 하신다는 거지?"

"저, 선생님, 그래서 더 화가 나요. 윌 주인님이 뭐가 문제인 지 전혀 말씀을 안 하세요. 하지만 고개를 떨구고 어깨를 올린 채 거위처럼 하얗게 질려 여기저기 돌아다니시는데, 왜 그러시 는지 모르겠어요. 그리고 계속 계산을 하세요."

"계속 뭘 한다고?"

"석판 위에 부호를 쓰면서 계속 계산을 하세요. 지금까지 본 것 중 가장 이상한 부호예요. 정말 겁이 나요. 항상 한눈팔지 말고 주인님을 지켜봐야만 해요. 어느 날은 해도 뜨기 전에 몰래 빠져나가 하루 종일 돌아오시지 않은 적도 있어요. 돌아오시면 흠씬 두들겨 패려고 큰 몽둥이를 깎아 두었지만 결국 감히 그러질 못했어요. 주인님이 정말 너무 불쌍해 보였거든요."

"어? 뭐라고 했나? 아 잘했네! 불쌍한 주인에게 너무 심하게 대하지 말게나. 때리지는 말게, 주피터. 매질을 견디지 못하실 거야. 그런데 왜 이런 병, 아니 이런 행동의 변화가 생겼는지 이유를 모르나? 나랑 만난 후 어떤 불쾌한 일이 일어났어?"

"아니요, 선생님, 다녀가신 **후에** 불쾌한 일은 전혀 없었어요. **그전에** 일어난 일 때문인 것 같아요."

"어떻게? 무슨 뜻이야?"

"그 벌레 말이에요. 주인님이 그놈의 황금 벌레에게 머리를 물린 게 확실해요."

"주피터, 왜 그런 생각을 하게 된 거야?"

"그 벌레는 늘 발톱을 곤두세워요. 주둥이도 그렇고요. 그런 벌레는 처음 봤어요. 근처에 다가가기만 하면 뭐든 물어뜯어요. 월 주인님이 그 벌레를 잡았을 때 금방 놓치셨거든요. 그때 그놈이 주인님을 문 게 틀림없어요. 저는 그 주둥이가 꼴 보기 싫어서 손으로 잡고 싶지 않았는데, 마침 근처에 종이가 있어 그걸로 벌레를 잡았어요. 종이로 벌레를 싸고 종이 일부를 주둥이에다 쑤셔 넣었거든요. 그런 식으로 처리했거든요."

"그러면 주인이 정말 그 황금충한테 물려서 아프시다고 생각하는 거야?"

"제가 생각해 낸 게 전혀 아니고 눈치챈 거예요. 주인님이 황금 벌레에 물려서 병이 든 게 아니라면 왜 그렇게 황금 꿈을 꾸겠어요?"

"그가 황금 꿈을 꾸시는 건 어떻게 알지?"

"어떻게 아냐고요? 꿈을 꾸지 않으면 왜 황금에 대해 잠꼬대를 하시겠어요? 잠꼬대를 듣고 바로 눈치챘어요."

"주피터, 어쩌면 자네 말이 맞겠군. 그런데 오늘 무슨 일로 날 방문한 거야?"

"무슨 일이냐고요?"

"주인님이 뭔가 소식을 보낸 거야?"

"소식이 아니고 이 쪽지를 가지고 왔어요." 그리고 내게 다음과 같은 내용의 쪽지를 건넸다.

친애하는 ――

왜 그렇게 오랫동안 날 보러 오지 않나? 내가 **무뚝뚝하게** 굴어 화가 나서 오지 않는 건 아니었으면 하네. 하지만 그 때문은 아닐 것 같네.

자네를 본 후 내게 큰 걱정거리가 생겼네. 자네에게 할 말은 있지만 어떻게 말을 꺼내야 할지, 아니면 말을 해도 되는 건지 잘 모르겠네.

지난 며칠간 나는 상태가 아주 좋지 않았어. 불쌍한 늙은 줍이 선의로 날 보살펴 주고 있지만 나로서는 짜증이 나 견디기 힘든 지경이네. 이 이야기를 믿을 수 있겠나? 저번 날은 자기 몰래 빠져나간 걸 벌주려고 커다란 몽둥이를 준비했다네. 그날 하루 종일 육지의 언덕에 **혼자** 있었다고 그랬어. 사실 내가 너무 아파 보여서 몽둥이로 안 때렸을 거야.

우리가 만난 다음에 내 채집 상자에 새로 추가된 건 없네.

어쨌든 올 수 있으면, 주피터와 함께 우리 집으로 오게. 제발 오게. 아주 중요한 일로 **오늘 저녁**에 자네를 보고 싶네. 정말 **아주** 중요한 일이라네.

그대의 친구,
윌리엄 르그랑.

이 편지의 어조에는 무언가 아주 불편한 게 있었다. 말투가 전혀 르그랑의 말투가 아니었다. 그는 뭘 꿈꾸고 있는 거지? 새로운 생각이 떠오르면 쉽게 흥분하는 그의 두뇌가 이번엔 뭐에 사로잡힌 거지? **그가** 처리하겠다는 "아주 중요한 일"은 뭐지? 그에 대해 주피터의 설명을 들어 보니 조짐이 좋지 않았다. 계속된 불운으로 인한 압박감으로 내 친구가 완전히 이성을 잃은 건 아닌지 걱정이 되었다. 그래서 나는 잠시도 망설이지 않고 그 흑인과 함께 떠날 준비를 했다.

부두에 도착하자 우리가 탈 배 바닥에 낫 한 자루와 삽 세 자루가 있었다. 모두 새것 같았다.

"도대체 이건 뭐야, 줍?" 내가 물었다.

"주인님이 부탁하신 낫과 삽이에요."

"그 말이 맞겠군. 하지만 뭐에 쓸려고?"

"월 주인님께서 시내에서 본인이 쓸 낫과 삽을 사 오라고 하셨어요. 이거 사는 데 얼마나 돈이 많이 들었는지, 참."

"하지만 너의 '월 주인님'은 도대체 낫과 삽으로 뭘 하겠다는 거야? 도무지 모르겠는걸."

"**저도** 도무지 모르겠어요. 주인님 자신도 모르실 거예요. 하지만 이 모두가 그놈의 벌레 때문이에요."

"그놈의 벌레"에 빠져 있는 주피터로부터 아무런 만족스러운 해답을 얻지 못한 상태로 나는 배를 타고 섬으로 출발했다. 우리가 가는 방향으로 바람이 강하게 불어와 우리는 곧 몰트리 요새 북쪽의 작은 만에 도착했다. 거기서 2마일 정도 걸어가면 오두막이 있었다. 우리가 오두막에 도착한 것은 오후 3시쯤이었다. 르그랑은 우리의 도착을 오매불망 기다리고 있었다. 신경이 곤두서 있던 그는 내 손을 지나치게 꼭 **잡았다**. 나는 깜짝 놀랐다. 이미 의심하고 있었지만 그 의심이 더 심해졌다. 그의 얼굴은 거의 유령처럼 창백했고 푹 꺼진 두 눈은 부자연스럽게 빛났다. 그의 건강에 대해 몇 마디 물은 후 나는 무슨 말을 해야 좋을지 몰라서 G 중위에게서 그 황금충을 받았냐고 물었다.

"오, 그래." 그가 갑자기 얼굴이 벌게지면서 대답했다. "그다음 날 아침에 받아 왔어. 무슨 일이 있어도 그 황금충은 꼭 가지고 있을 거야. 그 곤충에 대해 주피터가 한 말이 진짜인 걸 알아?"

"어떤 말?" 나는 슬픈 예감이 들어 물었다.

"그게 **진짜 황금충**이라는 말." 그는 진지한 분위기를 풍기며 아주 심오하게 이 말을 했고 나는 이루 말할 수 없이 충격을 받았다.

"이 곤충으로 한재산을 얻게 될 거야." 그는 의기양양하게 웃으면서 계속했다. "우리 집안 재산을 되찾을 수 있을 거야. 그러니 그걸 소중하게 여기는 게 당연하지 않겠어? 행운의 여신이 주셨으니 잘 이용하기만 하면 돼. 행운의 지표가 가리키는 대로 따라가 황금을 찾을 거야. 주피터, 그 황금충을 이리로 가져와!"

"뭐라고요! 주인님, 그 벌레를 가져오라고요? 너무 힘들어요. 주인님이 직접 가세요!" 그러자 르그랑은 품위 있고 엄숙한 태도로 일어나더니 곤충을 가둔 유리 상자에서 그 곤충을 꺼내 내게로 가져왔다. 그것은 아름다운 황금충이었다. 그 당시 박물학자들도 모르는 종(種)이어서 과학적인 관점에서도 귀중한 곤충이었다. 등딱지 한쪽 끝에는 동그란 검은 반점이 있었고 반대쪽 끝에는 긴 검은 반점이 있었다. 등딱지는 아주 단단하고 빛나서 눈부신 황금 같았다. 무게 또한 아주 대단했다. 이 모든 것을 고려하자 이 곤충에 대한 주피터의 의견을 비난하기 힘들었다. 하지만 르그랑이 주피터에게 동의하는 것은 도무지 이해할 수 없었다.

"내가 자네를 부르러 보낸 건." 내가 그 황금충을 다 살피고

나자 그가 과장된 어조로 말했다. "운명의 여신과 이 곤충에 대해 더 깊이 생각하기 위해 자네의 충고와 도움이 필요해서야."

"친애하는 르그랑." 나는 그의 말을 끊고 외쳤다. "자네는 아픈 게 분명해. 몸조심하는 게 낫겠네. 침대에 누워 있게나. 병이 나을 때까지 내가 여기 며칠 머물며 함께 있겠네. 자네 열이 있군."

"맥박을 재어 보게." 그가 말했다.

그렇게 말했지만 솔직히 열은 전혀 없었다.

"하지만 자네는 지금 아픈 거야. 그런데 열은 없군. 이번 한 번만 내 처방을 따라 주게나. 우선, 침대로 가게, 그다음."

"자네가 잘못 알고 있어. 지금 흥분하기는 했어. 하지만 건강은 최고로 좋아. 정말로 내 건강을 염려한다면 이 흥분을 가라앉혀 주게." 그가 내 말을 가로챘다.

"그러려면 어떻게 해야 하나?"

"아주 쉬워. 주피터와 내가 곧 육지에 있는 언덕을 탐색하러 갈 건데, 이 탐색에는 신뢰할 만한 사람의 도움이 필요해. 우리가 신뢰할 수 있는 사람은 자네뿐이거든. 성공하든 실패하든 이 일만 끝나면 지금 이 흥분도 가라앉을 거야."

"나야 자네에게 도움이 되는 일이면 다 하고 싶지. 그런데 이 끔찍한 황금충과 언덕 탐험이 연관이 있는 건가?"

"있다네."

"그렇다면, 르그랑, 그런 어리석은 일에는 낄 수가 없어."

"유감이네, 정말 유감이네. 그럼 우리 둘이 해야겠군."

"두 사람이 해야겠다고! 정말 미쳤군! 하지만 가만! 얼마 동안 집을 비울 거야?"

"아마 밤새도록. 금방 시작하면 동이 틀 때까지는 돌아올 수 있어."

"그럼 명예를 걸고 약속할 수 있나? 이런 기행이 끝나고 황금충 일(하느님 맙소사!)을 만족스럽게 해결하면, 집으로 돌아와 무조건 내가 하라는 대로 하겠다고 약속해 줘. 의사 말을 따르듯이 말일세."

"그럼. 약속하지. 이제 떠나세. 꾸물댈 시간이 없어."

무거운 마음으로 나는 친구와 함께 떠났다. 우리, 르그랑과 주피터와 개와 나는 4시경에 떠났다. 주피터가 낫과 삽을 들었다. 주피터는 그 모두를 자신이 가져가겠다고 했다. 내가 보기에 그가 부지런하고 공손해서라기보다는 이 도구 중 하나라도 주인 손에 들어가는 게 걱정이 되어서 그런 것 같았다. 주피터는 아주 완강했고 가는 내내 한 말이라고는 "그 빌어먹을 벌레" 뿐이었다. 나는 불빛이 차단되는 랜턴 두 개를 드는 일을 맡았고, 르그랑은 그 황금충을 가지고 가는 일에 만족했다. 그는 가죽끈에 황금충을 매달고 마술사처럼 앞뒤로 빙빙 돌리면서 걸어갔다. 이 마지막 행동, 확실히 미친 게 틀림없는 증거를 보자 눈물이 날 뻔했다. 하지만 적어도 당분간, 아니 성공 가능성이 있는 좀 더 강력한 조치를 취할 수 있을 때까지, 그의 비위를 맞추는 게 최선이라고 생각했다. 그사이에 이 탐험의 목표에 대해 이런저런 말을 하며 그를 떠봤지만 그는 아무 말도 하지 않았다. 나를 달래서 함께 오게 되었으니, 하찮은 대화는 하고 싶지 않다는 태도였다. 나의 모든 질문에 대해 "곧 알게 될 거야!"라고만 대답했다.

우리는 섬 앞쪽으로 가 배를 타고 강을 건너 육지 쪽 해안에 도착한 다음 거기서 언덕을 올라 북서쪽으로 계속 나아갔다. 사람 발자국 하나 없는 거친 황무지였다. 르그랑이 단호하게 앞장서서 갔다. 전에 왔을 때 표시해 둔 것을 찾기 위해 여기저기 살필 때만 잠깐 멈추었다.

우리는 이런 식으로 약 두 시간 정도 걸었고, 해 질 무렵이 되어서야 여태껏 본 어느 곳보다 훨씬 더 황량한 곳에 도착했다. 사람이 거의 접근할 수 없는 언덕 정상 부근에 평지가 있었다. 이 언덕은 바닥부터 꼭대기까지 숲이 울창하게 우거져 있었고, 여기저기 아주 큰 바위가 있었다. 여기 바위들은 흙 속에 단단하게 박힌 게 아니고 대부분 나무에 기대어 있었다. 나무가 지지해 준 덕분에 아래 계곡으로 떨어지지 않는 셈이었다. 사방이 깊은 계곡이라 분위기가 더 엄숙하고 경건하기도 했다.

자연적으로 형성된 평지에 올라오기는 했지만, 곧 알게 된 사실은 가시덤불이 무성해서 낫으로 쳐내야 겨우 앞으로 나갈 수 있다는 것이었다. 주피터가 주인의 지시에 따라 어마어마하게 큰 튤립나무까지 가는 길을 냈다. 튤립나무는 약 8~10그루의 참나무와 함께 고지대 평지에 있었고, 나무 모양이나 잎이 내가 본 나무 중 가장 아름다웠다. 가지는 넓게 퍼져 있었고, 전체적으로 위풍당당했다. 이 나무에 도착하자 르그랑은 주피터에게 나무에 올라갈 수 있는지 물었다. 그 물음에 약간 당황해서인지 늙은 주피터는 한동안 대답하지 않았다. 마침내 주피터가 거대한 나무에 다가가 천천히 그 주위를 돌며 세심하게 살폈다. 그는 꼼꼼히 살펴본 다음, 이렇게만 말했다,

"그래요, 주인님, 이런 나무는 평생 처음 봤지만, 줍이 올라가죠."

"그럼 곧 어두워져서 앞이 보이지 않을 테니까 빨리 올라가 봐."

"어디까지 올라가야 하죠, 주인님?" 주피터가 물었다.

"먼저 나무줄기를 타고 올라가면 어디로 가야 할지 알려 줄게. 그리고 잠깐! 이 황금충을 가지고 가."

"벌레를요, 윌 주인님! 저 벌레를요! 왜 나무 위로 벌레를 가져가야 하는데요? 그건 절대로 못합니다, 아 빌어먹을!" 그 흑인은 당황해 뒤로 물러서며 외쳤다.

"네가, 덩치가 산만 한 흑인이 죽은 황금충 잡는 게 무섭다는 거지. 그러면 이 끈에 매달고 가면 되겠구나. 어쨌든 이걸 가지고 올라가지 않으면 이 삽으로 네 머리를 깨부술 거야." 르그랑이 말했다.

"자 도대체 왜 이러시는 거예요, 주인님?" 민망해져 주인 말을 듣기로 한 줍이 말했다. "왜 늘 이 늙은 깜둥이 갖고 난리세요? 그냥 농담이에요. 제가 벌레를 무서워한다고요! 제가 왜 벌레를 무서워하겠어요?" 여기서 그는 줄 끝을 조심스럽게 잡고 상황이 허락하는 한 벌레를 몸에서 최대한 멀리 떨어뜨린 채

나무 위로 올라갈 준비를 했다.

튤립나무, 미국 숲에 있는 나무 중 가장 웅장한 나무인 튤립나무는 어릴 때는 몸통이 특이하게 매끄럽고 가지도 없이 쑥쑥 자라지만, 수령이 더해지면 옹이로 나무껍질이 울퉁불퉁해지고 몸통 옆에 짧은 곁가지가 생긴다. 그래서 실제로 지금 올라가는 일이 보기만큼 어렵지 않았다. 주피터는 팔과 무릎으로 거대한 원통형 줄기를 가능한 한 꼭 끌어안고 손으로 곁가지를 잡은 다음 맨발인 발가락으로 곁가지를 밟았다. 그는 한두 번 떨어질 뻔했지만 아슬아슬하게 피한 다음 마침내 처음으로 큰 가지가 갈라지는 곳에 이르자 억지로 몸을 쑤셔 넣었다. 그는 이제 실제로 일이 다 끝났다고 여기는 것 같았다. 지상에서 60~70피트 올라갔지만, 사실 위험한 일이 다 끝난 셈이기는 했다.

"이제 어느 쪽으로 갈까요, 윌 주인님?" 그가 물었다.

"제일 큰 가지가 있는 데까지 계속 올라가." 르그랑이 말했다. 흑인은 곧 그의 말을 따랐고, 별로 어렵지 않게 점점 더 높이 올라갔다. 마침내 나뭇잎이 너무 무성해 가지에 웅크린 그의 모습이 보이지 않았다. 곧 '여보세요'처럼 들리는 그의 목소리가 들렸다.

"얼마나 더 올라가야 해요?"

"얼마나 높이 올라갔는데?" 르그랑이 물었다.

"아주 높이 올라와서." 흑인이 대답했다. "나무 꼭대기에서 하늘이 보이는데요."

"하늘은 신경 쓰지 말고 내 말 잘 들어. 아래로 내려다보고 큰 가지가 몇 개나 있나 세어 봐. 큰 가지를 몇 개나 지나왔어?"

"하나, 둘, 세엣, 넷, 다섯. 주인님, 큰 가지를 다섯 개나 지나왔어요."

"그럼 하나만 더 올라가 봐."

몇 분 후 다시 일곱 번째 가지에 도달했다고 하는 소리가 들렸다.

르그랑은 아주 흥분한 표정으로 외쳤다. "자, 줍, 이제 그 가지를 타고 최대한 멀리 나가 봐. 이상한 게 보이거든 알려 줘."

여기에 이르자 이 불쌍한 친구가 미친 게 아닐 수도 있다는 기대는 완전히 사라졌다. 그가 미친 게 틀림없다는 결론을 내릴 수밖에 없었다. 그를 집으로 데려갈 일이 정말 걱정이었다. 어떻게 해야 최선일까 고민하고 있을 때 다시 주피터 목소리가 들렸다.

"이 가지에서 더 이상은 못 가겠어요. 가지가 다 썩었어요."

"가지가 **썩었다고** 했어, 주피터?" 르그랑이 떨리는 목소리로 외쳤다.

"썩었어요, 주인님, 완전히 썩었어요. 분명히 다 썩었어요. 완전히 죽었어요."

"도대체 어떻게 해야 하지?" 르그랑이 몹시 괴로워하며 물었다.

나는 한마디 끼어들 수 있게 되어 기뻤다. "집으러 돌아가 자는 게 어때? 어서 가세! 친구. 시간도 늦었고, 나랑 한 약속 기억하지.”

"주피터.” 그는 내 말을 조금도 듣지 않고 외쳤다. “내 말 들려?”

"예, 윌 주인님, 아주 똑똑히 잘 들려요.”

"그러면 칼로 나무를 잘라 봐. 아주 썩었는지 봐.”

"썩었어요, 주인님. 물론 썩었어요.” 잠시 후 흑인이 대답했다. “그런데 생각만큼 아주 썩지는 않았네요. 나 혼자면 앞으로 조금 더 갈 수 있을 것 같아요.”

"혼자라니! 무슨 말이야?”

"이 벌레 말이에요. 이 벌레가 **너무** 무거워요. 이 벌레만 버리면 흑인 한 놈 무게로는 가지가 부러질 것 같지 않아요.”

"이 나쁜 놈 같으니!” 르그랑은 소리쳤지만 아주 안심한 것처럼 보였다. “왜 그런 말도 안 되는 소리를 하는 거야? 그 황금충을 버리기만 해 봐! 네 놈 목을 분질러 버릴 거야! 이봐, 주피터! 내 말 들려?”

"예, 주인님, 불쌍한 흑인을 그런 식으로 호통치지 마세요.”

"자! 잘 들어! 안전하다고 생각되는 곳까지 올라가. 그 딱정벌레를 떨어뜨리지 않으면, 내려오자마자 선물로 은화를 줄게.”

"알았어요, 윌 주인님, 정말이죠.” 흑인이 아주 재빨리 대답했다. “이제 가지 끝까지 가 볼게요.”

"끝까지 가!” 르그랑이 “가지 **끝까지 갔어?**”라고 소리쳤다.

"곧 가지 끝이에요, 주인님, 오! 하느님 맙소사! 여기 나무 위에 있는 게 뭐죠?”

"음!” 르그랑이 매우 기뻐하며 외쳤다. “뭐야?”

"해골인데요? 누가 나무 위에 해골을 올려놔서 까마귀들이 살점을 다 뜯어 먹었어요."

"해골이라고 했지! 아주 좋아! 가지에 어떻게 고정되어 있어? 뭘로 고정되어 있어?"

"아주 잘 고정되어 있어요. 주인님, 보셔야 하는데요. 장담컨대 정말 이상해요. 해골이 커다란 못으로 나무에 고정되어 있어요."

"자, 주피터, 내 말대로 해, 듣고 있어?"

"예, 주인님."

"그럼 잘 봐! 해골의 왼쪽 눈을 찾아봐."

"흠! 후! 알았어요! 왜 눈이 없지?"

"이 바보 같은 놈! 오른손과 왼손을 구별할 줄은 아는 거야?"

"예, 나무를 자를 때 쓰는 게 왼손이죠."

"그렇지! 네가 왼손잡이니까. 왼쪽 눈은 왼손과 같은 쪽에 있어. 이제 해골의 왼쪽 눈, 아니, 왼쪽 눈이 있던 자리를 찾을 수 있을 거야. 찾았어?"

잠시 아무 말도 없었다. 마침내 흑인이 물었다.

"해골의 왼쪽 눈도 해골의 왼쪽 손과 같은 쪽에 있나요? 참 해골에는 손이 없지. 걱정 마세요! 이제 왼쪽 눈을 찾았어요. 여기 왼쪽 눈이 있어요! 왼쪽 눈으로 뭘 할까요?"

"눈 사이로 그 곤충을 넣고 줄이 다 풀릴 때까지 아래로 떨어트려. 끈을 놓치지 않도록 조심해."

"다 됐어요, 윌 주인님. 구멍 속으로 벌레를 넣는 것쯤이야 아주 쉽죠. 벌레가 내려오는지 아래에서 보세요!"

이 대화를 하는 동안 주피터의 모습은 보이지 않았지만, 이제 그가 힘들게 떨어트린 딱정벌레가 줄 끝에 매달린 게 보였다. 마지막 석양빛에 그 곤충이 황금 공처럼 빛났다. 그 빛이 우리가 서 있는 고지대를 희미하게 비추었다. 그 황금충은 어느 나뭇가지에도 걸리지 않고 내려왔다. 줄 없이 그냥 떨어졌으면, 우리 발밑에 떨어졌을 것이다. 르그랑은 곧 낫을 들고 곤충 바로 아래쪽에 지름 3~4야드* 정도로 둥글게 풀을 베어 냈다. 그 후 주피터에게 줄을 놓고 나무에서 내려오라고 명령했다.

내 친구는 아주 정확하게 딱정벌레가 떨어진 바로 그 지점에 말뚝을 박더니, 이제 주머니에서 줄자를 꺼냈다. 그는 줄자의 한쪽 끝을 말뚝에 가장 가까운 나무줄기에 고정하고, 줄자를 말뚝까지 끌고 간 다음, 나무와 말뚝을 이은 방향으로 줄자를 50피트 더 끌고 갔다. 주피터는 낫으로 가시덤불을 잘라 냈다. 이렇게 설정된 지점에 두 번째 말뚝을 박고 이 말뚝을 중심으로 대충 직경 4피트가량 되는 원을 그렸다. 이제 르그랑 본인도 삽을 직접 들더니 한 자루는 주피터에게, 한 자루는 내게 주면서 가능한 한 빨리 파자고 했다.

솔직히 말해, 나는 늘 그런 장난을 좋아하지 않는 편인 데다 밤이 다가오고 이미 몸을 많이 쓴 다음이라 몹시 피곤했다. 그래서 특히 그때는 그의 부탁을 거절하고 싶었다. 그러나 빠져나갈 구멍이 없었고 내가 거절하면 불쌍한 친구의 평온이 깨질까 봐 겁이 났다. 실제로 주피터가 내 편이었다면, 전혀 망설이지 않고 미치광이 친구를 강제로 집으로 데려가려고 시도했을 것이다. 하지만 나는 그 늙은 흑인의 기질을 너무나 잘 알고 있었다. 그의 주인과 내가 싸우면 어떤 상황에서도 내 편이 될리가 없었다. 그의 주인인 내 친구는 땅에 묻힌 돈에 대해 남부에 떠도는 수많은 미신에 전염된 게 틀림없었다. 황금충을 발견하고, "진짜 황금 덩어리 곤충"이라고 주피터가 고집을 부리자, 그 환상을 완전히 믿게 된 것인지도 몰랐다. 미치기 쉬운 기질인 사람은 그런 암시에 쉽게 끌리기 마련이고, 자신이 선호하는 선입견과 들어맞을 때는 더욱더 그렇다. 그리고 그 황금충이 "그의 행운의 표식"이라는 이 불쌍한 친구의 연설이 떠올랐다. 나는 전반적으로 화가 나면서도 난처하기도 한 애처로운 상태였다. 하지만 결국 불가피한 상황을 받아들이기로 했다. 즉 부지런히 땅을 파 그의 의견이 잘못되었음을 자신의 눈으로 직접 보게 한 다음 설득하기로 했다.

랜턴을 켠 다음 우리는 좀 더 이성적인 대의에 어울리게 열심히 일하기 시작했다. 랜턴 빛에 우리 몸과 도구가 드러났을 때 우연히 우리 곁을 지나가는 사람이 있었다면 우리가 얼마나 그림에나 나올 법한 조합으로 보였을지, 우리의 애쓰는 모습이 얼마나 괴상하고 의심스러워 보였을지 생각하지 않을 수 없었다.

우리는 조금도 쉬지 않고 두 시간 동안 땅을 팠다. 서로 거의 말도 하지 않았다. 난처하게도 개가 우리 일에 지나치게 관심을 보이며 짖어댔다. 개가 너무 날뛰어 주변 부랑자들에게 우리 일이 알려질까 봐 걱정되었다. 아니 우리라기보다는 르그랑이 걱정했다. 나로서는 부랑자가 방해해서 제정신이 아닌 친구를 집으로 데려갈 수 있다면 기뻤을 것이다. 마침내 주피터가 매우 효과적으로 개를 잠잠하게 만들었다. 그는 단호히 결심한 듯한 분위기를 풍기며 구덩이에서 나와 멜빵 하나로 짐승의 입을 묶었다. 그러고 나서 아주 킬킬대며 다시 파기 시작했다.

두 시간이 지나 우리는 땅을 5피트나 팠지만 보물은 흔적도 보이지 않았다. 모두 잠시 멈추었다. 드디어 내게 이 희극이 끝나리라는 희망이 생기기 시작했다. 르그랑은 당황한 기색이 역력했지만 생각에 잠겨 이마의 땀을 닦더니 다시 땅을 파기 시작했다. 우리는 직경 4피트의 원 전체를 파 내려갔고 이제 경계를 약간 확대해 2피트를 더 팠다. 여전히 아무것도 나타나지 않았다. 마침내 황금을 쫓던 내 친구가 구덩이에서 기어올라 왔을 때, 얼굴 전체에 실망의 기색이 역력했다. 정말 그가 딱했다. 그는 일하느라 벗어 놓은 외투를 마지못해 천천히 입기 시작했다. 그동안 나는 아무 말도 하지 않았다. 주피터는 주인이 손짓하자 땅 파던 연장을 모으기 시작했다. 이렇게 일을 마치고 개의 입마개를 푼 다음 우리는 아무 말 없이 집을 향해 돌아섰다.

집을 향해 열두어 걸음 옮겼을 때 르그랑이 주피터에게 다가가 큰 소리로 욕설을 퍼부으면서 그의 멱살을 잡았다. 놀란 흑인이 눈과 입을 최대로 벌린 상태로, 삽을 내려놓고 무릎을 꿇었다.

"이 나쁜 놈아!" 르그랑이 이를 악물고 한마디 한마디 내뱉었다. "이 극악무도한 흑인 악당 같으니! 말해 봐, 내가 말하라고 하잖아! 얼른 당장 대답해! 어느 쪽이 네 왼쪽 눈이야?"

"오, 맙소사, 월 주인님! 이게 틀림없이 왼쪽 눈인데요?" 겁에 질린 주피터가 **오른쪽** 눈에 손을 얹고 고함을 질렀다. 마치 주인이 그 눈을 도려내기라도 할 것처럼 필사적으로 오른쪽 눈을 손으로 가렸다.

"내 그럴 줄 알았어! 그럴 줄 알았어! 만세!" 르그랑은 흑인을 놓아주며 소리쳤다. 그는 펄쩍펄쩍 뛰며 빙빙 돌았다. 무릎을 꿇고 있던 그의 하인은 깜짝 놀라서 일어나 멍하니 주인을 보다 나를 보았고, 나를 보다 주인을 보다 했다.

"이리 와! 우리는 돌아가야 해." 주인이 말했다. "아직 게임이 끝나지 않았어." 그리고 그는 다시 앞장서서 튤립나무 쪽으로 갔다.

"주피터." 우리가 나무에 도착했을 때 그가 말했다. "이리 와! 해골이 가지에 못 박혀 있다고 했는데 얼굴이 바깥쪽을 향하고 있었어? 아니면 가지 쪽을 향하고 있었어?"

"바깥쪽을 향하고 있었어요, 주인님. 그래서 까마귀가 눈을 다 파먹은 거예요."

"그럼 그 딱정벌레를 어느 눈으로 떨어트렸어, 이 눈이야, 아니면 저 눈이야?" 르그랑은 주피터의 눈을 하나하나 만지면서 말했다.

"주인님 말씀대로 이 눈으로요." 흑인은 자신의 오른쪽 눈을 가리켰다.

"그럼 됐어, 다시 해야 돼."

자, 내 친구는 미치기는 했지만 어떻게 해야 할지 방법을 알고 있었다. 아니 내가 그렇게 상상했는지도 모르겠다. 그는 딱 정벌레가 떨어진 지점을 표시한 말뚝을 파내서 그전 위치에서 서쪽으로 약 3인치 떨어진 지점에 박았다. 전과 마찬가지로 이제 줄자를 가장 가까운 나무줄기에서 말뚝까지 끌고 간 다음 일직선으로 50피트 더 끌고 갔다. 그 지점은 우리가 땅을 팠던 지점에서 몇 야드나 떨어진 지점이었다.

우리는 새로운 위치 주변으로 이전보다 조금 더 큰 원을 그린 다음 다시 삽으로 파기 시작했다. 왜 내 생각이 바뀌었는지 모르지만, 몹시 피곤한데도 더 이상 그 일이 싫지는 않았다. 왠지 모르게 흥미를 느꼈고 심지어 흥분되기까지 했다. 아마도 르그랑의 지나친 태도에 뭔가 선견지명이나 신중한 분위기가 있었는데 그에 감동받은 것 같았다. 나는 열심히 땅을 팠고, 가끔 기대 비슷한 걸 가지고 그 환상 속 보물을 찾고 있었다. 불쌍한 내 친구는 보물이 나타나리라는 생각에 얼굴이 밝아졌다. 이런 엉뚱한 생각을 하며, 아마 한 시간 반가량 일하고 있을 때, 다시 개가 격렬하게 짖으며 우리를 방해했다. 아까는 그 개가 분명히 장난이나 변덕으로 불편해서 짖었다면, 이번에는 진지하게 마구 짖어댔다. 주피터가 다시 재갈을 물리려고 하자, 그 개는 격렬하게 저항하며 구덩이 속으로 뛰어들더니 미친 듯이 흙더미를 발톱으로 파헤쳤다. 몇 초 만에 그 개는 해골 무더기를 발견했다. 금속 단추 몇 개와 썩은 모직 조각과 섞여서 해골 두 구가 드러났다. 삽으로 한두 번 더 파자 커다란 스페인 칼날이 나왔고, 더 깊이 파자 금화와 은화가 서너 닢 나타났다.

이 광경에 주피터는 기쁨을 감추지 못했지만, 주인은 아주 실망한 표정이었다. 그러나 그는 우리에게 계속 파라고 재촉했다. 그 말이 끝나기도 전에 나는 헤쳐진 흙 사이에 반쯤 묻혀 있는 커다란 쇠고리에 신발 끝이 걸려 비틀거리다가 앞으로 넘어졌다.

우리는 이제 열심히 팠다. 나는 그 어느 때보다 흥분해 10분간 팠다. 10분 사이에 우리는 긴 나무 상자를 파냈는데, 놀라울 정도로 단단하고 완벽하게 보존된 것으로 미루어 어떤 광물로 처리한 게 분명했다. 아마 염화수은 처리를 했을 것이다. 이 상자는 길이 3.5피트, 너비 3피트, 깊이 2.5피트였다. 일종의 격자무늬 단철 띠를 두르고 리벳으로 고정한 상자였다. 상자 상단 양쪽에 각각 세 개, 총 여섯 개의 쇠고리가 달려 있어 여섯 명이 고리를 잡고 들 수 있게 되어 있었다. 우리가 함께 힘껏 들었지만, 그 상자는 원래 있던 장소에서 들썩일 뿐 꼼짝도 안 했다. 우리는 곧 그렇게 무거운 상자를 들 수 없음을 알았다. 다행히 뚜껑이 미끄럼 자물쇠 두 개로만 잠겨 있었다. 우리는 불안에 차 헐떡이며 덜덜 떨면서 빗장을 뒤로 밀었다. 순식간에 우리 앞에 값을 매길 수 없을 만큼 비싼 보물이 나타났다. 랜턴으로 구덩이 안을 비추자 금과 보석 더미에서 번쩍이는 빛이 솟구쳐 눈이 멀 정도였다.

내가 어떤 감정으로 그 보물을 바라보았는지 말하지 않겠다. 물론 놀라움이 지배적이었다. 르그랑은 흥분해서 기절한 것처럼 보였고 거의 아무 말도 하지 않았다. 주피터는 몇 분 동안 죽은 사람처럼 얼굴이 창백해졌다. 흑인의 속성상 얼굴이 그보다 더 창백해질 수는 없었다. 그는 벼락 맞은 사람처럼 멍하니 있었다. 구덩이에 무릎을 꿇고 팔을 팔꿈치까지 금에 묻은 채 마치 목욕을 즐기는 사람처럼 가만히 있었다. 마침내 깊은 한숨을 쉬며 주피터가 독백처럼 외쳤다.

"그리고 이 모두가 황금충에게서 온 거야! 이 예쁜 황금충에게서! 그런데 불쌍한 작은 황금충에게 그렇게 사나운 욕설만 퍼부었다니! 부끄럽지 않냐, 이 깜둥이야? 대답해 봐!"

결국 주인과 하인 둘 다에게 정신 차리고 보물을 옮기라고 내가 나서야 했다. 밤이 깊어지고 있어서 해 뜨기 전에 모두 집으로 가져가기 위해 빨리 시작해야 했다. 무엇을 해야 할지, 어떻게 해야 할지 몰라서 생각하는 동안 시간이 많이 흘렀다. 우리 모두 혼란스러웠다. 마침내 우리는 상자 속 내용물의 3분의 2를 제거해 상자를 가볍게 만든 다음 끙끙대며 상자를 구덩이 밖으로 꺼낼 수 있었다. 상자에서 꺼낸 내용물은 가시덤불 사이에 숨겨 놓고, 개더러 그 자리에서 지키고 있으라고 했다. 주피터는 개에게 우리가 돌아올 때까지 무슨 일이 있어도 그 자리에서 움직이거나 짖어선 안 된다고 엄격하게 명령했다. 우리는 상자를 들고 서둘러 집으로 돌아왔다. 갖은 고생 끝에 무사히 오두막에 도착하기는 했지만 이미 새벽 1시였다. 우리는 아주 지쳐 있었다. 더 이상 일을 할 수 없었다. 2시까지 휴식을 취하고 저녁을 먹은 후, 마침 집 안에 있던 튼튼한 자루를 하나씩

메고 곧바로 언덕으로 출발했다. 4시 조금 전에 구덩이에 도착해 나머지 전리품을 가능한 한 균등하게 나눈 다음 구덩이를 메우지 않은 채 다시 오두막을 향해 출발했다. 동쪽에 있는 나무 꼭대기에 첫 새벽 햇살이 비칠 때 오두막에 도착해 두 번째 금덩어리를 내려놓았다.

우리는 이제 완전히 지쳤지만 당시에는 너무 흥분해 쉴 수가 없었다. 서너 시간 정도 잤다 깼다 한 후, 일어나자마자 마치 우리는 약속이라도 한 듯이 보물을 살펴보기 시작했다. 상자는 꽉 차 있었다. 우리는 다음 날 하루 종일 그리고 밤새도록 상자의 내용물을 자세히 조사했다. 그 내용물은 정돈해 질서 있게 넣은 게 아니고 무질서하게 마구 쌓아 둔 것이었다. 보물을 모두 신중하게 분류한 후, 처음 우리 생각보다 훨씬 더 많은 재산을 소유하게 된 걸 알게 되었다. 금화는 45만 달러가 훨씬 넘었다. 당시 시세표에 따라 최대한 정확하게 평가한 액수였다. 은화는 한 닢도 없었다. 모두 금화였고 아주 다양한 종류의 오래된 금화였다. 영국 기니 몇 개와 프랑스, 스페인, 독일 돈이 있었고 처음 본 금화도 몇 개 있었다. 매우 크고 무거운 금화도 몇 닢 있었는데 너무 닳아서 동전에 새겨진 글씨를 알아볼 수 없었다. 미국 돈은 없었다. 보석은 가치 추정이 더 어려웠다. 알이 아주 큰 고급 다이아몬드를 포함해 총합 110개의 다이아몬드가 있었는데, 그중 알이 작은 다이아몬드는 하나도 없었다. 놀라운 광채를 지닌 루비가 18개, 매우 아름다운 에메랄드가 310개, 오팔 1개, 사파이어가 21개 있었다. 이 보석들은 모두 보석 장식을 제거하고 그냥 보석만 둔 것이었다. 다른 금붙이들 사이에서 끄집어낸 장식은 어떤 보석이었는지 숨기기 위해 망치로 마구 두들겨져 있었다. 이 모든 보물 외에도 순금 장신구가 대량 있었다. 거대한 반지와 귀걸이 200여 개, 내 기억으로는 비싼 고리 30개, 아주 무거운 큰 십자가 83개, 비싼 황금 향로 5개, 포도잎과 바쿠스 축제의 인물들로 화려하게 장식된 엄청나게 큰 황금 주발 1개, 정교하게 양각된 칼 손잡이 2개 등을 포함해 기억할 수도 없는 소소한 물건이 많이 있었다. 보물의 무게는 350파운드*가 넘었다. 최고가품 금시계 197개는 여기에 포함시키지 않았다. 시계 중 3개는 각각 5백 달러나 되는 것이었다. 시계 대다수가 너무 오래된 것이라 시간을 알려줄 수 없고, 부식으로 약간 훼손되기는 했지만 모든 시계에 보석이 여러 개 박혀 있었으며 비싼 상자에 담겨 있었다. 그날 밤 우리는 상자 속 내용물 전체를 150만 달러로 평가했다. 나중에 장신구와 보석을 처분했을 때(일부는 우리가 사용하기 위해 보관함) 우리가 과소평가했음을 알게 되었다.

마침내 조사를 마치고 당시의 격렬한 흥분이 어느 정도 가라앉았을 때, 이 이상한 수수께끼의 답을 찾으려고 애태우는 내 모습을 본 르그랑이 모든 상황을 자세히 설명하기 시작했다.

"내가 황금충의 대략적인 스케치를 건네주던 날 밤을 기억하지?" 그가 말했다. "내 그림이 해골과 닮았다고 자네가 주장했을 때, 내가 아주 짜증 냈던 거 말이야. 처음에 자네 주장이 농담인 줄 알았는데, 나중에 그 곤충 등에 특이한 반점이 있던 게 떠올라서 자네 말이 어느 정도 사실인 걸 인정했지. 그래도 훌륭한 화가라고 자부하던 나로서는 자네가 내 그림 실력을 비웃은 것 같아 화가 났어. 자네가 양피지 조각을 건네주었을 때 화가 나서 그걸 구겨서 불 속에 던지려고 했어."

"그 종잇조각 말이야?" 내가 물었다.

"아니야, 종이처럼 생겨서 처음에는 종이인 줄 알았지만, 그림을 그리려고 하자 곧 매우 얇은 양피지인 걸 알아챘어. 그게 아주 지저분했던 건 기억나지? 글쎄, 양피지를 구겨서 던지려던 순간, 자네가 본 스케치를 보았는데, 내가 딱정벌레를 그린 바로 그 자리에 실제로 해골 모양이 있었어. 그때 내가 얼마나 놀랐을지 상상할 수 있을 거야. 너무 놀라서 제대로 생각을 할 수가 없었어. 해골의 전체적인 윤곽이 내가 그렸던 것과 비슷하긴 했지만 세부적으로 내 그림과 아주 다르다는 걸 알게 되었어. 이제 촛불을 들고 방 맞은편으로 가 차분히 앉아서 양피지를 더 자세히 살피기 시작했어. 양피지를 뒤집자 뒷면에 내가 그린 스케치가 있었어. 그 당시 처음 떠오른 생각은 놀랍게도 두 그림의 윤곽이 정말 비슷하다는 거였어. 그 당시에는 몰랐는데 이상한 우연의 일치로 황금충 그림 바로 밑에 해골 그림이 있었고 그 해골이 윤곽선뿐만 아니라 크기까지 내 스케치와 아주 흡사했던 거야. 이런 이상한 우연의 일치에 나는 잠시 완전히 넋이 나갔어. 우연의 일치를 보면 흔히 이런 반응을 보이지. 정신은 둘 사이의 연관성, 즉 일련의 원인과 결과를 이해하려고 끙끙대다가 안 되니까 일시적으로 마비 증세를 보이는 거야. 그러나 이런 마비에서 회복되었을 때, 서서히 확신이 들었어. 그 확신은 우연보다 더 놀라운 것이었어. 내가 황금충을 스케치할 때 양피지에는 아무 그림도 없었다는 사실이 똑똑이 기억나기 시작했어. 가장 깨끗한 공간을 찾기 위해 먼저 한쪽 면을 살펴본 다음 다른 쪽 면을 봤던 게 기억났어. 해골이 그자리에 있었다면 당연히 못 봤을 리가 없지. 정말 설명할 수 없는 수수께끼는 바로 이 부분이었어. 하지만 일찍이 진실이 내지성의 가장 구석진 은밀한 방들에서 희미하게 빛나고 있는 것같았어. 어젯밤 모험으로 그다지도 장엄한 진실이 드러났지만그 당시에는 진실이 반딧불처럼 빛났어. 나는 곧 일어나서 양피지를 안전한 곳으로 치웠어. 나중에 혼자 있을 때 더 생각해보기로 했지.

자네가 떠나고 주피터가 잠들자 그 사건에 대해 좀 더 체계적으로 조사하기 시작했어. 우선 내가 어떻게 양피지를 갖게되었는지 생각해 봤지. 우리가 황금충을 발견한 지점은 섬에서 동쪽으로 약 1마일 떨어진 육지 해안으로 만조에 물이 차는곳과 가까웠어. 내가 그 곤충을 잡자마자 날카롭게 물어서 손에서 그걸 떨어트렸어. 주피터는 자신을 향해 날아오는 곤충을잡기 전에 주위를 둘러보다 늘 그랬듯이 조심스럽게 곤충을 쌀만한 나뭇잎이나 그 비슷한 것을 찾았어. 그 순간 그와 내가 동시에 종이처럼 보이는 양피지를 보았어. 그 양피지는 모래에반쯤 묻힌 상태로 귀퉁이가 튀어나와 있었어. 그것을 발견한지점 근처에서 긴 배의 선체가 있었어. 그 난파선은 아주 오랫동안 그곳에 있었던 것 같았어. 배 주위의 목재가 거의 다 썩어 있었어.

주피터는 양피지를 주위 그걸로 황금충을 싸서 내게 건넸어. 얼마 후 곧 우리는 집을 향해 돌아섰고, 가는 길에 G 중위를 만났지. 그 곤충을 보여 주자 그는 자기 요새에 가져가게 해 달라고 부탁했어. 그가 곤충을 살피는 동안 나는 계속 그 곤충을 양피지에 싼 채로 들고 있었어. 내가 그러라고 하자 그는 양피지는 두고 곤충만 양복 조끼 주머니에 집어넣었어. 아마 내가 마음을 바꿀 수도 있으니 그 귀중한 곤충을 얼른 가져가는 게 수라고 생각했던 것 같아. 중위가 자연사의 모든 주제에 대해 얼마나 열정적인지 자네도 알잖아. 그 순간 내가 무심코 양피지를 주머니에 넣었던 게 틀림없어.

내가 황금충을 스케치하려고 했을 때 늘 종이를 두던 곳에 종이가 없었던 건 기억날 거야. 서랍을 뒤져 봤는데 거기에도 종이가 없었어. 낡은 편지지가 있나 하고 주머니를 뒤졌는데 그 양피지가 손에 닿았어. 이 상황이 특별히 인상적이어서 양피지가 내 손에 들어온 과정을 이렇게 자세히 설명하는 거야.

틀림없이 내가 공상에 **빠졌다**고 생각할 거야. 하지만 나는 이미 어떤 **연관성**을 알아냈어. 거대한 두 개의 고리를 연결했어. 바닷가에 배 한 척이 쓰러져 있었는데, 그 배에서 멀지 않은 곳에 해골이 그려진 **종이가 아닌** 양피지가 있었어. 물론 자네는 '연결 고리가 어디 있냐'고 물을 거야. 해골이야. 해골은 해적의 상징으로 잘 알려져 있다는 게 내 대답이야. 싸울 때마다 해적은 해골 깃발을 걸거든.

주운 조각이 종이가 아니라 양피지라고 했잖아. 양피지는 거의 썩지 않을 정도로 내구성이 강해. 중요하지 않은 일에 양피지를 쓰지는 않지. 그림을 그리거나 글을 쓰는 일상적인 목적을 위해서는 양피지보다 종이가 더 낫거든. 이런 생각을 하자 해골에 어떤 의미, 즉 어떤 연관성이 있다는 생각이 떠올랐어. 양피지의 **형태**도 관찰하지 않을 수 없었어. 뭔가 사고가 나 양피지의 모서리 한쪽이 훼손되었지만 원래 직사각형이었어. 사실 그 양피지는 비망록용으로 쓸 만한 것, 오래 기억하고 정성껏 보존할 무언가를 기록하려고 선택할 만한 것이었어."

"하지만 딱정벌레를 그릴 때 양피지에 해골이 없었다며?" 내가 끼어들었다. "그런데 어떻게 배와 해골의 연결 고리를 추적할 수 있었어? 자네도 인정했지만, 해골은 자네가 황금충을 스케치한 후 언젠가 (누가 어떻게 그렸는지 모르지만) 그려진 게 틀림없잖아?."

"아, 이제 모든 수수께끼가 여기에 달려 있었어. 이 지점에서 비밀을 푸는 건 그다지 어렵지 않았어. 방법이 확실해서 단 하나의 결과만 가능했지. 예를 들어 이렇게 추론했어. 내가 황금충을 그렸을 당시 양피지에는 해골이 없었어. 그림을 다 그린 다음, 자네에게 주었지. 자네가 그 그림을 돌려줄 때까지 자네를 자세히 지켜보았거든. 자네가 해골을 그리지도 않았고, 그걸 그릴 다른 사람도 없었어. 그렇다면 인간이 한 일이 아니야. 그런데도 해골 그림이 나타났단 말이야.

이제 나는 회상 단계에서 문제의 그 시간 동안 발생한 모든 사건을 아주 똑똑히 기억해 내려고 애썼어. 그리고 실제로 기억이 났어. 날씨가 쌀쌀했고(오, 드문 행운이었어!) 벽난로에서는 불이 활활 타고 있었어. 운동으로 몸이 후끈해진 나는 탁자 근처에 앉아 있었어. 하지만 자네는 의자를 난로 근처로 끌고 갔어. 내가 양피지를 건네주고 자네가 그것을 살펴보고 있을 때, 뉴펀들랜드종 울프가 들어와 자네 어깨 위로 뛰어올랐지. 자네는 왼손으로 울프를 어루만지며 밀어내면서, 양피지를 든 오른손을 무릎 사이에 떨군 채 벽난로 쪽으로 다가갔어. 종이에 불이 붙을지 모른다고 경고하려는 순간, 내가 말하기도 전에 자네가 물러서서 다시 종이를 살펴보고 있었어. 이 모든 세부 사항을 고려했을 때, 의심의 여지 없이 열의 작용 때문에 양피지에 해골이 나타난 거야. 알다시피 예전부터 어떤 화학적 물질로 종이나 양피지에 글을 쓰면 불을 쬘 때만 문자가 보이잖아. 산화코발트를 왕수에 넣은 다음 네 배의 물로 희석하면 초록색 잉크가 되고* 코발트를 질소액에 용해하면 빨간색 잉크가 돼. 서늘할 때 이런 색으로 글씨를 쓰면 잠시 후 글씨가 사라졌다가 열을 가하면 다시 선명하게 나타나거든.

이제 해골을 주의 깊게 살펴봤어. 바깥쪽 가장자리, 양피지의 가장자리 가까이 그려진 그림이 다른 곳 그림보다 훨씬 **더 선명하게** 나타났어. 열이 불완전하거나 불균등하게 가해져서 그런 게 분명했어. 나는 즉시 불을 피우고 양피지 전체에 뜨거운 열을 가했어. 처음에는 희미한 해골 윤곽이 뚜렷해지는 게 다였어. 하지만 계속 열을 가하니까 해골과 대각선으로 반대쪽에 그림이 나타났어. 처음에는 염소라고 생각했어. 하지만 자세히 살펴보니까 새끼 염소'를 그린 것이었어."

"하! 하!" 내가 말했다, "150만 달러를 가지고 농담을 할 순 없으니 자네를 비웃을 수는 없지만, 세 번째 연결 고리는 못 찾은 것 같은데. 해적과 염소 사이에서 특별한 연관성을 발견할 수 없잖아. 알다시피 염소는 해적과 아무 연관성이 없어. 염소는 농부에게나 필요한 거잖아."

"하지만 방금 그 그림이 염소라고 하지는 **않았잖아.**"

"글쎄, 그러면 새끼 염소라고 해. 그래도 거의 같은 말이잖아."

"거의 같지만 똑같지는 않아." 르그랑이 말했다. "**키드 선장** 이야기는 들어 봤을 거야. 나는 그 형상을 동음이의어나 상형 문자로 생각했어. 서명이라고 생각했어. 양피지에 그려진 위치를 보니 서명 같았어. 같은 방식으로 대각선으로 맞은편 모서리에 있는 해골도 도장이나 인장 같았어. 하지만 내가 상상한 본문, 즉 문맥을 알 수 있는 내용이 전혀 없었어. 그래서 몹시 실망했지."

"인장과 서명 사이에 편지가 있길 기대한 거군."

"그런 식으로 뭔가가 있으리라고 기대했어. 사실은 뭔가 큰 행운이 다가오고 있다는 예감을 떨쳐 버릴 수 없었거든. 아마도 실제로 믿어서라기보다는 오히려 일종의 욕망이었을 거야. 하지만 그 곤충이 순금으로 된 것이라는 주피터의 바보 같은 말에 큰 영향을 받은 건 알겠지? 그 후 일련의 사건과 우연이 이어졌는데 아주 특이했어. 이런 일이 1년 중 유일하게 난로를 피우거나 피울 만한 날에 일어났고, 벽난로가 있었고, 정확한 순간에 개가 나타나 끼어들었어. 이런 일이 없었다면 결코 해골을 몰랐을 것이고, 따라서 보물의 소유자가 될 수도 없었을 거야. 얼마나 대단한 우연인지 알겠지?"

"하지만 계속 말해 봐. 다음 이야기가 궁금해 죽겠군."

"자, 물론, 자네도 떠도는 여러 가지 이야기를 들었을 거야. 키드 선장과 해적들이 대서양 연안 어딘가에 돈을 숨겨 놓았다는 수많은 소문 말이야. 사실 이런 소문에는 약간 근거가 있기 마련이야. 그리고 그런 소문이 그렇게 오랫동안 계속 떠도는 건 아직 보물이 묻혀 있기 때문일 거야. 키드가 해적질한 물건을 잠시 숨겨 두었다가 나중에 찾았으면 지금까지 똑같은 소문이 전해지지는 않았을 거야. 알다시피 돈을 찾는 사람 이야기만 있지, 찾았다는 사람 이야기는 없잖아.

만일 해적이 돈을 되찾았으면 소문이 사라졌을 거야. 어떤 사고가 발생해 키드 선장이 되찾을 방법을 잃은 것 같아. 말하자면 장소를 알려 주는 메모를 잃었다든지. 그리고 그의 부하들 사이에 이 사고가 알려졌을 거야. 사고가 일어나지 않았으면 부하들은 돈을 숨긴 것도 몰랐을 거야. 그들은 아무런 실마리가 없는 상태에서 부지런히 보물을 찾았지만 실패했지. 그래서 이런 소문이 나기 시작했고 그 후에 널리 퍼진 거야. 해안에서 보물을 발굴했다는 소리 들어 봤어?"

"전혀."

"키드 선장이 어마어마한 보물을 묻어 놓은 건 널리 알려진 사실이야. 그래서 나는 당연히 아직도 그 보물이 땅에 묻혀 있으리라고 생각했어. 이상하게 발견된 그 양피지에 틀림없이 사라진 보물의 보관 장소가 기록되어 있으리라는 확신에 가까운 희망이 생겼어. 내가 이런 말을 해도 자네는 거의 놀라지 않을 거야."

"하지만 어떻게 한 거야?"

"불의 온도를 올린 후 불에 양피지를 가져다 댔지. 하지만 아무것도 나타나지 않았어. 흙이 묻어서 나타나지 않은 것일 수 있겠다 싶어서 양피지 위에 따뜻한 물을 부은 후 꼼꼼하게 흙을 제거했어. 그 일이 끝나자 해골이 아래를 향하도록 양피지를 프라이팬에 올려놓았어. 그다음에 그 프라이팬을 석탄이 타고 있는 화덕 위에 올려놓았지. 몇 분 후 프라이팬이 완전히 달구어졌을 때 그 양피지를 들어 올렸어. 양피지 여기저기 숫자의 열 같은 게 여러 줄 나타났어. 너무 기뻐서 어쩔 줄 몰랐다네. 다시 양피지를 프라이팬에 올리고 1분쯤 더 기다려 보았어. 다시 양피지를 들어 올리자마자 지금 자네가 보는 것처럼 전체 그림이 드러났어."

르그랑은 다시 양피지에 열을 가하더니 내게 보라고 하며 건넸다. 해골과 새끼 염소 사이에 조잡하게 붉은색으로 쓴 이런 문자가 나타났다.

53‡‡†305))6*;4826)4‡.)4‡);80

6*;48†8¶60))85;1‡(;:‡*8†83(88)
5*†;46(;88*96*?;8)*‡(;485);5*†
2:*‡(;4956*2(5*–4)8¶8*;40692
85);)6†8)4‡‡;1(‡9;48081;8:8‡1
;48†85;4)485†528806*81(‡9;48
;(88;4(‡?34;48)4‡;161;:188;‡?;

"하지만 아직도 난 뭐가 뭔지 모르겠는걸. 이 수수께끼를 풀면 골콘다'의 보석을 모두 차지할 수 있다고 해도, 절대로 차지하지 못할 것 같네." 그에게 양피지를 돌려주며 내가 말했다.

"하지만 이 기호들은 슬쩍 보고 상상하는 것만큼 어려운 수수께끼는 아니야. 누구나 추측할 수 있듯이 이 문자들은 암호야. 말하자면 의미를 전달하는 거지. 하지만 알려진 바에 따르면 추측건대, 키드 선장은 복잡한 암호를 만들 만한 사람이 아닐 것 같았어. 곧 간단한 암호일 거라고 마음 정했어. 하지만 실마리를 못 찾으면 머리 나쁜 해적이 풀 수 없는 암호였을 거야."

"정말로 그 암호를 해독했어?"

"나야 쉽게 풀었지. 그보다 수만 배 더 어려운 암호도 푼 적이 있는걸. 내 환경과 성향 때문에 이런 수수께끼에 흥미를 가지게 되었거든. 아무리 창의적인 수수께끼라도 창의성을 발휘하면 풀리지 않는 수수께끼는 없다고 생각해. 사실 일단 기호의 뜻을 알고 서로 연관시키면, 내게 암호의 의미를 알아내는 건 식은 죽 먹기였어.

사실 모든 암호문에 해당되지만, 지금 이 암호에 대해 던져야 할 첫 번째 질문은 암호가 어떤 언어로 쓰였냐는 거야. 특히 더 간단한 암호문의 경우 해결 원칙은 특정 언어의 특성에 달려 있고 언어에 따라 암호 해독이 달라져. 일반적으로는 암호를 해독하려고 할 때 자신이 알고 있는 (가능성이 있어 보이는) 모든 언어로 실험하는 것 외에는 대안이 없어. 마침내 어떤 언어인지 알게 될 때까지 계속하는 거지. 하지만 지금 우리 앞의 암호의 경우는 서명 때문에 그 어려움이 모두 사라졌어. '키드'라는 말장난은 영어에만 있거든. 서명이 아니었다면 나는 스페인어와 프랑스어부터 시작했을 거야. 이 비밀 암호를 쓴 사람이 카리브해 해적이었으면 스페인어로 쓰는 게 가장 자연스러운 일이니까.

단어 사이에 띄어쓰기를 하지 않은 게 보이지. 띄어쓰기가 되어 있었으면 암호 해독이 상대적으로 더 쉬웠을 거야. 그랬으면 먼저 더 짧은 단어를 정리하고 분석하는 작업부터 시작했겠지. 한 문자로 된 단어(예를 들어 a나 I)가 있었다면 암호 해독이 보장되었을 거야. 하지만 단어 사이에 간격이 없었기 때문에 1단계로 가장 덜 나타나는 기호와 함께 가장 자주 나타나는 기호를 확인했어. 모든 기호를 세어서 다음과 같은 표를 작성했지.

8   33개
;   26개

4	19개
)	16개
‡	16개
*	13개
5	12개
6	11개
†	8개
1	8개
0	6개
9	5개
2	5개
:	4개
?	3개
¶	2개
–	1개
.	1개

자, 영어에서 가장 자주 등장하는 문자는 e잖아. 그 다음으로 a o i d h n r s t u y c f g l m w b k p q x z 순이야. 하지만 e 가 압도적으로 많이 사용되고 있어. 어떤 길이의 문장에도 e가 제일 많이 등장해.

그러니까 여기서 처음부터 마구 추측하는 게 아니라 확실한 근거를 가지고 해독하는 거야. 일반적으로 이 표의 유용성은 명확해. 하지만 이 특별한 암호의 경우에는 이 표가 극히 부분적으로만 도움이 될 거야. 가장 많이 등장하는 숫자가 8이니까 8을 e로 생각하고 시작할 거야. 영어에서 e는 'meet', 'fleet', 'speed', 'seen', 'been', 'agree' 등의 단어에서 자주 쌍으로 나타나니까, 8이 자주 쌍으로 나타나는지 관찰해서 우리의 가정이 맞는지 확인해 보자고. 현재 암호문은 길이가 짧은데도 8은 쌍으로 다섯 번이나 나타나.

그러니까, 8을 e라고 가정해 봐. 자, 영어에서는 가장 흔히 쓰이는 단어가 the야. 그러니 마지막 기호가 8이고 세 문자가 같은 순서로 반복되는 게 있는지 살펴보자. 만약 그런 기호들이 반복되면 'the'라는 단어를 나타낼 가능성이 커. 조사해 보니 ;48이 일곱 번이나 반복되고 있어. 그러므로 ;은 t, 4는 h, 8은 e라고 가정할 수 있어. 8이 e라는 마지막 가정은 이제 확인되었고, 큰 진전이 이루어졌어.

그런데 한 단어를 확인하고 나니 아주 중요한 점을 확실히 알 수 있어. 즉 다른 여러 단어의 시작과 끝을 알 수 있게 되었어. 예를 들어 암호의 끝에서 멀지 않은 곳에 있는 ;48이라는 조합을 보게. 우리는 세미콜론이 이 단어의 시작임을 알고 있고 이 'the' 다음에 오는 여섯 기호 중 다섯 기호는 알아. 모르는 기호는 빈칸으로 두고 이 다섯 개의 기호를 우리가 알고 있는 문자로 바꿔 봐.

t eeth가 되잖아.

우리는 여기서 'th'를 제외할 수 있어. t로 시작하는 단어에 th가 들어가는 게 없거든. 빈칸에 모든 알파벳을 넣어 봤지만, th를 둔 상태로는 단어가 안 돼. 그래서 범위를

t ee로 좁혔어.

그리고 전처럼 빈칸에 알파벳을 모두 다 넣어 보니, 마침내 유일하게 가능한 단어가 'tree'임을 알게 돼. 이렇게 해서 우리는 'the tree'라는 두 단어에서 기호의 뜻을 하나 더 알게 돼. (는 r이야.

이 단어에서 멀지 않은 곳에 다시 ;48이 나타나. 이번에는 직전 내용을 끝내는 데 쓰이고 있어. 그래서 이런 배열을 갖게 돼.

the tree ;4(‡?34 the

혹은 이미 알고 있는 알파벳으로 대체하면 다음 같은 배열을 갖게 되지.

the tree thr‡?3h the

이제 모르는 문자를 빈칸이나 점으로 두면, 이렇게 읽혀.

the tree thr . . . h the

곧 'through'인 게 분명해지지. 하지만 이 발견으로 다시 ‡ ? 3이 세 개의 문자 o u g를 뜻한다는 걸 알게 돼.

이제 아는 문자의 조합으로 암호문을 자세히 검토하면, 암호 시작 부근에 다음과 같은 배열이 보이지.

83(88 혹은 egree

이것은 'degree'의 끝부분인 게 분명해. 우리는 또 하나의 기호를 알게 되지. †은 d야.

단어 'degree' 다음 네 글자 뒤에 다음과 같은 조합이 나타나.

;46(;88*

알려진 문자로 바꾸고, 앞에서 한 것처럼 모르는 문자를 점으로 나타내면 다음과 같이 돼.

th . rtee .

곧 'thirteen'이라는 단어가 떠올라. 우리는 다시 두 개의 문자 i와 n을 새로 알게 돼. 6과 *의 뜻은 i와 n이야.

이제 암호문의 시작 부분을 보면 다음과 같은 조합이 있어.

53‡‡†

아까처럼 번역하면 다음 결과가 나와

. good

첫 글자가 A임이 분명해. 따라서 첫 두 단어는 'A good'이야. 혼란을 피하기 위해, 이제 지금까지 발견한 데까지 해독한 암호를 표로 정리해야 해. 이런 표가 나올 거야.

5는   a를 나타낸다.
†는   d를   〃
8은   e를   〃
3은   g를   〃
4는   h를   〃
6은   i를   〃
*은   n을   〃
‡는   o를   〃
(는   r을   〃
;은   t를   〃

그러므로 우리는 가장 중요한 문자 열 개를 알게 되었어. 어떻게 해독했는지 더 이상 설명할 필요가 없겠지. 이런 종류의 암호를 쉽게 해독할 수 있다는 것도 충분히 납득이 갈 거야. 이제 자네도 암호 개발 **원리**에 대해 어느 정도 알게 되었을 거야. 하지만 우리 앞에 있는 이 표본은 가장 단순한 종류의 암호인 게 분명해. 이제 자네에게 양피지 위에 쓰인 문자를 완벽하게 해독해서 보여 주는 일만 남았어. 여기 있네.

'비숍의 호스텔의 악마의 자리에서 좋은 유리 41도 13분 북동 북쪽 일곱 번째 큰 가지에서 동쪽을 향해 해골의 왼쪽 눈에서 총을 쏘라 나무에서 아래로 똑바로 총을 쏘아 그곳에서 50 피트 밖.'"

"하지만 아직도 수수께끼는 안 풀린 상태인데. '악마의 자리', '해골', '비숍의 호스텔' 같은 은어의 의미를 어떻게 알 수 있어?" 내가 말했다.

"솔직히 말해, 대충 보면 아직도 엉망인 게 맞아. 내가 처음 한 일은 암호 작성자의 의도대로 문장을 자연스럽게 나누는 것이었네."

"구두점을 찍는 거 말이야?"

"그 비슷한 거지."

"하지만 어떻게 이런 결과가 나온 거지?"

"이 글을 쓴 사람이 다른 사람들이 해독하지 못하도록 의도적으로 띄어쓰기를 안 한 것 같아. 자, 이런 목적을 추구할 때 영리하지 않은 사람은 틀림없이 지나치게 할 거야. 글을 쓰다가 주제가 바뀔 때 자연스럽게 쉬거나 마침표를 넣어야 하는

데, 그런 지점에서 평소보다 훨씬 더 기호 간의 간격을 좁히는 거야. 현재 암호를 살펴보면 지나치게 기호 간의 간격이 좁은 곳을 다섯 군데 쉽게 발견할 수 있어. 이 힌트에 따라 나는 이렇게 문장을 나누었어.

'비숍의 호스텔의 악마의 자리에서 좋은 유리 — 41도 13분 — 북동 북쪽 — 일곱 번째 큰 가지에서 동쪽을 향해 — 해골의 왼쪽 눈에서 총을 쏘라 — 나무에서 아래로 똑바로 총을 쏘아 그곳에서 50피트 밖.'"

"그렇게 나누어도 난 여전히 무슨 뜻인지 전혀 모르겠는걸." 내가 말했다.

"나도 며칠 동안 무슨 뜻인지 전혀 몰랐어. 그동안에도 설리번섬 주변에 '비숍의 호텔'이 있는지 부지런히 찾았지. 물론 호텔의 고어인 '호스텔'은 무시했네. 전혀 이 문제에 대해 정보를 얻지 못해서 수색 범위를 넓히고 좀 더 체계적인 방법을 써서 조사해야겠다고 생각한 참이었어. 그런데 어느 날 아침 정말 갑자기 비숍(Bishop)의 호텔이 베숍(Bessop)이라는 유서 깊은 가문과 연관된 것인지도 모른다는 생각이 떠올랐네. 그 가문은 설리번섬에서 북쪽으로 약 4마일 떨어진 곳에 오래된 저택을 소유하고 있었어. 그래서 그 농장으로 가서 그 지방 토박이 흑인들을 붙잡고 다시 조사를 시작했어. 마침내 가장 늙은 노파가 베숍의 성이라는 곳을 들어 본 적이 있고 그곳으로 안내해 줄 수 있다고 했어. 하지만 그곳은 성도 아니고 주점도 아니고 커다란 바위라고 했어.

그녀에게 도와주면 크게 사례하겠다고 하자, 잠시 망설이더니 함께 그곳으로 가 주겠다고 했어. 큰 어려움 없이 그 바위를 찾았지. 그녀를 보내고 나서 그 바위를 더 조사했어. 그 '성'은 불규칙적인 절벽과 바위가 합해진 것이었어. 바위 중 하나가 뚝 떨어져 있었는데 인공적으로 만든 것 같은 모양이었을 뿐 아니라 높이 치솟아 있어 눈에 잘 띄었어. 나는 그 바위 꼭대기로 올라갔지. 그러고 나서 다음에 뭘 해야 할지 아주 난감했어.

이런저런 생각을 어지럽게 하다가, 바위 동쪽 면의 좁은 바위 턱에 시선이 닿았어. 이 바위 턱은 내가 서 있던 정상에서 아래로 1야드쯤 떨어진 곳에 있었어. 이 바위 턱은 약 18인치 정도 튀어나와 있었고 폭은 1피트도 되지 않았어. 그 위 절벽이 움푹 들어간 모양이 우리 조상들이 사용하던 등받이 의자하고 비슷했어. 이것이 편지에서 언급된 '악마의 의자'임을 직감했어. 이제 수수께끼의 비밀을 완전히 푼 것 같았어.

'좋은 유리'란 말은 망원경을 가리킬 수밖에 없었어. 선원들은 '유리'라는 단어를 쓸 때 그 외의 다른 의미로는 사용하지 않거든. 이제 여기서 나는 즉시 망원경을 사용해야 하고, **조금도 차이가 나지 않게** 정확하게 그 지점에서 사용해야 한다는 것을 알았어. 나는 망설임 없이 '41도 13분'과 '북동 북쪽'이라는 구절이 망원경으로 봐야 하는 방향이라고 확신했어. 이런 발견에 너무 들떠서 황급히 집으로 돌아가 망원경을 가지고 다시 바위로 돌아왔어.

바위 턱으로 내려갔더니, 한 가지 특정한 자세로만 앉을 수 있었어. 이 사실이 내 생각과 들어맞았어. 나는 이어 망원경을 사용했어. 물론 '41도 13분'이란 눈에 보이는 수평선에서부터 고도인 게 분명했어. 어떤 방향일지는 '북동 북쪽'이라는 말로 명확히 지시되어 있었거든. 나는 먼저 휴대용 나침반으로 정확히 '북동 북쪽'이 가리키는 지점을 정확히 찾았어. 그런 다음 추정컨대 망원경을 41도쯤 되는 곳에 맞춘 뒤 조심스럽게 아래위로 움직였는데 마침내 멀리서 여느 나무보다 키가 더 큰 나무의 잎 사이로 난 둥근 틈이 눈에 들어왔어. 이 틈의 중앙에서 흰색 점을 발견했지만, 그게 무엇인지 처음에는 식별할 수 없었어. 망원경의 초점을 맞춘 후 다시 보니까 해골이었어.

이 발견으로 수수께끼가 풀려 희망에 찼어. '동쪽, 큰 가지, 일곱 번째 가지'는 명백히 나무 위에 있는 해골의 위치를 가리키는 게 분명했기 때문이야. '해골의 왼쪽 눈에서 총을 쏘라'는 말은 숨겨진 보물이 있는 곳을 가리킨다고 해석할 수밖에 없었어. 나는 의도를 알아냈어. 해골의 왼쪽 눈에서 아래로 총을 쏘라는 것이었어. 그리고 그 지점(총알이 떨어진 지점)과 나무의 가장 가까운 지점을 잇는 직선을 긋고 그 직선 방향으로 총이 떨어진 지점에서 50피트 더 떨어진 특정 위치를 가리키는 것이었어. 그 아래 귀중한 보물을 숨겨 놓았을 **가능성**이 있는 거야."

"모든 이야기가 아주 분명하군. 아주 독창적인 해석인데도 단순하고 명확하네. 비숍의 호텔을 떠난 후에 뭘 했어?" 내가 말했다.

"나무의 방위를 주의 깊게 살핀 후, 집으로 돌아갔어. 하지만

'악마의 자리'를 떠나자마자 둥근 틈이 사라졌어. 그 후에는 아무리 돌아봐도 그 틈이 보이지 않았어. 이 모든 일에서 가장 독창적인 면은 문제의 둥근 틈이 바위 턱인 악마의 자리에서만 보인다는 사실이야(실험을 거듭해 확인한 사실이야).

'비숍의 호스텔'을 찾아 나섰을 때는 주피터가 동행했어. 그는 물론 지난 몇 주간 넋이 나간 내 태도를 보고 날 혼자 내버려두지 않으려고 특별히 신경을 썼어. 하지만 다음 날 아침 일찍 일어나 주피터 몰래 집을 빠져나와 그 나무를 찾으러 언덕으로 갔지. 온갖 고생 끝에 그 나무를 찾았어. 밤늦게 집에 돌아왔을 때 하인이 날 몽둥이로 때릴 작정이었어. 그다음 모험은 자네도 나만큼 잘 알고 있잖아."

"주피터가 멍청하게 해골 왼쪽 눈이 아니라 오른쪽 눈으로 황금충을 떨어트려 처음에 잘못된 위치의 땅을 팠던 것이군." 내가 말했다.

"바로 그랬지. 그런 실수를 하는 바람에 '총알을 쏜' 곳이 2.5인치가량 떨어진 엉뚱한 장소가 된 거야. 말하자면 그 지점에서 나무의 가장 가까운 위치를 정할 때 실수를 한 것이었어. 만일 보물이 나무 바로 아래 '총알을 쏜' 곳에 묻혀 있었다면 이런 실수는 별로 중요하지 않았을 거야. 나무나 '총알을 쏜' 곳은 방향을 정하는 두 지점에 지나지 않았어. 물론 처음에는 작은 오차가 잘못된 방향으로 계속 나가자 점점 더 커져 50피트 더 갔을 때는 완전히 엉뚱한 장소로 가게 되었던 거야. 어디엔가 틀림없이 보물이 있다는 확신이 없었으면, 모두 허사가 되었을 거야."

"아마 키드 선장은 해적의 깃발을 보고 해골의 눈을 통해 총알을 떨어트릴 생각을 했던 것 같아. 그는 분명히 이 불길한 깃발을 이용해 돈을 되찾는 게 시적 일관성이 있다고 느꼈을 거야."

"어쩌면 그럴 수도 있어. 하지만 시적 일관성뿐 아니라 상식적인 고려도 있었다고 생각할 수밖에 없어. 악마의 자리에서 작은 물체가 보이려면 흰색이어야 했어. 온갖 날씨 변화에도 그대로 하얗고 심지어 더 하얗게 되는 건 해골밖에 없어."

"하지만 자네의 호언장담과 황금충을 흔드는 행동은 정말 이상했어! 난 자네가 완전히 미쳤다고 믿었어. 그런데 왜 총알 대신 그 곤충을 해골에서 떨어트리라고 고집을 부린 거야?"

"솔직히 말하자면, 자네가 날 아주 미친 사람 취급해서 약간 짜증이 났어. 그래서 내 나름대로 신비스러운 분위기를 풍겨서 자네에게 조용히 벌을 줘야겠다고 결심했던 거야. 그런 이유로 황금충을 흔들었고, 그런 이유로 그 황금충을 나무에서 떨어트렸지. 자네가 곤충이 무거워 보인다고 한 말에서 힌트를 얻어 황금충을 떨어트리기로 했어."

"그래 알겠네. 아직도 혼란스러워. 구덩이에서 발견된 해골들은 어떻게 된 거지?"

"나도 자네와 마찬가지로 몰라. 하지만 그 해골을 설명할 방법은 하나밖에 없어. 하지만 내 설명이 암시하는 행위는 너무 잔혹해서 믿을 수 없을 정도로 끔찍해. 키드 선장이 이 보물을 감추려고 했다면, 분명히 누군가의 도움이 필요했을 거야. 하지만 그의 조력자들은 최악의 결말로 끝난 거야. 그는 비밀을 아는 사람들을 모두 제거해야 한다고 생각했을 거야. 그 조력자들이 구덩이를 파느라 바쁠 때 곡괭이 몇 번만 휘두르면 충분했겠지. 어쩌면 열두어 번 휘둘렀을지도 모르고. 누가 알겠어?"

네가 바로 범인이다

이제 오이디푸스가 스핑크스의 수수께끼를 풀 듯이 래틀버러의 수수께끼를 풀어 보겠다. 나만 할 수 있는 일이기도 하니, 래틀버러의 기적을 일으킨 장치에 대해 설명하겠다. 이 기적에 대해 제대로 된 단 하나의 설명을 제시하자, 더 이상 논쟁의 여지가 없어졌고 래틀버러 사람들 모두 완벽하게 신에 대한 불신을 버렸고 그전에 감히 회의론자를 자처하던 세속적인 인간들 역시 할머니들이 믿는 정통 종교로 개종했다.

이 사건은 18--년 여름에 발생했다. 어울리지 않게 경쾌한 어조로 시작해 미안하다. 이 동네에서 가장 부자이자 가장 점잖은 시민 중 한 사람인 바너버스 셔틀워디가 며칠 동안 실종되었고, 살인 사건으로 의심되는 상황이었다. 셔틀워디는 15마일 떨어진 --시에 가겠다며 토요일 아침 일찍 말을 타고 래틀버러를 출발했다. 그날 밤 돌아올 예정이었지만 떠난 지 두 시간이 지난 후 말만 돌아왔다. 그는 사라졌고 떠날 때 말 등에 매단 안장 가방 역시 사라졌다. 말 역시 진흙투성이인 데다 부상까지 입은 상태였다. 상황이 이렇다 보니 실종된 사람의 친구들은 깜짝 놀랐다. 일요일 아침까지도 그가 나타나지 않자, 동네 사람들이 **다 같이** 그의 시신 수색에 나섰다.

이 수색에 가장 열성적으로 앞장선 사람은 셔틀워디의 절친인 찰스 굿펠로였다. 보통 그를 '굿펠로"나 '착한 올드 찰리'라고 불렀다. 자, 믿기 어려운 우연의 일치인지, 아니면 이름 자체가 그 인물을 파악하는 데 보이지 않는 영향을 끼쳤다고 확언할 수는 없었지만 찰스라는 이름을 가진 사람은 모두 솔직하고 씩씩하고 선량하고 정직했다는 것은 의심의 여지 없는 사실이다. 모든 찰스는 성량이 풍부하고 듣기 좋은 맑은 목소리를 가지고 있고, 늘 앞을 똑바로 보고 눈으로 마치 이런 말을 하는 것 같았다. "나는 아주 양심적인 사람이고 비열한 행동 따위는 하지 않죠." 따라서 연극에서 인정 많고 칠칠맞지 못한 '단역'은 예외 없이 다 찰스다.

자, 아무도 '착한 올드 찰리'가 이웃이 되기 전 어떤 사람이었는지 몰랐지만, 래틀버러에 온 지 6개월도 채 안 되어 그는 아주 쉽게 지역 유지들과 친분을 쌓았다. 그의 말 한마디면 남자들은 천 달러를 빌려주었고, 여자들 역시 그의 부탁이면 뭐든지 다 들어주었다. 이 모든 게 그가 찰스라는 세례명을 가진 데다 그에 걸맞게 흔히 '최고의 추천서'라고 하는 천진난만한 얼굴을 하고 있어서였다.

이미 말했듯이 셔틀워디는 래틀버러에서 가장 점잖고 또 가장 부유한 사람들 중 한 명이었는데, '착한 올드 찰리'는 마치 그와 친형제처럼 가까운 사이가 되었다. 두 노신사는 옆집에 살았다. 셔틀워디는 '올드 찰리'의 집을 거의 방문하지 않았고 거기서 식사 한 번 하지 않은 것으로 알려져 있었지만, 그래도 내가 말했다시피 둘은 절친이 되었다. '올드 찰리'는 옆집에 안부 인사로 하루에 서너 번씩 드나들었다. 아침 식사나 차 마시는 시간은 물론이고, 거의 저녁 시간까지 그 집에 머무르는 일이 아주 빈번했다. 두 친구가 한자리에서 마신 와인 양이 얼마나 되는지 확실히 알기는 어렵다. '올드 찰리'가 가장 좋아하는 와인은 샤토 마고'였다. 셔틀워디는 찰리가 와인을 한 퀴트'씩 계속 들이켜도 흐뭇해했던 것 같다. 그래서 어느 날 와인이 **들어가자** 그는 취했고 자연히 판단력이 **흐려졌다**. 그는 친구의 등을 두드리며 말했다. "'올드 찰리' 자네는 내가 태어나서 만난 사람 중 가장 흥이 넘치는 사람이야. 이렇게 와인을 꿀꺽꿀꺽 마셔대니, 샤토 마고를 큰 상자로 선물해야겠어. 안 그러면 천벌을 받을 거야. 빌어먹을."(유감스럽게 셔틀워디에게는 속어를 쓰는 버릇이 있었는데, "빌어먹을", "제기랄", "열나" 정도였다) 그는 이어서 말했다. "오늘 오후 시내로 주문서를 보내 최고급 와인 두 상자를 주문해 자네에게 선물하겠네. 내 꼭 그 와인을 선물**하겠네!** 이제 아무 말도 하지 말게. 선물한다고 했으니 더 이상 왈가왈부하지 말고 그냥 기다리게. 며칠 안에, 자네가 전혀 예상치 못한 화창한 날에 와인이 도착할 걸세!" 셔틀워디가 후한 인심을 베푼 예를 언급한 이유는 두 친구가 **얼마나**

잘 통하는지 보여 주기 위해서다.

문제의 일요일 아침, 셔틀워디가 살해된 게 확실해지자, '착한 올드 찰리'는 그 누구보다 큰 충격을 받았다. 주인도, 안장 가방도 없이 돌아온, 죽지는 않았지만 총알이 관통한 불쌍한 말의 소식을 처음으로 들었을 때, 찰리는 마치 형이나 아버지 일처럼 얼굴이 창백해졌을 뿐 아니라 마치 학질에 걸린 사람처럼 온몸을 벌벌 떨었다.

처음에 그는 너무 슬퍼서 아무 일도 하지 못했다. 아니 어떤 행동 계획에도 협조할 수 없었다. 그래서 그는 1~2주 또는 1~2개월 정도 기다리는 게 최선이라면서 한참 동안 셔틀워디의 다른 친구들에게 이 문제에 대해 소란을 피우지 말라고 설득했다. 그는 기다리면 무언가 나타날 수 있으니, 셔틀워디가 자연스럽게 나타나 말을 먼저 보낸 이유를 설명해 줄 수 있으니 기다려 보자고 했다. 감히 말하건대 너무 깊은 슬픔에 빠지면 흔히 시간을 끌거나 미루는 경향이 나타나기는 한다. 넋이 나가 행동하길 두려워하거나, 침대에 조용히 누워 노부인들의 표현대로 '슬픔을 곱씹는' 일, 그 문제에 대해 곰곰 생각하는 일만 하기도 한다.

실제로 래틀버러 사람들은 '올드 찰리'의 지혜와 신중함을 높이 평가했으므로 주민들 대부분이 그의 말에 동의했다. 그리고 이 정직한 노신사의 말처럼 "무슨 소식이 들릴 때까지" 소란을 떨지 않기로 했다. 아주 방탕한 데다 성질도 더러운 셔틀워디의 젊은 조카가 이를 아주 의심하며 간섭하지 않았다면 대체로 이런 식으로 일이 진행되었을 게 틀림없다. 이름이 페니페더인 조카는 "가만히 있어야" 하는 이유 따위는 듣지 않으려고 했고 "살해당한 사람의 시신"을 당장 찾아야 한다고 주장했다. 이것은 조카가 사용한 표현이었다. 굿펠로는 당시 그 말에 대해 "그런 **이상한** 표현은 더 이상 쓰면 안 되네"라고 예리하게 지적했다. 이런 '올드 찰리'의 발언은 군중에게 큰 영향을 미쳤으며, 그중 한 사람이 매우 인상적으로 이렇게 묻기도 했다 "조카 페니페더는 부자 삼촌의 실종과 관련된 모든 상황을 어떻게 그렇게 잘 알고 명확하고 단호하게 삼촌을 '**살해당한** 사람'이라고 하지?" 이 말에 군중들, 특히 '올드 찰리'와 페니페더는 서로 비난하며 싸웠다. 두 사람의 싸움은 새로울 게 없었다. 실제로 지난 3~4개월 동안 두 사람은 서로에게 비호감이었다. 심지어 삼촌 집에 머물고 있던 페니페더는 삼촌 친구가 그 집에서 멋대로 군다며 때려눕히기까지 했다. 이때 '올드 찰리'는 모범적인 절제와 기독교적 자비에 찬 행동을 했다고 한다. 그는 얻어맞은 다음 일어나 옷매무새를 가다듬고, 전혀 되받아치지 않았다. 다만 "기회가 오면 그때 모두 갚아 주마"라고 몇 마디 중얼거렸을 뿐이다. 감정이 폭발해 내뱉었다고 정당화될 수 있는 자연스러운 말이었지만 무의미한 말이기도 했다. 물론 그가 말한 일은 실제로 일어나지 않았고 곧 잊혔다.

(지금 이슈가 되고 있는 것과는 아무 상관 없는 문제인) 이일이 어떻게 되었든 간에, 주로 조카 페니페더의 설득으로 래틀버러 주민들은 결국 실종된 셔틀워디를 찾기 위해 흩어져 인

근 지역을 수색하기로 결정했다. 처음 결정은 이랬다. 수색을 해야 한다고 완전히 결정한 후, 수색대가 흩어져야 한다는 것, 즉 주변 지역을 더욱 철저히 조사하기 위해 여러 팀으로 나누어 수색해야 한다는 것은 당연하게 받아들여졌다. 하지만 굿펠로가 어떤 독창적인 이유를 댔는지 기억은 안 나지만, 그는 그 계획은 가장 부적절하다고 모인 사람 모두를 설득했다. 물론 페니페더를 제외하고 말이다. 결국 동네 사람들이 **한꺼번에 몰려가** 아주 주의 깊게 철저히 수색하기로 결정했다. '올드 찰리' 자신이 앞장서서 수색대를 이끌었다.

수색에 있어 '올드 찰리'는 가장 뛰어난 선구자였다. 동네 사람들은 그가 스라소니의 눈을 가졌음을 알게 되었다. 하지만 그를 따라 온갖 종류의 외진 구덩이와 구석을 뒤지고 근처에 있는지조차 전혀 몰랐던 길을 따라 거의 일주일 밤낮을 수색했는데도, 여전히 셔틀워디의 흔적조차 없었다. 그러나 내가 흔적조차 없었다고 할 때 흔적이 전혀 없었다는 뜻은 아니다. 분명히 어느 정도의 흔적은 있었으니 말이다. (특이한 모양의) 말발굽 자국을 따라 동네에서 동쪽으로 약 3마일 떨어진 읍내로 가는 주요 도로 위에 그 불쌍한 신사의 흔적이 있었다. 여기서 그 흔적은 작은 숲속 샛길로 이어졌다. 그 샛길은 다시 주요 도로로 이어져 반 마일가량 가다가 다시 옆으로 갈라졌다. 샛길을 따라가던 일행은 길 오른쪽, 덤불로 덮인 물웅덩이에 도착했다. 그 웅덩이 맞은편에서 모든 흔적이 사라졌다. 그러나 여기서 어떤 싸움이 벌어진 것처럼 보였다. 마치 사람보다 훨씬 크고 무거운 물체가 샛길에서 웅덩이 안으로 끌려 들어간 것처럼 보였다. 그 웅덩이를 두 번이나 샅샅이 뒤졌지만 아무것도 찾을 수 없었다. 성과가 전혀 없어 절망에 빠진 일행이 떠나려는 순간 신의 계시를 받은 굿펠로가 웅덩이 물을 완전히 빼내자고 제안했다. 사람들은 환호하며 이 계획을 받아들였고 '올드 찰리'의 사려 깊은 지혜에 칭찬이 쏟아졌다. 시신을 파내야 할지도 몰라 삽을 가져온 동네 사람들이 많아서 배수구는 쉽게 빨리 뚫렸다. 바닥이 드러나자마자 진흙 한가운데서 검은 실크 벨벳 양복 조끼가 보였다. 거기 모인 사람들 거의 모두가 곧 페니페더의 조끼임을 알아챘다. 조끼는 여기저기 찢기고 피로 얼룩져 있었다. 일행 중에는 그 조끼가 셔틀워디가 도시로 떠난 바로 그날 아침 페니페더가 입었던 것이라고 똑똑히 기억하는 사람도 몇 명 있었다. 그리고 또 잊지 못할 그날 **이후** 페니페더가 문제의 조끼를 입지 **않았다는** 걸 필요하다면 선서를 하고라도 증언할 준비가 되어 있다고 나서는 사람들도 있었다. 게다가 셔틀워디의 실종 이후 페니페더가 그 조끼를 입은 걸 본 사람은 아무도 없었다.

이제 상황이 페니페더에게 아주 불리해졌다. 그는 극도로 창백해졌고 자기변호를 해 보라고 하자 한마디도 하지 못했다. 이리하여 그에 대한 의심이 확실한 사실이 되었다. 이런 상황에 이르자, 그가 방탕한 생활을 해도 여전히 친구였던 몇 안 되는 사람들마저 그를 버리고 오랜 그의 공공연한 적보다 더 큰 소리로 당장 그를 체포하라고 외쳤다. 그러나 다른 한편 굿펠로의 아량은 이런 태도와 대조를 이루며 더욱 찬란하게 빛났다. 그는 아주 유려하고 다정하게 페니페더를 옹호했다. 그 가운데 그는 그(젊은 신사)가 틀림없이 울컥해 그(굿펠로)에게 모욕을 퍼부어 마땅하다고 생각해 모욕을 주었지만 자신은 "훌륭한 셔틀워디의 상속인"인 거친 젊은 신사를 진심으로 용서했음을 여러 번 암시했다. "자신은 마음 깊은 곳에서부터 그를 진심으로 용서했고, 자신으로서는 페니페더가 의심받고 있는 유감스러운 정황을 극단적으로 몰고 갈 생각이 없다. 자신은 능력이 닿는 한 모든 노력을 다할 것이고, 양심이 허락하는 한도 내에서 몹시 난감한 이 사건의 최악의 정황을 진정시켜 보겠다"고 그는 말했다.

굿펠로는 논리와 감정에 절절히 호소하며 30분 정도 이런 식으로 이야기했다. 그러나 인정 많은 사람이 적절한 말만 하는 경우는 드물다. 그런 사람들은 친구를 도우려는 열의에 차서 다급하게 온갖 종류의 말실수를 하고, 사고를 저지르고, 부적절한 말을 내뱉게 된다. 그래서 그는 가장 친절한 의도에서 말하는데도 사람들은 설득당하지 않고 오히려 그가 옹호하는 사람을 더 끝없이 의심하게 된다.

그래서 이 경우에 '올드 찰리'의 유려한 말은 모두 이런 식이 되었다. 왜냐하면 그는 용의자를 열심히 변호했지만, 하여튼 일부러 그런 것은 아니겠지만, 그가 말할 때마다 청중은 곧 그의 변론을 반박했고 오히려 그가 변호하는 사람에 대한 기존의 의심과 분노가 더 커졌다.

이 연설을 한 사람이 범한 말실수 중 가장 심한 것은 용의자를 "훌륭한 노신사 셔틀워디의 상속인"이라고 암시한 것이었다. 그 말을 듣기 전까지 정말로 동네 사람들은 이 사실을 생각조차 해 본 적이 없었다. 그들은 1~2년 전에 (조카 말고는 살아 있는 친척이 아무도 없는) 삼촌이 조카에게 유산 상속을 하지 않겠다고 협박한 것만 기억하고 있었다. 그래서 동네 사람들은 이미 조카의 유산 상속이 취소된 것으로 알고 있었다. 래틀버러 사람들은 늘 한다면 하는 사람들이기 때문이다. 그러나 '올드 찰리'의 말을 듣고 이 점에 대해 동네 사람들은 다시 생각하기 시작했고, 그 협박이 협박에 그쳤을 수도 있음을 알게 되었다. 그리고 바로 이 시점에서 자연스러운 질문, 즉 '*Cui bono* (누구에게 이익이 되지)?"가 떠올랐다. 이것은 조끼보다 더 확실하게 그 끔찍한 범죄를 이 젊은이에게 뒤집어씌울 수 있는 의문이었다. 그리고 여기서 정확히 내 뜻을 전달하기 위해서 잠시 본론에서 벗어나 내가 쓴 극히 간단하고 단순한 라틴어 구절이 모든 인기 소설에서 항상 잘못 번역되어 다른 뜻으로 통용되는 점을 언급하겠다. 예를 들면 고어 부인'의 소설에서 그렇다. 이 숙녀(『세실』의 작가)는 칼데아어에서 치카소어에 이르는 모든 언어를 인용하고 있으며 그녀의 학식은 "필요한 만큼" 벡퍼드' 씨에게 체계적으로 배운 것이다. 그리고 불워'와 디킨스'에서부터 터너페니'와 에인즈워스'에 이르기까지 모든 인기 소설에서 간단한 라틴어인 '*Cui bono*'를 '무슨 목적으로?' 혹은 ('*quo bono*'인 것처럼) '무슨 용도로'라는 뜻으로 썼다. 하지만 이 말의 진짜 뜻은 '누구에게 이익이 되지?'다. '*cui*'는 '누구에게'라는 뜻이고 '*bono*'는 '이익'이라는 뜻이다. 순수한 법률 용어인 이 표현은 현재 우리 사례에 정확하게 적용될 수 있는 표현이다. 이 사례에서 이익을 얻을 권리가 있는 사람이 누구인지 혹은 이런 행동으로 이득을 얻을 사람이 누구인지에 따라 누가 이런 일을 저질렀는지 추정할 수 있다. 현재의 사례에서 '*Cui bono?*'라는 질문은 아주 정확하게 페니페더를 가리킨다. 그의 삼촌은 그를 협박했다. 그에게 재산을 물려주겠다는 유언장을 쓴 다음 상속하지 않겠다고 협박했다. 하지만 그 협박은 실제로 시행되지 않았다. 원래 유언장이 변경**되었다면** 현재 용의자의 유일한 살인 동기는 평범한 복수였을 것이다. 그리고 심지어 복수심마저 다시 삼촌의 환심을 사려는 희망에 의해 상쇄되었을 것이다. 하지만 삼촌은 조카에게 늘 유언장을 변경하겠다고 협박만 했지 유언장을 변경하지 않았다. 그 사실로부터 당장 이런 잔인한 행위를 할 수 있는 가장 강력한 동기가 떠올랐고, 아주 훌륭하고 현명한 래틀버러 시민들은 그런 결론에 이르렀다.

따라서 즉석에서 페니페더는 체포되었다. 군중들은 조금 더 수색하다가 그를 체포해 집으로 갔다. 그러나 길에서 이런 의심을 더욱더 확실하게 증명해 주는 또 다른 상황이 벌어졌다. 일행보다 늘 열성적으로 앞장서 가던 굿펠로가 갑자기 앞으로 몇 발짝을 뛰어가더니 몸을 구부리고 풀 사이에서 작은 물건을 줍는 것이 보였다. 그는 그것을 얼른 살펴보더니 자신의 코트 주머니에 반쯤 넣었다. 하지만 이런 행동을, 말하자면 다른 사람들이 보았고 따라서 그는 주머니에 넣을 수 없었다. 그때 그가 주운 물건은 스페인 칼로 페니페더의 칼임을 아는 사람이 열두어 명은 되었다. 게다가 그의 이니셜이 칼 손잡이에 새겨져 있었다. 칼날은 피범벅인 상태로 펼쳐져 있었다.

이제 그 조카가 죄를 저지른 게 틀림없는 사실이 되었다. 조카는 래틀버러에 도착하자마자 곧 치안 판사에게 끌려가 조사받았다. 여기서도 그에게 불리한 상황이 벌어졌다. 셔틀워디가 사라진 그날 아침에 어디에 있었냐고 조카에게 묻자, 아주 대담하게도 그는 바로 그날 아침 사슴 사냥을 하려고 굿펠로의 지혜로 피투성이 조끼를 발견한 바로 그 웅덩이 근처로 총을 들고 간 사실을 인정했다.

이런 사실이 드러나자 굿펠로가 앞으로 나서서 눈물을 글썽이며 자신을 조사해 달라고 부탁했다. 그는 동료에 대한 의무감 못지않게 신에 대한 의무감이 있으므로 더 이상 침묵을 지킬 수 없다고 했다. 지금까지 이 젊은이에 대한 진정한 애정 때문에 (이 젊은이가 굿펠로 자신을 가혹하게 대했는데도 불구하고) 페니페더에게 아주 불리해 보이는 의심스러운 것도 유리하게 설명하기 위해 상상력을 동원해 온갖 가설을 만들었지만, 지금 상황이 이처럼 **너무** 확실하고 **너무** 분명하게 드러난 마당에 가슴이 아프지만 더 이상 망설이지 않고 자신이 알고 있는 것을 전부 털어놓겠다고 했다. 셔틀워디가 시내로 떠나기 전날 오후 자신(굿펠로)이 들은 바는 이렇다. 그 훌륭한 노신사가 다음 날 아주 큰 액수의 돈을 파머스앤드미케닉스 은행*에 예치할 목적으로 시내에 나간다고 조카에게 말했다. 그날 그 자리에서 앞서 언급된 셔틀워디가 앞서 언급된 조카에게 원래 작성했던 유언장을 철회하고 1실링만 상속하기로 결정했다고 공언했다. 그(증인)는 이제 용의자에게 그(증인)가 이제 막 한 말 한마디 한마디의 구체적인 내용이 사실인지 아닌지 말해 달라고 엄숙하게 요청했다. 페니페더가 **그렇다고** 솔직히 인정하자 거기 있던 사람들은 모두 대경실색했다.

이제 치안 판사는 경찰 두 명을 파견해 현재 용의자가 머물고 있는 삼촌 집에서 그의 방을 수색하는 것이 자신의 의무라고 생각했다. 수색을 시작하자마자 경찰은 그 노신사가 수년 동안 늘 들고 다니던 익히 알려진 쇠 테두리가 있는 갈색 가죽 지갑을 가지고 돌아왔다. 하지만 이미 귀중품은 사라지고 없었다. 치안 판사는 용의자에게 그 귀중품을 어떻게 사용했으며, 어디에 숨겼는지 심문했지만 알아내지 못했다. 실제로 그는 전혀 모르는 일이라고 완강하게 부인했다. 또 경찰은 이 불행한 사람의 침대와 침대보 사이에서 용의자의 이니셜이 쓰인 셔츠와 목수건을 발견했는데, 소름 끼치게도 둘 다에 희생자의 피가 묻어 있었다.

이 시점에서 살해된 사람의 말이 상처가 악화되어 이제 막 마구간에서 죽었다는 소식이 전해졌다. 굿펠로는 즉시 말 사체의 부검을 제안했다. 총알을 발견할 수도 있으니 부검이 필요하다고 했다. 따라서 부검이 이루어졌다. 굿펠로는 마치 용의자의 죄를 확실히 보여 주려는 듯이 말의 가슴에서 아주 커다란 총알을 찾아 뽑아냈다. 그것은 페니페더의 총 구경과 딱 맞는 총알이었다. 그 총알은 이 동네나 그 근처 사람들이 쓰기에는 너무 컸다. 하지만 조카의 총알인 게 더 확실해진 것은 이 총알에 통상적인 봉합선과 수직을 이룬 결합선이 있기 때문이었다. 그리고 조사 결과 이런 결합선은 우연히도 용의자가 자신의 총이라고 인정한 총의 융기 부분과 정확하게 일치했다. 이 총알이 발견되자마자 심문하던 치안 판사는 더 이상 증언을 듣지 않겠다고 하면서 즉시 그 용의자를 재판에 회부하고 어떤 경우에도 보석을 허용하지 않겠다고 했다. 물론 굿펠로는 이런 가혹한 결정에 대해 아주 격렬하게 치안 판사를 비난하면서 보석금이 얼마이든지 자신이 내겠다고 했다. '올드 찰리' 편에서 보이는 이런 관대함은 그가 래틀버러에 있는 동안 보인 전반적으로 다정하고 예의 바른 행동에 어울리는 제안이었다. 현재 사건의 경우 이 훌륭한 사람이 지나친 동정심에 완전히 휩쓸려이 젊은이의 보석금을 내겠다고 했을 때, 자신(굿펠로)에게 돈한 푼 없다는 걸 완전히 잊어버린 것 같았다.

쉽게 예상할 수 있듯이 페니페더는 수감되었다. 페니페더는 래틀버러 주민 모두의 비난 속에 다음 기일의 형사 재판에 회부되었다. 일련의 정황 증거(굿펠로의 민감한 양심이 발동해 법정에 제출할 수밖에 없었던 유죄를 입증하는 추가적 사실에 의해 더 강화된)가 너무 완벽하고 결정적이라고 여겨 배심원들은 자리를 떠나지도 않고 즉석에서 '1급 살인'을 결정했다. 그 후 곧 이 불쌍한 사람은 불행히도 사형 선고를 받았고 감옥에 구금되어 가차 없는 법의 복수를 기다리는 신세가 되었다.

그러는 사이 '착한 올드 찰리'는 고상한 행위로 인해 이 동네의 정직한 시민들의 사랑을 두 배로 듬뿍 받게 되었다. 그는 예전에 비해 열 배는 더 호감형이 되었다. 동네 사람들의 환대를 받자 자연스럽게, 말하자면 어쩔 수 없이, 가난 때문에 극도로 절약하던 그도 조금 느슨해져 자기 집에서 자주 소규모 **친목 모임**을 열었고, 그럴 때면 재치와 유쾌한 기분이 최고조에 이르렀다. 물론 가끔 이 관대한 주빈의 절친인 고인의 조카가 겪는 불운하고 우울한 운명이 떠오를 때면 즐거운 분위기가 가라앉기는 했다.

어느 화창한 날 이 관대한 노신사는 아래와 같은 편지를 받고 기분 좋게 놀랐다.

샤토 마고. A- No. 1.-
6다스(1/2그로스)
수신자: 찰스 굿펠로, 래틀버러시
발신자: H.F.B. 주식회사

찰스 굿펠로 귀하,
친애하는 선생님
저희의 소중한 고객이신 바너버스 셔틀워디 씨께서 두 달 전에 저희 공장에 주문해 주신 데 따라 오늘 아침 선생님 주소로 앤털로프 브랜드의 샤토 마고 두 상자를 보내게 되어 영광입니다. 가장자리에 상자 번호를 표시해 두었습니다.

귀하께,

늘 성심을 다하며,

훅스, 프록스, 복스 주식회사

---시, 18--년 6월 21일

추신: 상자는 마차로 가기 때문에 이 편지를 받은 다음 날 도착 예정입니다.

셔틀워디 씨께 안부 전해 주십시오.

H.F.B. 주식회사.

사실 굿펠로는 셔틀워디가 죽기 전에 약속했던 샤토 마고에 대한 기대를 접고 있었다. 그러므로 **이제** 이 소식을 일종의 신의 특별한 호의로 간주했다. 물론 그는 너무나 기뻤다. 그리고 넘치는 기쁨을 참지 못하고 그다음 날 친구 여럿을 저녁 식사에 초대했다. 훌륭한 셔틀워디의 선물을 보여 주기 위해서였다. 그는 초대 당시 "훌륭한 노신사 셔틀워디"에 대해 **아무 말도** 하지 않았다. 사실 그는 깊은 생각 끝에 셔틀워디의 선물임을 아예 언급조차 안 하기로 했다. 내 기억이 맞다면, 그는 샤토 마고를 **선물**로 받았다는 것을 아무에게도 말하지 않았다. 단지 친구들에게 건너와 와인을 좀 마시자고만 했다. 그 와인이 뛰어난 최상품으로 맛이 풍부하고 자신이 두 달 전 시내에 주문했는데 내일 아침에 도착할 것이라고 말했다. 나는 왜 '올드 찰리'가 이 와인을 오랜 친구로부터 받았다는 말을 하지 않기로 했는지 자주 상상하고 생각해 보았다. 틀림없이 아주 훌륭하고 고귀한 이유가 있었겠지만, 그 이유를 도저히 알 수 없었다.

마침내 다음 날이 다가왔고, 굿펠로 씨 집에 아주 점잖은 동네 사람들이 여러 명 모였다. 실제로 동네 사람 절반이 거기에 왔고 나도 그중에 끼어 있었다. 하지만 '올드 찰리'가 베푼 어마어마한 식사에 손님들이 배가 부르고 시간은 흘러가는데도 샤토 마고는 오지 않았다. 주인이 당황할 정도였다. 그러나 마침내 와인이 등장했다. 흉측하게 커다란 상자였다. 사람들은 모두 아주 기분이 좋은 상태였고 만장일치로 식탁 위에 상자를 올려놓고 내용물을 꺼내 보자고 했다.

그 말이 끝나자마자 사람들은 내용물을 꺼내기 시작했다. 나도 거들었다. 순식간에 그 상자를 병과 술잔들 중앙에 올려놓은 다음 밀고 당기다 보니 유리잔이 여러 개 깨지기까지 했다. '올드 찰리'는 이미 많이 취해서 얼굴이 벌겋게 되었는데, 이제 약간 우스꽝스러울 정도로 위엄을 부리며 제일 상석에 자리를 잡고 디캔터로 식탁을 마구 두들기면서 사람들에게 "보물을 꺼내는 동안" 질서를 지켜 달라고 요청했다.

약간 소란스러웠지만 마침내 조용해졌다. 이런 경우 흔히 그러하듯이 대단히 깊은 침묵이 이어졌다. 나는 뚜껑을 열어 달라는 부탁을 받고 물론 "무한한 기쁨으로" 그 부탁을 받아들였다. 내가 상자 속으로 정을 넣고 망치로 가볍게 몇 번 두들겼을 때 갑자기 상자 뚜껑이 열리는 동시에 거기서 살해된 셔틀워디의 시신이 튀어나왔다. 멍들고 피투성이인 데다가 거의 부패된 시신이 벌떡 일어나 주빈을 똑바로 바라보았다. 그 시신은 꼼짝도 하지 않고 빛이 사라진 부식된 눈으로 몇 초간 슬픔에 차 굿펠로의 얼굴을 빤히 들여다보더니 천천히 그러나 분명히 이런 인상적인 말을 했다. "네가 바로 범인이다." 그러고 나서 상자 한쪽으로 쓰러져 마치 만족스럽다는 듯이 떨더니 식탁 위에 사지를 뻗었다.

이후 이어진 장면은 이루 말로 표현할 수 없을 정도로 끔찍했다. 사람들은 문과 창문을 향해 질주했고, 그 방에 있던 건장한 남자 여럿이 공포에 질려 기절했다. 그러나 비명과 공포로 가득찼던 소란이 끝나자 모든 사람의 시선이 굿펠로를 향했다. 천 년을 산다 해도, 소름 끼치는 그의 얼굴, 조금 전까지만 해도 와인과 승리에 취해 벌겋게 되어 있었지만 이제 인간의 고통 이상의 고통이 서린 그의 얼굴을 결코 잊을 수 없을 것이다. 몇 분 동안 그는 대리석 조각처럼 꼿꼿하게 앉아 있었다. 그는 아주 멍하게 내면을 들여다보면서 살인을 저지른 비참한 자신의 영혼을 들여다보는 일에 몰두하는 것 같았다. 마침내 갑자기 외부 세계를 향해 그의 눈이 번쩍이는 것 같았다. 그는 의자에서 벌떡 일어나더니 쿵 하고 식탁 위에 그의 머리와 어깨를 뻗었다. 그의 몸은 시신에 닿았다. 그 상태에서 그는 격렬하고 빠른 어조로 페니페더를 감옥에 가두고 사형시키려고 한 그 끔찍한 범죄에 대해 상세하게 고백했다.

그가 한 이야기의 내용은 이렇다. 그는 웅덩이 근처까지 희생자를 따라가 권총으로 말을 쏘고, 개머리판으로 말에 탄 사람을 죽였다. 지갑을 손에 넣은 다음, 말이 죽었다고 생각해 낑낑대며 말을 웅덩이 옆 가시덤불로 끌고 갔다. 셔틀워디의 시신은 자기 말 위에 매단 다음 숲을 통과해 멀리 떨어진 안전한 은신처로 옮겼다.

페니페더에게 복수할 생각으로 양복 조끼, 칼, 지갑, 총알을 일부러 발견된 자리에 가져다 두었다. 얼룩진 손수건과 셔츠 역시 발견될 수 있게끔 두었다.

피를 얼어붙게 하는 고백이 끝나 갈 무렵, 그 비열한 죄인은 공허한 목소리로 더듬거렸다. 마침내 그는 모든 이야기를 쏟아내고 일어나더니 비틀거리며 식탁 뒤로 뒷걸음치다가 쓰러져 **죽고 말았다.**

적절한 시기에 자백을 얻어낸 이 방법은 효율적이었다. 하지만 정말 단순했다. 나는 굿펠로의 지나친 솔직함이 역겨웠고, 처음부터 그를 의심했다. 페니페더가 그를 때렸을 때 나는 그 자리에 있었다. 그때 순간적으로 그의 얼굴을 스친 난폭한 표정을 보고 때가 오면 그가 복수하겠다는 협박을 꼭 실행하리라는 것을 확신했다. 따라서 나는 '올드 찰리'의 **책략**을 래틀버러의 선량한 시민들과는 아주 다른 관점에서 볼 만반의 준비가 되어 있었다. 나는 곧 직접적이든 간접적이든 범죄와 관련된 물건을 모조리 그가 발견한 사실을 알게 되었다. 그러나 사건의 진실을 분명히 알게 된 것은 사실 G 씨가 말의 사체에서 총알을 발견한 사건 때문이었다. 래틀버러 사람들은 **잊었지만** 나는 말에 총알이 들어간 구멍과 아울러 나간 구멍이 또 하나 있었던 걸 잊지 않았다. 만약 총알이 말에서 발견되었다면, 총알이 빠져나간 후, 그것을 발견한 사람이 집어넣은 게 틀림없음을 알았다. 피 묻은 셔츠와 손수건을 보고 총알이 암시한 생각을 굳혔다. 검사 결과 피는 고급 적포도주일 뿐인 것으로 판명되었다. 이런 일들과 함께, 나 혼자만 알았지만, 굿펠로가 최근 마구 돈을 쓰는 모습에 의심이 더 깊어졌다.

그사이에 나는 개인적으로 셔틀워디의 시신을 찾아 샅샅이 뒤졌다. 그럴 만한 이유가 있었기 때문에 굿펠로가 일행을 이끌고 갔던 곳에서 가능한 한 멀리 떨어진 곳을 수색했다. 그 결과 며칠 후, 나무딸기 덤불로 뒤덮인 오래된 마른 우물을 찾아냈고 그 우물 바닥에서 내가 찾고 있던 시신을 발견했다.

우연히 나는 굿펠로가 주인을 꼬드겨서 샤토 마고 한 상자를 약속받을 때 두 사람 사이에 오간 대화를 듣게 되었다. 거기서 힌트를 얻어 행동했다. 빳빳한 고래 뼈를 구해서 시신의 목구멍에 밀어 넣은 다음, 고래 뼈를 접어 접힌 상태의 시신을 낡은 와인 상자에 넣었다. 이런 식으로 관 뚜껑을 억지로 누른 다음 단단하게 못을 박았다. 물론 못을 제거하자마자 관뚜껑이 **날아가고** 시신이 벌떡 **일어나리라고** 예상했다.

이렇게 상자에 여러 장치를 한 후, 이미 말했듯이 상자에 표시를 하고, 번호를 매기고, 주소를 썼다. 그러고 나서 셔틀워디와 거래하는 와인 상인 이름으로 편지를 썼다. 그다음 하인에게 내가 신호를 보내면 마차에 상자를 싣고 굿펠로 집 문 앞으로 오라고 지시했다. 시신에서 내가 의도한 말이 나온 것은 내 복화술 능력을 믿고 그에 의지한 덕분이었다. 결과는 비열한 살인자의 양심 때문에 가능했다.

더 이상의 설명은 필요 없으리라고 믿는다. 페니페더는 그 자리에서 풀려났고 삼촌의 재산을 상속받았다. 그는 그 경험을 교훈 삼아 새 인생의 장을 열었고 그 후 행복하게 잘 살았다.

모르그가 살인 사건

세이렌들이 어떤 노래를 불렀는지, 아킬레우스가 여자들 사이에 숨어 있을 때 어떤 이름을 사용했는지 수수께끼다. 하지만 전혀 추측 불가능한 질문도 아니다.

— 토머스 브라운 경*

분석적이라는 정신적 특징 자체가 분석의 대상이 될 수는 없다. 결과를 통해서만 분석적이라고 평가할 수 있다. 우리는 특별히 분석적인 사람은 분석을 할 때 늘 가장 활기차고 즐겁다는 것 정도만 알고 있다. 힘센 사람이 근육 운동을 즐기며 자신의 신체 능력을 뽐내듯이, 분석적인 사람은 **복잡한 문제를 해결하는** 정신적 활동을 하며 우쭐해한다. 그는 자신의 재능을 발휘할 수 있으면 아주 사소한 일에도 즐거워한다. 그는 수수께끼, 재치 문답, 상형 문자를 좋아한다. 이런 문제를 풀 때마다 그가 보여 주는 약간의 **통찰력**이 평범한 사람들에게 초자연적 능력으로 보인다. 실제로 분석의 핵심이자 정수에 따른 결과인데도 불구하고 직관의 분위기를 풍긴다.

　문제 해결 능력은 수학 연구, 특히 가장 높은 수준의 고등 수학 연구를 하면 더 높아질 수 있다. 그런데 이 고등 수학은 단지 역산을 한다는 이유로, **탁월한** 것처럼 여겨져 부당하게 해석학으로 불리어 왔다. 하지만 계산 자체는 분석이 아니다. 예를 들어 체스를 두는 사람은 계산하지만, 분석하지는 않는다. 따라서 체스가 정신에 미치는 영향은 크게 잘못 이해되고 있다. 지금 나는 논문을 쓰는 것이 아니라 다소 특이한 이야기를 하기에 앞서 이런저런 의견을 밝히려는 것이다. 그래서 이 기회를 빌려 체스처럼 쓸데없이 정교한 게임이 아니라 소박한 체커 게임*을 할 때 사고의 힘이 더 유용하고 더 결정적으로 발휘된다는 사실을 말하고 싶다. 체스가 복잡한 이유는 가변적 가치를 지닌 다양한 말이 서로 다르게 **기이하게** 움직여서인데, 사람들은 이 복잡함을 심오함으로 오해한다(흔히 있는 오류다). 체스를 할 때는 **주의력을 집중해야** 한다. 한순간이라도 주의가 흐트러지면 점수를 잃거나 질 수 있다. 체스의 말은 다양할 뿐 아니라 복잡하게 움직이기 때문에 실수 가능성이 배가된다. 더 예리한 선수보다 더 집중력 있는 선수가 이길 확률이 십중팔구다. 반면 체커 게임에서는 말의 움직임이 **한 가지로 정해져 있고** 변화가 거의 없어서 실수 확률이 낮고 단순히 주의력만 발휘할 일은 거의 없다. 따라서 **통찰력**이 뛰어나야만 유리한 입장에 서게 된다. 조금 더 모호하지 않게 설명하기 위해 킹이 네 개뿐인

체커 게임을 가정해 보자. 여기서는 실수로 지는 경우가 없다. 강력한 지성을 발휘해 묘수를 써야만 승리한다(게임을 두는 사람들이 동일한 능력을 지니고 있다면). 일반적인 자료가 부족해도 분석가는 종종 상대방의 정신 속으로 뛰어들어 그와 자신을 동일시해, 순식간에 상대방을 오류로 유혹하거나 오산하게 할 수 있는 유일한 방법(때로는 터무니없이 단순한 방법)을 파악한다.

휘스트*는 오랫동안 계산 능력에 큰 영향을 미치는 것으로 널리 알려져 왔다. 최고의 지성인들이 체스를 경박하다고 피하면서도 휘스트에 푹 빠지는 것은 잘 알려진 사실이다. 물론 휘스트만큼 분석 능력을 크게 요구하는 게임은 없다. 기독교 세계에서 최고의 체스 선수는 최고의 체스 선수**일 뿐이지만** 휘스트에 능한 사람은 두뇌가 더 필요한 모든 중요한 사업에서 성공할 수 있는 사람이다. 내가 능하다는 것은 정당하게 유리한 정보를 얻을 수 있는 모든 출처(그 성격이 무엇이든 간에)를 이해하는 것을 포함해 완벽한 게임의 경지에 이른 것을 의미한다. 이러한 출처들은 다양할 뿐만 아니라 여러 형태를 띠고 있으며, 평범한 이해력으로는 전혀 접근할 수 없는 심오한 사고 속에 자리 잡고 있다. 주의 깊게 관찰해야 명확하게 기억할 수 있다. 거기까지는 집중력이 뛰어난 체스 선수가 휘스트도 아주 잘할 것이다. (단순한 게임 메커니즘에 기반한) 호일*의 규칙이 널리 충분히 이해되고 있는 가운데, 흔히 기억력이 좋고 '책에서 말한 대로' 하면 휘스트 게임도 잘하리라고 여긴다. 그러나 분석가의 능력은 단순한 규칙의 한계를 넘어선 문제에서 증명된다. 그는 침묵 속에서 수많은 관찰과 추론을 한다. 물론 아마상대방도 그렇게 할 것이다. 올바른 추론에 결정적으로 중요한것은 정보량의 차이보다 관찰의 질이다. 필수적으로 알아야 할것은 **무엇**을 관찰할 것인가다. 우리의 휘스트 선수는 한정된 사고를 하지 않는다. 그리고 게임이 목표이기 때문에 게임 이외의 것에서 추론하는 것도 거부하지 않는다. 그는 자기편 짝의안색을 살핀 다음, 상대 선수 두 명의 안색과 면밀하게 비교한다. 그는 각각의 선수가 카드를 배열하는 방법을 고려한다. 종종 카드를 들고 있는 선수들이 카드에 보내는 시선을 보고 으뜸패 하나하나와 최고패 하나하나를 짐작한다. 게임이 진행되는 동안 표정 변화를 하나도 놓치지 않고 관찰해서, 확신, 놀라움, 승리, 분노의 표정 차이를 기억 속에 저장해 놓는다. 이겨서카드 네 장을 가져가는 선수의 태도를 관찰해 그 선수가 다음판에 또 이길지 여부를 판단한다. 그는 상대가 테이블 위에 카드를 늘어놓는 방식을 보고 어떻게 속임수를 쓰는지 인식한다.직관력이 뛰어난 그에게는 지나가며 하는 말이나 부주의하게내뱉은 말, 숨기려고 해서 생긴 불안감이나 부주의로 떨어트리거나 뒤집힌 카드, 카드를 늘어놓으면서 순서대로 세는 것, 당황, 주저, 지나친 열기, 손발의 떨림 등 모든 것이 상황을 정확하게 알려 주는 표식이 된다. 처음 두세 판이 돌아가면 그는 각자 어떤 패를 들고 있는지 완벽하게 알게 된다. 그다음부터 그는 다른 사람들이 자신의 패를 다 드러내 놓은 것처럼 한 치의 오차도 없이 정확하게 이길 카드를 내놓는다.

분석력과 단순한 창의성을 혼동해서는 안 된다. 분석가는 늘 창의적이지만 창의적인 사람은 분석가가 아닌 경우가 종종 있다. 창의적인 사람은 대체로 구성력이나 조합 능력이 뛰어나다. 골상학자들은 보통 (내가 보기에 잘못된 것이지만) 창의성이 발현되는 구성 능력이나 결합 능력을 원초적 능력으로 간주해 별도의 기관에 할당했다. 하지만 이 능력은 다른 지능에서 백치에 가까운 사람들에게서도 자주 목격되어 도덕론 저자들 사이에서 보편적인 관찰 대상이 되었다. 창의성과 분석력의 차이는 실제로 공상과 상상력의 차이보다 훨씬 더 크지만 그 특징은 흡사하다. 사실, 창의적인 사람은 항상 공상을 하는 데 반해, 진정으로 상상력이 풍부한 사람은 예외 없이 분석적이다.

이어지는 이야기는 독자들에게 어느 정도는 이제 막 제시한 주장에 대한 주석처럼 보일 것이다. 나는 18--년 봄과 초여름에 파리에 거주하면서 C. 오귀스트 뒤팽을 알게 되었다. 이 젊은 신사는 훌륭한 가문, 정말 저명한 가문 출신이었다. 불운이 겹쳐 가난해진 그는 마음껏 기를 못 펴고 있었다. 그는 분발해서 재기하거나 재산을 되찾는 데 신경 쓰지 않았다. 이제는 재산의 극히 일부만 채권자들의 호의로 남아 있었다. 거기서 나오는 수입을 지독하게 아껴 가까스로 생필품만 조달할 수 있는 처지였다. 실제로 책이 그의 유일한 사치품이었는데, 파리에서 책은 쉽게 구할 수 있었다.

우리 둘은 몽마르트르 거리에 있는 잘 알려지지 않은 도서관에서 처음 만났다. 둘 다 아주 괄목할 만한 희귀본을 찾던 중 우연히 만났고 곧 친해졌다. 그 후 우리는 계속 만났다. 프랑스인이 자기 이야기를 할 때 늘 그렇듯이 그는 아주 솔직하게 가족사를 상세하게 이야기해 주었고 나는 아주 흥미롭게 들었다. 나는 그의 방대한 독서량에 놀랐고, 무엇보다 거칠게 타오르고 아주 생생하고 새로운 그의 상상력에 접한 순간 내 영혼까지 불타올랐다. 당시 파리에서 무엇을 할지 찾고 있던 나로서는 이런 사람과의 우정이 아주 소중한 보물 같았다. 나는 솔직히 그에게 이런 느낌을 털어놓았다. 내가 파리에 머무는 동안 우리는 함께 살기로 결정했다. 내 형편이 좀 더 나은 편이라 내가 집세를 냈다. 우리는 낡고 기괴한 집을 우울하고 환상적인 우리의 공통된 기질에 맞게 꾸미기로 했다. 우리가 이유를 묻지는 않았지만 이 집은 미신적인 이유로 오랫동안 비어 있던 집으로, 포부르생제르맹의 한적하고 황량한 지역에 거의 다 허물어져 가는 상태로 있었다.

사람들이 이곳에서 우리의 일상생활이 어땠는지 알았으면, 우리를 미치광이, 아마 무해한 미치광이로 여겼을 것이다. 우리는 완벽하게 은둔의 삶을 살았다. 아무도 초대하지 않았다. 실제로 나는 신중하게 예전 지인들에게 우리의 은둔 장소를 비밀에 부쳤고, 뒤팽은 파리에서 수년 동안 사람들과 교류하지 않았기 때문에 우리끼리만 살았다.

밤 자체를 사랑하는 것은 내 친구의 변덕스러운 공상(달리 뭐라고 불러야 할까?) 때문이었다. 다른 모든 일에서와 마찬가지로 나는 조용히 그의 **공상**에 참여했다. 나는 내 성향을 완벽하게 포기하고 그의 거친 변덕을 **따랐다**. 밤의 여신은 항상 우리와 함께 있으려고 하지 않았지만, 마치 그 여신이 옆에 있는 것처럼 만들 수 있었다. 동이 트면 우리는 낡은 건물의 지저분한 덧문을 모두 내리고, 두 개의 향초에 불을 붙였다. 초는 강한 향을 풍겼고 희미한 유령 같은 빛을 냈다. 촛불의 도움으로 꿈속에서 읽고, 쓰고, 대화하다 보면 마침내 시계가 진짜 어둠이 다가온 것을 알려 주었다. 그러면 우리는 팔짱을 끼고 거리로 나가 낮에 하던 이야기를 계속하거나, 아니면 밤늦도록 먼 곳까지 돌아다녔다. 사람이 북적이는 도시의 산만한 빛과 그림자 속에서 조용히 관찰할 때만 얻을 수 있는 무한한 정신적 흥분을 찾아 우리는 돌아다녔다.

그럴 때 나는 뒤팽의 독특한 분석 능력에 주목하고 감탄할 수밖에 없었다(그의 풍부한 상상력을 보고 기대는 했지만). 그는 또 이런 능력을 과시하지는 않았지만 이런 능력을 발휘할 때 열광적으로 기뻐하는 것 같았고, 또 이렇게 얻은 기쁨에 대해 망설이지 않고 솔직히 털어놓았다. 그는 작은 소리로 낄낄대면서 사람들 가슴에 자기가 훤히 들여다볼 수 있는 창문이 달려 있다고 자랑스럽게 말했다. 그런 주장을 뒷받침하기 위해 아주 놀랍게도 내 마음을 속속들이 알고 있다는 직접적인 증거를 제시했다. 그 순간 그의 태도는 냉정하고 멍해 보였다. 눈길은 공허했고, 평상시 성량이 풍부한 테너 같은 목소리가 고음이 되었다. 발음이 아주 똑똑하고 의미가 명확했기 망정이지 아니면 뚱하게 말하는 것처럼 들렸을 것이다. 나는 그의 이런 기분을 관찰하면서, 종종 고대 철학에서 말하는 영혼의 이중성에 대해 깊이 생각했다. 그리고 뒤팽이 독창적 뒤팽과 분석적 뒤팽 두 사람이라고 상상하며 즐거워했다.

이제 막 한 말을 듣고 어떤 미스터리물을 상세히 이야기하거나 로맨스를 쓸 거라고 가정하지 말라. 내가 지금까지 묘사한 이 프랑스인의 특성은 흥분한, 아니면 병든 지성의 결과일 뿐이었다. 그러나 문제의 기간에 그가 한 발언의 성격이 어떤 것인지 한 가지 사례가 잘 전달해 줄 것이다.

어느 날 밤 우리는 팔레 루아얄° 근처에 있는 지저분한 긴 거리를 산책하고 있었다. 우리 둘 다 생각에 잠겨 있어서 적어도 15분 동안 두 사람 모두 단 한마디도 하지 않았다. 그러다가 느닷없이 뒤팽이 이런 말을 쏟아 냈다.

"그는 키가 작은 친구라서 사실 바리에테 극장°과 더 잘 어울릴 텐데."

"물론 의심의 여지가 없지." 나는 무심코 대답했다. 처음에는 (쭉 생각에 잠겨 있었기 때문에) 말을 건 사람이 특별히 내 생각에 끼어든 것을 몰랐다. 잠시 후 나는 정신을 차리고 깜짝 놀랐다.

"뒤팽." 내가 심각하게 말했다. "이건 도저히 이해할 수 없는 일이야. 정말 깜짝 놀랐어. 거의 내 감각을 믿을 수 없어. 내가 --를 생각하고 있는 걸 어떻게 알았어?" 내가 생각 중인 사람을 그가 정말 아는지 확인하기 위해 잠시 멈췄다.

"샹티이* 말이지. 왜 말을 멈춰? 넌 그가 키가 작아 비극에 어울리지 않는다고 혼잣말을 하고 있었잖아."

이것이 정확하게 내가 생각하고 있던 주제였다. 샹티이는 생드니 거리의 **구두 수선공**이었는데, 연극에 미쳐 크레비용의 비극에서 크세르크세스* **역할**을 맡았으나 고생한 보람도 없이 악평받는 조롱거리가 되었다.

"방법이 있다면, 도대체 어떤 방법으로 내 마음을 들여다보았는지, 제발 말해 주게." 나는 외쳤다. 사실 나는 이루 말할 수 없이 놀랐다.

"구두 수선공이 크세르크세스 역을 맡기에는 작다고 생각한 이유는 바로 그 과일 장수 때문이었지." 내 친구가 대답했다.

"과일 장수라고! 놀라운데. 아는 과일 장수가 없는데."

"15분 전쯤에 길 입구에서 부딪친 그 남자가 과일 장수야."

우리가 C가에서 현재 서 있는 교차로로 지나갈 때 사과 바구니를 머리에 인 과일 장수가 우연히 나를 넘어뜨릴 뻔했던 게 기억났지만, 이것이 샹티이와 무슨 상관이 있는지 이해가 가지 않았다.

뒤팽에게는 사기꾼 기질이 전혀 없었다. 그가 말했다 "내가 설명해 볼게. 모든 것을 명확하게 이해할 수 있도록 우선 내가 자네에게 이야기한 순간부터 문제의 과일 장수와 부딪친 순간까지 자네 생각을 거슬러 올라가 볼게. 연결 고리는 이렇게 이어져. 샹티이, 오리온자리, 니콜 박사,* 에피쿠로스, 거리의 돌들, 과일 장수."

사람들 대다수가 인생의 어떤 시점에 특정 결론에 이른 단계를 거슬러 되짚어 보는 것을 즐긴다. 아주 흥미로운 일로, 처음 시도해 보면 출발점과 도착점의 거리가 무한해 보이고 그 둘이 전혀 앞뒤가 맞지 않다는 데 놀란다. 바로 그런 이유로 방금 그 프랑스인이 한 말을 들었을 때 그의 말이 진실인 걸 인정할 수밖에 없었고 얼마나 놀랐는지 모른다. 그는 계속 말했다.

"내 기억이 맞다면 C가를 떠나기 직전에 우리는 말 이야기를 하고 있었어. 그게 마지막으로 이야기했던 주제야. 우리가 이 길에 들어섰을 때, 큰 바구니를 머리에 인 과일 장수가 우리 곁을 빨리 지나가다 도로 공사를 하느라고 쌓아 놓은 돌 더미 쪽으로 자네를 밀었어. 자네는 돌 더미에서 빠져나온 돌 하나를 밟고 미끄러져 발목을 약간 삐어 당황했고 화난 것처럼 보였어. 몇 마디 중얼거리더니 고개를 돌려 돌 더미를 바라본 다음 아무 말 없이 계속 걸어갔어. 자네가 뭘 하는지 특별히 주의를 기울이지 않았지만, 최근 나는 관찰이 몸에 배어 항상 관찰을 해.

포석을 겹쳐 고정하는 획기적 방법으로 포장한 라마르틴이라는 작은 골목에 도착할 때까지, 자네는 뚱한 표정으로 도로의 구멍과 바큇자국을 계속 응시했어. 그 포장도로를 보자 자네 얼굴이 환해지고 입술이 움직이는 것을 감지하고는(그래서 자네가 여전히 돌에 대해 생각하고 있는 것을 알 수 있었어) 약간 잘난 척하며 포장도로 용어 '스테레오토미'라는 단어를 중얼거렸다고 확신했지. 자네가 스테레오토미를 입에 올린 순간 틀림없이 아토미'를 생각하고 이어서 에피쿠로스 이론'을 생각하리라는 것을 알고 있었어. 그리고 얼마 전에 우리가 이 주제를 논의했잖아. 그때 내가 이 고귀한 그리스인의 막연한 추측이 특이하게 이후의 성운 우주론에서 확인되었다는 것, 그런데도 거의 주목받지 못한 것에 대해 이야기했었어. 그래서 자네가 오리온좌의 대성운*을 보려고 위를 볼 수밖에 없으리라고 느꼈고 예상했지. 자네는 내 예상대로 하늘을 올려다봤고 이제 내가 자네의 사고 단계를 올바르게 따라왔다는 확신이 들었어. 하지만 어제 『뮈제』에 실린 샹티이에 대한 **악평**에서 풍자가는 구두 수선공이 비극에 출연한 후 이름을 바꾼 것을 조롱하면서 라틴어 대사를 인용했어. 우리도 대화에서 자주 언급했던 이런 라틴어 구절이었어.

첫 글자가 원래의 소리를 잃었다.

전에 내가 이 말은 우리온(Urion)이라고 쓰던 오리온(Orion)에 관한 것이라고 했었는데,* 독설을 섞어 가며 설명해서 자네가 이 말을 잊을 리가 없다는 걸 알았지. 따라서 자네가 틀림없이 오리온과 샹티이라는 두 생각을 결합할 줄 알고 있었어. 자네 입술에 스친 미소를 보고 알 수 있었지. 자네는 희생양이 된 불쌍한 구두 수선공을 생각했어. 그때까지 구부정하게 걷고 있던 자네가 몸을 꼿꼿하게 세웠거든. 그때 자네가 키 작은 샹티이를 떠올린 게 틀림없어 보였어. 이 시점에서 자네 생각을 중단시키고, 내가 '그는 키가 작은 친구라서 사실 바리에테 극장과 더 잘 어울릴 텐데'라고 했잖아."

얼마 후 우리는 석간 「법조신문」을 보고 있었는데, 다음 기사
가 눈길을 끌었다.

기이한 살인 사건 — 오늘 아침 3시경, 카르티에생로슈* 주
민들은 모르그가 4층 집에서 들려오는 끔찍한 비명에 잠이
깼다. 그 집에는 레스파나예 부인과 그녀의 딸인 카밀 레스
파나예 양 단둘이 살고 있던 것으로 알려졌다. 이웃들은 보
통 때처럼 문을 두들겨 주인의 허락을 얻어 집으로 들어가
려고 했지만 불가능했다. 약간 시간을 끌다가 지렛대로 문을
부수고 **경찰관** 두 명과 여덟 내지 열 명의 이웃 사람이 함께
들어갔다. 이때는 이미 비명이 그친 상태였다. 일행이 서둘
러 올라가 층계참에 이르렀을 때 위층에서 두 사람 혹은 그
이상의 사람들이 거친 목소리로 화내며 다투는 것 같았다.
두 번째 층계참에 이르렀을 때 이 소리마저 멈추고 완벽하게
조용해졌다. 일행은 서둘러 이리저리 흩어져 이 방 저 방을
뒤졌다. 4층에 있는 커다란 뒷방에 도착하자(문은 잠겨 있고
열쇠가 안에 있어 강제로 문을 열었다), 눈 앞에 펼쳐진 광경
에 모두 놀랐고 놀란 것 못지않게 공포에 휩싸였다.

방 안은 엉망진창이었다. 가구는 부서져 사방으로 내동댕
이쳐져 있었다. 침대 틀만 있었고 침대 매트리스는 방 한가
운데 내팽개쳐져 있었다. 의자 위에는 피 묻은 면도칼이 놓
여 있었고 난로 위에 피가 잔뜩 묻은 긴 백발 두세 다발이 있

었는데 뿌리째 뽑힌 것 같았다. 바닥에는 20프랑 금화 4개, 토파즈 귀걸이, 큰 은수저 3개, 더 작은 합금 수저 3개, 거의 4천 프랑의 금화가 들어 있는 가방 2개가 있었다. 한쪽 구석에 있는 **사무용** 서랍장이 열려 있었고, 여전히 물건이 많이 남아 있었지만 샅샅이 뒤진 것처럼 보였다. 작은 철제 금고가 침대 **매트리스** 아래(침대 밑이 아니고) 있었다. 금고는 열려 있었고 열쇠가 아직도 금고 문에 꽂혀 있었다. 금고 안에는 오래된 편지 몇 통과 중요하지 않은 서류 몇 장밖에 없었다.

레스파나예 부인은 흔적을 찾을 수 없었다. 하지만 벽난로에 비정상적으로 그을음이 많이 떨어져 있어서 굴뚝을 수색했고(입에 담기에도 끔찍한 이야기다!) 거기서 거꾸로 매달린 딸의 시신을 끌어냈다. 좁은 굴뚝 사이로 한참 억지로 밀어 넣은 것이었다. 몸이 아주 따뜻했다. 검시 결과, 여러 군데 찰과상이 발견되었다. 틀림없이 시신을 억지로 밀어 넣고 꺼낼 때 생긴 상처였다. 얼굴에는 상처가 심했고 목에는 멍이 진하게 들어 있었고 깊은 손톱자국이 있어 목이 졸려 질식사한 것 같았다.

집 안을 샅샅이 철저하게 수색했지만 더 이상 아무것도 나오지 않자 일행은 건물 뒤쪽의 포석이 깔린 작은 마당으로 향했다. 그곳에서 노부인의 시신을 발견했다. 그녀의 목은 완전히 잘려서 시신을 들어 올리려고 하자 머리가 떨어져 나갔다. 머리뿐만 아니라 몸통도 끔찍하게 훼손되어서 인간의 모습을 찾아볼 수 없을 정도였다.

아직까지 아주 미약한 단서조차 전혀 없다.

이튿날 신문에는 추가로 다음과 같은 내용이 실렸다.

모르그가의 비극. 이 기이하고 끔찍한 사태와 관련해 많은 사람을 조사했다[프랑스에서 '사태'라는 단어는 우리나라에서처럼 경박한 의미가 아니다]. 그러나 사건은 전혀 해결의 기미를 보이지 않는다. 아래는 지금까지의 중요 증언이다.

세탁소 주인 폴린 뒤부르. 그녀는 3년 동안 두 사람을 알고 지냈고 그동안에 세탁 일을 했다고 증언한다. 노부인과 딸은 사이가 좋아 보였고, 서로 아주 다정했다. 그들은 세탁비를 후하게 주었다. 노부인과 딸의 생활 방식이나 생계 수단에 대해서는 모른다. L 부인이 점쟁이로 돈을 버는 것 같았다. 돈이 많은 것으로 평판이 나 있었다. 세탁물을 가지러 가거나 가져다줄 때 집 안에서 누구도 만난 적이 없었다. 하인은 분명히 없었다. 4층에만 가구가 있었고 그 외에는 집 어디에도 가구가 없는 것 같았다.

담배상 피에르 모로. 거의 4년 동안 레스파나예 부인에게 소량의 담배와 코담배를 팔았다고 증언한다. 그는 이 동네에서 태어나서 쭉 여기 거주했다. 고인과 딸은 시신으로 발견된 집에서 6년 이상 거주했다. L의 소유인 이 집은 그전에는 보석상이 임대해 살았는데, 그 사람이 위층 방들을 재임대했다. 이런 세입자의 건물 남용을 못마땅하게 여긴 노부인과 딸이 직접 이 집으로 이사 왔고 임대는 전혀 하지 않았다. 그 노부인은 어린애 같았다. 딸은 6년 동안 대여섯 번 정도 보았다. 두 사람은 심한 은둔 생활을 했고, 돈이 많다고 소문이 나 있었다. 이웃에서는 L 부인이 점을 친다는 소문이 있었지만 믿지 않았다. 노부인과 딸 외에 집에 드나드는 사람이라고는 짐꾼 한두 번, 의사 여덟 번 내지 열 번 정도 본 것이 다였다.

다수의 다른 이웃 사람들도 같은 취지로 증언했다. 그 집을 자주 방문한 사람은 없었다. L 부인과 딸에게 친척이 있는지 모르겠다. 앞쪽 창문의 덧문은 거의 열리지 않았다. 뒤쪽 창문은 4층의 큰 뒷방을 제외하고는 모두 항상 닫혀 있었다. 집은 그다지 낡지 않은 괜찮은 집이었다.

경찰 이시도르 뮈제. 그는 새벽 3시경에 그 집으로 호출되어 가 보니 약 20~30명의 사람이 문으로 들어가려고 애쓰고 있었다고 증언한다. 지렛대가 아니고 총검으로 강제로 문을 열었다. 문 위나 아래를 자물쇠로 채워 놓지 않은 접이식 문이라 문을 여는 게 그다지 어렵지는 않았다. 문을 강제로 열 때까지 비명이 계속되다가 갑자기 멈췄다. 심한 고통을 겪는 어떤 한 사람(또는 여러 사람)의 비명 같았고, 순간적인 단말마가 아니라 큰 비명이 오래 들렸다. 목격자는 앞장서서 계단을 올라갔다. 첫 번째 층계참에 이르렀을 때, 큰 소리로 화를 내며 다투는 두 사람의 목소리를 들었다. 한 사람은 탁하고 굵은 목소리였고 나머지 한 사람은 훨씬 더 날카로운 목소리로 아주 이상한 소리였다. 전자의 단어는 일부 구별할 수 있었는데, 프랑스인이 하는 말이었다. 확실히 여자 목소리는 아니었다. '세상에', '제기랄'이라는 단어는 알아들었다. 날카로운 목소리는 외국인 목소리였다. 남자 목소리인지 여자 목소리인지 확실히 알 수 없었다. 무슨 말인지 알아들을 수 없었지만 스페인어 같았다. 방과 시신의 상태에 대해서는 이 목격자 역시 우리의 어제 보도와 동일하게 묘사했다.

이웃이자 은세공 업자 앙리 뒤발. 그는 자신이 맨 처음 집 안으로 들어온 일행 중 한 명이라고 증언한다. 전반적으로 뮈제의 증언과 일치했다. 그들이 강제로 문을 열고 들어가자마자 밤늦은 시간인데도 갑자기 군중이 모여들어 들어오지 못하게 문을 닫았다. 이 목격자는 날카로운 목소리가 이탈리아인 목소리라고 생각했다. 분명히 프랑스인은 아니라고 했다. 남자 목소리인지 확실히 알 수 없었다. 여자 목소리일 수도 있었다. 그는 이탈리아어를 몰랐다. 단어를 구분할 수 없었지만 억양으로 볼 때 틀림없이 이탈리아인이었다. L 부인과 딸을 알고 있었고 그 두 사람과 자주 대화했다. 날카로운 목소리는 확실히 사망한 두 사람 중 누구의 목소리도 아니었다.

식당 주인 오덴하이머. 이 증인은 자발적으로 나서서 증언했다. 프랑스어를 못해서 통역사를 통해 조사받았다. 암스테르담 출신이다. 비명이 들릴 때 그 집 앞을 지나가고 있었다. 비명은 몇 분간, 아마 10분가량 지속되었다. 오랫동안 비명이 크게 들렸고, 아주 끔찍하고 참혹한 소리였다. 그도 건물에 들어간 사람 중 한 명이었다. 한 가지만 빼고는 이전 증언과 일치했다. 그는 날카로운 목소리가 틀림없이 프랑스 남자목소리라고 했다. 단어를 하나하나 다 알아들을 수는 없었다. 목소리가 크고 빠르고 고르지 않았다. 분노한 목소리일뿐 아니라 겁에 질리기도 한 목소리 같았다. 날카롭다기보다는 거친 목소리였다. 날카로운 목소리라고 꼭 집어 말할 수는 없는 소리였다. 탁하고 굵은 목소리를 내는 사람은 여러번 '세상에', '제기랄'이라고 했고 한 번 '하느님 맙소사'라고했다.

은행가 쥘 미노. 들로렌가에서 미노에피스* 은행을 경영하는 사람이다. 레스파나예 부인에게는 재산이 꽤 있었다. 그해(8년 전에) 봄 그의 은행에 와서 계좌를 개설했다. 소액을자주 입금했고, 전혀 출금이 없다가 죽기 사흘 전에 4천 프랑을 출금했다. 금화로 출금했고 그 돈을 은행원이 그녀의 집으로 들고 갔다.

미노에피스 은행 직원 아돌프 르봉. 문제의 그날 정오경 자루 두 개에 4천 프랑을 넣어 들고 부인과 함께 레스파나예 부인의 집까지 갔다고 증언한다. 문이 열렸을 때 레스파나예양이 자루 하나를 받았고 부인이 나머지 자루를 들었다. 그는 인사를 하고 그 집을 떠났다. 그때 거리에는 아무도 없었다. 뒷골목이라서 사람들이 잘 다니지 않는 길이었다.

재단사 윌리엄 버드. 그는 집에 들어간 일행 중 한 명이라고 증언한다. 영국인이다. 파리에서 2년간 살았다. 앞장서서 계단을 올라간 일행 중에 있었다. 다투는 목소리를 들었다. 탁하고 굵은 목소리는 프랑스인 목소리였다. 단어 몇 개는 알아들었는데 지금 다 기억나지는 않는다. '세상에'와 '하느님 맙소사'는 분명히 들었다. 바로 그때 여러 명이 몸싸움하는 듯한 소리, 즉 긁히고 부딪치는 소리가 들렸다. 날카로운 목소리는 컸다. 탁하고 굵은 목소리보다 더 컸다. 영국인 목소리는 분명히 아니었다. 독일인 목소리 같았다. 여자 목소리였을 수도 있다. 독일어는 모른다.

위에 언급한 증인 중 네 명은 재소환되었다. 그들이 도착했을 때 L 양의 시신이 발견된 방의 문이 안쪽에서 잠겨 있었다고 증언했다. 완벽하게 조용했다. 신음 소리나 어떤 종류의 소리도 나지 않았다. 문을 부수고 열었을 때 아무도 보이지 않았다. 앞방과 뒷방 창문 다 덧문이 닫혀 있었고 안에서 단단히 잠겨 있었다. 두 방 사이의 문은 닫혀 있었지만 잠겨 있지는 않았다. 앞방에서 복도로 이어지는 문은 잠겨 있었는데 열쇠는 방 안에 꽂혀 있는 상태였다. 이 방은 낡은 침대와 상자 등으로 가득 차 있었다. 4층 복도 입구에 있는 앞쪽 작은 방의 문은 활짝 열려 있었다. 경찰은 조심해서 물건들을 치우고 수색했다. 집 안 구석구석을 한 치도 빠트리지 않고 치밀하게 수색했다. 청소솔로 굴뚝을 아래위로 쑤셨다. 그 집은 다락방이 딸린 4층 집이었다. 지붕 덮개 문은 아주 단단히 못질되어 있었고, 수년 동안 열리지 않은 것처럼 보였다. 다투는 소리가 들린 순간부터 문을 부수고 열 때까지 걸린 시간에 대해서는 목격자마다 말이 달랐다. 짧게는 3분이라고 하는 사람부터 길게는 5분이라고 하는 사람까지 있었다. 문을 겨우 열었다.

장의사 알폰소 가르시오. 그는 모르그가에 산다고 증언한다. 스페인 출신이다. 집에 들어온 일행 중 한 명으로, 계단에 올라가지는 않았다. 예민한 사람이라 흥분할 경우 무슨 일이 일어날지 두려워서였다. 다투는 목소리를 들었다. 탁하고 굵은 목소리는 프랑스인이었다. 무슨 말을 했는지는 구분할 수 없었다. 날카로운 목소리는 영국인 목소리였다. 틀림없이 영국인이었다. 영어를 몰라서 억양으로 판단했다.

제과점 주인 알베르토 몬타니. 그는 앞장서서 계단을 올라간 일행에 끼어 있었다고 증언한다. 문제의 목소리를 들었다. 탁하고 굵은 목소리는 프랑스인이었다. 단어 몇 개는 알아들었다. 그 사람이 욕을 퍼붓는 것 같았다. 날카로운 목소리는 무슨 말인지 알아들을 수 없었다. 소리가 고르지 않고 빠르게 말했다. 러시아인 목소리 같았다. 전반적인 증언과 일치했다. 이 사람은 이탈리아인으로 러시아인과 대화해본 적이 없다.

목격자 다수가 4층 방의 굴뚝이 모두 너무 좁아서 사람이 빠져나갈 수 없다고 증언했다. 굴뚝 청소부가 쓰는 원통형 청소솔로 집안의 모든 굴뚝을 위아래로 훑었다. 일행이 계단을 올라가는 동안 내려갈 수 있는 뒷길은 없다. 레스파나예 양의 시신은 굴뚝에 너무 단단히 끼어 있어 네다섯 명이 달려들어서야 겨우 끌어내릴 수 있었다.

의사 폴 뒤마. 그는 새벽 무렵 시신 부검을 부탁받았다고 증언한다. 그때 사망자 두 사람은 L 양이 발견된 방의 침대보 위에 누워 있었다. 젊은 아가씨 시신에 멍과 찰과상이 심했다. 굴뚝 위쪽으로 쑤셔 넣었다는 사실이 왜 이런 모습이 되었는지 충분히 설명해 주었다. 목은 심하게 쓸려 벗겨져 있었다. 턱 바로 아래 깊게 할퀸 상처가 몇 군데 있었고, 손가락 자국이 난 검푸른 멍도 여러 군데 있었다. 얼굴은 끔찍하게 변색되었고 눈알이 튀어나와 있었다. 혀의 일부는 물어뜯겨 떨어져 나가 있었다. 배에서 커다란 멍이 발견되었는데 아마도 무릎에 눌려서 생긴 것 같았다. 뒤마의 의견에 따르면, 레스파나예 양은 신원 미상의 한 사람 혹은 다수에 의해 목 졸려 죽었다. 어머니의 시신은 끔찍하게 절단되어 있었다. 오른쪽 다리와 팔의 뼈가 거의 다 산산조각이 나 있었다. 왼쪽 정강이뼈뿐 아니라 왼쪽 갈비뼈도 모두 부러져 있었다. 몸 전체가 변색되었고 끔찍하게 멍들어 있었다. 어떻게 부상을 입은 것인지 알 길이 없었다. 아주 힘센 남자가 무거운 나무 몽둥이, 굵은 쇠막대기, (의자처럼) 무겁고 큰 둔기를 휘둘렀다면 그런 결과가 가능했을 것이다. 여자라면 어떤 무기를 썼어도 이 정도 타격을 가할 수 없었을 것이다. 뒤마가 보았을 때 죽은 사람의 머리는 몸에서 완전히 분리되어 있었고 온몸이 산산조각 나 있었다. 목을 매우 날카로운 도구로, 아마 면도칼로 자른 게 분명했다.

외과 의사 알렉상드르 에티엔. 그는 뒤마와 함께 검시를 위해 소환되었고 뒤마의 증언과 의견이 옳다는 것을 확인해 주었다.

이 사람들 외에도 여러 사람을 조사했지만 더 이상 중요한 사실은 나오지 않았다. 정말 살인 사건이 벌어졌다면, 파리에서 이렇게 수수께끼 같고, 모든 점에서 이렇게 당혹스러운 살인 사건은 전례가 없는 것이었다. 경찰은 전혀 단서를 찾지 못하고 있었다. 이런 사건에서는 이례적인 일로, 전혀 실마리가 보이지 않았다.

「법조신문」 석간에 따르면 생로슈가가 아직도 큰 흥분에 휩싸여 있다고 했다. 문제의 건물을 꼼꼼하게 재수색했고 새로운 목격자를 찾아냈지만 모두 소용없었다. 그러나 아돌프 르봉이 체포되어 수감되었다는 기사가 끝에 붙어 있었지만, 이미 자세히 설명한 사실 외에 그를 범죄자로 단정할 만한 근거는 전혀 없었다.

뒤팽은 이 사건의 진행 상황에 유독 관심을 가진 것처럼 보였다. 그는 아무 말도 하지 않았지만 적어도 그의 태도로 미루어 그렇게 판단했다. 르봉이 수감되었다고 발표 난 후에야 나에게 그는 살인 사건을 어떻게 생각하는지 물어보았다.

나는 파리 사람 모두가 풀 수 없는 수수께끼라고 한 점에 동의할 수밖에 없었다. 살인범을 추적할 방법이 없어 보인다고 말했다.

뒤팽이 말했다. "이런 피상적인 수색을 하고 나서 어떤 방법이 있을지 판단하면 안 돼. 파리 경찰은 **통찰력으로** 높이 칭송받았지만 영리할 뿐이야. 그 이상은 아니지. 그들의 방법에는 전혀 체계가 없어. 당장 눈에 보이는 것만 수색하거든. 여러 가지 방법을 강구하지만 대부분 문제의 사건을 해결하기에 부적절한 방법이야. 음악을 가장 잘 감상하기 위해 적합한 실내복을 달라고 한 주르댕*이 떠올라. 경찰이 종종 놀라운 결과를 얻는 건 사실이지만 대부분 단지 부지런하게 수사한 결과일 뿐이야. 부지런히 수사했는데도 안 될 때는 그걸로 끝이야. 예를 들어 비도크*를 봐. 그는 추측도 잘하고 인내심도 강해. 하지만 제대로 사고하는 교육을 못 받아서 그가 열심히 수사하면, 바로 열심히 수사하기 때문에 계속 실수를 하게 돼. 너무 가까이에서 대상을 관찰하기 때문에 대상을 제대로 볼 수가 없는 거야. 한두 가지는 아주 명확하게 볼 수 있겠지만 그 대신 사건 전체는 못 보지. 너무 깊이 파고들거든. 진실이 항상 깊은 우물 속에 있는 건 아니야. 실제로 아주 핵심적인 지식은 항상 피상적이야. 우리는 진실을 찾아 깊은 계곡을 헤매지만 실제로 진실을 발견할 수 있는 건 산 정상이고, 산 정상은 깊지 않거든. 이런 종류의 오류가 왜 생기고 어떤 양상으로 생기는지 전형적으로 잘 보여 주는 게 천체 관찰이야. 별은 쓱 봐야 해, 즉 곁눈질로 봐야 해. 다시 말해 **망막** 안쪽보다 바깥쪽이 희미한 빛을 더 잘 감지하니까 바깥쪽으로 봐야만 별을 **똑똑히** 볼 수 있어. 그게 빛을 제일 잘 이해할 수 있는 방법이기도 해. 빛이란 게 **똑바로** 바라보면 바라볼수록 더 희미해지거든. 똑바로 보면 빛을 듬뿍 받기는 하지만, 곁눈질을 하면 별의 모양을 더 정교하게 이해할 수 있어. 지나치게 깊이 파고들면 사고가 흐려지고 혼란스러워지지. 집중적으로 너무 직접적인 관찰을 계속하면 금성조차 하늘에서 사라져 버리게 돼. 그래서 너무 계속 집중해서 응시하거나 너무 똑바로 응시하면 금성 자체가 하늘에서 사라질 수도 있어.

이 살인 사건에 대해 우리 스스로 조사를 좀 한 다음, 의견을 정하도록 하세. 조사 자체가 재미있을 거야.”(좀 이상한 말이라고 생각했지만, 나는 아무 말도 하지 않았다) “그리고 르봉은 한때 날 도와준 적이 있어, 그에게 고맙게 생각하고 있어. 가서 그 건물을 우리 눈으로 직접 살펴보도록 하자. 경찰청장인 G를 아니까 쉽게 허가를 얻을 수 있을 거야.”

허가를 얻자 우리는 곧 모르그가로 향했다. 그곳은 리슐리외가와 생로슈가 사이에 끼어 있는 비참한 거리 중 하나였다. 이 지역은 우리 집에서 한참 떨어진 곳이어서 늦은 오후가 되어서야 그 집에 도착했다. 집은 쉽게 찾을 수 있었다. 목적 없이 단지 호기심으로 길 맞은편의 닫힌 덧문을 올려다보는 사람이 많아서였다. 그 집은 파리에서 흔히 볼 수 있는 집으로, 입구에 유리창 달린 초소가 있었는데, 미닫이 창문이 **수위실**임을 알려 주었다. 집으로 들어가기 전에 우리는 위쪽으로 걸어가, 골목을 돌아서 내려왔고, 그다음 다시 모퉁이를 돌아서 건물 뒤쪽으로 갔다. 그렇게 돌아다니면서 뒤팽은 집뿐 아니라 동네 전체를 세심하게 조사했는데 나로서는 조사 대상이 무엇인지 알 수 없었다.

우리는 다시 그 집 앞으로 돌아왔다. 벨을 누르고 허가서를 보여 준 다음 수위의 허락을 받아 우리는 집 안으로 들어갔다. 계단을 올라가 레스파나예 양의 시신이 발견된 방으로 들어갔다. 아직도 그 방에는 시신 두 구가 있었다. 방은 관례대로 마구 흐트러진 상태로 보존되어 있었다. 「법조신문」에 보도된 것 이상은 보이지 않았다. 뒤팽은 희생자의 시신을 포함해 모든 것을 꼼꼼하게 조사했다. 그 후 우리는 다른 방들로 가서 조사하고 마당으로 나왔다. 그러는 내내 **경찰** 한 명이 우리를 따라다녔다. 우리는 어두워질 때까지 조사를 하고 **나서야** 그 집을 떠났다. 집으로 오는 길에 내 친구는 잠시 일간지 사무실에 들렀다.

내 친구가 여러 가지로 변덕이 심하다고 말한 적이 있다. *Je les menagais.* 영어에는 이와 같은 표현이 없어 프랑스어로 말했다. 이제 그는 이튿날 정오까지 살인에 대해 아무 말도 하고 싶어 하지 않았다. 그러더니 갑자기 내게 그 잔인한 살인 현장에서 뭔가 **특이한** 것을 관찰했는지 물었다.

"**특이한**"이란 단어를 강조하는 그의 말투에는 뭔가가 있었다. 왠지 모르게 몸서리가 쳐졌다.

"아니 **특이한** 건 아무것도 없었는데. 우리 둘 다 신문 보도를 봤지만 적어도 그 이상은 없었어." 내가 말했다.

그의 대답은 이랬다. "「법조신문」에서는 이 사건이 비정상적으로 끔찍한 점을 깊이 있게 다루지 않았어. 하지만 안일한 신문의 의견 따위는 무시해 버려. 이 사건은 쉽게 해결될 수 있었는데, 바로 그 이유로 해결 불가능한 미스터리가 된 것 같아. 외부적 특징에 주목했으면 더 쉽게 해결되었을 텐데. 경찰은 동기로 보이는 게 없어서 당황한 거야. 즉 살인 자체가 아니라 살인의 잔혹성에서 동기를 찾으려고 한 거지. 또 싸우는 목소리가 들렸고 안에 있던 사람이 위로 올라간 일행의 눈에 띄지 않고 밖으로 나갈 방법이 없었어. 그런데도 위층에는 레스파나예 양 시신만 있고 아무도 없었어. 도저히 앞뒤가 안 맞는 그런 사실에 당황한 거지. 난장판이 된 방, 굴뚝에 거꾸로 쑤셔 넣은 시신, 끔찍하게 절단된 노부인의 시신. 방금 언급한 상황들처럼 언급할 필요도 없는 사실에 집중해서 경찰이 자랑하던 그 **통찰력**이 완전히 엉뚱하게 발휘되었어. 경찰의 능력을 마비시키기에 충분했지. 경찰은 특이한 것과 난해한 것을 혼동했어. 흔히 보이는 엄청난 오류에 빠진 거지. 하지만 이성이 진실에 이르는 길을 찾고 있다면, 바로 평범함의 경계를 넘어서 이탈해야 가능한 거야. 현재 우리가 진행 중인 조사에서 물어야 할 질문은 '무슨 일이 일어났는가'가 아니고, '어떤 전례 없는 일이 일어났는가'야. 사실, 경찰의 눈에 불가능해 보일수록 그에 비례해 나는 이 수수께끼를 더 잘 해결할 수 있어."

나는 깜짝 놀라서 말하는 그를 바라보았다.

"나는 지금 이 살인 사건의 범인은 아니지만 어떤 식으로든 연루된 사람을 기다리면서 문을 바라보고 있는 중이야. 그 사람은 최악의 부분에 대해서는 무죄일 가능성이 많아. 이런 내 가정이 맞으면 좋겠어. 그 가정에 기초해 수수께끼가 풀릴 테니까. 이 방에서 그 남자가 오길 기다리고 있어. 곧 나타날 거야. 오지 않을 수도 있어. 하지만 올 가능성이 높아. 그가 온다면 체포해야 해. 여기 권총이 있어. 우리 둘 다 권총 쏘는 법은 알고 있으니까, 긴급 상황에 처하면 총을 사용하도록 해."

뒤팽이 마치 독백처럼 계속 말하는 동안 나는 들은 말을 거의 믿지 않았는데도 나도 모르게 총을 잡았다. 이미 말했듯이 뒤팽은 그럴 때 멍하게 말했다. 내게 말하는 그의 목소리는 크지 않았지만 흔히 멀리 있는 사람에게 말할 때와 같은 억양으로 말했다. 그의 눈은 아무런 표정 없이 벽만 바라보고 있었다.

"계단을 올라갈 때 일행에게 들린 다투는 목소리, 그게 두 여자의 목소리가 아니었다는 것은 완벽하게 증명되었어." 그가 말했다. "노파가 먼저 딸을 죽이고 그다음에 자살했다고 의심할 수는 없어. 이 말을 하는 주요 이유는 체계적으로 말하기 위해서야. 레스파나예 부인의 힘으로는 도저히 딸의 시신이 발견된 굴뚝 속으로 시신을 쑤셔 넣을 능력도 없고 부인의 몸에 난 상처를 보면 도저히 자살이라고 볼 수도 없어. 그렇다면 살인을 저지른 건 제3의 인물이야. 이 제3의 인물과 다투는 소리가 들렸던 거야. 이제 목소리에 대한 증언 전체가 아니라, 그 증언에서 특이한 점에 주목하려고 해. 이 증언에서 특이한 점을 알아채지 못했어?"

나는 증인들이 모두 탁하고 굵은 목소리가 프랑스인이라는 데는 일치했지만, 날카로운 목소리 혹은 거친 목소리에 대해서는 이견이 많았다고 말했다.

"그건 증언을 그대로 옮긴 것이지"라고 뒤팽이 말했다. "증언의 특이한 점은 아니야. 자네는 특이한 점을 관찰하지 않았어. 자네 말대로 증인들은 탁하고 굵은 목소리에 대해서는 일치했어. 만장일치였지. 하지만 날카로운 목소리에 대한 증언의 특이한 점은 진술이 일치하지 않았다는 점이 아니야. 특이한 점은 이탈리아인, 영국인, 스페인인, 네덜란드인, 프랑스인이 모두 그 목소리를 **외국인** 목소리라고 한 점이야. 각자 자기 나라 사람 목소리가 아닌 게 확실하다고 했어. 각자 그 목소리를 자신이 아는 나라 언어를 쓰는 사람 목소리가 아니라, 자신이 모르는 나라 언어를 쓰는 사람 목소리라고 했어. 프랑스인은 스페인인 목소리라고 추측하면서 '내가 스페인어를 알았다면, **단어 몇 개는 구분해 알아들었을 텐데**'라고 했어. 네덜란드인은 프랑스인 목소리라고 했지만, '**이 사람이 프랑스어를 몰라서 통역자를 통해 조사받았다**'고 쓰여 있어. 영국인은 독일인 목소리로 생각했지만 그는 '**독일어는 전혀 모른다**'고 했어. 스페인인은 영국인의 목소리였다고 '**확신하지만**' '**그는 영어를 몰라서** 대략 억양으로 판단했다'고 했어. 이탈리아인은 러시아인 목소리라고 믿었지만 '**러시아인과 대화해 본 적이 없다**'고 했어. 게다가 두 번째 프랑스인은 첫 번째 사람과 달리 이탈리아인 목소리 같다고 했어. **이탈리아어를 모르지만**, 스페인인처럼, '억양으로 볼 때 틀림없다'고 했어. 그 목소리가 얼마나 이상하고 특이 했으면 이런 증언을 끌어낼 **수** 있었을까! 그 인물의 **어조**에 대해서는 유럽의 5대 국가 국민조차 그 비슷한 소리를 들어 본 적이 없어! 아프리카인이나 아시아인 목소리가 아닐까 하고 추측할 수도 있겠지만, 파리에는 아프리카인이나 아시아인이 많지 않아. 그런 추측은 반박하지 않고 그냥 넘어갈게. 단 세 가지 점만 주목해 주길 바라네. 한 증인은 그 목소리가 '날카롭다기보다는 거칠었다'고 했어. 다른 두 증인은 '소리가 빠르고 **고르지 않았다**'고 했어. 어떤 목격자도 어떤 단어, 즉 단어 비슷한 소리를 알아채지 못했어."

"내가 지금까지 한 말이 어떤 인상을 주었는지 모르겠지만." 뒤팽이 계속 말했다. "증언 중 이 부분, 즉 탁하고 굵은 목소리와 날카로운 목소리에 관한 부분에서 합리적으로 추론한다면, 주저 없이 앞으로 이 수수께끼를 조사할 방향을 충분히 정할 수 있어. '합리적 추론'이라고 했지만, 그 표현으로 내 의미를 충분히 전달할 수 없어. 내 의도는 그 추론만이 **유일하게** 적절한 추론이고 결과는 단 한 가지라는 거야. 그 추론에서 **불가피하게** 의혹이 생길 수밖에 없어. 그 의혹이 무엇인지는 아직 말안 할게. 다만 내게는 아주 강한 의혹이어서 나의 방 안 조사에 명확한 형태, 즉 어떤 특정한 방향성을 부여할 정도였다는 점만 자네가 염두에 두길 바라네.

이제 상상 속에서 그 방으로 가 보도록 해. 여기서 무엇부터 찾아야 할까? 살인자의 탈출 수단을 찾아야 해. 우리 둘 다 초

자연적인 현상을 믿지 않는다고 해도 되겠지. 레스파나예 부인과 딸을 살해한 건 귀신이 아니었어. 살인을 저지른 사람은 몸이 있고 그 몸이 탈출한 거야. 그렇다면 어떻게 탈출했을까? 다행히도 이 문제에 대해서는 단 한 가지 추론 방식만 가능해. 그 방법을 따르다 보면 **틀림없이** 명확한 결론에 이르게 될 거야. 살인자는 일행이 계단을 올라올 때 레스파나예 양이 발견된 방이나 적어도 그 옆방에 있었던 게 분명해. 그러니 우리는 이 두 방만을 대상으로 탈출구를 찾아야 해. 경찰은 마루, 천장, 벽돌을 온통 뒤져 봤어. 그들의 조사를 피할 수 있는 **비밀 출구가** 남아 있었을 리가 없어. 하지만 난 **경찰의** 눈을 믿을 수 없어서 직접 내 눈으로 조사했지. 비밀 출구는 **없었어.** 방에서 복도로 나가는 문은 두 방 다 단단히 잠겨 있었고 열쇠는 방 안에 있었어. 굴뚝을 둘러봐. 그 굴뚝은 벽난로에서 나온 것으로 높이 8~10피트쯤 되고 폭은 보통 굴뚝과 같아. 이 굴뚝으로는 커다란 고양이도 통과할 수 없어. 이미 말한 방식으로는 탈출할 수 없으니까 탈출 경로는 창문으로 좁혀지지. 앞방 창문으로 탈출했으면 곧 거리의 군중 눈에 띄었을 거야. 그렇다면 살인자는 **분명히** 뒷방 창문을 통해 나갔을 거야. 이제, 확실한 방식으로 이런 결론에 도달했으니까 우리는 외양상 불가능해 보여도 그 결론을 부인하면 안 돼. 우리가 해야 하는 유일한 일은 외양상 '불가능'이 실제로는 가능하다는 것을 증명하는 거야.

그 방에는 창문이 두 개 있어. 창문 하나는 전혀 가구에 가려지지 않아 전체가 잘 보여. 다른 창문은 거기에 꼭 붙어 설치된 거대한 침대 머리판 때문에 창문 아래쪽이 안 보여. 한 창문은 안에서 단단히 고정되어 있었어. 창문을 들어 올리려고 아무리 힘을 써도 끄떡도 안 했어. 벽 쪽 창틀 왼쪽에 나사송곳으로 판 커다란 구멍이 있었고 거기에 아주 단단한 못이 못대가리까지 들어가 있었어. 다른 창문을 조사해 보니 거기에도 비슷한 못이 비슷하게 박혀 있었어. 그 창문도 힘껏 들어 올리려고 했지만 실패했어. 경찰은 이제 이런 방식으로 탈출할 수 없다는 게 밝혀지자 완전히 만족했어. **그러므로** 그들은 못을 **빼내고** 창문을 열 필요가 없다고 생각했어.

　나는 좀 더 차근차근 조사했어. 내가 이제 막 말한 이유 때문이었어. 즉 외양상 '불가능'이 실제로는 가능하다는 것을 증명해야 했거든.

　나는 이렇게, **귀납적으로** 생각하기 시작했어. 살인자들은 이 창문 중 하나로 도망쳤을 거야. 그렇다면 살인자들이 내리닫이창을 방 안에서 지금 상태로 다시 닫을 수는 없었을 거야. 이렇게 생각해서 경찰은 창문 쪽 조사를 중단했어. 하지만 창문은 닫혀 **있었어.** 그러므로 창문이 저절로 닫히는 힘이 **있어야만 해.** 이런 결론에 도달할 수밖에 없었어. 나는 가구로 가려 있지 않은 창문으로 가서 어렵게 못을 빼내고 내리닫이창을 들어 올리려고 시도했어. 예상대로 아무리 애써도 올라가지 않았어. 그때서야 숨겨진 스프링이 있는 게 틀림없다는 걸 알게 되었어. 못을 둘러싼 정황이 여전히 수수께끼이기는 했지만, 이런 생각을 보완하자 적어도 내 전제가 옳다는 확신이 들었지. 자세히 살펴보자, 숨겨진 스프링이 나왔어. 스프링을 눌렀어. 그것을 찾은 것에 만족하고 내리닫이창을 굳이 들어 올리지는 않았어.

이제 나는 못을 제자리에 두고 그것을 자세히 살펴보았어. 창문을 통해 밖으로 나간 사람이 다시 내리닫이창을 닫았을 거야. 그러면 스프링이 작동해 문이 닫혔겠지. 하지만 못을 다시 끼워 놓을 수는 없었을 거야. 결론은 분명했고 조사 범위가 다시 좁아졌어. 살인자는 이 두 번째 창문을 통해 도망간 게 **틀림없었어**. 그러면 각 창문의 스프링이 같다고 가정하면 **틀림없이** 두 창문의 못이 다르거나, 아니면 적어도 못을 박은 방식이 다를 거야. 나는 침대 받침대 위로 올라가 침대 머리판 너머로 두 번째 창문을 자세히 살펴보았어. 침대 머리판 뒤로 손을 넣어 보니 쉽게 스프링을 찾았고 그것을 눌렀어. 내 추측대로 그것은 옆 창문의 스프링과 같았어. 이제 못을 보았어. 그것은 다른 창문 못처럼 단단했고 다른 못과 같은 방식으로, 거의 못대가리까지 쑥 들어가 있었어.

자네는 내가 당황했을 것이라고 생각할 거야. 하지만 그렇게 생각했으면 확실히 자네가 내 추론의 성격을 이해하지 못한 거야. 사냥에서 사용되는 표현을 쓰자면 나는 한 번도 '냄새를 놓친 적이 없어.' 냄새는 순식간에 사라지지 않거든. 논리적으로 연결 고리 어디에도 결함이 없었어. 나는 그 비밀을 추적해 마침내 최종 결론에 이르렀어. 결론은 **못**이었어. 이 못은 모든 면에서 다른 창문의 못과 유사한 모양이었어. 여기서 단서가 끊긴 것을 보면 두 못의 모양이 같다는 건 아무런 가치가 없는 사실이야(결정적인 증거로 보일지 모르지만). 나는 '이 못에는 **틀림없이** 뭔가 잘못된 게 있어'라고 말했어. 그 못을 만져 보았어. 못대가리와 함께 못의 4분의 1인치 정도가 쑥 **빠져나왔어.** 못의 나머지 부분은 송곳으로 뚫은 구멍 속에 있고 부러진 못대가리가 나온 것이었어. 오래전에 부러진 것이었고(가장자리가 녹슬어 있었거든), 망치에 맞아 못이 부러지고 못대가리 일부가 하단 내리닫이창의 위 창틀에 박혔던 것 같아. 이제 조심스럽게 못대가리를 원래 있던 파인 홈에 다시 가져다 놓자 완벽한 못처럼 보였어. 균열도 보이지 않았어. 스프링을 눌러 창문을 몇 인치쯤 들어 올리자, 못의 나머지 부분은 홈에 그대로 있고 못대가리는 창문과 함께 올라갔어. 내리닫이창을 닫자 다시 완벽한 못처럼 보였어.

이제야 여태껏 수수께끼였던 게 풀렸어. 그 살인자는 침대 위쪽 창문을 통해 도망간 것이었어. 그가 나가자 창문이 저절로 아래로 떨어졌고(아니면 어쩌면 일부러 닫았을 수도 있고), 스프링에 의해 고정되었던 거야. 그것을 경찰은 못에 의해 고정되었다고 착각했던 거야. 그래서 더 이상 조사할 필요는 없을 것 같았어.

그다음 문제는 어떻게 내려갔냐는 거야. 이 점에 대해서 자네와 함께 건물 주위를 돌아보면서 알아냈어. 문제의 창문에서 5.5피트 정도 떨어진 곳에 피뢰침이 있어. 누구도 이 피뢰침을 잡고 창문 안으로 들어올 수 없고 창문에 닿을 수조차 없어. 하지만 4층의 덧문이 파리 목수들이 **페라드**라고 부르는 특이한 종류의 덧문임을 알았어. 현재 거의 사용되지 않지만 리옹이나 보르도의 고택에서는 흔히 볼 수 있는 거야. 이 덧문은 (접이식 문이 아니라 한 짝씩 열리는) 평범한 형태야. 단 한 가지 다른 점은 덧문의 아래 절반이 격자형, 즉 개방형 격자 구조로 되어 있어서, 손으로 잡기가 아주 쉽다는 거야. 이 경우 이 덧문의 폭이 족히 3.5피트는 되거든. 우리가 집 뒤에서 봤을 때 덧문은 반쯤 열려 있었어. 즉 벽에 직각으로 있었지. 나만 본 게 아니라 경찰도 집 뒤쪽을 조사했을 거야. 그랬다면 이 페라드를 봤지만 그 폭을 유심히 보지는 않았던 거야(분명 그랬을 거야). 경찰은 폭 자체를 보지 못했거나 아니면 어쨌든 폭이 넓은 덧문에 대해 적절하게 고려하지 않았어. 일단 사실상 이곳으로 탈출하는 게 불가능하다고 결정했으니 자연스럽게 대충 훑어봤을 거야. 하지만 침대 머리판 쪽 창문의 덧문을 완전히 젖히면, 피뢰침에서 2피트 거리까지 갈 수 있다는 게 내 눈에는 훤히 보였어. 또 아주 비범한 용기를 지닌 사람이 비범하게 움직인다면 이런 경로를 통해 피뢰침을 잡은 후 창문 안으로 들어올 수 있는 것도 분명해졌어. 2.5피트만 손을 뻗으면(이제 덧문이 활짝 열렸다고 가정해서), 도둑은 격자를 꽉 잡을 수 있었을 거야. 그러고 나서 피뢰침에서 손을 떼는 동시에 발로 벽을 차고 힘껏 튀어 오르면서 몸을 날려 덧문을 붙잡을 수 있었을 거야. 그리고 그때 창문이 열려 있었으면 다시 몸을 날려 방 안으로 들어올 수 있었을 거야.

그렇게 위험하고 어려운 행동을 하려면 **아주 비범하게** 움직여야 한다고 말한 점을 특별히 명심해. 내 의도는 첫째로 그런 일을 해내는 게 가능하다는 것을 보여 주고, 둘째로, **이 점이 중요한데**, 그런 일을 해낼 수 있으려면 **아주 특별한**, 거의 초자연적인 민첩성이 필요하다는 걸 이해시키는 거야.

자네는 틀림없이 법률 용어를 사용해서, '주장을 입증하기 위해서는' 이런 일을 하는 데 필요한 운동 능력을 충분히 강조하기보다 오히려 축소해서 말해야 한다고 말할 거야. 법적 관행은 그럴지 몰라도 이성은 그렇게 작동하지 않아. 나의 궁극적인 목표는 진실을 알아내는 거야. 당장의 목표는 이제 막 내가 말한 아주 특이한 행동과 아주 특이한 날카롭고(혹은 거칠고) 고르지 않은 목소리를 나란히 놓고 생각하도록 하는 거야. 그 목소리에 대해 동일한 국적을 댄 사람은 없었고 모두 무슨 말인지 한마디도 알아듣지 못했어."

이 말을 듣고 나는 뒤팽의 말뜻을 반쯤만 이해할 수 있었다. 때때로 기억날 듯 말 듯 하다 결국 기억이 안 나듯이, 나는 이해할 듯 말 듯 하다 이해하지 못했다. 내 친구는 계속 말했다.

"내가 문제의 초점을 탈출 방식에서 침입 방식으로 바꾼 걸 알겠지." 그가 말했다. "탈출과 침입 둘 다 같은 지점에서 같은 방식으로 이루어졌다는 것을 알리기 위해 그렇게 한 거야. 이제 방 내부로 가서 방의 외양을 조사해 보도록 하자. 서랍장을 샅샅이 뒤졌다고 추정되지만, 여전히 서랍장 속에 옷이 많이 남아 있었다고 해. 옷을 훔치려고 뒤졌다는 결론은 황당해. 그건 단지 추측, 아주 어리석은 추측일 뿐이고 그 이상 아무것도 아니야. 서랍에 원래 있던 옷이 그대로 있는 게 아니란 걸 어떻게 알아? 레스파나예 부인과 딸은 심한 은둔 생활을 했어. 친구도 만나지 않고, 외출도 거의 하지 않아서 옷을 많이 갈아입을 필요가 없었어. 거기 있던 옷들은 이런 숙녀가 가질 만한 최고급 옷이었어. 만일 도둑이 무언가를 가져갔다면, 왜 최고급 옷을 가져가지 않았을까? 왜 다 가져가지 않았을까? 한마디로 왜 도둑이 금화 4천 프랑은 버려두고 옷 몇 벌을 훔쳐 갔을까? **금화를 두고 갔어.** 은행원 미노 씨가 언급한 금액 전부가 마루 위 가방 속에서 발견되었어. **동기**라는 잘못된 생각을 머리에서 지워 버리는 게 나아. 그 집에 돈이 배송되었다는 증거로 인해 경찰이 떠올린 동기 말이야. 매시간 우리에게는 이런 동기보다 열 배는 더 놀라운 우연(돈이 배송되고 나서 사흘도 안 돼서 돈 받은 사람이 살해된 것)이 일어나거든. 다만 주목받지 못해 그냥 지나가 버려. 일반적으로 우연의 일치는 확률 이론에 대해 전혀 모르거나 무관심하도록 교육받은 사상가들에게 큰 걸림돌이 돼. 확률 이론은 인간 연구의 가장 영광스러운 대상들을 가장 찬란하게 해석해 낸 이론이야.

이 사건에서 금화가 사라졌다면, 사흘 전 금화 배송이 우연의 일치 이상이겠지. 그랬다면 그게 확실한 동기겠지. 하지만 이런 잔혹한 살인의 동기가 금이라고 가정하려면 도둑이 너무 우유부단한 바보라서 금화와 동기 모두를 실제 상황에서 포기한 게 돼.

내가 주목하라고 했던 점들, 즉 특이한 목소리, 비범한 민첩성, 이렇게 잔혹한 살인에 동기가 없는 점을 계속 염두에 두면서 살인 자체를 살펴보도록 해. 손으로 목이 졸려 거꾸로 굴뚝에 쑤셔 넣어진 여성이 있어. 보통 살인자는 이런 방식을 쓰지 않아. 적어도 시신을 이런 식으로 처리하지는 않아. 시신을 굴뚝 위쪽으로 쑤셔 넣은 건 뭔가 **지나치게 상궤를 벗어나 있어**. 가장 타락한 인간이라고 해도 상식적인 인간 행동과 어울리지 않는 뭔가가 있어. 여러 사람이 달려들어 함께 힘을 합해서야 겨우 시신을 **끌어내렸어**, 시신을 **들어** 그런 구멍에 쑤셔 넣으려면 얼마나 힘이 세야 하는지 생각해 봐!

이제 어마어마한 힘을 쓴 다른 징후를 봐. 벽난로 위에 회색 머리카락 다발, 아주 큰 다발이 뿌리째 뽑혀 있었어. 머리카락을 20~30개만 뿌리까지 뽑으려고 해도 얼마나 힘이 세야 하는지 알잖아. 문제의 머리카락을 나만 본 게 아니고 너도 봤어. 뿌리에는(끔찍한 광경이었어!) 두피 조각이 붙어 있었어. 틀림없이 한 번에 머리카락 50만 개를 뽑을 수 있을 정도로 엄청난 힘이 가해진 징표야. 노부인의 목은 단지 잘린 게 아니고 머리가 완전히 몸에서 떨어져 나갔어. 면도칼만 써 그렇게 했어. 이런 행동들의 지나친 **잔혹성에** 주목해 줘. 레스파나예 부인 몸에 든 멍에 대해서는 말하지 않겠어. 뒤마 씨와 뒤마 씨 입장을 설득력 있게 지지해 준 에티엔 씨는 둔기로 맞아 생긴 멍이라고 했어. 거기까지는 이 신사분들의 말이 정말 아주 맞는 말이야. 그 둔기는 틀림없이 마당의 포석이야. 침대 위로 난 창문에서 희생자가 포석이 깔린 마당으로 떨어진 거야. 이제는 간단해 보일지 모르지만, 경찰은 덧문의 폭을 보지 못한 것과 같은 이유로 이런 생각을 못 했던 거지. 못의 상태 때문에 창문이 열렸을 가능성 자체를 완전히 배제했던 거야.

이제 이 모든 것과 더불어 그 방이 이상하게 어질러져 있던 모습에 대해 제대로 생각했다면, 놀라운 민첩성, 초인적인 힘, 잔인한 만행, 동기 없는 살인, 인간으로서 할 수 없는 잔혹한 **기행**, 여러 나라 사람들에게 외국어 억양으로 들린 목소리, 음절이 똑똑히 구분되지 않는 목소리까지 종합해서 생각할 수 있을 거야. 그러면 어떤 결론이 나올까? 내 말을 들어 보니 뭐가 상상이 돼?"

뒤팽이 질문을 던지는 동안 소름이 끼쳤다. "미치광이, 근처 **정신 병원**에서 도망친 미쳐 날뛰는 정신병자가 이런 짓을 했군." 내가 말했다.

"어떤 점에서는." 그가 대답했다, "자네 말이 다 틀린 건 아니야. 하지만 미치광이는 아주 심한 발작을 일으킬 때조차 계단에서 증인들이 들은 목소리를 내지는 않아. 미치광이도 어떤 특정한 나라 출신일 것이고 아무리 횡설수설해도 일관성 있는 음절을 내뱉지. 게다가 미치광이의 머리카락은 내가 손에 쥐고 있는 것과는 다르지. 이 털은 마담 레스파나예의 꼭 움켜쥔 손가락에서 빼낸 거야. 무슨 생각이 드는지 말해 봐."

"뒤팽! 이 털은 아주 이상해. 이건 **인간의** 머리카락이 아니야." 대경실색해 내가 말했다.

"나도 인간의 머리카락이라고 단언하지 못하겠어." 그가 말했다. "하지만 이 점을 결정하기 전에 내가 이 종이 위에 그린 작은 스케치를 봐 줘. 이건 증언 중 일부에서 레스파나예 양의 목에 '멍이 진하게 들어 있었고 깊은 손톱자국이 있었다'라고 묘사된 것과 또 다른 증언(뒤마 씨와 에티엔 씨의 증언)에서 '손가락 자국이 난 검푸른 멍도 여러 군데'라고 묘사한 것을 **그대로 따라** 그린 거야."

테이블 위에 그림을 펼치면서 내 친구가 계속 말했다. "이 그림을 보면 단단하게 꽉 붙잡힌 것 같지. **미끄러진** 흔적이 없어. 손가락 하나하나가, 희생자가 죽을 때까지, 처음 목을 붙잡은 그대로 끔찍하게 목을 졸랐던 거야. 이제 네 손가락을 다 펴서 그 손자국에 넣어 봐."

나는 시도했으나 실패했다.

"우리는 실험을 제대로 하고 있는 게 아닐 수 있어." 그가 말했다. "이 종이는 평면 위에 펼쳐져 있지만 사람 목은 원통형이야. 여기 목의 둘레 정도 되는 장작이 있어. 이 그림으로 장작을 감싼 다음 다시 아까 그 실험을 해 봐."

나는 그렇게 했지만 이번에는 그전보다 훨씬 더 어려웠다. "이건 인간의 손자국이 아닌데." 내가 말했다.

"이제 퀴비에'가 쓴 이 구절을 읽어 봐"라고 뒤팽이 대답했다.

그것은 동인도제도의 대형 오랑우탄에 대한 상세한 해부학적 설명으로 대체로 묘사적이었다. 이 포유류의 거대한 체구, 엄청난 힘과 활동성, 사나운 야성, 모방 성향은 이미 잘 잘 알려진 것이다. 나는 단숨에 이 끔찍한 살인을 이해했다.

묘사 부분을 다 읽은 다음 내가 말했다. "손발에 대한 묘사가, 이 그림과 정확하게 일치해. 여기 언급한 오랑우탄 종 외에는 자네가 그린 움푹 팬 손가락 자국을 낼 수 있는 동물은 없어. 이 황갈색 털 역시 그 특성이 퀴비에가 말하는 그 동물의 털과 똑같아. 하지만 이 무서운 수수께끼의 세부 사항 중 이해할 수 없는 게 있어. 게다가 **두 사람이** 싸우는 목소리가 들렸고 그중 하나는 프랑스인의 목소리였어."

"맞아. 그 목소리, 즉 '**하느님 맙소사!**'라는 표현에 대해서는 거의 만장일치였던 게 기억날 거야. 증인 중 한 명(제과점 주인 몬타니)이 그 상황에서 비난이나 훈계로 들었다고 했는데, 제대로 들은 거야. 따라서 나는 이 두 단어에 수수께끼를 완전히 해결할 수 있는 희망이 있다고 생각했어. 프랑스인은 살인이 일어난 걸 알고 있었어. 그 사람은 여기서 일어난 피투성이 살인에 전혀 가담하지 않았을 수도 있어. 가능성 정도가 아니라 실제로 가담하지 않았을 거야. 오랑우탄이 그 사람에게서 도망쳤고 그는 방까지 오랑우탄을 추적했을 거야. 하지만 이어진 소동에서 그는 결코 오랑우탄을 잡을 수 없었을 거야. 오랑우탄은 아직도 잡히지 않았어. 이런 추측들을 계속 발전시키지는 않겠어. 추측 이상이라고 할 만한 것도 아니거든. 내 머리로 이해할 만큼 그렇게 깊은 사고를 바탕으로 한 게 아니고 다른 사람에게 이해시킬 수 있는 척도 할 수 없어서 그래. 그러니 이것을 추측이라고 부르고, 그렇게 이야기하도록 하자. 문제의 프랑스인이 내 생각대로 이 살인에 무죄라면, 어젯밤 우리가 집으로 돌아가는 길에 「르몽드」(해운업에 관한 신문으로 선원들이 많이 찾는 신문) 사무실에 남겨 둔 이 광고를 보고 우리 집으로 찾아올 거야."

그는 신문을 건네주었고 내가 읽은 내용은 이랬다.

포획물 — ○○일 아침 일찍(살인 사건 당일), 불로뉴 숲에서 아주 덩치가 큰 황갈색 보르네오종 오랑우탄 한 마리를 포획했음. 주인(몰타 선박 소속 선원으로 추정됨)이 자신의 동물임을 충분히 입증하고 약간의 비용을 지불하면 돌려주겠음. 포부르생제르맹 ○가 ○번지 3층으로 방문 바람.

"어떻게 그 남자가 몰타 선박 소속 선원이라는 것을 알았어?" 내가 물었다.

"나도 **몰라.**" 뒤팽이 말했다. "**확신**은 없어. 이 작은 리본 조각이 있었는데, 모양으로 보나 기름 얼룩으로 보나 선원들이 **길게 땋은** 머리를 묶을 때 선호하는 리본인 게 분명해. 게다가 이 매듭은 선원 말고는 묶지 못하는 매듭으로 몰타 사람만 사용하는 독특한 매듭이야. 이 리본을 피뢰침 밑에서 주웠어. 죽은 사람 것일 리가 없어. 설사 이 리본에서 귀납적으로 내린 결론, 그 프랑스인이 몰타 선박 소속 선원이라는 추측이 틀렸어도, 그런 광고로 피해당할 사람이 없을 테니까. 내가 틀렸다면 그 사람은 내가 정황상 오해했다고 생각할 것이고 왜 그렇게 생각했는지 캐묻지 않을 거야. 하지만 내가 옳다면 제대로 한 건을 해결한 셈이야. 그 프랑스인은 살인에 대해서는 무죄지만 그 살인 사건을 목격했어. 그러니까 당연히 광고에 응답하기가, 즉 오랑우탄을 내놓으라고 하기가 망설여질 거야. 그는 이렇게 추측할 거야. '나는 무죄야. 나는 가난하고, 내 처지에 오랑우탄은 큰 재산인데, 왜 위험 때문에 겁이 나 오랑우탄을 잃어야 하지? 이제 그놈을 다시 찾을 수 있어. 그 살인 현장에서 아주 멀리 떨어진 불로뉴 숲에서 발견되었다고 하잖아. 야만적인 짐승이 그런 짓을 저질렀다고 의심이나 하겠어? 경찰은 제대로 수사를 못 하고 있어. 사소한 단서도 확보하지 못했어. 경찰이 짐승의 흔적을 추적한다고 해도 내가 살인을 아는 것을 증명할 수 없어. 또 내가 안다는 이유로 내게 유죄를 적용할 수도 없고. 무엇보다도 **나란 존재를 알고 있어**. 광고에서는 내가 그 짐승을 가지고 있다고 꼭 집어 말했잖아. 그 사람이 어디까지 아는지는 잘 모르겠군. 하지만 내 소유로 알고 있는 아주 비싼 재산에 대해 내가 소유권을 주장하지 않는다면, 적어도 그 동물의 범행으로 의심할 수 있어. 나든 그 동물이든 관심의 대상이 되는 것은 바람직하지 않아. 광고에 응답해서 오랑우탄을 받은 다음 이 문제가 잠잠해질 때까지 그놈을 잘 지키고 있어야지.'"

그 순간 계단에서 발걸음 소리가 들렸다.

"권총을 준비해. 하지만 내가 신호를 보낼 때까지 권총을 사용하거나 보여 주면 안 돼"라고 뒤팽이 말했다. 현관문이 열려 있어서, 방문객은 초인종도 울리지 않고 들어와 계단 위로 몇 발자국 올라왔다. 그러나 막상 망설이는 것 같았다. 곧 내려가는 소리가 들렸다. 그가 다시 올라오는 소리가 들리자 잽싸게 뒤팽이 문으로 갔다. 두 번째 왔을 때 그는 돌아가지 않고 단호하게 걸어와 우리 집 문을 두드렸다.

"들어오시오." 뒤팽이 밝고 활기차게 말했다.

한 남자가 들어왔다. 선원이 분명했다. 키가 크고 건강한 근육질의 남자였다. 표정은 우락부락했지만 전혀 비호감은 아니었다. 햇볕에 심하게 그을린 얼굴의 반 이상이 수염과 콧수염으로 가려져 있었다. 커다란 참나무 곤봉을 들고 있기는 했지만 무기는 없어 보였다. 그는 어색해하면서 고개를 숙이며 프랑스 억양으로 "안녕하세요"라고 말했다. 약간 뇌샤텔* 지방 억양이 섞여 있지만, 파리 출신인 걸 충분히 알 수 있었다.

"자, 앉으세요." 뒤팽이 말했다. "오랑우탄 때문에 방문하신 것 같군요. 참 정말이지 그런 아이를 가지고 계시다니 부럽군요. 아주 훌륭한 놈이고 틀림없이 값이 꽤 나갈 것 같습니다. 몇 살쯤 되오?"

선원은 견딜 수 없는 부담에서 벗어난 사람처럼 길게 숨을 들이켠 다음 확실한 어조로 대답했다.

"저도 정확히는 모르지만, 네다섯 살을 넘지는 않을 겁니다. 여기 있습니까?"

"아니오, 여기에는 수용할 만한 시설이 없어서 바로 옆의 뒤부르그가에 있는 마구간에 두었소. 아침에 모시고 갈 수 있소. 물론 당신 것이라는 걸 확인해 줄 수 있겠죠?"

"물론입니다."

"그놈과 헤어지면 섭섭할 것 같소." 뒤팽이 말했다.

"무보수로 이런 수고를 끼칠 생각은 없습니다, 선생님." 남자가 말했다. "그건 말도 안 되죠. 그 동물을 찾아 준 데 대해 기꺼이 보상하겠습니다. 무엇이든 합리적인 보상을 해야죠."

"글쎄." 내 친구가 대답했다. "확실히 그러셔야겠죠. 생각을 좀 해 볼게요! 뭘 받아야 하지? 오! 말씀드리겠소. 내가 바라는 보상은 이거요. 모르그가에서 발생한 살인 사건에 대한 정보를 내게 넘겨주시오."

뒤팽은 마지막 말을 아주 작은 소리로, 아주 조용히 했다. 그리고 똑같이 조용히 문으로 걸어가 문을 잠근 다음 열쇠를 주머니에 넣었다. 그 후 전혀 동요하지 않고 품에서 권총을 꺼내 탁자 위에 두었다.

선원은 마치 숨 막힌 사람처럼 얼굴이 벌겋게 되었다. 그는 벌떡 일어나 곤봉을 잡았지만, 다음 순간 심하게 온몸을 떨더니 다시 자리에 주저앉았다. 그의 얼굴은 죽은 사람처럼 창백해졌다. 그는 한마디도 하지 않았다. 나는 마음속 깊이 그를 동정했다.

뒤팽은 친절하게 말했다. "여보시오, 그렇게 놀라실 필요 없소. 정말 그렇소. 당신을 해칠 의도는 전혀 없소. 신사이자 프랑스인의 명예를 걸고 결코 해치지 않겠다고 맹세하겠소. 당신이 모르그가에서 발생한 잔인한 사건에 무죄라는 걸 알고 있소. 하지만 이 사건에 어느 정도 연루된 걸 부인하는 것만으로는 충분치 않소. 이미 짐작했겠지만, 나는 이 문제와 관련해 정보를 얻을 수단을 가지고 있소. 즉 당신은 상상도 못 할 수단을 가지고 있단 말이오. 현재 상황은 이렇소. 당신은 해선 안 되는 일은 한 게 전혀 없고 피할 수 있는 일은 다 피했소. 범죄가 될 만한 짓은 아무 짓도 하지 않았소. 당신은 들키지 않고 도둑질을 할 수 있었을 텐데도 도둑질도 하지 않았소. 당신은 숨길 게 없고 숨길 이유도 없소. 그렇지만 명예를 지키려면 당신이 아는 것을 다 자백해야 하오. 무고한 한 남자가 지금 죄를 뒤집어쓰고 감옥에 있소. 당신은 가해자가 누군지 알려 줄 수 있소.”

뒤팽이 이렇게 말하는 동안 선원은 어느 정도 정신을 수습했지만, 처음의 대담한 태도는 다 사라졌다.

“제발 도와주십시오!” 잠시 말을 멈추더니 그가 말했다. “이 사건에 대해 알고 있는 걸 다 **말하겠지만**, 제 말을 절반도 믿지 않으실 겁니다. 저는 그런 걸 기대할 정도로 멍청하지는 않습니다. 그래도 저는 여전히 무죄입니다. 이 일로 죽게 되어도 솔직하게 다 털어놓겠습니다.”

그가 한 말의 내용은 이랬다. 그는 최근에 동인도제도로 항해했다. 그의 일행은 보르네오섬에 상륙했고 즐겁게 내륙으로 여행했다. 그와 동료가 오랑우탄을 포획했는데, 이 동료의 사망으로 오랑우탄은 그의 차지가 되었다. 고국으로 돌아오는 항해 중 오랑우탄이 걷잡을 수 없이 난폭하게 굴어 몹시 고생했지만, 마침내 안전하게 파리 자택으로 데려올 수 있었다. 이웃의 달갑지 않은 호기심을 피하려고 배에서 나무 조각에 찔려 생긴 오랑우탄 발의 상처가 회복될 때까지 그 동물을 조심스럽게 집에 숨겨 두었다. 궁극적으로는 오랑우탄을 팔 셈이었다.

선원들과 흥청망청 놀고 집으로 돌아온 날 밤, 아니 살인 사건이 일어난 날 밤이었다. 그가 집으로 돌아왔을 때 벽장 속에 안전하게 가두어 두었다고 생각했던 짐승이 침실 옆 벽장을 부수고 나와 그의 침실을 차지하고 있었다. 그 동물은 비누 거품을 충분히 묻힌 채 손에 면도칼을 들고 거울 앞에 앉아 면도를 시도하고 있었다. 전에 벽장 열쇠 구멍으로 주인이 면도하는 걸 지켜본 게 틀림없었다. 그렇게 사나운 동물이 그렇게 위험한 무기를 지니고 있을 뿐 아니라 능숙하게 사용하는 걸 보고 기겁해 그 남자는 잠시 어쩔 줄 몰랐다. 오랑우탄이 가장 사나울 때조차 채찍으로 진정시키는 데 익숙해 있던 그는 채찍을 휘둘렀다. 오랑우탄은 채찍을 보자마자 즉시 방문을 통해 계단으로 내려간 다음 불행히도 마침 열려 있던 창문을 통해 거리로 튀어 나갔다.

절망에 빠진 프랑스인은 오랑우탄을 뒤쫓아 갔고, 유인원은 아직도 손에 면도칼을 쥔 채 가끔 멈춰서 뒤를 돌아보며 추격자에게 손짓을 했다. 거의 잡을 만하면 오랑우탄은 다시 달아났다. 한동안 이런 식의 추격전이 계속되었다. 새벽 3시가 다 되어 거리는 아주 조용했다. 모르그가 뒷골목으로 내려가 도망치던 오랑우탄은 레스파나예 부인 집 4층 방의 열린 창문에서 나오는 빛에 끌렸다. 오랑우탄은 그 건물로 달려가다가 피뢰침을 보았고 상상할 수 없이 민첩하게 피뢰침을 타고 올라가, 완전히 젖혀져 벽에 닿아 있던 덧문을 잡고 몸을 흔들어 반동으로 침대 머리판 위로 몸을 날려 방 안으로 들어갔다. 이 일이 다 끝나는 데 채 1분도 걸리지 않았다. 오랑우탄이 방으로 들어갈 때 덧문을 차 덧문이 다시 열렸다.

선원은 한편 기쁘면서도 당황스러웠다. 이제 다시 잡을 수 있으리라는 희망이 매우 커졌다. 오랑우탄이 무모하게 빠진 함정에서 빠져나오려면 피뢰침을 타고 내려오는 방법밖에 없는데 내려오는 중간에 잡을 수 있을 것 같았다. 다른 한편 그 짐승이 집 안에서 무슨 짓을 할지 몰라 몹시 불안했다. 그래서 그는 도망가는 오랑우탄을 쫓아갈 수밖에 없었다. 선원인 그로서는 피뢰침을 타고 올라가는 건 쉬웠다. 하지만 그가 창문과 같은 높이에 도착했을 때 창문이 너무 왼쪽에 있는 바람에 더 이상 갈 수 없었다. 그가 할 수 있는 일이라고는 기껏해야 몸을 기울여 방 안을 엿보는 것이었다. 방 안을 들여다본 그는 너무 끔찍한 장면을 보고 거의 떨어질 뻔했다. 한밤중에 들리는 섬뜩한 비명에 모르그가 주민들이 깜짝 놀라 잠에서 깬 것도 바로 그 순간이었다. 레스파나예 부인과 딸은 철제 상자를 방 한가운데로 끌고 와 잠옷 차림으로 상자 속 서류를 정리하는 데 몰두하고 있었던 것 같다. 상자는 열려 있었고 내용물이 그 옆 바닥에 놓여 있었다. 오랑우탄의 침입과 비명 사이의 시간 간격으로 미루어 볼 때 희생자들은 창문을 등지고 앉아 있어서 그 짐승을 보지 못했던 것 같다. 그들은 당연히 바람이 불어 덧문이 덜컹거린다고 생각했을 것이다.

선원이 방 안을 들여다보았을 때, 그 거구의 짐승은 레스파

나예 부인의 (풀어서 빗질한) 머리카락을 붙잡고 얼굴에 면도
칼을 휘두르며 이발사의 면도를 흉내 내고 있었다. 딸은 기절
해 꼼짝도 하지 않았다. 노부인이 비명을 지르며 몸부림쳤다
(그사이에 머리카락이 뽑혔다). 어쩌면 그것이 평화로운 목적
을 가졌던 오랑우탄의 분노를 촉발했을 수도 있다. 오랑우탄이
단호하게 근육질의 팔을 한 번 휘두르자 노부인의 몸에서 머리
가 거의 다 잘려 나갔다. 피를 보자 오랑우탄의 분노는 광기로
변했다. 그 짐승은 눈에 불을 번쩍이며 이를 악물고 아가씨의
몸을 덮쳤다. 끔찍한 발톱으로 그녀의 목을 움켜쥔 다음 숨이
멎을 때까지 목을 졸랐다. 그 순간 여기저기 둘러보던 사나운
괴물의 시선이 침대 머리판 위를 향했고, 공포로 굳어진 주인
얼굴을 알아보았다. 그 짐승은 아직 무시무시한 채찍을 기억하
고 있었고, 따라서 순식간에 분노가 두려움으로 변했다. 벌을
받아 마땅한 일을 했다는 것을 의식한 짐승은 자신의 피비린내
나는 행동을 숨기려고 했다. 미친 듯이 불안해진 그 짐승은 방
안을 이리저리 뛰어다니며 가구를 던져 부수고 침대에서 매트
리스를 끌어냈다. 결국 오랑우탄은, 나중에 발견되었듯이 먼저
굴뚝 속으로 딸의 시신을 쑤셔 넣었고, 곧이어 노부인의 시신
을 들어 창문 밖으로 던졌다.

유인원이 훼손된 시신을 들고 창문으로 다가오자 깜짝 놀란
선원은 피뢰침을 타고 내려와, 아니 오히려 미끄러지다시피 해
땅에 닿자마자 황급히 집으로 돌아갔다. 그는 살인의 결과가
두려워서 그 유인원의 운명은 생각할 겨를이 없었다. 계단에서

일행이 들은 말은 놀라움과 공포에 휩싸인 이 프랑스인의 고함 소리와 오랑우탄의 사나운 울부짖음이 뒤섞인 것이었다.

내가 덧붙일 말은 거의 없다. 오랑우탄은 사람들이 문을 부수고 들어오기 직전에 피뢰침을 타고 침실에서 탈출한 게 틀림없었다. 창문을 통해 나가면서 오랑우탄이 내리닫이창을 닫은 게 틀림없었다. 그 후 오랑우탄은 주인에게 잡혔고, 주인은 아주 비싸게 파리 식물원*에 팔았다. 경찰청장 사무실에서 우리가 (뒤팽의 의견과 더불어) 정황을 설명하자마자 르봉은 즉시 석방되었다. 경찰청장은 내 친구에게 호의적이기는 했지만, 이런 식으로 사건이 해결된 데 대해 화난 것을 감추지 못했다. 모두 자기 일에만 신경을 쓰는 게 옳다며 한두 마디 빈정댔다.

대답할 필요가 없다고 생각했던 뒤팽은 "그냥 내버려 둬"라고 했다. "그냥 내버려 두면 그의 마음이 편해지겠지. 나는 경찰청장 본인의 영역에서 그를 이긴 걸로 만족해. 그렇긴 해도 그가 이 수수께끼를 풀지 못한 건 결코 그의 생각처럼 놀라운 건 아니야. 실은, 우리의 친구인 경찰청장은 너무 교활해서 예리하지 못한 거야. 그의 지혜의 꽃에는 **수술**이 없어. 라베르나 여신* 그림처럼 머리만 있고 몸이 없는 거야. 아니면 기껏해야 대구처럼 머리와 어깨만 있는 거든지. 하지만 결국 그는 선량한 사람이야. 나는 특히 그가 한 멋진 말 때문에 그를 좋아해. 그가 '존재하는 것을 부정하고, 존재하지 않는 것을 설명하는" 방식이 좋아."

9 **세네카** Lucius Annaeus Seneca(기원전 4~기원후 65). 네로 황제의 스승이었던 로마의 스토아학파 철학자, 정치가, 극작가.

9 **포부르생제르맹** Faubourg Saint-Germain. 프랑스 파리 7구에 있는 고급 주거 지역.

9 **모르그가 사건과 마리 로제 살인 사건** 포가 다른 단편 소설에서 다룬 주제.

17 **제곱인치** 1제곱인치는 6.45제곱센티미터에 해당.

20 **에버네시** John Abenethy(1764~1831). 위대한 영국 외과 의사로 무뚝뚝하기로 유명하다. 하지만 여기서 뒤팽이 들려준 이야기 속 인물은 다른 외과 의사인 아이작 페닝턴 경(Isaac Pennington, 1745~1817)이다.

21 **프로크루스테스** Procrustes. 고대 아티카의 도둑으로, 희생자들을 침대에 맞추어 키가 작은 사람은 늘리고 키가 큰 사람은 발을 자르는 방식으로 처형한 전설적인 인물.

23 **라로슈푸코** François de la Rochefoucauld(1613~1680). 프랑스의 작가이자 정치가로, 『잠언과 성찰(*Réflexions ou Sentences et Maximes Morales*)』을 썼다.

23 **라부아지브** La Bougive. 라브뤼예르(Jean de La Bruyère, 1645~1696)의 철자 오류다. 라브뤼예르는 프랑스의 작가이자 철학자로, 『인간성격론(*Les Caractères*)』으로 잘 알려져 있다.

23 **마키아벨리** Niccolò Machiavelli(1469~1527). 이탈리아의 사상가이자 정치철학자로, 『군주론(*Il Principe*)』을 펴내며 근대 정치철학의 기틀을 만들었다.

23 **캄파넬라** Tommaso Campanella(1568~1639). 이탈리아의 철학자, 신학자, 시인, 수도사로 마음을 읽는 체계를 세운 것으로 알려져 있다. 캄파넬라의 영향을 받은 시라노 드 베르주라크(Cyrano de Bergerac)가 자신이 본 사람의 주요 특성을 발견하려면 그의 얼굴과 비슷한 표정을 지은 다음, 그 표정에 따라 자신에게 떠오르는 감정을 관찰해야 한다고 했다.

25 **중개념 불충족 오류** Non distributio medii. 삼단논법에서 발생할 수 있는 논리적 오류다. 중간항이 논의 과정에서 제대로 분배되지 않아 논리적 비약이 발생하는 것을 가리킨다.

25 **샹포르** Sébastien-Roch Nicolas de Chamfort(1740~1794). 프랑스혁명기의 작가, 모럴리스트. 날카로운 기지와 풍자, 사회와 인간 본성에 대한 통찰로 유명하다.

26 **honorable man(명예로운 사람)** 키케로가 자신을 정당화하기 위해 사용한 표현.

26 **곧 파리의 대수학자들과 다투게 될 것 같은데** 이 소설에서 뒤팽은 수학의 공리와 윤리학의 공리를 비교하며, 수학적 원칙이 인간 동기나 도덕적 원칙에 적용되지 않는다고 설명한다.

27 **브라이언트** Jacob Bryant(1715~1804). 영국의 신화학자. 여기서는 『고대 신화의 새로운 체계(*A New System or Analysis of Ancient Mythology*)』를 언급하고 있는데, 이 책은 비교신화학 분야의 중요한 저작으로, 다양한 신화 체계의 공통된 기원을 추적한다.

27   **동근** 수학적 개념으로, 방정식에서 같은 값을 가지는 해를 의미함.

31   **여기 이 편지는 ~ 봉인되어 있었어** 장관은 이 편지에 자신의 인장을 사용하는 실수를 범했다.

33   **지옥에 떨어지기는 쉽다** 베르길리우스의 『아이네이드(*Aeneid*)』, VI, 126에 나오는 말.

33   **카탈라니** Angelica Catalani(1779~1849). 이탈리아의 유명한 오페라 가수.

34   **아트레우스** Atreus. 그리스 로마 신화의 영웅이자 미케네의 왕으로 아가멤논의 아버지다. 동생인 티에스테스(Thyestes)가 자기 아내와 간통한 일에 분노하여 동생의 아들들을 죽여 그 고기를 동생에게 먹였다.

34   **크레비용** Prosper-Jolyot de Crébillon(1674~1762). 프랑스의 극작가. 이 문장은 그의 『아트레우스와 티에스테스(*Atrée et Thyeste*)』 V, iv, 13~15에 나온다.

37   **홀로 있을 수 없다는, 위대한 불운** 라브뤼예르의 『인간성격론』, 「인간에 대하여」에 나오는 말이다.

38   **이제 그들 위에 있던 안개가 사라졌다** 호메로스의 『일리아스』 V, 127에서 아테나가 디오메데스의 눈에서 막을 제거하여 그가 전투에서 신들을 구별할 수 있도록 도와주는 장면에 나오는 말.

38   **고르기아스** Gorgias(기원전 483~376). 플라톤 시대의 소피스트로, 지나치게 복잡한 문체로 유명하다.

41   **파로스섬** Paros. 에게해에 있는 그리스 섬.

42   **루키아노스** Lucianus(125~180). 그리스의 대표적인 단편 작가.

43   **테르툴리아누스** Tertullianus(160~230). 초기 기독교 신학자, 논쟁가, 도덕가.

43   **레치** Friedrich August Moritz Retzsch(1779~1857). 독일의 화가이자 판화가로, 특히 괴테의 『파우스트』 삽화로 유명하다.

자이자 철학자, 신학자. 주로 그의 영적 저서와 신흥 종교 운동인 스웨덴보리즘의 창시자로 잘 알려져 있다.

68   **홀베르** Ludvig Holberg(1684~1754). 덴마크와 노르웨이의 극작가, 철학자, 역사학자로 유럽 계몽주의 시대의 중요한 인물로 평가된다. 본문에 언급된 『지하 여행(*Iter Subterraneum*)』의 지구 내부 세계에 관한 이야기가 포에게 영향을 미쳤다.

68   **로버트 플러드** Robert Fludd(1574~1637). 영국의 의사, 연금술사, 신비주의자.

68   **장 딘다지네** Jean d'Indagine(1467~1537). 프랑스의 성직자이자 점성술사로, 손금을 기독교적으로 해석하려고 했다.

68   **드 라 샹브르** Marin Cureau De la Chambre(1594~1699). 프랑스의 의사이자 철학자로, 루이 14세의 궁정 의사였다.

68   **티크** Johann Ludwig Tieck(1773~1853). 독일의 시인, 극작가, 문학 이론가.

68   **『태양의 도시』** *La città del sole*. 이 책에 등장하는 유토피아적 사회는 포의 유토피아의 원형이 되었다.

68   **에이메릭** Nicholas Eymeric(1320~1399). 중세 스페인의 가톨릭 신학자이자 종교 재판관으로, 주로 이단 재판과 관련된 활동으로 잘 알려져 있다. 특히 이단자와 마녀에 대해서는 강경한 입장이었다.

68   **멜라** Pomponius Mela. 1세기 로마의 지리학자로, 『지리학(*De Chorographia*)』에서 아프리카의 신비한 존재들에 대해 기술했다.

68   **사티로스와 에기판** 사티로스는 일반적으로 염소의 하체와 인간의 상체를 가진 존재로 자유분방하고 음탕한 성격을 지닌 것으로 알려져 있다. 에기판도 반인반수지만 성적인 면이 적고 좀 더 장난스럽고 귀여운 성격을 지니고 있다.

73   **『광기의 슬픔』** 가상의 작가 론슬롯 캐닝 경(Sir Launcelot

Canning)이 쓴 책으로 되어 있지만 포가 쓴 것이고 주인공도 포가 만든 인물이다.

74　　**애설레드** Æthelred. 잉글랜드의 왕으로, 애설레드 무능왕(Æthelred the Unready)이라는 이름으로도 잘 알려져 있다. 그는 978~1013년, 1014~1016년 두 차례에 걸쳐 통치했다.

84　　**플루토** Pluto. 로마 신화에 나오는 사후 세계 지배자.

91　　**신의 형상으로 창조된 인간** 「창세기」 1장 27절, "하나님이 자기 형상 곧 하나님의 형상대로 사람을 창조하시되."

95　　**내 품의 아내** 「신명기」 13장 6절의 "네 품의 아내"를 연상케 한다.

101　**죽음의 시계 소리** 토머스 와이엇(Thomas Wyatt), 『자연사 개요(Synopsis of Natural History)』, 128쪽, "나무좀은 오래된 가구의 나무를 갉아먹으며, 교미 기간 동안 서로를 부를 때, 단단한 물체 표면에 단단히 발톱을 고정한다. 이렇게 발생한 소리가 '죽음의 시계'라는 속칭을 얻었다."

103　**저주받은 지점** 윌리엄 셰익스피어(William Shakespeare), 『맥베스』 V, i, 3, "저주받은 지점."

111　**조지프 글랜빌** Joseph Granville(1636~1680). 영국의 작가, 철학자, 성직자로 과학적 회의주의의 입장을 가지고 있었다. 이 문구는 포가 창작했을 가능성이 있다.

111　**리게이아** '맑은 고음의, 울려 퍼지는, 또렷한'이라는 의미의 고대 그리스어 형용사 '리기ligys(λιγυς)'에서 유래한 이름.

112　**아스토벳** 이집트의 사랑과 풍요의 여신.

113　**델로스의 딸들** 델로스의 왕 아니오스의 세 딸인 오이노(포도주), 스페르모(보리 종자), 엘라이스(올리브유)를 가리킴.

113　**정교한 미는 ~ 이상한 점이 있다** 프랜시스 베이컨(Francis Bacon)의 「아름다움에 대하여(Of Beauty)」에 나오는 구절.

113　**위쪽 이마는 완만하게 튀어나와 있었다** '완만하게 도드라진 이마'에 대해 관상가들은 생명에 대한 사랑을 나타낸다고 한다.

113 **히아킨토스** 히아신스 또는 히아킨토스는 그리스 신화에서 아폴론의 연인이다. 그의 곱슬머리는 히아신스 꽃의 꽃잎과 비슷하다고 한다.

114 **클레오메네스** Cleomenes. 그의 비문에 메디치의 비너스의 조각가로 적혀 있다.

114 **누르자하드 계곡 부족** 『누르자하드의 역사(*The History of Nourjahad*)』의 내용을 언급하고 있다. 이 책은 시드니 비덜프라는 필명을 가진 아일랜드 작가 프랜시스 셰리든(Frances Sheridan)의 작품으로, 1767년에 처음 출판되었다. 판타지, 도덕, 사회적 논평이 결합된 풍자적이고 철학적인 작품이다.

114 **후어리** Houri. 이슬람교에서 천국에 산다고 하는 완벽한 미녀.

115 **데모크리토스** Democritos(기원전 460~370). 고대 그리스의 철학자이자 원자론의 창시자로, "진리에 대해서 우리는 아무것도 모른다. 진리는 깊은 곳에 있기 때문이다"라고 말했다.

115 **레다의 쌍둥이자리 별** The twins of Leda. 레다와 제우스 사이에서 태어난 쌍둥이가 카스토르와 폴리데우케스인데, 이 이름을 딴 별자리가 쌍둥이자리다.

116 **6등성 별** 엡실론 라이라(Epsilon Lyrae)를 가리킴. 거문고자리에서 볼 수 있는 두 쌍의 별로 서로를 돌고 있으며 한 시간 내에도 여러 번 밝기가 변한다.

118 **초월주의** 여기서는 직관적 지식에 대한 믿음을 뜻함.

118 **사투르니아산** 사투르니아(Saturnia)는 이탈리아를 부르는 시적인 이름.

118 **아즈라엘** Azrael. 이슬람교의 죽음의 천사.

123 **로위나 트레바니언** 로위나(Rowena)는 월터 스콧(Walter Scott)의 소설 『아이반호(*Ivanhoe*)』의 금발의 여주인공이기도 하다.

124 **드루이드 양식** 켈트 문화와 고대 신비주의에 대한 관심을 반영하는 예술적 경향. 뿔, 원, 세 개로 된 패턴 등 상징적 이미지를 사용

하여 정신적, 신비적인 의미를 전달한다.

124 **룩소르 Luxor**. 이집트의 상부 지역에 위치한 고대 테베 근처의
도시.

125 **1피트** 약 30.48센티미터.

137 **이븐 자이어트 Ben Zaïat**(?~218). 바그다드의 문법학자이자 시
인. 이 문장은『노래의 책(*Kitab al-Aghani*)』에서 인용된 것으로,
사랑하는 노예 소녀의 죽음에 바친 애가다.

137 **평화의 언약**「창세기」9장 13절. 무지개는 신과 노아의 약속의 상
징이다.

139 **아른하임 관목 속 요정이여** 월터 스콧의 소설『가이어슈타인의 앤
(*Anne of Geierstein*)』에 등장하는 용감하고 생기 넘치는 아름다
운 여주인공 아른하임 남작 부인을 가리킨다.

139 **시뭄 모래 열풍** 아프리카 사막을 건너면서 뜨거워진 파괴적인 바
람으로, 이탈리아에 도착할 때도 여전히 더운 습기를 머금고 있다.

142 **코엘리우스 세쿤두스 쿠리오 Coelius Secundus Curio**
(1503~1569). 이탈리아의 인문주의자, 문법학자, 편집자, 역사
학자로 이탈리아 종교 개혁에 지대한 영향을 미쳤다.

142 **성 아우구스티누스 St. Austin**(354~430). 베르베르 출신의 신학
자이자 철학자로, 로마가 지배하던 북아프리카 히포 레기우스의
주교였다. 그는『신의 도시』에서 실제로 물질적 로마가 아니라
영적 하나님 도시가 진정한 영원한 도시라고 주장한다.

142 **테르툴리아누스 Tertullianus**(155~220). 로마가 지배하던 아프
리카 카르타고 출신의 초기 기독교 작가. '라틴 기독교의 아버
지', '서구 신학의 창시자'로 불려 왔다. 삼위일체라는 용어를 최
초로 사용했다.

142 **프톨레마이오스 헤파이스티온 Ptolemy Hephaestion**(98~138).
『안토메로스의 스핑크스』라는 역사극의 저자. 그의 부인인 테르
툴라에게 헌정된 이 드라마에는 신화와 역사 시대의 온갖 종류의

전설과 우화가 등장한다.

142 **아스포델 꽃** Asphodel. 그리스 신화에서 이 꽃은 애도, 저승, 죽음과 관련이 있다.

143 **할시온** halcyon. 그리스 신화에 나오는 새의 이름으로, 하지 1주일 전에 둥지를 만들고 5개의 알을 품고 7일을 지낸다. 이 시기에는 보통 시칠리아 바다가 잔잔하다고 한다. 제우스가 할시온을 위해 따뜻한 2주를 준다고 한다.

145 **살레** Marie Sallé(1714~1756). 프랑스의 유명한 무용수로, "그녀의 걸음 하나하나가 감정이었다(Que tous ses pas etaient des sentiments)"라는 말은 루이 퓌즐리에(Louis Fuzelier)가 발레 〈그리스와 로마의 축제들〉(1723)에 쓴 서문이다. 포는 프랑스어로 "그녀의 이 하나하나가 관념이었다(Outes ses dents etaient des idees. Des idees!)"라고 쓰고 있다.

154 **레오나르도** Leonardo da Vinci(1452~1519). 이탈리아의 화가이자 조각가, 발명가, 건축가, 해부학자, 지리학자, 음악가.

158 **숨겨 놓은 진지** 적이 모르게 숨겨 놓은 대포 진지를 의미하는 군사 용어.

161 **해터러스곶** Cape Hatteras. 노스캐롤라이나에 있으며 악천후로 유명함.

162 **오크라코크만** Ocracoke Inlet. 팸리코해협에서 대서양으로 통하는 항로로, 해터러스곶에서 남서쪽으로 40킬로미터 떨어져 있다. 그곳에서 1837년 10월 9일, 뉴욕에서 찰스턴으로 가던 홈호가 난파되었다.

165 **로어노크섬** Roanoke Island. 노스캐롤라이나 해안에 있는 섬.

169 **즐거운 고통** 에드먼드 스펜서(Edmund Spenser)의 시집 『셰퍼드 달력(*The Shepheardes Calender*)』(1579)에 나오는 구절.

169 **나폴레옹의 베레지나강 도하 ~ 대한 기록에서다** 나폴레옹은 1812년 11월 26일부터 29일까지 러시아 민스크 지역의 베레지

나강(Beresina)을 건너다가 2만 명의 병사를 잃었다. 1755년 11월 1일 리스본 지진은 3만 명 이상의 목숨을 앗아갔다. 런던의 페스트는 1665년 발생한 것이다. 1572년 8월 24일 프랑스에서 벌어진 성 바르톨로메오(St. Bartholomew) 학살은 샤를 9세의 명령으로 위그노(개신교도)를 학살한 사건이다. 1756년 캘커타 블랙홀 감옥 사건은 인도 군인들이 영국 포로들을 가두었던 사건이다.

170 **은줄은 영원히 ~ 깨지지 않았다** 「전도서」 12장 6절, "은줄이 풀리고 금 그릇이 깨지기 전에." 은줄은 수명을, 금 그릇은 육체의 생명을 상징한다.

175 **비범한 전기 충격 사례** 1821년 10월 『블랙우즈 매거진』에 실린 「생매장」에서 인용한 사례.

177 **정복자 벌레** 스펜서 윌리스 콘(Spencer Wallace Cone)의 『자부심 강한 숙녀(*Proud Ladye*)』에 나오는 표현.

180 **벌레와 무덤과 비문에 대해 이야기했다** 셰익스피어의 『리처드 2세』에 나오는 "무덤과 벌레와 비문에 대해 이야기해 보자"(3막 2장 145줄)라는 문장을 잘못 인용한 것.

187 **부컨의 책** 윌리엄 부컨(William Buchan)이 1769년에 펴내 오랫동안 높은 평가를 받은 『가정의학』을 가리킨다.

188 **『밤의 생각』** 에드워드 영(Edward Young)의 『죽음, 시간, 불멸에 대한 밤의 생각(*Night Thoughts on Life, Death, and Immortality*)』(1742)은 죽음의 세부 사항을 강조한 대표적인 장시로, 포 당대의 미국에서 큰 인기를 끌었다.

188 **카라티스** Carathis. 윌리엄 벡퍼드(William Beckford)의 소설 『바테크(*Vathek*)』(1786)에 등장하는 인물로, 방탕한 칼리프 하룬 바테크(Caliph Haroun Vathek)의 어머니다.

188 **아프라시아브** Afrasiab. 『바테크』에 등장하는 전설적으로 사악한 투란 왕.

192 **아몬티야도 와인** Amontillado. 스페인 남부 헤레스데라프론테라에서 주로 생산되는 밝은 색깔의 최고급 셰리 와인.

196 **뱀은 뱀을 ~ 물어뜯고 있죠** 「창세기」 3장 14~15절, "그리고 주 하나님께서 뱀에게 말씀하셨다. (…) 나는 너와 여자의 사이에 적대감을 두겠다. (…) 그리고 그녀의 후손이 네 머리를 부술 것이며, 너는 그의 발꿈치를 물 것이다."

196 **나를 건드리면 누구도 무사하지 못하리라** 스코틀랜드의 고대 격언이며, 스코틀랜드 왕관 훈장의 문구이기도 하다.

197 **그라브 와인** Grave. 프랑스 보르도에서 생산되는 와인. 여기서 이 명칭은 영어 단어 'grave(무덤)'에 대한 농담일 가능성이 높다.

205 **저런! 저런! ~ 모두 엉망진창이군** 중세 이탈리아에서는 독거미에 물리면 히스테릭하게 춤을 추고 싶은 충동에 사로잡힌다고 여겨졌고, 이런 생각이 사람들에게 큰 영향을 미쳤다.

206 **스바메르담** Jan Swammerdam(1637~1680). 네덜란드의 자연학자이자 수집가로, 『자연의 성경, 곧 곤충의 역사(*Biblia naturae, sive Historia insectorum*)』를 썼다. 이 책은 사후 1737~1738년에 출판되었고, 1758년에 『곤충의 역사(*A General History of Insects*)』로 영역되었다.

207 **황금충** Scarabaeus. 고대 이집트에서 신성시된 딱정벌레의 종류로, 이를 다룬 글이 토머스 와이엇의 『자연사 개요』 128쪽에 나온다.

213 **돌아오시면 흠씬 ~ 그러질 못했어요** 예전에 미국 남부에서는 정신병이 시작된 사람에게 구타가 훌륭한 치료 방법으로 여겨졌다.

226 **3~4야드** 약 2.7~3.6미터. 1야드는 0.91미터에 해당한다.

234 **350파운드** 약 158킬로그램. 1파운드는 453그램에 해당한다.

239 **산화코발트를 왕수에 ~ 잉크가 되고** 보이지 않는 잉크에 대한 정보는 『리즈 백과사전(*Ree's Cyclopaedia*)』 '잉크' 항목에 나온 것이다.

240 **새끼 염소** 새끼 염소는 'kid(키드)'로 발음.

243 **골콘다** Golconda. 보석, 특히 다이아몬드로 유명한 고대 인도 도시.

257 **네가 바로 범인이다** 「사무엘하」 12장 7절, "나단이 다윗에게 이르되 당신이 바로 그 사람이라."

260 **굿펠로** 로빈 굿펠로는 여행자들을 때때로 잘못 이끄는 정령으로 유명하다.

261 **샤토 마고** Châteaux Margaux. 프랑스 보르도 지역에서 생산하는 최고 등급 와인.

267 **한 쿼트** 1쿼트는 1리터 내외.

267 **누구에게 이익이 되지** 키케로의 연설 「로스키오 아메리노 변호(Pro Roscio Amerino)」에서 유래한 표현으로, 포는 이를 정확히 설명하고 있다.

267 **고어 부인** Catherine Gore(1799~1861). 영국의 소설가이자 극작가.

267 **벡퍼드** William Beckford(1760~1844). 영국의 소설가, 미술 평론가, 정치가로 『바테크』의 저자다.

267 **불워** Edward Bulwer-Lytton(1803~1873). 영국의 소설가로, 당대에 큰 대중적 인기를 누렸다.

267 **디킨스** Charles Dickens(1812~1870). 19세기 영국의 대표적인 소설가.

267 **터너페니** Turn-a-penny. 돈을 벌기 위해 글을 쓰는 사람.

267 **에인즈워스** William Harrison Ainsworth(1805~1882). 영국의 역사소설가.

270 **파머스앤드미케닉스 은행** 포는 여기서 실제 명칭을 사용했다. 1824년에 설립된 파머스앤드미케닉스 은행은 필라델피아에 있었다.

281 **세이렌들이 어떤 ~ 질문도 아니다** 토머스 브라운(Thomas Browne,

1605~1682)의 『항아리-매장(*Urn-Burial*)』 5장, 3절에 나온 구절. 이 구절은 브라운이 로마의 역사가인 수에토니우스의 『티베리우스 생애(*Life of Tiberius*)』에서 인용한 것으로, 황제가 학자들에게 즐겨 물은 어려운 질문이라고 한다.

282 **체커 게임** 두 선수가 대각선으로 움직이는 말들을 이용해 상대방의 말을 제거하는 보드게임.

283 **휘스트** 네 명의 선수가 2인 2팀으로 대결하는 카드 게임. 17세기 영국에서 시작된 것으로 브리지의 원조.

283 **호일** Edmond Hoyle(1672~1769). 카드 게임에 관한 기본적인 책들을 저술했으며, 그의 저서들은 두 세기 동안 재판되고 개정될 정도로 인기가 있었다.

288 **팔레 루아얄** Palais Royal. 1629~1634년에 지어진 건물로 평범한 긴 외벽을 가지고 있으나, 내부에는 정원과 갤러리를 갖춘 공원이 있었다. 19세기에는 대중적인 유흥과 상업을 위한 장소였다.

288 **바리에테 극장** Théâtre des Variétés. 가벼운 오락을 제공하던 극장으로, 현재도 남아 있다.

289 **샹티이** 레이스로 유명한 도시로, 작은 체구의 사람에게 어울리는 이름으로 여겨졌다.

289 **크세르크세스** Xerxes. 고대 페르시아 제국의 왕으로 기원전 480년에 살라미스 해전에서 싸웠다.

289 **니콜 박사** John Pringle Nichol(1804~1859). 글래스고대학의 천문학 교수로 1837년에 『한 숙녀에게 보낸 일련의 편지 속에 나타난 하늘의 건축에 대한 관점들(*Views of the Architecture of the Heavens in a Series of Letters to a Lady*)』을 출판했다. 이 책은 당대의 천문학 이론과 발견을 대중적으로 잘 풀어 낸 책으로, 특히 윌리엄 허셜과 그의 아들 존의 발견에서 영감을 받았다.

290 **스테레오토미** Stereotomy. 건축에서 입체적인 형태를 만들기 위해 돌을 자르거나 조각하는 기술.

291 **아토미** 작은 입자를 뜻하며 원자(atom)에서 유래된 단어.

291 **에피쿠로스 이론** 에피쿠로스(Epicouros)는 "물질이든 정신이든 모두 원자로 이루어져 있다"고 주장했다.

291 **오리온좌의 대성운** The Orion nebula. 오리온성운은 1610년에 발견되었고, 1774년 윌리엄 허셜과 그의 아들 존의 놀라운 천체 연구의 출발점이 되었다. 이 성운을 니콜 박사가 자주 인용했다.

291 **우리온이라고 쓰던 ~ 것이라고 했었는데** 고대 로마 시인 오비디우스의 『파스티(*Fasti*)』 5권, 493~536행에 나오는 이야기. 이 이야기는 '보이오티아 오리온'의 탄생에 관한 것으로, 초기 철자 '우리온(Urion)'에 대해 설명한다.

292 **카르티에 생로슈** Quartier St. Roch. 파리 중심가로 1구와 2구 사이에 있다.

294 **사태** affair. 영어에서 불륜이라는 의미로 쓰임.

297 **미노에피스** 미노 부자라는 뜻.

302 **주르댕** 몰리에르(Molière)의 희곡 『평민 귀족(*Le Bourgeois gentilhomme*)』의 주인공.

302 **비도크** François-Eugène Vidocq(1775~1857). 나폴레옹 1세 치하 형사 부서의 수장이었으며, 본인도 전과자였고 전과자들을 활용해 범죄를 단속했다.

304 **Je les menagais** '나는 그의 변덕을 감안해서 들었다'라는 의미.

318 **퀴비에** Georges Cuvier(1769~1832). 프랑스의 유명한 자연학자이자 생물학자로, 특히 고생물학의 창시자로 알려져 있다. 그의 유명한 저서 『동물 왕국(*Le règne animal*)』(1817)에서 오랑우탄을 인간 바로 아래 두었고 뒤팽은 이 프랑스어 작품을 인용했다.

322 **뇌샤텔** Neuchâtel. 스위스 중부의 시골로, 거칠고 촌스러운 것을 상징한다.

328 **파리 식물원** 이 식물원에는 유명한 파리 동물원이 있다.

328 **라베르나 여신** Laverna. 로마 신화에서 도둑의 여신으로, 몸 없는

머리 형태로 묘사된다.

328 존재하는 것을 부정하고, 존재하지 않는 것을 설명하는 이 문구는 루소(Jean-Jacques Rousseau)의 『신엘로이즈(*Nouvelle Héloïse*)』6부 11번째 편지 두 번째 각주에 있는 것이다. 이 주석은 플라톤이 말하는 유령의 출현을 설명한 것이다. "모든 시대의 철학자들이 가진 일반적인 망상은 존재하는 것을 부정하고 존재하지 않는 것을 설명하는 것이다."

해설

상징계의 균열과 주이상스

조애리

포의 생애와 문학적 맥락

에드거 앨런 포는 1809년 1월 19일 미국 보스턴에서 에드거 포로 태어났다. 어머니는 영국 배우인 엘리자베스 아널드 포(Elizabeth Arnold Poe)였고 아버지는 미국 볼티모어 출신 배우인 데이비드 포 주니어(David Poe Jr.)였다. 아버지는 포가 태어난 지 얼마 안 되어 가족을 버리고 떠났다. 포의 어머니는 그가 겨우 두 살일 때 결핵으로 사망했고 포는 버지니아 주 리치먼드의 존 앨런(John Allan)과 프랜시스 앨런(Francis Allan) 부부에게 입양되었다.

양아버지 존은 성공한 담배 상인이었는데, 포는 양어머니와는 잘 지냈으나 존과는 사이가 좋지 않았다. 포는 13세에 이미 다작의 시인이었지만 양아버지는 그가 자신의 가업을 이어 나가길 원했다. 포와 양부 사이에는 돈 문제도 있었다. 포는

1826년에 버지니아대학교에 입학해 공부에 두각을 나타냈으나 양아버지는 충분히 재정적 지원을 하지 않았다. 포는 경제적인 어려움을 도박으로 해결하려고 했지만 오히려 빚만 지고 도박 중독에 빠졌다. 포는 대학을 자퇴하고 리치먼드로 돌아왔고 여기서 또 개인적 좌절을 겪었다. 약혼자 세라 엘마이라 로이스터(Sarah Elmira Royster)가 이미 다른 사람과 약혼한 것이었다. 상심하고 좌절한 포는 보스턴으로 이사했다.

1827년 포의 첫 번째 시집인 『타메를란(*Tamerlane and Other Poems*)』이 출판되었다. 이 무렵 포는 미군에 입대했고 2년간 복무했다. 제대 후, 그가 리치먼드로 돌아왔을 때 양어머니인 프랜시스는 이미 결핵으로 사망한 후였다. 포는 양부 존과 잠시 화해했고, 존은 포가 웨스트포인트 사관학교에 입학할 수 있도록 도와주었다. 그러나 포는 웨스트포인트 사관학교에서 1년 만에 제적되었다. 결국 존 앨런은 포와 관계를 끊고 유언장에서 그를 제외했다.

웨스트포인트 사관학교를 떠난 이후 포는 글쓰기에 전념했다. 그는 기회를 찾아 뉴욕, 볼티모어, 필라델피아, 리치먼드 등으로 계속 이사했다. 단편 소설가이자 시인으로 활동하면서 1835년부터 리치먼드의 『남부 문학 메신저(*Southern Literary Messenger*)』에서 편집자로 근무했다. 포는 동시대 작가, 특히 헨리 워즈워스 롱펠로(Henry Wadsworth Longfellow)에 대해 신랄한 평론을 쓰면서 비평가로서 명성을 쌓아 갔다. 그러나 포의 공격적인 평론 스타일과 음주 문제로 인해 잡지사와 관계가 악화되어, 마침내 1837년 그는 잡지사를 떠난다. 포는 시인으로서뿐 아니라 「어셔가의 몰락」 등 단편 소설로 큰 성공을 거두었으며, 1841년 「모르그가 살인 사건」으로 탐정 소설이라는 새로운 장르를 열어 '탐정 소설의 아버지'라는 별명을 얻었다. 작가로서의 성공과 인기에도 불구하고 포는 계속 재정적으로 어려움에 시달렸다. 1835년 당시 26세의 포는 13세의 사촌 버지니아 클렘(Virginia Clemm)과 결혼 자격을 얻고 1836년 결혼식을 올린 후 그녀가 사망할 때까지 11년간 결혼 생활을 유지했다. 버지니아는 1842년부터 결핵 증세를 보인 후 증세가 점점 심해졌고 포는 이 스트레스로 더욱 알코올 중독에 빠졌다.

1844년 포는 뉴욕으로 이사했고, 그곳에서 『뉴욕 선(*The New York Sun*)』 등 잡지에 기사를 게재하는 동시에 시와 단편 소설을 계속 썼다. 포가 문학적으로 큰 성공을 거둔 작품은 1845년 출간된 『까마귀(*The Raven and Other Poems*)』였다. 버지니아는 1847년 사망했고 포는 아내의 죽음 이후 점점 더 불안정해졌다. 그는 1848년 시인 세라 헬렌 휘트먼(Sarah Helen Whitman)과 약혼했지만 취소되었는데, 포의 알코올 중독 때문인 것으로 알려져 있다.

1849년 그는 다시 리치먼드로 돌아와 당시 남편과 사별한 전 약혼녀 세라 엘마이라 로이스터와 행복한 여름을 보냈고, 옛 친구들과 다시 어울리면서 비교적 안정된 삶을 찾아가고 있었다. 그러나 포는 리치먼드를 떠나 필라델피아로 가던 중 10월

3일 볼티모어의 거리에서 정신이 혼미하고 말을 못 하는 상태로 발견되었다. 위싱턴 칼리지 병원으로 이송됐으나 4일 만인 10월 7일 40세의 나이로 사망했다. 그의 죽음은 음주, 심부전, 혹은 다른 원인 때문인지 확실히 밝혀지지 않았다. 그는 볼티모어의 웨스트민스터 장로교 교회 묘지에 묻혔다.

포가 활동하던 시기인 1830~1860년대 미국 문학은 유럽 문학의 영향을 벗어나 독자적인 미국의 문학적 위상을 확립하려고 시도하던 시기로, 이 시기를 '아메리칸 르네상스'[1]라고 한다. 이 시기는 역사적으로 산업화와 도시화가 진전되고 있었고 미국의 국가적 정체성이 형성되던 시기였다. 이제 유럽 문화에서 독립한 미국 문학은 본격적으로 미국적 정체성과 자의식을 탐구하게 되었다. 아메리칸 르네상스의 미국 문학은 신생 국가인 미국의 정체성과 가치를 정립하는 데 중요한 역할을 했다. 아메리칸 르네상스의 대표적인 작가로는 시인 월트 휘트먼(Walt Whitman), 에세이 작가 랠프 월도 에머슨(Ralph Waldo Emerson)과 헨리 데이비드 소로(Henry David Thoreau), 소설가 너새니얼 호손(Nathaniel Hawthorne)과 허먼 멜빌(Herman Melville)이 있었다. 휘트먼은 미국의 민주주의에 대해 낙관적인 견해를 표명하며 미국성을 찬양하는 혁신적인 시를 썼다. 그는 시 속에 다양한 평범한 사람들의 목소리를 담았

---

1 이 용어는 F. O. 매티슨(Matthiessen)이 1941년 그의 저서 『아메리칸 르네상스: 에머슨과 휘트먼 시대의 예술과 표현(*American Renaissance: Art and Expression in the Age of Emerson and Whitman*)』에서 처음 사용했다.

으며 과감하게 육체와 성의 문제를 부각하기도 했다. 에머슨은 독자적인 사상 체계인 초월주의를 창시했고 개인의 직관 그리고 인간과 자연의 조화를 강조했으며 에머슨의 제자인 소로는 몸소 자연 속의 단순한 삶을 실천하고 시민으로서 개인의 양심 문제에 천착했다. 위의 세 작가가 미국에 대한 낙관적인 관점을 보였다면 호손과 멜빌은 미국 사회에 대한 비판과 아울러 도덕적 문제를 깊이 있게 다루었다. 호손은 뉴잉글랜드 청교도 사회에 대해 비판적 시각을 견지했으며 도덕적 죄책감의 문제를 심도 있게 다루었다면, 멜빌은 악의 문제, 운명과 자유 의지 문제 등 철학적인 주제를 다루었다.

아메리칸 르네상스의 낙관적이고 도덕적인 주제와는 다르지만, 포의 독특한 목소리는 인간 심리의 어두운 측면을 복합적으로 탐색함으로써 19세기 중반 미국 문학을 풍부하게 만드는 데 크게 기여했다. 당대 프랑스 시인이자 포의 작품을 번역해 프랑스에 소개하기도 했던 샤를 보들레르(Charles Baudelaire)는 포를 "이 시대의 가장 뛰어난 작가"라고 했으며 그의 시에 대해 "수정처럼 순수하고 정확하며 눈부시다"고 했다.

탐정 소설의 창시자

포는 두뇌 게임, 퍼즐, 암호문 해독에 관심이 많았다. 『남부 문학 메신저』에서 편집자로 일할 때 암호를 정기적으로 싣고 해독했다. 가장 간단한 암호 해독은 「황금충」에서 보물을 찾는 과정에 나타난다. 「모르그가 살인 사건」에서는 그의 분신인 뒤팽이 암호 해독보다 더 복잡한 두뇌 게임으로 난제를 해결한다.

「모르그가 살인 사건」

이 작품은 경찰과 뒤팽의 추리 대결이다. 뒤팽과 같은 증거를 목격하지만 큰 구도를 이해하지 못하는 화자가 두 사람의 게임을 지켜보고 전달하는 역할을 한다. 살인 사건을 두고 경찰이 관습적인 수사 방식으로 해결하지 못하는 난제는 세 가지다.

1. 범인은 사라졌지만 탈출구를 찾을 수 없는 것이다. 경찰은 창문이 닫힌 것으로 알지만 뒤팽은 스프링과 부러진 못을 발견하고, 탈출구의 문제를 해결한다.

2. 범인의 국적을 알 수 없는 것이다. "자네 말대로 증인들은 탁하고 굵은 목소리에 대해서는 일치했어. 만장일치였지. 하지만 날카로운 목소리에 대한 증언의 특이한 점은 진술이 일치하지 않았다는 점이 아니야. 특이한 점은 이탈리아인, 영국인, 스페인인, 네덜란드인, 프랑스인이 모두 그 목소리를 **외국인** 목소리라고 한 점이야."(307) 어떤 증인도 범인의 국적을 특정할 수 없는 데서 뒤팽은 인간의 목소리가 아니라고 추측한다.

3. 범죄의 비인간적 잔혹성이다. 경찰은 잔혹한 살인에 충격받아 더 이상 수사를 진행하지 못한다. 뒤팽은 범죄 현장의 잔

혹성에서 자신을 분리하고 경찰이 놓친 세부 사항을 포착한다. 그는 레스파나예 부인이 손에 움켜쥐고 있던 털, 딸을 죽인 손의 크기에 주목해 인간의 행위가 아닌 오랑우탄의 범죄로 결론을 내린다.

「도둑맞은 편지」

이 작품은 포 자신이 최고의 탐정 소설로 꼽는 작품이다. 여기서 뒤팽이 문제를 해결하는 방식은 단순한 암호 해독이나 수수께끼 풀이를 넘어서서 심리적 통찰을 보여 준다.

「모르그가 살인 사건」에서와 마찬가지로 경찰청장과 뒤팽 사이에 대결이 벌어지고 화자는 뒤팽의 해석을 들어주는 청자로 등장한다. 경찰과 뒤팽의 차이는 접근 방식의 차이다. 경찰은 관습적인 방식으로 모든 공간을 분할한 다음 세부를 철저하게 조사하는 데 반해, 뒤팽은 완전히 새로운 방법으로 도난 사건에 접근한다. 경찰은 "3개월 동안 하루도 빼지 않고 공관의 방이란 방은 모조리 다 뒤졌소. (…) 마침내 도둑이 나보다 더 영리한 놈임을 완전히 인정하게 되었소."(14) 경찰은 방뿐 아니라 건물 구석구석을 세밀하게 나누어 샅샅이 뒤졌는데도 편지를 발견하지 못한다. 뒤팽의 방법은 편지가 실제로 숨겨진 적이 없었으며 항상 완전히 드러나 있었다는 반전에서 출발한다. 이런 추리는 뒤팽이 장관의 사고방식과 심리를 분석할 수 있기 때문에 가능해진다. 숨겨 놓은 편지가 가장 눈에 잘 띄는 곳에 있을 수 있다는 이 반전은 향후 여러 탐정 소설의 모티프가 된다.

이 작품은 탐정 소설을 넘어 현대 사상에도 큰 영향을 미쳤다. 지그문트 프로이트(Sigmund Freud) 이후 가장 중요한 심리학자인 자크 라캉(Jaques Lacan)은 이 작품을 예로 들어 인간 심리 발달의 한 단계인 상징계를 설명하고 있다. 뒤팽은 편지를 훔쳐 간 장면과 똑같은 장면을 재연해 장관에게서 다시 편지를 훔쳐 와 난제를 해결하는데, 라캉은 이 반복된 두 장면에서 언어와 같은 방식으로 작동하는 상징계의 구조를 본다.

1. 왕				1. 경찰			
편지				편지			
2. 여왕		3. 장관		2. 장관		3. 뒤팽	

1. 왕과 경찰은 아무것도 보지 못하는 시선
2. 여왕과 장관은 자신이 숨겨 놓은 편지의 비밀이 지켜지리라고 착각하는 시선
3. 장관과 뒤팽은 숨겨 놓은 편지가 누구나 가로챌 수 있게 드러나 있다는 것을 보는 시선

라캉은 이 도표가 언어와 동일한 구조를 가진 상징계의 구조를 보여 준다고 한다. 그는 페르디낭 드 소쉬르(Ferdinand de Saussure)의 언어관²을 받아들여 언어가 하나의 기표 (signifier)가 하나의 기의(signified)로 고정되는 것이 아닌 기표의 흐름이듯이, 상징계의 구조가 편지라는 기표의 연쇄를 보여 준다고 한다.³ 마찬가지로 상징계에서 주체는 위의 도표에서 보듯이 고정된 의미를 지니는 것이 아니라 기표의 역할을 하는 편지의 위치에 따라 다른 의미를 갖는다. 장관은 첫 번째 장면에서 3의 위치에서 드러난 편지를 볼 수 있지만, 두 번째 장면에서는 2의 위치에 있게 되자 숨겨 놓은 편지의 비밀이 지켜지리라고 착각한다. 주체는 고정된 의미, 고유의 정체성을 갖는 것이 아니라 의미화의 연쇄 중의 기표처럼 하나의 위치일 뿐이다. 주체는 주체 위치일 뿐이며 이러한 주체를 라캉은 빗금 친 $로 표시한다.

상징계의 균열과 실재

1) 라캉의 상상계, 상징계, 실재

라캉은 아동의 심리적 발달 과정을 상상계에서 상징계로의 이동으로 본다. 상상계에서 아동은 어머니와의 합일에서 오는

---

2 소쉬르에 따르면 기호는 청각적 이미지인 기표와 의미를 나타내는 기의로 이루어져 있다. 예를 들어 고양이라는 글자 이미지가 기표라면 고양이라는 개념이 기의다. 소쉬르에게 언어 체계는 어휘의 집합이 아니라 기표의 관계망이다.

3 숀 호머, 『라캉 읽기』. 김서영 옮김, 서울: 은행나무, 2006, 91~94.

주이상스를 누린다. 이 원초적 주이상스는 절대적 충만감을 준다. 반면 상징계는 대타자(the Other)의 영역으로, 주체가 태어나기 전부터 존재하던 법과 언어와 사회적 질서를 의미한다. 아이가 상징계에 진입한다는 것은 무의식 속에 사회적 규범을 내면화한다는 뜻이다. 특히 아버지의 이름(Name of Father)인 아버지의 법을 따른다는 뜻이다. 아버지의 이름은 주체에게 상징계 안에서의 위치를 정해 준다. 프랑스어로 이름(nom)은 아니요(non)와 발음이 같고, 이때 아버지의 '아니요'는 주이상스의 금지를 뜻한다. 오이디푸스 콤플렉스에서 보이듯이 거세의 위협을 받은 아동은 주이상스를 포기함으로써 상징계에 진입할 수 있게 된다. 이처럼 '상징적 거세'를 당한 주체는 주이상스를 금지당하고 상징계의 욕망을 자신의 욕망으로서 받아들인다. 라캉식 표현으로, 주체의 욕망은 곧 대타자(=상징계)의 욕망이다. 즉 주체 $는 자신의 욕망이 아니라 대타자가 욕망하는 것을 욕망하게 된다.

그러나 상징계는 완벽하지 않다. 여기에 또 하나의 심리적 영역이 등장하는데, 그것이 실재다. 실재는 상징적 질서에 포착될 수 없는 영역으로 상징화에 저항하는 불가능한 핵심이고 후기 라캉의 심리 분석에서는 실재가 점점 더 핵심적 위상을 차지하게 된다. 상징계가 완전히 포괄할 수 없는 잔여, 틈, 구멍인 실재는 주체에게 트라우마로 경험된다. 라캉에게 현실은 상상계를 떠나 상징계에 진입하는 것으로 끝나는 단선적인 것이 아니고 상상계, 상징계, 실재라는 세 영역이 얽혀 있는 보로메오 매듭이다.

포의 세계는 단순히 현실과 환상의 이원론으로 이해할 수 없다. 그는 완벽한 상징계를 다룬 탐정 소설 「도둑맞은 편지」부터 상징계의 균열과 실재의 틈입을 보여 주는 「군중 속의 남자」, 「고자질하는 심장」, 「검은 고양이」를 거쳐 궁극적으로 주이상스가 지배하는 「리게이아」와 「어셔가의 몰락」까지 현실의 다양한 측면을 다루고 있다.

「군중 속의 남자」

해 질 무렵 커피숍에 앉아 있던 화자는 무심히 창밖으로 지나가는 군중을 바라본다. 그의 눈에 군중 속 사람들은 사회 각계각층의 자리를 점유한 유형들로 분류된다.

지나가는 사람들 중 다수가 만족스러운 듯이 사무적인 태도를 보였다. 그들은 밀려오는 군중을 헤치고 나가는 것에만 집중한 채 눈썹을 찡그리고 재빨리 눈동자를 굴렸다. 옆 사람이 밀쳐도 전혀 짜증을 내지 않고 옷매무새를 바로잡은 다음 서둘러 자기 갈 길을 갔다. 역시 다수인 다른 집단의 사람들은 마치 밀집된 주변 사람들 때문에 오히려 더 외로운 듯이 불안한 동작을 했다. 이들은 홍조를 띤 채 혼잣말에 손짓까지 했다. 길이 막히면 이들은 갑자기 말을 멈추고 두 배로 크게 손짓했다. 입가에 멍한 가식적인 미소를 띤 채 길을 막은 사람들이 지나가기를 기다렸다. 만약 다른 사람이 밀면,

상대에게 지나치게 고개를 숙였고 혼란에 압도된 것처럼 보였다. 다수인 이 두 집단은 이미 지적한 것 외에 별다른 특징이 없었다. 그들은 적절하게 점잖은 계층에 속하는 옷을 입고 있었다(39).

이들은 귀족, 상인, 소송 대리인, 중개인 계층에 속하며 상징계의 주체 위치를 확고하게 지키는 사람들이다. 별다른 특징이 없는 이들에게는 상징계의 욕망이 곧 자신의 욕망이다. 이들의 태도 역시 이러한 주체 위치에 어울리는 것이다. 옆에서 밀어도 "전혀 짜증을 내지 않고" 서둘러 가는 집단이 있는가 하면 다른 사람이 밀어도 "상대에게 지나치게 고개를 숙이는" 집단도 있다.

군중 속에서 이런 유형 어디에도 속하지 않는 노인이 나타나고 화자의 시선은 그 군중 속의 남자에게 고정된다. "이마를 창문 유리에 대고 이렇게 유심히 군중을 바라보는 데 몰두하던 중, 갑자기 한 사람의 얼굴(예순다섯이나 일흔쯤 되어 보이는 쇠약한 노인의 얼굴)이 눈에 들어왔다. 표정이 아주 특이해서 그를 보자마자 집중적으로 그의 표정을 살폈다. 조금이라도 이 비슷한 표정을 본 적이 없었다."(43) 그는 노인의 특이한 표정에 끌려서 그에 대해 더 알아보기로 결심하고 그를 뒤쫓는다. 그의 옷차림이나, 옷 사이로 언뜻 보인 단검은 더욱더 그의 호기심을 자극한다. "내가 잘못 본 것인지 모르겠지만 단추를 꼭 채운 그의 중고 로클로르의 해진 틈새로 언뜻 다이아몬드가 박힌 단검이 보였다. 이 검을 보자 호기심이 더 커졌고, 이 낯선 사람이 어디를 가든 따라가기로 결심했다."(44)

화자는 목적 없이 런던 거리를 헤매는 노인을 따라 런던의 여러 낯선 거리와 술집을 가지만 그 노인이 어떤 사람인지 전혀 알 길이 없다. 하룻밤을 꼬박 지새운 후 다음 날 저녁까지 노인을 따라다니던 화자는 결국 그 군중 속의 남자를 이해하려는 시도를 포기한다. "이 노인은 엄중한 범죄를 저지를 유형의 천재야. 그는 혼자 있으려고 하지 않아. 그는 군중 속의 남자야. 그를 뒤쫓아 가 봐야 소용없어. 더 이상 그나 그의 행동에 대해 알아낼 수 없어."(49) 그는 그 노인을 꿰뚫어 볼 수 없음을 인정한다. 그의 이야기는 이 단편이 시작된 말로 끝난다. 그 노인은 "끔찍한 책"처럼 "읽는 게 금지되어 있다."(49) 이 금지된 것이 라캉의 용어로 말하자면 실재다. "읽는 게 금지된" 군중 속의 남자의 충동은 상징계의 기표 연쇄 속 어떤 위치에도 배치될 수 없는 것이다. 그것은 역으로 상징계의 결여와 빈틈을 보여 주며 이제 상징계는 더 이상 완벽하지 않다.

라캉의 주체가 분열되어 있고 빗금 쳐져 있으며 기표 연쇄 속의 결여와 동일시되는 것은 오늘날 너무나 잘 알려져 있다. 라캉 이론의 가장 급진적인 차원은 이 사실을 인정한 데 있는 것이 아니라 대타자, 상징적 질서 자체 역시 어떤 근본적인 불가능성에 의해 빗금 쳐져 있고 어떤 불가능한/ 외상적 중핵, 중심의 결여를 중심으로 구조화되었다는 것을 깨달

은 데 있다.[4]

군중 속의 남자는 상징계에 포획되지 않는 "불가능한/ 외상적 중핵"이다. 「도둑맞은 편지」가 완벽한 상징계와 주체 $를 보여 주는 데 반해, 「군중 속의 남자」는 결여를 중심으로 구조화된 대타자 Ø의 균열을 보여 준다.

「고자질하는 심장」

상징계로 진입하기 위해 아동은 어머니와 자신을 분리하고 아버지의 이름, 즉 아버지의 법을 받아들여야 한다. 화자는 노인 살해 동기를 아버지의 법이 지배하는 상징계의 논리에 맞추어 독자에게 설득하려고 한다. 우선 그는 자신이 예민할 뿐임을 강조한다. "하늘과 지상의 모든 소리가 들렸다."(99) 지나치게 예민한 자신에게 그 노인의 눈이 거슬렸기 때문에 살해할 수밖에 없었다고 한다. "그 노인의 한쪽 눈은 독수리의 눈처럼 연한 파란색으로, 뿌연 막으로 덮여 있었다. 그 눈으로 날 바라볼 때마다 피가 얼어붙었고, 그래서 아주 서서히 그 노인을 죽여서 그 눈을 영원히 없애겠다고 결심하기에 이르렀다."(99-100) 그는 독자의 도덕적 분노를 줄일 수 있는 동기, 자신의 행위가 어떻게든 합리적으로 보일 수 있는 동기를 찾으려고 한다.

---

4 슬라보예 지젝, 『이데올로기라는 숭고한 대상』, 이수련 옮김, 서울: 인간사랑, 2005, 213.

그러나 노인의 눈에 대한 그의 혐오는 전혀 합리적이지도 논리적이지도 않다. "목적은 없었다. 분노도 없었다. 나는 그 노인을 사랑했다. 그가 내게 잘못한 일도 전혀 없었다. 나를 모욕한 적도 없었다. 그의 황금을 갖고 싶은 마음도 전혀 없었다."(99) 상징계의 논리로 설명되지 않는 노인의 눈에 대한 혐오는 상징계에 포획될 수 없는 실재이며, 그 실재가 그의 자아의 경계를 위협하고 교란한다. 그는 상징계의 안정된 주체 위치를 확립하기 위해 노인의 눈을 배제하려고 하는 것이다. 그는 혐오하지만 동시에 사랑한다고 하는 양가적 감정을 드러내는데, 이는 상징계에 진입할 때 아동이 어머니를 혐오하며 제거하려는 동시에 여전히 매료되어 있는 감정과 유사하다.

그는 이처럼 자신도 이해할 수 없는 충동으로 살인을 계획하는데, 아이러니하게 그 계획을 실행하면서 극도의 조심성과 치밀함을 보인다. "매일 밤 자정 무렵, 나는 그의 문의 빗장을 열었다. 오, 아주 살살 문을 열었다! 그리고 내 머리가 들어갈 정도로 문이 벌어지면, 천으로 꽁꽁 싸서 빛이 새어 나오지 않는 랜턴을 그 문틈으로 집어넣고 그다음에 머리를 밀어 넣었다."(100) 일주일이나 연습 끝에 그는 여드레째 날 밤 드디어 살인을 감행한다. 빛을 노인의 눈에 비추고 침대로 눌러 죽인 후 사지를 절단해 침착하게 시신을 마루 판자 아래 감춘다.

그는 자신이 완전 범죄에 성공했다고 생각해 주민 신고로 경찰관들이 방문해도 태연하게 그들과 대화를 나눈다. 하지만 그에게 노인의 심장 소리가 점점 더 크게 들려온다. 이 심장 소리는 노인의 눈이라는 실재를 제거했지만 회귀한 실재로 노인의 눈보다 훨씬 더 심하게 그를 압박한다. 그는 경찰관들도 그 소리를 들었으면서 자신을 조롱한다고 생각한다. "이 악당들아! 더 이상 모른 척하지 마! 내가 그랬다는 걸 인정할게! 널빤지를 뜯어 봐! 여기, 여기야! 더 이상 모른 척하지 마! 내가 그랬다는 걸 인정할게! 널빤지를 뜯어 봐! 여기, 여기야! 가증스러운 그의 심장 소리야!"(106-107) 수없이 많은 느낌표는 그가 느끼는 압박감을 잘 드러낸다. 그는 실재를 제거한 것이 아니라 오히려 그 실재에 완전히 압도당한다. 이해할 수도 통제할 수도 없는 심장 소리에.

「검은 고양이」

「고자질하는 심장」의 주인공처럼 이 작품의 주인공도 고양이와 아내를 죽인 것에 대해 알코올 중독이라는, 본인에게 합리적으로 보이는, 즉 상징계의 법으로 받아들여지리라고 생각되는 이유를 제시한다. 그러나 「고자질하는 심장」의 주인공과 마찬가지로 동물 애호가였던 자신이 왜 검은 고양이 플루토를 혐오하게 되었는지 본인도 이해할 수 없다. 검은 고양이가 견딜 수 없는 것은 주체의 경계를 침범하기 때문이다. 성공적인 상징계의 주체가 되기 위해서 그는 어머니와 분리되고 아버지의 법을 따라야 하는데, 통제할 수도 없고, 정의할 수도 없는 검은 고양이에 대한 감정이 그의 주체 위치를 불안하게 만든다.

그는 "스스로를 괴롭히려는 끝없는 영혼의 갈망"(87)으로 인해 자기 파괴까지 받아들이며 고양이를 제거하려고 한다. 이제 오히려 자신이 고양이를 죽여야 한다는 충동의 노예가 된다. "불멸인 내 영혼이 가장 자비롭고도 가장 무서운 신의 무한한 자비로도 구원받을 수 없으리라는 것"(87)을 알면서도 그는 고양이의 목을 매단다. 피할 수 없는 이 충동은 상징계에 포획되지 않지만 존재하는 실재다. 그는 "마음속으로 아주 쓰라리게 후회하고 눈물을 흘리며 고양이를 매달았다"(87)라고 하는데 이런 양가적 감정을 느끼는 이유는 검은 고양이가 배제되어야 하는 대상인 동시에 사랑의 대상이기 때문이다. 어머니와 분리되어야 하는 아동이 어머니에게 느끼는 혐오와 매료의 양가적 감정이 이 주인공에게서도 보인다.

그러나 플루토를 죽인 것으로 그의 문제가 해결되지는 않는다. 플루토는 흔적을 남긴다. "하얀 벽 표면에 마치 거대한 **고양이**가 **부조**처럼 얕게 새겨져 있었다. (⋯) 고양이 목에는 밧줄이 매달려 있었다."(88) 그뿐 아니라 플루토의 환생처럼 보이는 새로운 고양이가 등장해 그를 괴롭힌다. 그는 이 고양이를 도끼로 살해하려 하다가 아내를 살해하고 만다. "악마처럼 화가 치민 나는 그녀의 손아귀에서 팔을 빼낸 후 도끼로 그녀의 머리를 깊숙이 내리쳤다. 아내는 신음 소리조차 내지 못하고 그 자리에서 쓰러졌다."(92) 아내를 살인한 후 그는 전혀 죄의식을 느끼지 않고 전혀 변명도 하지 않는다. 그에게 지배적인 감정은 고양이가 보이지 않는다는 사실에 대한 안심과 편안함이다. 그는 "최고로 행복해!"(94)라며 마침내 숙면을 취할 수 있게 된다.

경찰이 찾아오지만 자신의 유능함에 도취된 그는 경찰이 보는 앞에서 소리친다. "'이 벽은 아주 견고합니다.' 여기서 나는 허세의 광란에 사로잡혀 손에 들고 있던 지팡이로 내 품의 아내의 시신이 서 있는 바로 그 벽 부분을 세게 두드렸다."(95) 「고자질하는 심장」에서는 심장 소리였던 실재가 여기서는 더 끔찍한 소리로 묘사된다. "완전히 비정상적이고 비인간적인 울부짖음이었다. 지옥에서나 들릴 만한 울부짖음이었다. 울부짖는 비명은 반은 공포에 차고 반은 승리감에 차 있었다. 저주받은 자의 고통스러워하는 목소리와 그들의 저주를 기뻐하는 악마의 목소리가 섞여서 들렸다."(95) 살해를 통해 검은 고양이라는 실재가 일견 배제된 것처럼 보였지만 실재는 사라지지 않고 결국 그를 지배한다. 공포와 승리감, 고통받는 자와 악마의 목소리가 뒤섞인 실재는 상징계(대타자 O)가 더 이상 완벽하지 않은 빈틈과 결여를 지닌 Ø임을 드러낸다.

2) 죽음 충동과 주이상스

후기 라캉 이론에서 가장 중요한 개념은 실재, 특히 주이상스다. 주이상스라는 실재는 더 이상 일종의 잔여, 즉 망에 걸리지 않는 것이 아니라 자율적 영역이 된다.[5] 포의 「리게이아」와

---

5   Bruno Vincent, "Jouissance and Death Drive in Lacan's Teaching." *Ágora (Rio de Janeiro)* v. XXIII n.1, janeiro/abril 2020, 54.

「어셔가의 몰락」에서 주인공의 핵심적 충동은 죽음 충동인데, 이때 죽음 충동은 에로스적 욕망이 사라진 무생물 상태를 지향하는 것이 아니다. 그것은 상징계의 법을 위반하고 원초적인 주이상스를 회복하려는 것으로 나타난다.

「리게이아」

「어셔가의 몰락」보다 1년 전에 쓰인 이 작품은 상징계에 포획될 수 없는 충동, 상징계에 진입하기 위해 포기해야만 했던 주이상스를 회복하고자 하는 충동을 다루고 있다. "의지만 나약하지 않으면 인간은 (…) 죽음에게도 완전히 굴복하지 않는다"(111)라는 글랜빌의 인용구처럼 주인공의 첫 번째 아내인 리게이아는 독수리처럼 격렬한 열정에 사로잡힌, 초인적인 생명력을 가진 인물로 소개된다. 하지만 그와 그녀의 사랑은 모호하다. 그는 그녀를 어디서 만났는지 정확하게 기억하지 못할뿐 아니라 그녀가 어떤 가문 출신인지조차 모른다. 리게이아는 천상의 아름다움을 지닌 미모의 여성일 뿐 아니라 어느 학자보다도 뛰어난 지식을 가지고 있다. 그는 그녀의 지식을 존경하고 그녀를 미칠 듯이 흠모하지만, 그녀의 존재, 특히 눈으로 드러나는 독특함을 상징계의 틀 안에서 특정한 의미로 해석해 낼수 없다. "내가 그녀의 눈에서 발견한 '이상함'은 눈의 모양, 색, 빛과는 별개의 속성이었다. 결국 눈의 표정 때문이었다고 말해야 한다. 아, 말이 무슨 의미가 있는가! 수많은 말이 영적인 것에 대한 무지를 소리 뒤로 숨긴다. 리게이아의 눈의 표정! 얼마나 오랫동안 곰곰이 그 표정을 생각했던가! (…) 나는 그게 무엇인지 꼭 찾아내겠다는 생각에 사로잡혔다. 그 눈! 신성하게 빛나는 커다란 눈!"(114-115) 그는 리게이아의 눈의 비밀이 말 너머에 있는 영적인 그 무엇이리라고 추측하지만, 아무리 노력해도 결국 정확한 의미를 알아내지 못한다. 그녀가 상징하는 신비로움은 불가해한 것으로 남는다. 그가 그녀의 눈에서 발견한 이 신비로운 경험은 라캉이 말하는 상징화를 거부하는 실재, 경험할 수 있지만 알 수는 없는 여성적 주이상스다.

힘과 아름다움, 삶을 갈망하는 강렬한 욕망을 가졌지만, 리게이아는 결국 사망한다. 그녀가 사망하자 화자는 라인강변에서 영국의 외딴 황량한 지역의 수도원으로 이사하고 이곳에서 로위나라는 여성과 재혼한다. 하지만 그는 여전히 리게이아에 대한 "미친 듯한 열망, 엄숙한 열정, 애타는 그리움"에 죽은 그녀를 "지상으로 불러올 수 있을 것처럼"(126) 그녀의 이름을 부른다. 리게이아와의 결합을 꿈꾸는 그의 죽음 충동은 상징계 진입 이전의 주이상스를 회복하고자 하는 충동이다.

두 번째 아내인 로위나도 죽는데, 그날 밤 주인공은 시신이 안치된 방에서 밤을 지새운다. 로위나의 시신 곁에 있으면서도 그는 리게이아의 죽음을 떠올리고 그 당시의 슬픔을 되새기며 리게이아를 애도한다. 몽상에 빠진 그에게 로위나의 시신을 누인 침대에서 작은 흐느낌 소리가 들린다. 시신을 바라보자 로위나의 혈색이 돌아오고 생명의 증후를 보이다가 서서히 다시 "끔찍한 죽음의 표정"(130)으로 돌아간다. 그렇게 살아난 듯하다가 다시 "납빛을 띠고, 딱딱하게"(131) 굳어 버리는 현상이 반복되더니, 마침내 로위나는 되살아난다. 하지만 주인공의 눈 앞에 나타난 사람은 로위나가 아니라 리게이아다.

방 안으로 휘몰아친 바람 속으로 헝클어진 길고 거대한 머리채가 흩날렸다. **그 머리카락은 한밤중 까마귀 날개보다 더 검은색이었다!** 그리고 내 앞에 서 있는 인물이 천천히 눈을 떴다. 나는 크게 비명을 질렀다. '결코, 결코 착각한 것일 리가 없어. 죽은 내 연인, 레이디, 레이디 리게이아의 열정적인 검은 둥근 눈이야. 틀림없어, 틀림없어.'(132-133)

리게이아의 모습에서 주인공이 주목한 것은 신비스러운 눈이고, 눈의 신비는 여전히 그에게 불가해하다. 그것은 경험할 수 있을 뿐 상징계의 언어로 설명되지 않는다. 주인공은 "여성적 주이상스의 신비주의적 경험을 통해 거세의 결과로 영원히 상실된 주이상스에 접근할 수 있게 된다."[6] 그녀의 존재를 지상으로 다시 데려오려고 했던 그의 죽음 충동은 결국 주이상스를 회복하는 것으로 끝난다.

「어셔가의 몰락」
「어셔가의 몰락」은 처음부터 확고한 상징계가 아니라 실재

---

6 Jonathan Scott Lee, *Jacques Lacan*, Armherst: University of Massachusetts Press, 1990, 186.

가 스며든 균열된 상징계로 시작한다. 의인화된 집을 처음 보자 화자가 느낀 것은 "풀 수 없는 수수께끼"인 공포다.

> 나는 눈앞의 광경을 바라보았다. 집 건물 자체와 대지의 특이하고 소박한 풍경이 눈에 들어왔다. 황량한 벽과 눈처럼 보이는 공허한 창문들과 무성한 사초와 죽은 나무의 하얀 그루터기 몇 개가 있었다. (…) 집 옆의 무시무시한 검은 호수는 잔물결도 일지 않고 빛을 받아 환하게 빛났다. 호수에 거꾸로 비친 회색 사초, 소름 끼치는 나무줄기, 공허한 눈처럼 보이는 창문의 이미지를 보자 전보다 훨씬 더 오싹해져 온몸이 부들부들 떨렸다(53-54).

이런 공포에 대해 주인공은 자신의 마음속에 "미신적인 생각"과 "이상한 환상"이 솟아났다고 한다. 그는 환상의 내용을 설명하는 대신 호수에서 솟아나는 증기, "거의 보이지 않게 느릿느릿 움직이는, 납빛을 띤 알 수 없는 무거운 증기"(56)를 언급한다. 이 집은 증기에 싸여 있을 뿐 아니라 "거의 눈에 띄지 않는 금"(57)이 바닥까지 지그재그로 나 있다. 이런 금과 증기는 상징계의 균열과 상징계에 포획될 수 없는 실재를 보여 준다. 의인화된 집과 마찬가지로 어셔 가문 사람들 역시 붕괴 직전이다. 어셔는 병적으로 예민해서 싱거운 음식만 먹고, 섬세한 옷을 입어야 하고, 꽃의 향기도 피해야 하고, 아주 희미한 빛에도 고통스러워하고, 현악기 소리 외에는 어떤 소리도 참지 못한다. 여동생 레이디 매들린은 점차 쇠약해지는 강직증을 앓고 있다. 이러한 어셔 가문 사람들의 신체적 쇠약 역시 더 이상 확고하지 않은 상징계의 균열에 상응한다.

포는 이러한 상징계의 균열을 「유령의 궁전」이라는 시를 통해 다시 한번 서술한다.

> 이 행복한 계곡을 헤매던 사람들은
> 환하게 불 켜진 두 창문에서 요정들,
> 왕으로 태어난
> 그가 앉은 왕좌 주위를
> 전통적인 류트 음악에 맞추어,
> 움직이는 요정들을 보았네!
> 영광스러운 지위에 어울리는
> 그 지방 왕을 보았다네(65-66).

처음 제시된 궁전은 상징적 질서가 숨 막히도록 촘촘하게 장악하고 있는 세계다. "왕으로 태어난" "사유 왕"의 법은 확고할 뿐 아니라 완벽하게 이곳을 지배하고 있다. 이 전통적인 질서는 "전통적인 류트 음악에 맞추어,/ 움직이는 요정들"에서 알 수 있듯이 전혀 의심받지 않은 채 전수되고 있다.

이처럼 상징계는 일견 완벽해 보이지만 공백과 결여가 있으며 이 사이로 실재가 틈입한다.

이제, 그 계곡에 들어선 여행자는
붉은 불빛이 새어 나오는 창문에서,
거대한 형체들이 불협화음의 곡조에 맞추어
기괴하게 움직이는 모습을 보네.
창백한 문을 통해
무서운 강의 급류처럼
흉측한 무리가 영원히 쏟아져 나오는데,
그들은 웃지만, 더 이상 미소 짓지 않네(67).

"전통적인 류트 음악"은 "불협화음"의 도전을 받고, 요정 대신 "기괴하게 움직이는" "거대한 형체들"이 궁전을 메우고 있다. 궁전을 점령한 "흉측한 무리"는 왕, 즉 아버지의 법이 지배하는 상징적인 질서에 포괄될 수 없는 존재로, 그들의 광폭한 힘은 "무서운 강의 급류"에 비유되고 있다. 이처럼 상징계가 담을 수 없는 혼란과 불협화음과 광폭한 힘을 보이는 실재가 상징계에 틈입한다.

균열된 세계에 살고 있는 어셔는 아직도 심리적으로 쌍둥이인 매들린과 미분리 상태다. 그는 상징계에 진입했지만 여전히 매들린이 상징계 이전의 어머니 같은 존재로 남아 있다. "여성적 주이상스는 매혹적이며 동시에 위협적이다. 그것은 궁극적으로 지배할 수 없는 것이라서 위협적인 것이다."[7] 그는 매들린

---

7   Jonathan Scott Lee, 위의 책, 185.

의 여성적 주이상스에 위협을 느끼며 성공적으로 상징계에 진입하기 위해서는 여동생을 사랑하지만 배제해야 한다. 그녀에게서 분리되고자 하는 그의 필사적인 노력은 "지하 감옥"이었던 지하실에 그녀를 생매장하는 것으로 나타난다.

> 우리 둘은 그녀의 시체를 관에 넣은 다음 임시 무덤으로 옮겼다. 관을 내려놓은 지하실은 좁고 습하고 빛 하나 새어들지 않았다(오랫동안 문을 연 적이 없어 공기가 답답했고 횃불이 반쯤 꺼져 그곳을 살펴볼 기회가 없었다). 그곳은 내가 자는 방 바로 아래의 깊은 지하였다. 바닥 일부와 우리가 지나온 긴 아치형 천장 아래 실내 전체가 빈틈없이 동판으로 외장 처리된 것으로 보아 옛날 봉건 시대에는 지하 감옥이라는 최악의 목적으로 (⋯) 사용되었던 것 같다(69).

그러나 생매장 후에도 매들린의 존재는 결코 사라지지 않는다. 화자의 방 바로 아래 지하에 매장한 것은 매들린의 존재가 계속 영향을 끼칠 것을 암시한다. 그리고 실제로 끊임없이 매들린의 소리가 어셔를 괴롭힌다. 처음 화자는 어셔가 막연히 무슨 소리를 듣는다고 생각한다. "그는 마치 내게 들리지 않는 소리를 듣는 것처럼 보였다. 사실 끝없이 불안한 그의 정신이 어떤 견디기 힘든 비밀 때문에 괴로워하고 있는 것 같았다."(70) 환청에 시달리던 어셔는 마침내 그 소리의 정체를 드러낸다. "이제야 말하지만 며칠 전 처음으로 그녀가 관 안에서 움직이는 소리를 들었어. 그 소리를 들었어. 며칠 전, 며칠 전에. 하지만 **용기가 나지 않았어**. 나는 감히, 감히 말을 꺼낼 용기가 나지 않았어. 하지만 **이제**, 이야기할게. 그 소리는 그녀 목소리였어!"(77) 그는 매들린을 배제한 것이 아니라 오히려 매장 이후 내내 매들린의 소리에 지배당하고 있었다.

실제로 사투를 벌인 흔적이 역력한 매들린이 문 앞에 나타난다. "문이 열리자 거기 수의를 입은 어셔가의 레이디 매들린이 고고하게 서 있었다. 그녀의 하얀 수의에는 피가 묻어 있었고, 도망쳐 나오려고 사투를 벌인 흔적이 가냘픈 그녀의 몸 곳곳에 있었다. 그녀는 잠시 문지방에서 떨더니 앞뒤로 휘청댔다. 그리고 작은 신음 소리를 내며 오빠의 몸을 덮치더니, 이어서 마지막 단말마의 고통에 몸부림치며 오빠를 바닥으로 쓰러트렸다. 어셔는 죽었다."(78) 어셔는 죽음 속에서 매들린과 하나가 되고 이 합일의 주이상스는 호수로 재현된다.

거의 보이지 않던 금, (…) 그 금이 급속도로 커다란 틈이 되었고, (…) 거대한 벽돌은 산산조각 났고 (…) 수많은 강이 흐르는 것 같은 콸콸대는 거친 소리가 오랫동안 들렸다. 내 발치에 있는 깊고 축축한 호수가 조용히 음울하게 어셔가의 잔해를 집어삼켰다.(78-79)

어셔 저택과 여셔 가문 사람들이 모두 호수에 빠진 것은 상징계의 완전한 붕괴를 보여 준다. 실재와 상징계의 위상이 역전

되어 실재는 더 이상 상징계 사이의 빈틈이 아니고 오히려 실재가 상징계를 에워싸게 된다. 주이상스, 즉 실재는 "더 이상 일종의 잔재, 즉 기표의 그물에 걸리지 않은 것이 아니다."[8] 오히려 실재가 전체가 되어 버리고, 상징계가 하나의 섬이 되어 버린다. 지젝의 말대로 "더 이상 주이상스가 결여나 중심적 '블랙홀'이 아니다. 반대로, 상징계 자체가 노른자색 주이상스 바다에 떠다니는 기표들의 섬이다."[9]

화자는 어셔 가의 몰락 과정과 그 최종 결과를 독자에게 보고한다. 그는 불가해하고 신비스러운 일을 경험하지만 동시에 그것을 상징계의 논리로 분석하고자 한다. "경험하는 인물로서 그는 점차 어셔의 세계의 신비로움과 비이성적인 면에 빠져들고 그 세계에 매료된다. 그러나 합리적 서술자로서 그는 또한 이성과 분석의 목소리를 내며, 신비를 이해하기 위해 고군분투하지만 실패한다."[10] 화자는 주이상스를 회복하는 어셔를 관찰할 뿐 그 세계를 이해하지 못한 상태에서 실재의 경험으로부터 도피하는 것으로 끝난다.

---

8 Bruno Vincent, 위의 글, 54.

9 Slavoje Zizek, *The Zizek Reader*, Eds. Elizabeth Wright & Edmond Wright. Oxford: Blackwell, 1999, 26.

10 Pirjo Lyytikäinen, "How to Study Emotion Effects in Literature Written Emotions in Edgar Allan Poe's 'The Fall of the House of Usher'", *Writing Emotions: Theoretical Concepts and Selected Case Studies in Literature*. Eds. Ingeborg Jandl, Susanne Knaller, Sabine Schönfellner & Gudrun Tockner. Bielefeldt: Transcript Verlag, 2017, 262.

판본 소개

Mabbott, Thomas Olive Ed., *The Collected Works of Edgar Allan Poe*, Vol. 2 & Vol. 3, Cambridge: Belknap, 1978.

Fisher, Benjamin. Ed., *The Essential Tales and Poems of Edgar Allan Poe*, New York: Barnes & Noble, 2004.

이 책의 번역은 위의 두 권의 책을 바탕으로 했다. 첫 번째 책의 편집자인 토머스 올리브 매벗은 미국의 문학자이자 포 연구의 최고 권위자 중 한 명으로, 포 생전에 출간된 잡지, 초판, 재판 등을 면밀하게 비교해 가장 신뢰할 만한 텍스트를 선정했다. 이 『에드거 앨런 포 전집』은 학문적 엄밀성과 원본 충실성으로 높이 평가받고 있으며, 또 풍부한 주석, 해설, 출처 비교, 편집 사유 등을 수록한 것도 큰 장점이다. 역자 역시 이번 번역에서 이 책의 주석에 크게 도움을 받았다.

두 번째 책인 벤야민 피셔의 책은 "핵심적인"이라는 이름에 걸맞게, 포의 작품 중 가장 널리 읽히고 문학적으로 중요한 시와 소설을 엄선하여 한 권으로 구성한 학문적이면서도 대중적인 선집이다. 각주는 명확하고 간결해서 독자가 쉽게 이해할 수 있고, 서론에 실린 피셔의 해설은 포의 문학적 기법, 역사적 맥락, 상징 체계 등에 대한 심층적인 분석을 제시한다.

에드거 앨런 포 연보

1809 1월 19일, 미국 매사추세츠주 보스턴에서 태어남. 아버지는 데이비드 포 주니어(David Poe Jr., 1784~1811?)로 아일랜드계 미국인 배우고 어머니는 엘리자베스 아널드 포(Elizabeth Arnold Poe, 1787~1811)로 영국 출신 배우임. 당시 부모는 모두 순회 연극단 배우로 활동 중이었음. 형 윌리엄 헨리 레너드 포(William Henry Leonard Poe, 1807~1831)가 있었고, 다음 해 여동생 로절리 포(Rosalie Poe, 1810~1874)가 태어남.

1810 아버지 데이비드 포가 술 중독과 빚으로 인해 가족을 떠났고 어머니 엘리자베스는 홀로 세 자녀를 키우며 연극 활동을 지속함.

1811 어머니 엘리자베스가 24세의 나이로 버지니아주 리치먼드에서 결핵으로 사망하고 세 남매가 각각 다른 가정에 맡겨짐. 포는 리치먼드의 부유한 담배 상인 존 앨런(John Allan)과 부인 프랜시스 앨런(Frances Allan)의 가정에 맡겨짐.

1812~1814 앨런 가정에서 상류층 교육을 받았고 조기에 뛰어난 지적 능력과 문학적 재능을 보임. 리치먼드의 클라크학교(Clarke's School)에서 수학.

1815 존 앨런의 사업 확장을 위해 가족이 모두 영국으로 이주하여 런

던에 정착함.

1816~1820 런던 스토크뉴잉턴의 브랜스비목사학교(Rev. Bransby's School)에 입학하여, 엄격한 고전 교육을 받고 라틴어, 그리스어, 프랑스어, 수학 등을 배움.

1820 존 앨런의 사업 부진으로 가족이 미국으로 귀국해, 리치먼드로 돌아옴.

1821~1825 리치먼드의 클라크학교와 윌리엄 버크학교에서 수학함. 수영, 권투, 단거리 달리기 등 운동에도 뛰어난 면모를 보임. 첫사랑 세라 엘마이라 로이스터(Sarah Elmira Royster)와 교제를 시작했고 본격적으로 시 창작을 시작함.

1826 2월 버지니아대학교(University of Virginia)에 입학해, 고전어와 현대어학과에 등록함. 학업 성적이 뛰어났지만 존 앨런이 학비를 충분히 지원하지 않음. 부족한 학비를 위해 도박에 손을 댔다가 약 2천 달러의 빚을 지게 되고 술에 의존하기 시작함. 12월에 존 앨런과의 격렬한 갈등 후 대학을 떠남.

1827 리치먼드로 돌아왔지만 존 앨런과의 관계가 회복되지 않음. 엘마이라 로이스터가 다른 남자와 결혼했다는 사실을 알게 됨. 5월 나이를 22세로 속이고 '에드거 A. 페리(Edgar A. Perry)'라는 가명으로 미 육군에 입대함. 자비로 첫 시집 『타메를란(*Tamerlane and Other Poems*)』 50부 한정 출간.

1828 사우스캐롤라이나주 찰스턴의 몰트리 요새(Fort Moultrie)로 전속되었고 군 생활에 잘 적응함.

1829 양어머니 프랜시스 앨런이 결핵으로 사망했고, 양아버지인 존 앨런과 화해하고 군대에서 명예 제대함. 두 번째 시집 『알 아라프, 타메를란 그리고 소품들(*Al Aaraaf, Tamerlane, and Minor Poems*)』 출간.

1830 웨스트포인트 사관학교에 입학했고 학업 성적은 우수했지만 군사 훈련과 규율에 적응하지 못함. 존 앨런이 재혼하자 둘의 관계

가 다시 악화됨.

1831 의도적으로 군사 규율을 위반하여 웨스트포인트 사관학교에서 제적당함. 뉴욕으로 이주하여 웨스트포인트 동료 생도들의 후원으로 세 번째 시집 『시집(*Poems*)』 출간. 볼티모어로 이주하여 고모인 마리아 클렘(Maria Clemm)의 집에 거주하면서 마리아 클렘의 딸 버지니아 클렘(Virginia Clemm, 8세)과 처음 만남.

1834 존 앨런이 사망하지만 유산을 전혀 받지 못함. 경제적 어려움에 시달림.

1835 리치먼드의 『남부 문학 메신저(*Southern Literary Messenger*)』지의 편집자 겸 기고가로 취업. 마리아 클렘과 버지니아 클렘이 리치먼드로 이주해 함께 거주하게 됨. 「베르니스(Berenice)」, 「모렐라(Morella)」, 「어셔가의 몰락(The Fall of the House of Usher)」 발표.

1836 5월 16일 당시 13세의 사촌 버지니아 클렘과 비밀리에 결혼. 버지니아주의 법은 12세 이후 결혼 허용.

1837 술 문제와 편집 방침을 둘러싼 갈등으로 『남부 문학 메신저』에서 해고당하고, 가족과 함께 뉴욕으로 이주. 경제적으로 아주 곤란해짐. 「리게이아(Ligeia)」 발표.

1838 필라델피아로 이주. 유일한 장편 소설 『아서 고든 핌의 모험(*The Narrative of Arthur Gordon Pym of Nantucket*)』 출간.

1839 『젠틀맨스 매거진(*Gentleman's Magazine*)』의 편집자로 취업. 단편집 『그로테스크와 아라베스크 이야기들(*Tales of the Grotesque and Arabesque*)』을 2권으로 출간.

1840 『젠틀맨스 매거진』에서 해고당함.

1841 『그레이엄스 매거진(*Graham's Magazine*)』의 편집자로 취업. 역사상 최초의 추리 소설 「모르그가 살인 사건(The Murders in the Rue Morgue)」 발표. 잡지 구독자 수가 5천 부에서 4만 부로 급증.

1843 『그레이엄스 매거진』을 떠나 독립. 「검은 고양이(The Black Cat)」, 「황금충(The Gold Bug)」, 「도둑맞은 편지(The Purloined Letter)」 발표.

1845 「까마귀(The Raven)」를 『이브닝 미러(*Evening Mirror*)』에 발표하고 단편집 『이야기들(*Tales*)』을 출간해 뉴욕 문학계의 핵심 인물로 부상.

1847 부인 버지니아 클렘 포(24세)가 결핵으로 사망하고, 이후 술 의존과 정신적 불안이 심해짐. 마리아 클렘이 포를 돌보며 계속 함께 거주함. 로드아일랜드의 시인 세라 헬렌 휘트먼(Sarah Helen Whitman)과 서신 교환 시작.

1848 헬렌 휘트먼과 약혼했으나 그녀 가족의 반대와 포의 음주 문제로 파혼하고, 이후 자살 시도.

1849 「애너벨 리(Annabel Lee)」 완성. 남편과 사별한 옛 연인 엘마이라와 재회해 결혼을 약속함. 리치먼드를 떠나 뉴욕으로 돌아가는 길에 볼티모어에 들렀고 그곳 선술집 거너스홀(Gunner's Hall)에서 의식을 잃은 채 발견됨. 볼티모어 워싱턴 칼리지 병원에서 나흘 동안 혼수상태였다가 10월 7일 사망함(40세). 마리아 클렘, 친척들, 몇몇 친구 등 여덟 명만 참석한 가운데 볼티모어 웨스트민스터 장로교회 묘지에 간소하게 매장됨.

새롭게 을유세계문학전집을 펴내며

을유문화사는 이미 지난 1959년부터 국내 최초로 세계문학전집을 출간한 바 있습니다. 이번에 을유세계문학전집을 완전히 새롭게 마련하게 된 것은 우리가 직면한 문화적 상황에 적극적으로 대응하기 위해서입니다. 새로운 을유세계문학전집은 세계문학의 역할이 그 어느 때보다 중요해졌다는 인식에서 출발했습니다. 오늘날 세계에서 타자에 대한 이해는 우리의 안전과 행복에 직결되고 있습니다. 세계문학은 지구상의 다양한 문화들이 평등하게 소통하고, 이질적인 구성원들이 평화롭게 공존할 수 있는 문화적인 힘을 길러 줍니다.

을유세계문학전집은 세계문학을 통해 우리가 이런 힘을 길러 나가야 한다는 믿음으로 만들어졌습니다. 지난 5년간 이를 준비하기 위해 많은 노력을 기울였습니다. 세계 각국의 다양한 삶의 방식과 문화적 성취가 살아 있는 작품들, 새로운 번역이 필요한 고전들과 새롭게 소개해야 할 우리 시대의 작품들을 선정했습니다. 우리나라 최고의 역자들이 이들 작품 속 한 문장 한 문장의 숨결을 생생히 전하기 위해 심혈을 기울였습니다. 또한 역자들은 단순히 번역만 한 것이 아니라 다른 작품의 번역을 꼼꼼히 검토해 주었습니다. 을유세계문학전집은 번역된 작품 하나하나가 정본(定本)으로 인정받고 대우받을 수 있도록 최선을 다했습니다. 세계문학이 여러 경계를 넘어 우리 사회 안에서 주어진 소임을 하게 되기를 바라며 을유세계문학전집을 내놓습니다.

을유세계문학전집 편집위원단(가나다 순)
김월회(서울대 중문과 교수)
김헌(서울대 인문학연구원 교수)
박종소(서울대 노문과 교수)
손영주(서울대 영문과 교수)
신정환(한국외대 스페인어통번역학과 교수)
정지용(성균관대 프랑스어문학과 교수)
최윤영(서울대 독문과 교수)

을유세계문학전집

을유세계문학전집은 계속 출간됩니다.

을유세계문학전집 연표